KB091272

고수를 찾아서

고수를 찾아서

1판 1쇄 찍음 2011년 7월 8일
1판 1쇄 펴냄 2011년 7월 15일

지은이 | 한병철
펴낸이 | 정 필
펴낸곳 | 도서출판 **뿔미디어**

기획 | 이주현, 문정흠, 손수화
편집 | 장상수, 이재권, 심재영, 조주영, 주종숙, 이진선
관리, 영업 | 김기환, 김미영

출판등록 | 2002년 9월 11일 (제1081-1-132호)
주소 | 부천시 원미구 상3동 533-3 아트프라자 503호 (우)420-861
전화 | 032)651-6513 / 팩스 032)651-6094
E-mail | BBULMEDIA@paran.com
홈페이지 | www.bbulmedia.com

값 19,800원

ISBN 978-89-6639-146-2 03810

고수를 찾아서

한 병 철 지 음

목차

추천사1

前 제17대 통합민주당 최고위원 유인태

한병철 박사와 나의 인연은 수십 년 전으로 거슬러 올라간다. 나의 본가와 그의 외갓집은 종로구 명륜동의 옆집 이웃으로 살았고, 양쪽 집안 사람들끼리 모두 잘 알고 지내 온 사이이기 때문이다. 또 십수 년 전의 선거운동 때 함께 일을 한 적이 있다.

세상은 그를 경영학 박사이자 유망한 벤처기업가로 평가한다. 그러나 나는 그를 한 명의 무도가, 무도를 깨우치고자 하는 사색가이자 체 게바라를 존경하던 뜨거운 가슴의 젊은이로 기억한다. 내가 정치에 입문하여 처음 치렀던 80년대 말의 국회의원 선거전 당시에도 무술을 수련하고 있던 학생이었고, 박사 학위를 받고 사회생활을 하는 지금도 무술인으로 남아 있다.

젊은 시절에는 누구나 인생에 대한 화두를 하나씩 짊어지게 된다. 그 화두는 삶을 이끌어 주는 이정표이지 종착역을 표시한 지도의 역할을 한다.

이 책을 쓴 한 박사에게 있어서의 화두는 무술과 무도였다. 그가 그토록 찾아 헤매던 길에는 '진정한 고수'에 대한 진지한 질문과 무수한 성찰이 기록이 되어 남겨졌다.

이 책 『고수를 찾아서』는 그가 전 세계를 떠돌면서 직접 만났던 고수들과의 만남에 대한 기록이자, 그가 스스로에게 던진 화두였던 '진정한 고수란 무엇인가?'에 대한 스스로의 대답이기도 하다.

이 책에는 보통 사람들은 믿기 힘든 고수에 대한 이야기들이 많이 나온다. 그것도 실존하는 혹은 근래까지 실존했던 고수들의 생생한 이야기다.

실제로 사람 목을 베어 본 검사의 이야기, 발 구름 한 번으로 빌딩을 흔들리게 했던 권사의 이야기, 가벼운 손짓 한 번으로 사람을 몇 미터나 내동댕이치는 무술가의 이야기.

이런 이야기들은 실제로 보지 못한다면 절대 믿지 못할 일일 것이다.

그러나 나는 그의 이야기들을 믿는다. 그건 한병철이란 사람이 스스로 보지 못한 것, 증명되지 않는 것에 대해서는 결코 쉽게 결론을 내리지 않는다는 것을 내가 너무나 잘 알고 있기 때문이다.

또한 그 스스로가 무술의 고수이기 때문이기도 하다. 고수는 고수를 알아본다고 하지 않던가!

이 책에서 정말 중요한 것은, 그리고 그가 정말로 하고 싶었던 이야기는, 누가 누구를 이기고, 뛰어난 무술로 세상에 이름을 떨쳤다는 것 따위가 아니다.

어떻게 하면 인생을 올바르게 살아갈까에 대한 진지한 고민과 그 고민의 끝에서 나온 답을 좇아 묵묵히 실천하면서 겪은 지난한 여정에 대한 자기반성과 깨달음이다.

　나는 그가 이 책에 담긴 다양한 고수들과의 인연 속에서 선인들이나 보았던 인생에 대한 해답의 편린을 엿보았을지도 모른다는 생각을 해 본다.

　한편으로 그가 여기서 멈추지 않기를 바란다.

　또 단순한 무술의 고수들만이 아닌 인생의 고수를 찾아 나서기를 권해 본다.

　그리하여 그가 다시 한 번 다른 이야기를 들려주길 원한다.

　세상엔 아직 스스로의 길조차 제대로 찾지 못하는 사람들이 많이 있기 때문이다.

— 前 제17대 통합민주당 최고위원 유인태

추천사2

영화감독 임순례

무술의 'ㅁ' 자도 모르는 내가 이 책의 서문을 쓰게 된 점을 궁금해하는 분들이 많을 줄 안다.

나 또한 많은 강호의 '고수' 들을 물리치고 이 글을 쓰게 되는 '영광'에 대해 면구스럽게 생각할 뿐이다.

무술을 하는 청년들을 소재로 차기작을 준비 중이던 차에 지인의 소개로 한병철 씨를 만나게 되었고, 준비하고 있던 시나리오 작업에서 많은 도움을 받게 되었다.

한병철 씨는 무술계에서 보기 드물게 가방끈이 긴 사람이다. 하지만 그가 돋보이는 건 그 끈의 길이가 아니라 그 가방에서 얻어진 '합리성'과 '논리성' 일 것이다.

이런저런 연(緣)으로 뒤얽혀 있어 냉정한 비판과 성토가 불가능한 무술계 풍토에서 ―이런 풍토는 물론 무술계만의 특성이 아니라 한국의 모든 '계(界)' 의 공통적 특성이긴 하지만……― 무술 전문 잡지 『마르스』를 통한 그의 발언과 시각은 명쾌하면서도 논리적이며, 뒤로 물러서지 않는 집요함과 무인다운 패기를 보여 준다.

이 책은 그의 무술인으로서의 여정을 그리고 있다. 초등학교 2학년 때부터 권투를 시작했다곤 하지만, 80년대 중반 『단(丹)』을 읽고 나서 봉우 권태훈 옹을 찾으러 다닌 까까머리 중학생 시절이 진정한 '무술인'으로의 첫걸음이 아닐까라고 나는 생각한다. 삼십여 년을 이어온 그의 고수를 향한 '오마쥬'의 여정은 중단 없이 현재진행형이다.

그의 책이 재미있게 읽히는 것은 그 자신이 무술 전반에 관한 해박한 이론가일 뿐만 아니라 실제로 검도를 비롯해 팔괘장에 이르기까지 실제 각종 무술을 수련한 실전 '무술인'이라는 데서 그 이유를 찾을 수 있을 것이다.

또한 내가 개인적으로 아는 한병철 씨는 권위적인 것을 극도로 싫어하는 사람인데, 그의 문체 역시 매우 탈권위적인 자연스러움과 여유, 그리고 유머가 있어 술술 읽혀 나간다.

경우에 따라서는 밝히기 민감하거나 거북할 수도, 혹은 황당하게 느껴질 수 있는 소재에 대해서도 그의 붓은 주저하거나 머뭇거리지 않고 거침없이 앞으로 나아간다.

결과적으로 이런 당당함과 솔직함이 그의 글에 신뢰와 생명력을 부여하는 것이다.

이 책 속에 나오는 고수들은 한국뿐만이 아니라 일본, 중국을 망라한다. 미야모토 무사시 같은 전설 속의 무사도 있지만 대부분은 우리와 같은 동시대의 인물들이다.

범접하기 힘든 정도의 카리스마를 내뿜는 분들도 있지만, 이웃집 아저씨같이 친근한 면모를 엿볼 수 있는 분들도 많다. 화광동진(和光同塵)이라고 했던가? 세속에 따르며 자기의 뛰어남을 쉬이 드러내지 않는 분들이다.

나는 위에서 밝혔지만 무술에 대해서는 완전 문외한이다. 그럼에도 진정한 무술이란 인간이 궁극적으로 추구하는 '도'와 무관하지 않음을 알고 있다.

어린 시절부터 지금에 이르기까지 끊임없이 '고수'를 찾아 헤메는 그의 여정은, 진리가 아니면 사정없이 내치고, '도'에 가까이 가기 위해서라면 어떤 것도 두려워하지 않는 여느 '구도자'들의 모습과 다르지 않다고 본다.

이 책이 단순한 재미를 넘어서 우리가 인생에서 찾아가야 하는 '도(道)'의 등불이 되었으면 하는 작은 소망과 함께 글을 맺는다.

— 영화감독 임순례

추천사3

소설가, 경희대 국어국문학과 교수 조해일

고수!

얼마나 매혹적인 말인가. 적어도 사내 부스러기들에게는.

늙었으나 그 사내 부스러기 가운데 하나임을 부인할 수 없는 나에게도 그 말은 여전히 매혹적이다.

사내 부스러기들에게는 그 말이 왜 그렇게 매혹적일까.

어떤 일에서 매우 높은 솜씨나 경지를 성취한 사람에게 일정한 경외심을 담아 부르는 말 '고수', 심지어 도박에서도 사내 부스러기들은 일정한 경외심을 가지고 그 말을 사용한다. 장기의 고수, 바둑의 고수, 무술의 고수에 이르러선 더 말할 나위가 없다.

아하, 그리고 보니 모두 승부를 겨루는 분야다.

누가 '가야금의 고수'라고 하는가. '판소리의 고수', '학춤의 고수'라고 하는가. 그 분야들의 달인에게는 '명인'이라는 다른 호칭이 있다. 승부를 겨루는 분야의 달인들에게만 '고수'라는 호칭을 사용하는 것이다.

그리고 사내 부스러기들은 이 '고수'라는 호칭에 더욱 매혹을 느낀다.

무술의 고수라면 더 말할 나위가 없다.

왜 그럴까?

무릇 동물의 세계, 특히 포유류들의 세계에서 수컷들이 지배의 욕망, 나아가 권력의 욕망을 가지는 건 지극히 일반적인 현상이다.

사내 부스러기들은 이기고 싶어 하는 것이다. 사내 부스러기들은 힘 겨루기에서 이기고 싶어 하고, 힘을 사용하는 온갖 수단의 겨루기에서 이기고 싶어 한다. 자신이 이길 수 없다면 늘 이겨 내는 다른 이에게 박수라도 치고 싶은 것이다.

사내 부스러기들이 무협 소설을 좋아하는 까닭도 될 터이다. 무협 소설에서는 힘을 사용하는 온갖 수단이 다 등장하고 힘의 사용과 관련된 온갖 판타지가 펼쳐진다. 하지만 그것이 판타지라는 것을 사내 부스러기들은 잘 안다.

그래서 현실 속에서 '무술의 고수'를 보고 싶어 하고, 현실 속에도 '무술의 고수'들은 있다.

이 책의 저자가 바로 그 '고수' 중 한 사람이고, 그가 또 다른 고수들을 찾아 국내는 물론이고 멀리 중국과 일본까지 두루 수소문하여 일일이 방문한 끝에 써낸 것이 이 책이다. 어찌 사내 부스러기 중 하나로서 매혹을 느끼지 않을손가.

물론 지금의 세상은 온통 자본의 힘이 지배하고 있다. 무술조차도 자본의 지배를 받고 있다. 자본의 힘은 이제 '무술의 고수'로서도 감히 겨루어 볼 엄두도 못 낼 만큼 압도적이다.

그런 세상에서 '무술의 고수'를 만나 보고 싶어 하는 것은 사내 부스러기들에게 남은 마지막 낭만에 불과할지 모른다.

그러나 사내 부스러기들은 안다. 자본이 비록 무술을 지배할 순 있으나 '무술의 고수'는 될 수 없음을.

사내 부스러기들에게 마지막으로 남은 이 낭만을 비웃어도 좋다. 그러나 '고수' 앞에서는 옷깃을 여미시라.

— 소설가, 경희대 국어국문학과 교수 조해일

다큐멘터리 PD, 『인간극장 - 고수를 찾아서』 연출자 김우현

미야모도 무사시를 좋아했습니다.

그렇게 자기에게 주어진 운명을 붙들고서 구도의 길을 가는 멋진 방랑자이고 싶었습니다.

여기 미야모도 무사시를 좋아하는 사내가 또 있군요.

사내의 유전자에 스며든 날것 그대로의 자유로움과 강한 영혼까지 갖춘 채, 무술이라는 운명을 붙들고 가는 유쾌한 방랑객입니다.

그가 머무르는 곳이 세속의 도시여도 황막한 광야 한 모퉁이의 객잔이되어 낭만이 춤추고, 자기를 감추는 고수의 비범한 눈빛이 긴장을 동반한 나른함까지 주는군요.

그의 이번 책은 구도의 한 발자욱이라 치부하겠습니다.

쿵후란 현란한 몸동작이라기보다 땀 흘림이며, 한 단계 한 단계 오르는 희열의 '공부(功夫)'임을 그의 이 발자욱이, 이 여행이 보여 주기 때문입니다.

언젠가 사내가 음식에 관한 박식한 지적 편력을 쏟아 내며 함께 다큐멘터리를 하자는 제안을 했던 기억을 가지고 있습니다.

그에게 무술이란 음식과도 같이 예술이며 삶이며 유희며 나눔임을 보여 주고자 함을 늘 엿보았습니다.

즐거움이지요.

진지한 즐거움…… 싸우는 즐거움…… 아픔의 즐거움…….

열정으로 지쳐 쓰러지는 즐거움…….

이 여행은 그 즐거움의 연희에 초대장을 띄우는 것입니다.

참 재미난 연희가 될 것입니다.

아무쪼록 그의 객잔에서 거칠게 고요하게 심각하게, 그리하여 마침내는 행복해지게 즐겨 주시기 바랍니다.

저도 그러하겠습니다.

— 다큐멘터리 PD, 『인간극장 – 고수를 찾아서』 연출자 김우현

서문

나는 왜 고수를 찾아 전 세계를 헤매었는가?

고수는 과연 어떤 사람들이며, 고수는 나에게 어떤 의미인가?

격투에 능한 사람이 고수인가? 전통 무예를 정확한 전수 경로로 전수받은 사람이 고수인가? 아니면 이종격투기에서 우승한 헤비 급 유술 선수가 고수인가?

이것은 나만의 의문은 아닐 것이라 생각된다.

그래서 고수에 대한 수많은 의문들을 하나하나 점검해 나가며 이 책을 썼다.

내가 생각하는 고수라는 것은 그저 싸움을 잘하는 사람이 아니다. 진정한 고수라는 것은 자기 자신의 몸과 마음을 완전히 통제할 수 있고, 정신적 육체적으로 완전한 건강을 가진 사람이다.

내가 추구하는 무도의 고수란 전인(全人)이다. 내가 고수들에게서 배우고 싶었던 것 역시 전인(全人)이 되기 위한 방법론이었고, 그것이 무공의 비전이기도 했다.

이 책은 인검수풍월(人劍水風月)의 5개 장으로 나뉘어져 있다.

와호장룡(臥虎藏龍), 천하제일검(天下第一劍), 청산유수(靑山流水), 허풍(虛風), 한산고월(寒山孤月).

각 장(章)의 소제목의 의미는 내용과 연결하여 독자들이 해석할 몫이며, 내가 이 책을 통해서 하고 싶은 말은 이 소제목에서 이미 다 표현되어 있다.

세상 모든 것에는 뜻이 있게 마련이며, 별 내용이 없어 보이는 한자 다섯 자에 천하제일 검법의 요결이 들어 있는지도 모르는 일이다.

武林一家, 以武會友.

증보 · 개정판을 발간하며

십 년이면 강산도 변한다고 했는데, 그 말을 증명하듯 십 년 전의 한국 무술계와 현재는 많이 다르다.

무술계는 많이 위축되고 수련자들도 줄어들었으며, 무술 도장의 숫자도 감소했다. 동대문시장에 즐비했던 무술 용품 상점들도 하나둘씩 문을 닫고, 지금은 겨우 명맥만 유지하는 업체가 한 손으로 꼽을 정도이다.

하긴 무술보다 재미있는 것이 많이 생겼으니, 이런 상황이 이해 안 되는 것은 아니다.

'장강후랑추전랑(長江後浪推前浪)'이라는 말이 있다. 원래 명 대의 증광현문(增廣賢文)에 나오는 말로써, 장강의 뒷 물결이 앞 물결을 밀어내듯, 한 시대의 새 사람으로 옛 사람을 교체한다(長江後浪推前浪, 一代新人換舊人)는 뜻이다.

우리는 영원히 군림할 것 같았던 주먹 황제 효도르가 패배하는 것도 목도했으며, 많은 후기지수들이 무술계에 등장했고, 사라진 사람들도 많다. 분명히 시대는 바뀌었고, 세대도 바뀌었다.

『고수를 찾아서』를 출간했던 것도 어언 10년이 다 되어 간다. 강산이 변하는 데에는 십 년도 필요 없고, 대통령 임기에 해당하는 딱 5년이면 가능하다는 것을 우리는 최근에 경험할 수 있었다.
　이렇게 세상은 빠르게 변하는데도, 게으른 탓인지 그동안 내 자신이 그다지 변한 것이 없다는 것은 스스로 생각해도 참 신기하다.

『고수를 찾아서』의 초판은 영언미디어에서 출간했었는데, 출판사가 경영난으로 폐업하면서 불운하게도 책도 함께 절판되어 버렸다. 저자 입장에서는 아쉽기 그지없는 일이었다.
　그런데 작년 늦봄의 어느날, 뿔미디어의 이주현 실장님이 연락을 해 왔다. 이 책을 다시 재간하자는 것이었다.
　그래서 『고수를 찾아서』는 다시 햇볕을 보게 되었다.
　개정·증보판이므로 그동안 소개하고 싶었던 분을 몇 명 더 추가했고, 돌아가신 분들의 경우에는 뒷이야기를 첨가하여 바뀐 상황을 반영했다.

무술은 시대 변천에 따라서 다양한 모습으로 변신하며, 인류와 함께 해 온 문화유산이다.
　이제 앞으로 무술이 어떻게 달라진 모습으로 살아남을까 하는 것은 나의 관심사 중의 하나다.
　바뀐 세상에서 뒷 물결들이 앞 물결보다 항상 힘차고 맑고 아름답기를 바라고 싶다.

1장 人의 장

와호장룡(臥虎藏龍)

송덕기 옹의 계승자,
결련택견계승회 **도기현** 회장

송덕기 할아버지는 우리나라에 택견이라는 소중한 문화유산을 남겨
주고 가셨다. 송덕기 선생님 혹은 송덕기 옹이라는 호칭보다 '할아버
지'라고 부르는 것이 왠지 더 정겹고 친근하게 느껴진다. 나만 그런지
모르겠지만.

송덕기 할아버지는 90세가 넘도록 건강을 유지하며 인왕산에서 택견
을 전수하셨고, 그분의 제자 중의 한 명이 바로 도기현 회장이다. 도기
현 회장은 송덕기 택견을 가장 오랫동안, 제대로 전수받은 사람으로 알
려져 있다.

1. 도기현 회장과의 만남

내가 도기현 회장을 만난 것은 약 십여 년 전의 어느 날이었다.
오래전부터 친분을 갖고 만나던 무술계의 선배들 중에 이영근 선생이

도기현 회장

라고 계신다. 이 선생님이 가끔씩 도기현 회장에 대한 이야기를 나에게 해 주곤 했기 때문에 이름은 낯설지 않았고, 꼭 한 번 만나 보고 싶던 참이었다.

강호에는 고수도 많고, 이인(異人)도 많다는데, 무림의 선배이자 청년 고수로 소문난 도기현이라는 사람이 어떤 사람인지 꽤나 궁금했었다.

지금은 결련택견협회로 이름이 바뀌고, 그 본부가 종로구 인사동에 있지만, 그 당시 결련택견계승회의 사무실은 혜화동 로터리에 있었다.

나는 동성 고등학교를 졸업했는데, 고교 시절에는 방과 후에 혜화동 파출소 뒤편의 고개에서 스케이트보드를 타곤 했었다. 그래서 그 지역은 골목까지 모르는 곳이 없었고, 그만큼 편안하고 낯익은 곳이었다. 그리고 스케이트보드를 타다가 무릎이 까지곤 하던 바로 그 언덕 중간이 결련택견계승회 사무실이었다.

사무실에 들어서니 어떤 동안(童顔)의 청년이 나를 반긴다. 통성명을 하지 않아도 그분이 바로 도기현 회장이라는 것을 알 수 있었다. 왜냐하면 그 방 안에서 제일 장난기 많아 보이고 눈빛이 살아 있는 사람이었기 때문이다.

도기현 회장을 처음 보는 순간, 나는 장례 행렬의 맨 앞에 서서 악귀를

쫓기 위해 쓰이는 탈인 '방상씨탈'을
떠올렸다. 왜 우리의 전통 탈이 연상되
었는지 그 이유는 지금도 모르겠다.

방상씨는 고대에 무(武)와 관련이 있
었고, 지금은 악귀를 쫓는 벽사의 목
적으로 사용되는 탈의 주인공이다.

송덕기 택견의 공식적인 계승자인

방상씨탈

도기현 회장에게서 우리나라 궁궐에
서 사용했다는 벽사탈의 느낌을 받은 것은 어쩌면 우연이 아닐지도 모르
겠다는 생각이 들었다.

도기현 회장은 첫인상 그대로 인간관계가 매우 좋고 비권위적인 사람

택견하기

이었다. 내가 권위적인 군사 문화를 유난히 닭살 돋게 싫어하는지라, 도기현 회장의 그런 소탈한 모습은 참으로 신선하게 다가왔다.

한국에서 전통 무예를 계승한다는 사람들의 일반적인 공통점은, 그것이 인위적이든 자연 발생적이든 간에 매우 권위적인 모습을 보인다는 것이다. 카리스마는 후천적으로 만들어지기도 하지만, 억지로 만들어 낸 카리스마는 멋있어 보이기는커녕 오히려 추하고 불쌍해 보인다.

나는 택견 계통의 회장님들을 여럿 만나 보았고 대화도 해 보았는데, 그들이 풍겨 내는 숨 막힐 듯한 권위 의식에 질식할 정도였다. 군기 빠졌다고 방독면 쓰고 연병장 돌던 날 이후, 나는 택견계 회장님들만큼 숨 막힐 듯한 사람들은 별로 본 적이 없었다.

이것을 그들의 '참을 수 없는 권위의 무거움'이라고나 해 두자.

그런데 이것을 아는가? 권위가 무거워질수록 존재는 참을 수 없이 가볍게 느껴진다는 것을. 카리스마는 권위 의식과 다른 것이다.

그런데 도기현 회장은 나의 이런 선입관을 완전히 날려 버린 사람이었다.

나는 원래 같잖은 사람에게는 상당히 건방질 뿐 아니라, 필요할 때는 독설가로 돌변하는 사람이다. 목에 기브스 하고 똥폼 잡는 사람은 별로 안 만나면서 남은 인생을 살고 싶

후원의 밤 시연

은 것이 나의 작은 소망이다.

그런데 첫 만남에서 도기현 회장은 자꾸 만나고 싶은 사람으로 나의 머리에 기록되었다.

무엇이 그를 매력적으로 보이게 하였을까?

도기현 회장의 매력은 간단하다. 그는 정직하게 오랜 시간을 투자해서 무술을 연마한 정통 무술인이다. 어려서부터 무술에 뜻을 두어 각종 무술을 연마했고, 연세대 재학 시절에 송덕기 할아버지를 만나 택견을 전수받았다.

물론 무술을 전수받았다고 누구나 해당 무술의 초절정 고수가 되는 건 아니다.

내가 본 도기현 회장은 체질 자체가 남들과 달랐다.

수많은 무술인을 만나다 보니 이상체질을 가진 사람을 가끔, 아주 가끔 볼 때가 있다. 즉 신경의 반응속도가 일반인과 달리 지극히 빠른 사람들이 있는데, 이런 체질을 무협지에서는 태양천골지체니 뭐니 하고 부르는 모양인데, 의학적으로는 뭐라고 하는지 나는 잘 모르겠다.

다만 내가 접해 본 경험으로는, 극히 신경 반응 속도가 빠른 사람이 있다는 것이고, 이런 사람들 중에서 유명한 사람이 바로 일제시대에 유명했던 시라소니(이성순, 1916~1983)가 아닐까 싶다. 나같이 둔한 사람은 그저 부러울 뿐이지만……

도기현 회장은 그런 특이한 체질의 소유자라고 나는 판단했다.

중국 무술을 한다는 자칭 타칭 고수들도 많이 만나 보았고, 타류의 무술인들도 보았지만, 모든 고수들이 그런 체질을 가지고 있지는 않았다.

그런데 선천적으로 좋은 체질을 타고난 사람이 평생 무술만을 수련했으니, 이런 좋은 인연이 또 어디에 있겠는가. 선재(善財)로다……

가끔 무술에 관한 이야기를 하면서 보여 주는 그의 신체 동작들은 고수로서의 그의 진면목을 여실히 보여 주기에 충분했다.

젊은 시절에 찍은 그의 두발당상 사진은 지금도 택견의 타 협회에서까지 사용할 정도로 멋진 실력이었다.

중국 내가권법에서는 신체의 송(送)을 중요하게 생각하며, 고수가 되려면 신체의 관절과 장기가 매우 유연한 상태여야 하는데, 도기현 회장은 매우 훌륭한 신체 상태를 유지하고 있다. 한국의 무술협회장 중에서 아마 가장 체(體)를 잘 유지하고 있는 사람이 아닐까 생각한다.

도기현 회장은 첫 만남부터 그 특유의 입담으로 나를 사로잡았다. 그는 무술계에서는 드물게 명문대 출신에 해외 유학파 엘리트이다. 연세대를 졸업하고, 미국 인디아나 주립대학에서 대학원을 마쳤다.

그래서일까. 무술계의 많은 사람들이 앞뒤가 안 맞는 주장을 많이 하는 데 비해서, 도기현 회장의 발언과 주장은 논리적으로 타당하고 합리적인 부분이 많았다.

그래서 나는 그를 한국 무술계 최고의 브레인으로 꼽는 데에 주저하지 않는다.

도기현 회장은 자신이 송덕기 할아버지를 만나던 순간부터, 황학정에서 택견을 배우던 시절의 이야기를 담담하게 또 유머러스하게 이야기하기 시작했다.

그의 이야기는 너무 재미있어서 나는 요절 복통을 하며 택견 이야기를 들었다.

택견계의 지도자들을 만나면 한 가지 공통점이 있다. 말을 잘한다는 것이며, 자신이 하고 싶은 말을 오래 한다는 것이다.

택견 단체 가운데 어느 유명한 단체장을 인터뷰 목적으로 한 번 만난 적이 있는데, 오전 10시에 만나 시작된 이야기가 오후 6시 반에 끝난 적

송덕기 할아버지가 택견을 전수한 황학정의 감투 바위

이 있다. 연설을 하시던 그분은 연설 중간에 내가 소변을 보러 화장실을 갈 시간조차 주지 않았다. 점심과 저녁 식사를 걸렀던 것은 물론이다.

나는 그렇게 할 말이 많은 사람은 보기 어려웠고, 생리적 욕구와 허기까지도 달관하고 일방적으로 연설을 하는 그의 내공에 감탄했던 기억이 있었다. 그때의 나는 내공이 부족해서 얼마나 힘들었는지 모른다.

내가 참다 못해서 '저어, 화장실 좀 다녀오겠습니다' 라고 말하면, 그는 '이 한마디만 더 하고……'라고 붙잡으면서 이야기를 끌어 나간 것이 장장 8시간이나 되었던 것이다.

나는 원래 아침을 잘 안 먹는데, 하루 종일 굶은 상태에서 변의를 느끼며 8시간을 앉아 있는 것이 얼마나 고행이었는지, 겪어 보지 않으면 모른다. 그날 집에 와서 내 몸을 만져 보니 사리가 세 개쯤 늘어난 것을 나는 확인했다.

도기현 회장도 언변에서는 어느 회장에 뒤지지 않는다. 그런데 그의 말에는 재미가 있고, 합리성이 있고, 끈끈한 정이 있다. 손님 앞에서 권위 의식을 세우려는 연설이 아니라, 상대와 함께 하나가 되어 사람을 편안하고 즐겁게 할 줄 안다. 그는 감히 바라보기도 힘든 위대한 큰 선생님이기보다는, 편안한 옆집 아저씨며 형님과 같은 사람이다.

그래서 도기현 회장과의 대화는 지루하지 않으며, 즐겁다. 또한 그는 상대에게 화장실 갈 시간을 배려할 줄 안다. 이건 매우 중요한 것이니까 여기서 밑줄 쫙!

유유상종이고 끼리끼리 모인다고 했던가. 결련택견계승회의 지도 선생님들도 회장과 비슷한 성향의 사람들이다. 어딘지 세상의 이권 다툼이나 상업적 계산에서는 좀 동떨어진 듯이 보이는 그런 사람들이다.

도기현 회장은 정치적이지 못하다. 만약 그가 계산적이었다면 그의

송덕기 할아버지가 택견을 전한 감투 바위 앞에서 수련에 열중하는 택견 수련자들

앉아서 수련하기

외삼촌인 모 저명 정치가의 손을 빌어 조직을 키우고, 대한체육회에 가맹하거나 인간문화재가 되었을지도 모른다.

그러나 결련택견계승회는 아직도 그런 정치적 행보에서 한 발짝 떨어져 있으며, 전국에 수백 개의 지관을 가진 거대한 택견 단체도 아니다. 그만큼 장사(!)는 못 한다는 뜻이다.

타 무술 유단자에게 동등한 단위의 택견 단증을 발급하고, 월단을 묵인하고, 관련 공무원, 정치인들과 어울렸다면, 결련택견계승회도 벌써 꽤 큰 단체가 되었을지도 모르겠다.

그런데 도 회장은 그런 짓은 죽어도 못 하겠다는 대쪽 부류의 사람이라서, 아직도 장마 때면 습해지는 지하 사무실을 벗어나지 못한다. 초록은 동색이라서 그는 나와 같은 과의 사람이긴 한데, 대나무는 항상 배고프고, 사는 것이 힘겹다.

옛법 중 활개뿌려치기

그런 반면 도기현 회장은 아이디어가 무척 많은 사람이다. 그의 탁월한 기획 능력과 창의성 넘치는 이야기를 듣다 보면, 저녁 시간이 후딱 지나가서 심야가 되기 일쑤였다. 나도 대기업의 기획 파트에서 직장 생활을 했던 사람이어서 들어 보면 타당한지 아닌지 정도는 판단할 수 있다.

나는 도기현 회장 같은 사람에게 문화체육관광부 장관을 맡긴다면, 유인촌 前 장관보다는 분명히 더 멋진 문화 예술계가 될 것이라고 믿어 의심치 않는다.

2. 결련택견계승회의 '옛법'

도기현 회장은 택견을 매우 잘하는 사람이다. 도기현 회장의 제자이

류병관 선생의 날랜 택견 시범

며 본부 전수관의 선생님으로 있는 류병관 선생은 몸이 극히 날래서 나를 매번 놀라게 하곤 했는데, 도기현 회장도 젊었을 때는 그보다 날랬었다고 하니 놀라울 뿐이다.

류병관 선생은 해병대 특수수색대 출신이며, 고등학교 때는 레슬링 선수를 했었고, 체대가 아닌 미대로 진학하여 미술을 전공한 특이한 경력의 소유자이다. 해병대와 레슬링이라는 이미지와는 전혀 다르게 그는 얌전한 새색시 같은 사람이다.

그런 그가 택견 시범을 보일 때면, 나는 항상 감탄하곤 한다. 종로 깡패 김두한 씨가 젊었을 때, 한 번 공중에 뜨면 4명을 발로 찰 수 있었다고 하는데, 류병관 선생이 바로 그런 부류의 사람이기 때문이다.

결련택견계승회에는 이렇게 특이하게 무술을 잘하는 사람들이 있고, 송덕기 할아버지가 물려주신 '옛법'이라는 택견의 실전수들이 아직도 전수되고 있다.

도기현 회장이 가끔 장난 삼아 옛법 기술을 내 눈앞에서 보여 줄 때면, 나는 그의 스피드와 기운에 매번 놀라곤 한다. 훌륭한 무술을 보는 것은 러시아 무용수들의 발레보다 더욱 아름답다고 나는 항상 생각한다.

그리고 그때마다 나는 이렇게 속으로 다짐한다.

'이 사람과는 원수되지 말아야지'라고.

택견에는 '옛법'이라는 실전수가 있다. 현재 '옛법'을 전수받아 남아 있는 곳은 결련택견계승회가 유일하다고 알고 있는데, 이 '옛법'은 내가 오래전에 배웠던 '호장(虎掌)'의 기술과 주요 공방 원리가 매우 흡사하다.

'호장(虎掌)'도 옛법의 팽이 치기 기술과 거의 똑같은 기술이 있고, 옛법의 '깎음다리' 기술과 같은 용법의 발 기술들이 있다.

택견 인간문화재 정경화 선생의 시연

감투 바위에서 택견을 시범 보이는 도기현 회장

나는 '호장(虎掌)'을 故 박성권 선생님에게서 배웠는데, 오래전에 서로 영향을 받거나 갈라진 같은 뿌리의 무술이 아닐까 하는 생각을 조심스럽게 해 본다.

옛법은 싸움하기에 극히 최적화된 좋은 기술들로, 옛법을 본다면 택견이 춤이라느니 실전성이 없다느니 하는 비방의 말들은 하기 어려울 것이다.

나는 내 자식에게 인생에서 가장 먼저 배우는 무술로 택견을 추천해 주고 싶은 생각을 가지고 있다. 나는 비록 택견과 인연이 닿지 않았고, 지금은 중국 무술인 팔괘장의 적전 전인으로 살고 있지만, 20살 이전의 어릴 때는 택견을 배우는 것이 좋겠다고 여기기 때문이다.

3. 택견계에 대한 개인적 소견

사람 사는 곳에는 평지풍파가 있기 마련이며, 택견계도 예외는 아니다. 과거 우리나라 택견계에서 뜨거운 감자로 여겨지는 인간문화재 지정을 둘러싼 일들이 있었다.

나는 인간문화재 제도 자체를 부정하는 사람이긴 한데, 이미 정부가 제도를 운영하고 있으니 제도의 존재 이유를 일정 부분 인정할 수밖에 없다.

택견의 현재 유일한 인간문화재는 정경화 선생이다. 정경화 선생은 신한승 선생님에게서 택견을 배웠고, 신 선생님의 사후에 인간문화재가 되었다.

그런데 신한승 선생님께서 인간문화재로 지정받을 당시에는, 인간문화재는 그 영역에서 가장 최고 서열의 사람이 된다는 규정이 있었으므

로, 신한승 선생님은 인간문
화재가 될 수 없었다. 왜냐하
면 송덕기 할아버지께서 생존
해 계셨기 때문이다.

그래서 편법이긴 하지만 송
덕기 할아버지를 윗대 택견의
인간문화재로 추서하고, 신
한승 선생님은 아랫대 택견의
인간문화재가 되었다.

현재 신한승 선생님은 타계
하셨고, 그분의 제자인 정경화
선생이 택견의 유일한 인간문
화재로 남아 있게 되었다.

그렇게 됨으로써 여기서 한
가지 문제가 발생한다. 정경
화 선생은 분명히 아랫대 택
견의 인간문화재이지, 택견
전체를 대표할 수는 없다는
것이다.

나는 윗대 택견의 인간문화
재를 공석으로 두지 말고 새
로이 지정해야 한다고 생각하
며, 윗대 택견의 인간문화재
는 도기현 회장이 되어야 마
땅하다고 믿는다.

선배 택견꾼들처럼 택견의 성지 감투 바위에 선
수련자. 그는 무슨 생각을 하고 있을까?

오늘도 택견의 역사는 계속 흐른다

누가 보더라도 이것이 도리에 맞는 합당한 일 처리가 아닐까.

현재 윗대 택견의 인간문화재 자리는 공석으로 남아 있다. 모든 자리에는 주인이 있게 마련이다. 빈자리에 합당한 주인을 찾아 주어야 하지 않을까 싶다.

택견은 국궁, 씨름과 함께 한국의 전통 무예로 인정받을 수 있는 3대무술 중의 하나이다.

나는 이 세 가지 이외에 한국 전통 무예로 검증할 수 있을 만한 무예는아직 본 적이 없다.

택견이 태권도를 이어 세계적인 무술로 발전하기를 기원해 본다.

역사적으로 보면 상무 정신이 고양되었을 때 우리 민족도 융성했었다.상무 정신이 고양된다는 것은 결국 건강하고 활기차게 된다는 것이니,민족이 발전할 수밖에 없지 않겠는가.

어둡고 음침한 PC방에서 담배 연기에 절어 가며 리니지나 스타크래프트를 하는 것보다는 택견의 품밟기를 하며 여가를 보내는 것이 젊은이들에게 더 좋은 것이라고 나는 믿는다.

동이택견의 계승자, **박성호**

무술 전문 잡지 『마르스』의 객원 기자였고, 현재 초등학교 교사인 정유진 씨는 어려서부터 여러 가지 무술을 배웠다. 그중의 하나가 동이택견이었다.

정유진 씨의 고향은 전북 장수인데, 어려서 이곳에서 박성호 선생을 만나 '동이택견'이라는 이상한 택견을 배웠다고 한다.

그래서 나는 정유진 씨의 소개로 사각형 품밟기를 한다는 동이택견의 전수자 박성호 선생을 만나게 되었다.

박성호 선생의 나이는 벌써 쉰 정도 되지만 구세대라기보다는 신세대에 가깝다. 컴퓨터에 관한 것은 해박하다는 표현이 적당할 만큼 잘 알고 있었으며, 또한 오토바이를 매우 좋아한다고 말하기도 했다. 오토바이는 어느 것을 소유하고 있냐고 물어보니 오토바이 마니아들만 아는 몇 가지 유명 모델이 그의 입에서 튀어나온다. 동이택견을 가르치는 사람이라면 매우 보수적일 것이라는 나의 생각은 보기 좋게 빗나간 셈이다.

1. 동이택견이란 무엇인가?

보통 택견이라고 하면 대한
택견협회, 한국전통택견회,
결련택견협회 등 크게 세 세력
이 가장 잘 알려져 있다.

그중에서도 특히 대한택견
협회가 가장 큰 세력을 가지고
있다. 대한택견협회는 각종 정
치적인 지원을 등에 업고 택견
단체로는 최초로 대한체육회
에 가맹하는 발전을 이룩했다.

앞에서 나열한 세 협회의 택
견 이외에도 몇몇 택견들이 존

박성호 선생

재하는데, 한때 사이비 논쟁, 창작 무술 논쟁까지 벌어졌던 동이택견(일
명 박성호 택견)도 그중의 하나이다.

박성호 선생에게 무술을 전수한 사람은 임태호 선생으로 알려져 있다.

박성호 선생이 스승 임태호 선생을 만난 곳은 충남 아산 영인산으로,
어린 시절 친구들과 산에 놀러 갔다가 산속에서 한 채의 움막을 발견하
였고, 그 움막의 앞마당에서 희한한 몸짓을 연습하고 있는 임태호 선생
을 만났다고 한다. 당시 박성호 선생의 나이는 7세 정도였고, 임태호 선
생의 나이는 98세였다.

그때부터 박성호 선생은 임태호 선생에게 무술을 배우기 시작했다.
박성호 선생은 7세 때부터 수련하여, 19세가 될 때까지의 12년 동안 임
태호 선생에게 사사했고, 박성호 선생이 19세가 되던 그 해에 스승인 임

태호 선생은 소리 소문 없이 자취를 감추었다.

박성호 선생은 당시 자신이 배운 것은 스승이 가진 무술의 지극히 일부분에 지나지 않는다고 말했다.

박성호 선생의 증언은 전형적인 산중 도인 설화의 구조를 가지고 있어서, 나는 진위 여부를 놓고 한동안 고개를 갸웃거리며 고민을 해야 했다. 산에서 도인을 만나 나에게만 가르쳐 주고, 그 어느 날 표표히 사라졌다는 것은 전형적인 산중 도인의 설화 구조니까.

우리나라 전통 무예의 대부분은 이러한 산중 도인 설화 구조의 역사를 가지고 있다.

해동검도는 장백산 스승에게서 '자기만' 배웠다고 주장했으나, 결국 나중에 법정 소송에서 두 사람이 머리를 맞대고 만들어 낸 검술임이 밝혀졌고, 수염 기른 도인(우에지바 모리헤이)의 사진을 폼 나게 걸어 놓았던 합기도 역시 故 최용술(崔龍述, 1899~1986) 도주에게서 배워 만든 무술임이 후일 드러났다.

대화를 하면서 나는 박성호 선생의 눈을 오랫동안 들여다보았다. 박성호 선생은 그런 사람들처럼 거짓말을 할 사람처럼 보이지 않았고, 그는 동이택견으로 단증 장사를 하거나 협회를 만들어 돈벌이를 하지는 않았다.

일단 나는 박성호 선생의 말을 믿기로 했다.

2. 동이택견의 신빙성

박성호 선생의 스승인 임태호 선생의 출생지는 평안북도였다고 한다. 임태호 선생은 부친의 스승으로부터 무술을 배웠다는데, 부친의 스승은 당시 평안북도의 무술 고수 중 한 명이었다고 한다.

박성호 선생은 스승으로부터 배운 무술 이외에 20대 초반 잠시 킥복싱을 수련하기도 했다. 그래서 그가 원래 킥복서라는 일부 주장이 등장하게 된 계기가 되었다.

한때 동이택견의 신빙성 여부를 두고 대한택견협회 게시판에서 설전이 벌어진 적이 있었다. 동이택견이 새로운 계보의 택견이라는 주장과 신빙성 없는 신흥 무술에 불과하다는 의견이 충돌한 것이다.

동이택견의 신빙성에 의심을 갖는 사람들은 여러 가지 질문들을 던지곤 했다. 박성호 선생이 스승 임태호 선생을 만나 무술을 전수받았다는 이야기는 확실히 일반적이기보다는 신화적인 분위기가 풍긴다.

특히 홀연히 사라졌다는 스승 임태호 선생의 실존 여부 또한 논란의 대상이 되고 있기는 마찬가지. 장소인 영인산도 미군 부대가 주둔하고 있어 일반인이 움막을 짓고 살기에는 적합하지 않은 곳이라는 주장도 있다. 그 이외에도 박성호 선생을 소개한 몇몇 잡지의 기사와 나와의 대화에 다소간의 차이점이 있긴 하지만, 전체 흐름에는 문제가 없다고 생각되었다.

확실히 동이택견은 지금까지 알려진 송덕기 선생님의 택견이나 신한승 선생님의 택견과는 큰 차이가 있다.

택견이란 무엇인가에 관한 개념 규정부터 먼저 해야 하는데, 좁은 의미에서 송덕기 선생님이 보여 준 택견의 형태만을 택견이라고 규정한다면, 동이 무예는 분명 택견이라고 볼 수는 없다. 넓은 의미에서 손과 발로 상대를 넘어뜨려서 승패를 가리는 무술적 유희라고 본다면 동이택견은 택견의 범주에 들어갈 수도 있을 것이다.

동이택견을 보면, 이전까지 보아 온 택견들과 크게 다르다는 것을 알 수 있다.

특히 네 가지의 보법에 주목해야 한다. 동이택견에는 네 가지 보법,

즉 갈지자 보법, 디귿자 보법, 삼수 보법, 품자 보법이 있다.

갈지자 보법의 무릎을 크게 구부리며 허리를 쭉 펼치는 듯한 모습은 파워 히팅을 위한 준비 동작으로 보일 만큼 전형적인 힘 쓰기 식의 보법이었다. 발길질도 뒤에서 뽑아내듯이 힘 있게 쭉 밀어 차는 다분히 공격적 성향이 강한 느낌의 발길질이다.

손 기술에서도 그 공격적 성향이 잘 드러나는데, 특히 엄지와 검지 사이의 오목한 부분을 상대방의 턱에 걸어 공격하는 기술과 상대방을 끌어당긴 후 앞으로 힘 있게 발길질을 행하는 모습은 매우 인상적이었다.

전체적인 느낌을 이야기한다면 지극히 파괴적이면서도 실전적이라는 것이다. 동이택견은 지금까지 보아 온 택견들과 달리 전형적인 힘 쓰기 식 보법을 위주로 공격적인 기술을 구사하는 무술이다.

3. 동이택견의 '수밟기'

박성호 선생을 아는 분들이라면 그가 발차기로 대나무를 격파한다는 말을 들어 본 적이 있을 것이다.

박성호 선생의 배려로 그의 대나무 격파 시연을 볼 기회를 갖게 되었다. 격파에 사용된 대나무는 지름이 3㎝ 정도 되는 것이었는데, 혹시나 하는 생각에 격파 이전에 대나무를 살펴보았지만 톱질을 한 흔적은 없었다.

박성호 선생은 이미 습관화되어 버린 듯 별다른 준비 자세도 없이 순간적인 발길질로 대나무를 단번에 두 조각으로 분질러 버렸다. 놀라운 것은 두 동강 난 대나무의 단면이 흡사 도끼로 내려찍은 듯 거의 반듯하게 수평으로 잘려져 나갔다는 것이다.

대나무는 섬유질이 질겨서 격파하거나 부러뜨렸을 때 어느 정도 뜯어진 듯한 부분이 남아 있기 마련이다. 그런데 박성호 선생이 보여 준 격파는 그러한 수준을 넘어서는 것이었다.

동이택견의 한 손 밀기

극진 가라테나 무에타이에서도 야구 배트 격파 시범을 보이긴 하지만, 단단한 야구 배트와 대나무는 그 성질 자체가 다른 것이다. 단단한 것은 잘 부러지지만, 질기고 유연한 것은 쉽게 부러지지 않는다.

만약 박성호 선생의 이러한 발차기가 사람의 늑골과 같은 곳을 노린다면, 그것은 실로 치명적인 공격이라 할 수 있을 것이다.

그러한 필자의 느낌을 아는지 모르는지 박성호 선생에게 택견을 배우러 왔던 수련생들은 보기 드문 구경을 했다며 싱글벙글이었다.

나는 박성호 선생에게서 의미 있는 한 가지 단서를 발견했다. 그가 입고 있는 티셔츠에는 삼족오가 그려져 있었으며, 삼족오 밑에는 '수밟기'라고 적혀 있던 것이 그것이다.

왜 삼족오를 동이택견의 티셔츠에 넣었느냐고 물어보니, 그냥 우리

고구려 시절부터의 심볼이라고 해서 넣었다고 한다.

그렇다면 삼족오는 동이택견과 관련 없다는 뜻이다.

문제는 '수밟기'였다. '수밟기'가 무엇이냐는 질문에, 그는 스승으로부터 이 무술은 '수밟기'라고 들었다고 했다. 그의 스승 임태호 선생은 이 무술이 택견이라고 말한 적은 한 번도 없었으나, 수밟기라고 말한 적은 많았다고 한다.

이 무술의 이름은 바로 '수밟기'였던 것이다. 그러면 수밟기는 과연 무엇일까.

이때 나는 한 가지 유명한 단어를 쉽게 떠올렸다. 바로 '수박희'이다. 수박희는 고려 시절 문헌부터 수없이 등장하는 유명한 단어로서, 손과 발을 써서 권법 대련하는 것을 바로 '수박'이라고 한다.

수박이라는 것의 용법은 중국 문헌에서도 등장하며, 그 의미는 '수박'이라는 특정 무술을 가리키는 고유명사가 아니라, '대련'이라는 의미의 일반명사이다.

한때 '수박'이 태권도나 검도처럼 특정 무술의 고유명사 명칭으로 오인되어 수박을 찾는 사람들이 있기도 했었다.

수밟기는 '수박희'라는 발음의 변형으로 보기에 충분하다. 지방 사투리의 영향을 받는다면 수박희가 수밟기가 될지도 모르는 일이다.

만약 권법 대련이라는 뜻으로 수박희라는 단어를 사용한 어떤 무술인들이 있어 그들의 무술을 후대로 전수하면서, 그것이 박성호 선생에게까지 내려왔다면, 이것은 상당히 흥미 있는 것이 아닐 수 없다.

내가 열심히 관찰한 바에 의하면, 박성호 택견의 흐름은 현존하는 기존의 택견의 흐름과는 상당히 다르다. 나는 동이택견을 보면서 이것은 택견과 다른 무예이며, 아직 발견되지 않았던 새로운 전통 무예일지도 모른다고 생각했다.

발길질로 대나무를 격파하는 박성호 선생

문제는 왜 택견이라는 명칭이 붙었느냐는 것인데, 이 문제를 박성호 선생에게 집중적으로 물어보았다.

박성호 선생은 자신의 무예를 타인들에게 공개할 때, 이것은 전통 무예니까 택견이라는 단어를 써야겠다고 단순히 생각했을 뿐이라고 한다.

부러진 대나무의 단면.
뜯어진 듯한 부분이 아주 적다

이때 처음부터 '수밟기'라는 명칭을 사용했다면, 지금과 같은 혼돈은 없지 않았을까 싶고, 어쩌면 새로운 전통 무예로써 인정받을 수 있었을

지도 모르는 일이다. 볼수록 아쉽기만 하다.

그러나 이런 일련의 생각들은 내 개인의 생각일 뿐이며, 동이택견은 수박희의 발음이 변한 것이 아니라, 택견일지도 모른다.

앞서 언급했듯이 온라인상에서 동이택견의 신빙성 여부를 두고 설전이 벌어졌을 때, 논리적인 문제를 제기하며 증거를 제시해 달라는 요청이 있었는가 하면, 몇몇 몰지각한 논객들이 다짜고짜 사이비로 몰아붙이는 경향도 있었다. 향후 이러한 논의가 다시 벌어질 경우에는 보다 자제력 있는 논의가 이루어져야 할 것으로 본다.

설전이 벌어질 당시, 택견계 최대 단체인 모 택견협회의 회장이 박성호 선생을 불렀었다고 한다. 그 회장은 박성호 선생에게 무술을 보여 달라고 했고, 자신의 단체로 들어오라고 제안을 했었다고 한다. 물론 박성호 선생은 일언지하에 거절했고, 그 후로 그 회장님과 만난 적은 없단다.

4. 동이택견에 바란다

동이택견이 과연 택견인가 아닌가에 대한 것은 현재로서는 알 수 없다.
동이택견이 가진 새로운 택견 계보에 대한 신빙성 논쟁은 어디까지나 택견계 내부의 일이기 때문에 필자가 관여할 필요는 없으며, 또한 관여할 자격도 없다.

다만 한 가지 확실한 것은, 동이택견은 기존의 택견들과는 확연히 구분되는 나름대로의 독특함을 가지고 있다는 점이다.

한 가지 짚고 넘어갈 것이 있다면, 동이택견을 바라보는 주류 택견인들의 시선이다. 동이택견이 택견이든 아니든 현재는 택견이란 명칭을 사용하고 있다. 결국 무술계에 있던 사람들은 그 뒷이야기를 알고 있으니 별말이 없겠지만, 무술에 관해 문외한인 사람들이 볼 때는 마치 집안 싸움처럼 보여질 수도 있다.

나는 박성호 선생의 동이택견이 차라리 택견이라는 이름을 포기하고, 원래의 명칭이라는 '수밟기'로 환원하여 발전했으면 한다.

동이택견은 중국이나 일본의 무술과는 차별적이며, 한눈에도 중국, 일본 무예는 아님을 알 수 있었다. 박성호 선생의 무술이 택견과는 다른 우리의 무술로 발전하기를 기원해 본다.

노검객(老劍客)의 귀휴(歸休)
대한검도회 **오병철** 관장

1. 감옥에 간 목수

1968년 한국에선 무슨 일이 있었을까.

미국의 대북 간첩선 푸에블로 호가 북한 해군에 의해 나포되었고, 1월 21일에는 무장 공비 김신조 일당이 청와대를 기습한 사건이 일어났다. 이것 이외에도 장년층의 기억에는 지금도 소름 끼치는 통일혁명당 간첩 단 사건이 있다.

1968년, 박정희 정권의 중앙정보부는 속칭 통일혁명당 간첩단 사건의 진상을 발표, 이 사건 관련자 158명 중 73명을 송치했으며, 나머지 85명 에 대해서는 계속 조사 중이라고 밝혔다.

이에 따르면 이들 간첩단은 재남 고정 간첩 김종태를 두목으로, 김질 락(청맥사 주간)과 이문규(학사 주점 대표)를 중심으로, 서울 문리대를 비롯한 각 대학 출신 혁신적 엘리트로 구성되어 있다. 주모 급은 전후 4차에 걸 쳐 북한을 내왕하면서 김일성을 면담한 바 있고, 북한 대남 사업 총국장인 허봉학으로부터 지령과 미화 7만 달러, 한화 2천3백50만 원, 일화 50만 엔의 공작금을 수령, 가칭 통일혁명당을 결성, 혁신 정당으로 위장 합법화하여 각계 각층에 침투 조직을 확대해 왔다는 것이 발표의 요지였다.

오병철 관장

이들 간첩단은 69년 1월 25일에 열린 선고 공판에서 국가보안법, 반공법, 형법상의 간첩죄, 내란음모죄 등을 적용, 김종태, 김질락, 이문규 등 5명은 사형, 신광현, 오병철 등 4명에게 무기징역, 나머지 21명은 최고 15년에서 최하 3년까지의 징역형을 선고받았다.

이래서 오병철 관장은 무기수로 감옥에 갔다.

중앙정보부에서 그를 간첩이라고 하니까. 그리고 중앙정보부 고문실에서는 잠시 간첩도 되었던 모양이다.

그 후, 세월이 흘러 서른한 살 젊디젊은 청년은 감옥에서 이십 년을 보내고 50대 장년이 되어 사회로 돌아왔다.

오병철 관장은 54년 경북고 3학년 때 검도에 입문했다. 그리고 56년 서울대 문리대 철학과 재학 시절에 서울대학교 검도부를 창설하여 지도했으며, 57년 경기고 검도부, 서울고 검도부를 창설하여 지도하면서, 62년 전국체전 대학부 우승이라는 위업을 달성했다.

당시 서울대 총장실에 우승기를 들여놓은 것은 검도부가 유일했다고 한다.

그는 대학을 오래 다녔다. 가난한데다 병역을 마치느라 9년을 대학에 머물렀다.

그때, 살아 있는 대학생들이라면 당연히 관심을 가질 수밖에 없었던 통일 문제와 독재 정권에 대한 걱정 때문에 선후배들과 머리를 맞대었다. 이 친구들과 명동 한구석에서 우리나라 최초의 학사 주점을 열었다.

하지만 그는 사회변혁을 추구하는 투사이기 이전에, 이미 한 명의 무사였다. 투사보다 검객이 먼저 되었으니 당연했다.

박정희 정권은 68년에 그를 무기수로 감옥에 가두었다. 재판을 받으며 형무소에 갇혀 있다가 서울역으로 이송되었다.

남쪽으로 내려가는 기차를 타던 날, 그는 평생 동안 다시는 한강을 보지 못할 거라는 생각에 가슴이 저리도록 아팠다고 한다. 당시는 경부고속도로도 없던 시절이어서 기차에 몸을 싣게 된 그는 대전과 전주의 교도소를 전전했다.

영원히 끝나지 않을 것 같은 박정희 정권 치하의 교도소에서 그는 정치범으로서 기약 없는 나날을 살았다.

그가 이송된 대전교도소는 한마디로 박사들이 우글거렸다. 동백림 사건 등으로 감옥에 온 내로라 하는 박사님들이 감방마다 즐비했기 때문이다. 말 잘하는 놈은 '가막소'로 간다고 했던가. 결국 그 시대의 생각 있는 지식인들이 가야 할 곳은 어쩌면 감옥밖에 없을지도 몰랐다.

석학들이 정치범 죄수 신분으로 즐비한 교도소에서 덕을 본 사람들은 폭력이나 절도 등으로 들어온 일반 죄수들이었다. 한글조차 몰랐던 까막눈 죄수들에게 글을 가르치고, 검정고시 공부를 하게 했다.

서울대 출신 혹은 박사들을 독선생으로 모시고 매일 과외를 받을 수 있었던 당시 교도소의 죄수들은 행운아였을 것이다.

오병철 관장이 처음 작업 배치된 곳은 인쇄 출판 쪽 업무였다고 한다. 그러나 비교적 할 만한 일이었던 인쇄 일을 포기하고, 그는 힘든 일에 속하는 목수 일을 자청했다.

이후 그는 십수 년간 목수로 살았다. 그가 목수가 된 이유는 오로지 검도 때문이었다. 남들이 힘들어 하는 대패질, 나무 나르기를 하루 종일 도맡아 하면서, 그는 팔 힘과 체력을 잃지 않으려 노력했다. 암울했던 70년대 독재 정권 시절에, 이 시대의 희생자는 마치 예수처럼 목수로써 이렇게 30대 청춘을 살아 냈다.

그 힘든 시절 그를 지탱했던 것은 서도(書道)와 검도였다. 원래 사회에서도 서도를 했지만, 집중적으로 서도 수련을 한 적은 없었다.

감옥 안에는 서도를 할 수 있는 감방이 있었다고 하는데, 이곳에 전방을 가려면 1급수가 되지 않으면 불가능했다.

오병철 관장은 수년 동안 모범수로 생활한 끝에 드디어 서도방으로 가는 데에 성공했다. 그는 이곳에서 구양순체를 시작으로 왕희지(王羲之)에 이르기까지, 감옥 생활의 거의 대부분을 서도를 하며 보냈다.

감옥에서 그가 만난 구양순체는 그의 강직한 성격과 너무나 잘 맞았다.

구양순(歐陽詢)은 중국 당(唐)나라 초의 서도가이다. 진(陳)나라의 광주자사(廣州刺史)였던 아버지 흘(紇)이 반역자로 처형된데다, 키가 작고 얼굴이 못생겨서 남의 업신여김을 받는 등 어릴 적부터 불행한 환경을 참고 견디며 자랐으나, 후일 태상박사(太常博士)까지 된 인물이다.

그래서인지 구양순의 필체는 예로부터 많은 사람들이 해법(楷法)의 극칙(極則)이라 하며 칭송하였고, 뼈가 들어 있는 강인한 필체로 유명하다.

흔히 즐기는 필체를 보면 그의 성격을 알 수 있다고 하는데, 그가 안진경체가 아닌 구양순체 쪽으로 흘러간 것은 어찌 보면 당연한 일이다.

그리고 지금의 오병철 관장의 필체는 자신만의 독특한 세계를 구현한, 그만의 새로운 서도체를 보여 주고 있다.

오병철 관장의 서도 수련과 검도를 이해하고 지원해 준 것은 당시 전주교도소장이었는데, 전주 지역에 살고 있던 당대 최고의 서도가들에게 작품을 보이고 지도받을 수 있는 기회를 자주 열어 주었다.

또한 교도관 검도부를 지도하게 하여 오병철 관장이 검을 잡을 수 있도록 배려해 주었다.

하긴 검도의 고수가 관할 교도소 안에 있는데, 지도받기를 마다할 검도인은 없을 것이다.

한 번은 그가 지도한 교도관 팀이 검도 대회에 나가서 우승을 하기도 했다.

감옥 생활을 오래 하면 인간은 수동적이 되고, 혼자 생각하고 행동하는 능력을 상실하게 된다. 그렇기에 모범수에게는 일 년에 한 번씩 귀휴(歸休)가 허락되었고, 오병철 관장은 교도관과 함께 일 년에 며칠씩 사회로 나왔다가 들어갈 수 있었다. 며칠간 허락된 사회 구경은 또다시 일 년을 견디게 해 주는 보약과 같은 추억이었다.

귀휴(歸休)를 나와서 길을 가다 보면, 바로 옆에 붙어 있어야 할 교도관이 잠시 떨어지기도 한다. 뭐 이유는 담뱃불 때문이라던가 하는 사소한 이유일 것이다.

하지만 그때마다 그에게는 불안함이 엄습했다. 교도소 안에서는 혼자서 걷는 것조차 허락되지 않는다. 독보금지(獨步禁止)가 그것이다.

혼자서는 걷지도 못하는 사람을 시내 복판에 내놓았으니, 불안하지 않을 리가 있는가.

영화 『쇼생크 탈출』에서 보면, 이 영화의 흑인 조연 레드(모건 프리먼)는 오랜 복역 생활 중 노년의 나이에 가석방되어 어떤 슈퍼마켓에서 일하게 된다.

그가 화장실에 갈 때마다 슈퍼마켓 지배인에게 허락을 받으려고 하니까, 지배인은 이제부터 화장실에 갈 때에는 허락받지 않고 그냥 가도 된다고 말한다.

이 말을 듣고 레드는 화장실에 들어가면서 혼자서 중얼거린다.

'나는 허락을 받지 않고는 오줌 한 방울도 나오지 않는다'라고.

> 나는 교도소의 인간이 된다는 것이 어떤 것인지 힘껏 말해 왔다.
>
> 처음에는 사방의 담벼락을 견뎌 내지 못하다가, 그것을 참아 낼 수 있을 만하게 되고, 그렇게 되면 그것을 받아들이게 된다.
>
> 그다음에는 몸과 마음과 정신이 교도소의 기준에 맞게 조정이 되면서, 그것을 사랑하게 된다. 언제 밥을 먹을지, 언제 편지를 쓸 수 있는지, 언제 담배를 피울 수 있는지, 지시가 내려진다.
>
> 세탁소나 번호판 공장에서 일할 경우, 매시간마다 5분이 화장실 가는 시간으로 주어진다.
>
> 35년 동안 매시 25분이 나의 화장실 시간이었으며 그 세월이 흐른 뒤에는 그 시간이 되어야만 요의나 변의를 느끼게 되었던 것이다. 매시 25분에.
>
> 무슨 일이 있어서 못 갔을 경우, 욕구는 매시 30분이 지나면 사라져서, 그다음 시간 25분에 되돌아 온다.
>
> 나는 앤디가 그 호랑이─즉, 죄수 신드롬─와 투쟁을 했으리라 생각하며, 또한 모든 것이 수포로 돌아갈지 모른다는 커다란 공포와도 싸웠으리라 생각한다.
>
> (소설 『리타 헤이워드와 쇼생크 탈출』 중에서)

결국 앤디 듀프레인(팀 로빈스)이 기다리는 그들만의 이상향인 태평양 해변의 휴양지 지화타네조로 레드는 떠난다.

앤디 듀프레인은 자유를 누리기 위해 그 많은 세월 동안 락 해머로 시멘트를 부수어 나갔다.

희망을 잃지 않는다는 것은 자신을 잃어버리지 않는다는 것이다. 석방된 후에 교도소에 남겨 두고 나온 자아를 발견한다면, 그것이 과연 석방일 수 있을까.

오병철 관장에게는 검도와 서도가 전주교도소의 콘크리트 벽을 파내는 락 해머였다.

오랜 수인 생활을 마친 그는, 1988년 노태우의 6·29선언 1주년 기념 특사로 가출옥되어 사회로 돌아왔다. 그의 가출옥을 위해 사회의 많은 민주 인사들이 노력했던 결과였다.

사회로 돌아오자, 그는 혼자서 길을 걸어도 된다는 사실이 너무나 생소했고, 또 행복했다고 한다. 허락받지 않아도 마음대로 소변을 볼 수 있다는 사실이 말이다.

이렇게 그는 사회로 영원히 귀휴(歸休)했다. 그리고 이미 노년에 가까운 나이에 자신만의 지화타네조를 찾아갔다. 바로 검도 도장을 세운 것이었다.

그것이 신촌에 있던 제검관이다.

2. 노검객(老劍客)의 지화타네조

오병철 관장은 출판사를 운영하며 이십 년간 그를 옥바라지해 준 부인

윤일숙 씨(햇빛출판사 대표, 아동문학가)의 도움으로 도장 이름을 바꿔 마포에 제심관을 열었고, 제자들이 몰려들었다.

그때부터 삼성SDS 검도 동아리 '일도회'를 창설하여 지도했고, 한겨레신문 문화센터 검도 건강 교실 창설, 지도 강사를 역임했다. 한국통신, 삼성생명, 삼성전자 검도부가 창설되었고, 지도 사범이 되었다. SK상사 검도 동아리 '선검회', 광성중학교(마포구), 광남중학교(광진구) 특별 활동 검도반을 지도했다.

그간 못 한 것을 메우려는 듯, 많은 것을 배웠고 많은 것을 경험했다.

당산기공을 몇 년간 수련했고, 당산기공 신촌 지부를 개설했다.

당산기공은 중국인인 장운락 대사가 1985년부터 한국에 보급한 중국 기공이다.

오병철 관장이 수행한 당산기공은 상당히 훌륭하고 효과가 좋은 기공인데도 불구하고, 현재 서울 시내에는 수련장이 모두 사라져서 접하기 어렵다.

한때 제심관의 제자들에게 당산기공을 지도해 보기도 했으나, 격검과 같은 격렬한 운동을 선호하는 젊은이들에게 외면당하기 십상이었다고 한다.

기공과 내공 연마를 하면 검도 실력도 많이 고양될 텐데, 젊은 사람들이 내공보다는 외공 단련에만 치중하는 것이 못내 아쉽다고 오 관장은 말한다.

3. 제심관의 다채로운 제자들

제심관은 참으로 묘한 검도 도장이다. 첫째 이동 차량 운행이 없고,

초등학생이 별로 보이지 않으며, 관원들의 80%가 성인이다.

오병철 관장이 거의 도사가 다 되어서 그런지 관원들의 얼굴에도 여유로움이 가득하다.

정계, 학계를 망라하는 그의 인맥만큼이나 제심관 관원들의 직업도 다양하다. 교수, 박사부터 동네 구멍 가게 아줌마까지, 대기업 간부와 컨설턴트부터 고시 공부하는 사시 준비생까지 너무나 다채롭다.

또한 관원들이 마포 지역 사람들보다 타 지역 사람들이 더 많다는 것도 제심관의 특징 중의 하나이다.

한 중소기업에 근무하는 박종일 씨의 집은 목동, 사무실은 송파구 석촌동인데도 하루도 빠지지 않고 저녁 무렵 제심관에 나와 검도를 한다. 박종일 씨는 신촌 제검관 시절부터 오병철 관장을 스승님으로 모시고 검도를 배워 온 제심관의 고참이다. 제심관에 오는 사람들은 불광동, 일산, 강남, 도봉구에 이르기까지 각지에 산다.

한 공기업에 근무하는 강수환 씨는 제검관에 한 달간 운동하러 왔다가 이곳에 반한 나머지 아예 도복을 갖다 놓고 수시로 검도하러 오는 검도인이다. 당시 검도 3단 승단을 예정하고 있는 강수환 씨는 검도를 하면서 체중이 17kg이나 줄고 너무나 건강해졌다며, 검도와 제심관에 대한 칭송이 끊이지 않았다.

이경식 씨도 마찬가지. 그는 고시 공부를 하는 내내 검도를 하며 정신 집중을 했다고 한다. 제심관에는 박종일 씨나 강수환 씨와 같은 사람들이 워낙 많아서 누구도 자신의 집이 멀어서 다니기 어렵다는 말은 꺼내지도 않는다.

또한 어느 검도 도장이나 그렇지만, 제심관 사람들은 신기한 것을 믿지 않는다. 모 무술 단체처럼 관장이 축지법과 비월을 하고, 장풍을 쓰

제심관의 수련 과정

기 때문에 제심관에 나오는 사람들이 아니다. 그냥 검도가 좋고, 사람들 만나는 것이 좋아서 나오는, 지극히 상식적이고 건강한 사람들이다.

이동 차량을 운행하면 초등학생 수련생이 좀 늘어날 것이고, 도장 운영 유지에도 도움이 될 것 같다는 생각은 하지만, 검도를 배우려는 초등학생이라면 자신의 발로 스스로 도장까지 찾아오는 법부터 배워야 한다고 생각하기에 오병철 관장은 여태 이동 차량 운행을 하지 않는다.

그러나 오 관장의 이런 신념과는 또 다르게 제심관은 권위적이지 않다. 관장님과 사범님, 관원들의 관계가 마치 동네 할아버지와 꼬마들의 사이 같다고나 할까.

오병철 관장님을 길에서 만난다면 영락없는 시골 촌부이다. 어느 누가 이 사람을 수십 년간 검도를 수행한 검객이자, 한 시대를 풍미한 사상범이었다고 생각할 것인가.

그러나 때때로 그의 눈에서 번쩍이는 눈빛은 그가 환갑이 훨씬 지난 나이에도 불구하고 지금도 녹슬지 않은 검객임을 분명히 말해 준다.

월요일에 제심관에 오면 검도계의 멋쟁이로 유명한 前 대한검도회 8단 범사 남승희 선생님의 지도를 직접 받을 수 있다.

필자가 방문했던 월요일날 저녁, 남승희 선생님은 직접 검을 들고 땀을 흘리며 관원들을 지도하기에 여념이 없었다. 수요일에는 부천시청 감독이셨던 고동수 사범이 나와서 하루 동안 검도를 지도한다.

또한 제심관에는 여성 수련자가 많기로 유명한데, 현재 사범을 하고 있는 한영숙 사범도 여성 사범이다.

제심관은 한마디로 살아 있는 도장이다. 살아 있다는 것은 좋은 것이다.

그리고 2주일에 한 번씩 검도계 스타와 만남의 시간을 가지고, 함께 대담하고 실제로 검을 들고 격검하며 지도받기도 한다. 김경남 사범, 김정국 사범도 제심관에 와서 관원들과 세미나를 했던 검도 스타들이다.

4. 노검객의 삶

오병철 관장은 어떤 인생을 살고 있는 것일까.

과거 아끼던 수제품 호구(護具)를 누군가 몰래 들고 가 버려 주변 제자들이 안타까워하자, 허허 웃으면서 한마디했다.

"인생도 모두 다 잃어버리고 살았는데, 그까짓 호구 하나 잃어버렸다고 뭐가 대수인가."

요즘은 하루하루가 즐겁고 행복하다고 한다. 조금 힘들 때면 이십 년 감옥 생활을 떠올리고, 그러면 갑자기 주변의 길과 거리가 너무나 아름답고 의미 있게 보인다고 한다. 길가에 떨어진 나뭇잎 하나까지도 하나하나가 예쁘고, 그래서 그냥 웃음만 나오고 행복해진다고 하는 오병철 관장. 그렇게 말하는 그의 눈빛은 이미 해탈한 도인의 그것이었다.

前 대한검도회 8단 범사 남승희 선생

그가 통일혁명당 사건으로 감옥에 간 지 43년이 지난 오늘, 우리 사회는 그때보다 얼마나 달라졌을까. 그가 희구했던 조국의 민주화는 과연 얼마나 진전되었고, 통일은 얼마나 가까이 왔는가.

그래도 세상이 옛날보다는 조금 좋아졌다고 그는 말한다.

그리고 이제는 세상에 바라는 것도 욕심도 없으며, 이렇게 검도를 즐기다가 어느 날 도장은 누군가에게 물려주고 지팡이 하나 짚고 어디론가 훌쩍 떠나 버릴지도 모른다고 웃으면서, 세상은 아름다운 거라고 덧붙인다.

영원히 귀휴(歸休)한 노검객에게 분명 세상은 아름다울 것이다. 그리고 희망은 소중한 것이다.

그가 남은 여생을 보내고 있는 그의 지화타네조, 제심관에서 그의 남은 꿈속이 푸른빛이기를 나는 희망한다.

'희망은 좋은 거죠.

가장 소중한 것이죠.

좋은 것은 절대 사라지지 않아요.'

나는 희망한다. 앤디가 그곳에 내려가 있기를.

나는 희망한다. 내가 국경을 무사히 넘을 수 있기를.

나는 희망한다. 내 친구를 만나 악수를 나눌 수 있기를.

나는 희망한다. 태평양이 내 꿈속에서처럼 푸른빛이기를.

나는 희망한다.

(『쇼생크 탈출』 중에서)

한국 매화당랑권 **윤효상** 관장

1. 윤효상 관장과의 인연

내가 윤효상 관장을 만난 것은 2000년 봄이었다. 내 동생 병기가 윤 관장을 처음 만난 것은 나보다 오래전인 88년경이었으니, 윤 관장과 우리 형제와의 인연은 꽤 오래된 셈이다.

아니, 내가 더 오래되었는지도 모르겠다. 왜냐하면 윤효상 관장의 동생인 윤종상은 나의 고등학교 동기 동창 친구이니 말이다.

1982년 고등학교 1학년 때, 윤 관장의 동생이자 지금은 치과 원장인 윤종상 원장과 만났다.

나의 벗 종상이는 동성 고등학교 재학 시절 내내 점잖고, 공부 잘하고, 대인 관계 좋은, 속칭 말하는 범생이의 부류였다. 사람도 좋아서 학교 내에서 그를 괴롭힐 적(敵)이 없는 그런 호인이었고, 모범생으로 외부 포장을 잘하고 있던 나와 절친한 사이였다.

나는 술, 담배를 하지 않아서 겉은 모범생이었으되, 속은 전혀 그렇지 않았다.

나는 고등학교 때 이미 자생적 사회주의자에 혁명가였으니, 당시 기준으로는 좌경 용공 체제 전복 세력이었다. 내가 제일 존경하던 인물은 체 게바라였고, 읽던 책의 절반은 남미 해방신학 서적이며, 부르던 노래의 대부분은 김민기의 노래였으니 말이다.

윤효상 관장은 그의 동생 윤종상과는 전혀 반대의 사람이라고 보면 된다.

2. 당랑권과의 인연

윤효상 관장은 서라벌 고등학교를 나와 경기대 관광경영학과를 졸업했다.

80년대 초반까지 우리나라 중국 무술계에는 대학 나온 사람을 한 손으로 꼽는다고 했던, 그런 호랑이가 담배 피우던 시절이었다.

윤효상 관장은 어려서부터 중국 무술에 심취했다.

그가 접한 무술은 당랑권이었는데, 60년대, 70년대에 국내에서는 당랑권 이외의 중국 무술은 거의 보기 어려웠다. 임품장 노사가 한국에 전한 당랑권은 남한 전체를 석권했다. 소림권 도장에서도 사실은 당랑권을 가르쳤으며, 중국 무술의 상징은 사마귀처럼 손목을 꺾은 '구수(鉤手)'로 대표되었다.

또 70년대에는 이소룡과 성룡이라는 걸출한 쿵후 스타가 등장해서 젊은이들의 가슴에 불을 질러 놓았던 시절이다.

윤효상 관장은 당시 서울에서 제일 유명했던 서울 성수동의 한화체육관에 입관하여 당랑권을 배우기 시작했다.

그가 얼마나 무술을 좋아했었는가는 대학 입시 전날에도 드러난다.

그는 대학 입학 시험을 보기 전날 밤에도 밤 10시에 도장에 가서 밤새 당랑권을 수련하다가, 통금이 풀리자 새벽에 가방을 들고 시험을 보러 갔다는 '전설'을 갖고 있다.

윤효상 관장은 그렇게 운동을 하면서도 대학에는 덜컥 붙었다. 아마 그 정성으로 공부를 했으면 서울대학교 법학과 수석으로 붙었을 거라고 나는 생각한다.

윤 관장은 대학을 다니면서도 갖가지 기행을 했다. 대학생 신분으로 도장을 열었고,

당랑권 시연

도장에는 수련생들이 붐볐다. 21살 먹은 대학생이 하루에 백 명이 넘는 관원들을 지도하는, 한마디로 폼 나는 관장님이 되었다.

1980년도 경이었으니 가능했을 것이다. 스크린에서는 이소룡, 성룡 같은 쿵후 스타들이 날아다니고 있었고, 사회는 불안하여 시민들의 놀이 문화가 실종되어 있었으니 말이다. 지금처럼 PC방이 발달하고 온라인 게임이 확산된 상황이라면 아마 불가능했을 것이다.

윤효상 관장은 당시 한 달에 수백만 원의 수입이 쉽게 들어왔다고 말

한다. 대학 2학년 학생에게 그 정도의 수입이면 웬만한 샐러리맨의 반년 치 월급보다 많았다.

윤 관장은 폼 나고 화려한 대학 생활을 보내면서 당랑권만을 연마했다. 그의 무공이 일취월장했음은 물론이다. 대학 시험 전날에도 밤새 투로를 뛰며 쿵후를 했던 그였는데, 대학 시절에는 어떠했겠는가. 또한 그때는 한국 내 중국 무술의 전성기였다.

우리나라는 쿵후 잘한다고 군 입대를 면제해 주지는 않는다. 야구를 잘하면 박찬호처럼 군대를 면제해 주며, 축구를 잘하는 사람은 안정환처럼 몸에 문신을 새겨 낙서를 해도 멋지다고 하지만, 쿵후를 잘한다고 해서 군대 면제받았다는 소문은 들어 본 적이 없다.

윤 관장도 입대 영장이 날아오자 도장을 후배에게 잠시 맡기고는 군 입대를 했고, 방공포대에서 열심히, 그러면서 재미있게 군 생활을 했다.

그러나 제대하고 돌아온 그의 도장은 이미 군 입대 전의 도장이 아니었다. 관원들은 모두 다 도장을 떠났으며, 불과 몇 명만이 을씨년스러운 도장을 지키고 있었다.

윤 관장은 다시 도장을 재건하려고 했으나, 이미 중국 무술의 유행이 지나간 탓인지 관원은 예전처럼 모이지 않았다고 한다.

그래도 그는 중국 무술을 버릴 수가 없었다.

윤 관장도 대학을 졸업하고, 남들처럼 사회생활을 시작했다. 관광경영학과를 졸업했으니, 전공을 살리면 금상첨화이다. 그는 전공을 살려 특급 호텔에 들어갔고, 한국에서 제일 크다는 대형 여행사에서 근무하기도 했다. 속칭 말하는 대기업만 골라 다닌 셈이다.

그러나 사회는 무림과 다른 것인지, 그의 적성에는 도무지 맞지를 않았다.

그는 그 좋은 회사를 다 그만두고 다시 도장을 열었다. 도장은 그런데로 관원이 있었지만, 예전 같지는 않았다.

그는 그때 결혼을 했는데, 부인 역시 그를 잘 이해해 주는 사람이었다. 맞선을 볼 때 직업이 무술관 관장이라고 하면 대부분의 여자들이 도망가곤 했다는데, 지금의 부인은 그런 그를 잘 이해했고, 결국 결혼했다.

3. 매화당랑권의 뿌리를 찾다

도장을 운영하던 중, 그는 산동에서 열린 중국 무술 대회에 참석하게 되었는데, 그곳이 바로 산동성 연태였다.

경기가 없던 시간에 거리에 나갔다가, 자신들의 티셔츠에 쓰여진 '당

지도 중인 윤효상 관장

랑(螳螂)'이라는 글자를 알아보고 연태에도 이 무술이 있다고 말하는 조선족을 만났다.

그래서 그를 따라서 찾아간 곳이 바로 '연태 당랑권 연유회'였다.

이곳은 학가문 매화당랑권의 총본산이니, 자신이 하는 무술의 뿌리를 우연히 찾아 들어간 셈이다. 필연이 아닌 우연은 없다고 하니, 이 역시 삼생의 인연일 것이다.

사마귀 신령의 가호가 그에게 있었던 것일까. 그는 그곳에서 학가문 매화당랑권의 최고 고수로 활동하고 있는 곡자군 노사를 만나게 되었다.

곡자군 노사가 보여 주는 당랑권의 세계와 수 풀이를 본 윤효상 관장은 심 봉사가 눈을 떠 세상을 처음 본 것이나 다름없었다. 그에게 당랑권의 새로운 세상이 열렸던 것이다.

과거 중국 공산화 이후에 한국에 들어와 살던 중국 화교들은 중국 무술이 자신들의 생존의 수단이 될 수 있음을 간파했고, 한국인들에게는 조금씩 변형시킨 무술을 가르쳤다. 간단히 말하면 고의적으로 기술을 변형시켜서 잘못 가르쳐 주었다는 뜻이다.

그 이유는 중국 무술의 진전을 전해 주면, 자신들의 생계 수단이 사라질 것을 두려워했기 때문이다. 그래서 본토의 정통 쿵후와 한국 내에서 전파된 중국 무술의 형태가 조금 달라지게 되었던 이유가 여기에 있다.

윤효상 관장은 그동안 자신이 배운 당랑권이 오리지널 원작과 조금씩 다르다는 것을 깨달았다. 그 뒤로 도장을 운영하면서도 두 달이 멀다 하고 중국을 드나들기 시작했다. 영세한 무술 도장 관장의 수입으로 매번 중국에 다녀오려면 그리 쉬운 일은 아니었을 터이다. 그래도 그는 산동성 연태시에 수십 번을 들락거리며 매화당랑권을 배웠다.

우리나라 당랑권 도장에 가면 초기에는 쌍풍권, 개로권 등등의 권법을 배우게 된다. 그런데 중국 본토에는 쌍풍권이나 개로권이라는 권법

이 아예 존재하지 않았다. 결국 한국 땅에서 화교들이 만들어 낸 권법이
었던 것이다.

그것뿐이 아니었다. 그동안 밤을 새우며 수련했던 기술들도 본토의
오리지널과는 조금씩 달랐다.

물론 한국의 당랑권이 망가진 당랑권이라는 것은 결코 아니다. 그 나름
대로 훌륭한 무술이며, 실전에서 얼마든지 사용할 수 있는 기술들이다.

그러나 본토 당랑권의 기술과 비교한다면, 조금씩 부족한 기술임을
부인할 수는 없었다.

윤효상 관장은 중국의 곡자군 노사에게서 권법을 다시 배웠고, 당랑
권의 최고 정화라는 '적요'까지 수련을 마쳤다.

당랑 적요는 당랑권의 모든 기술을 총망라해서 정수만 뽑아서 만들어

황주환 회장님과 함께

진 권법이다. 당랑권의 모든 수련은 적요를 배우기 위해서 존재하는 과정일 뿐이라는 말까지 있을 정도로, 적요는 훌륭하고 실전적인 권법이라고 일컬어진다. 즉, 적요까지 배우면 당랑권은 다 배운 것이나 다름없다는 뜻이다.

중국과의 수교 후에 한국에서는 참 많은 무술인들이 중화인민공화국으로 몰려갔다.

1994년도에 중국 여행 자유화가 되었는데, 그 이전까지의 중국 여행은 자유가 아니었으며 안기부 허가 사항이었다. 중국에 간 한국의 중국 무술인들은 중국과의 채널을 선점하기에 여념이 없었고, 또한 1994년까지의 중국인 무술가들은 아직 상업적인 계산을 잘하지 못할 때였다.

중국이나 대만을 들락거리던 초기의 한국 무술가들은 참으로 많은 실수와 오류를 함께 저질렀다. 새벽에 홍콩의 공원에서 태극권을 하던 노인을 발견하고 고수로 착각하여 많은 돈을 주고 태극권을 배워 온 사람이 있는가 하면, 그렇게 배워 온 사람들이 한국에서는 태극권의 고수로 알려지고 TV 출연과 매체에 단골손님으로 등장하기도 했다. 한국인들이 태극권의 정수가 어떠한 것인지 잘 모르니까 벌어진 일들이었다.

중국인들은 자신이 고수가 아닐지라도 무술 지도를 청하면 대개 사람 좋은 웃음과 함께 무조건 좋다고 하는 경우가 많다. 태극권이 중국에서는 이미 생활체육화되어서 그렇다. 새벽에 중국의 공원에 가면 수백, 수천 명이 나와서 태극권을 수련하는 장관을 쉽게 볼 수 있는데, 이런 사람들이 전부 고수는 아니지 않은가.

그런데 초기에 중국에 간 사람들은 새벽에 공원에서 태극권을 하는 나이 지긋한 노인을 보고 고수로 알고 착각한 경우가 왕왕 있었다.

그렇게 배워 온 태극권이 한국 사회에 보급되기 시작했고, 그렇게 태극권을 배운 한국 사람들이 태극권 고수로 추앙받고 책을 집필하기도

했다.

윤효상 관장은 그런 점에서 매우 행운아라고 할 수 있을 것 같다. 그는 운 좋게 매화당랑권의 본산을 찾아갔고, 실제로 학가문 매화당랑권의 적전 전인에게서 진전을 받았다.

그런데 세상일은 쉬운 게 없다더니, 한국에 학가문의 매화당랑권의 진수를 보급하려던 그에게 시련이 닥쳐왔다.

윤효상 관장의 당랑권 후배이며, 한때 그가 무술 지도까지 해 주었던 A 관장이 중국을 드나들면서 연태에 가서 당랑권을 배우기 시작했다. 처음에 곡자군 노사에게 A 관장을 소개하고, 중국에 데리고 간 것도 윤 관장이었다.

그런데 A 관장은 윤 관장과 별도로 중국을 출입하며 당랑권을 배우다가 한국지부장이 되었다. 한국에 학가문 매화당랑권의 대표자가 두 명이 된 셈이다.

화가 난 윤 관장은 그의 술버릇이 도졌고, 중국 측과 커뮤니케이션을 하다가 트러블이 발생했다. 당연히 파문 선고가 날 수밖에 없었다. 그렇게 윤 관장은 학가문 매화당랑권에서 파문되었으며, 그 과정에서 정말 골치 아프고 복잡한 많은 일들이 벌어졌다.

누군가를 제자로 키우고 한국 대표로 인정할 때는 창구를 단일화해서 통일시켜야 하는 법이다. 어떻게 같은 집안에서 한국 대표가 두 사람이 될 수 있는가.

사실 이런 일은 국제 간 사업을 하다 보면 자주 있는 일이긴 하다.

일본 아이키도 본부도 이런 문제에 부딪혔었고, 고의적으로 애매하게 대처함으로써 한국 내에 대표자를 여럿 만드는 결과를 가져왔다. 결국 대표권을 놓고 싸우게 된 것은 한국인들이었고, 그 결과 어부지리의 이익을 본 것은 일본인들이었다.

일본의 스포츠찬바라협회도 그러했다. 한국 내의 대표자를 복수로 지정해 버렸고, 한국 내의 대표자들끼리 갈등이 발생할 것은 뻔한 일이었다.

당랑권도 유사한 일이 벌어졌고, 그 결과 싸움이 일어났으며, 양측의 감정의 골은 깊어지고 말았다. 하지만 원인을 제공한 것은 윤 관장의 술버릇이었다.

4. 당랑권사의 아픔

윤효상 관장은 내가 본 당랑권사 중에서도 단연 톱클래스에 들어가는 사람이다. 당랑권을 시연할 때의 그의 무술이 보여 주는 그 정확함과 신속함, 파워에는 누구나 감탄할 수밖에 없다.

당랑권은 워낙 잘 만들어지고 실전성이 뛰어난 무술이어서, 당랑권의 기술에 한 번 걸리면 누구나 빠져나오기 힘들다.

당랑권에 대처하는 법은 당랑의 첫 수를 받아 주지 않고 다른 방향으로 선제공격을 하거나, 일단 막지 않고 몸으로 받으면서 밀고 들어가는 수밖에 없다. 이 방법이 먹히면 이기는 것이고, 안 먹히면 그냥 당하는 수밖에 없다. 그만큼 당랑의 수법은 잔인하고도 정교하다.

그의 시연을 보고 있노라면, 역시 명사에게서 제대로 사사한 사람은 다르구나 싶다.

윤 관장의 말에 의하면, 그와 트러블이 생겼던 A 관장의 무술도 역시 그렇게 훌륭하다고 하니, 산동성 연태의 곡자군 노사는 당대 고수가 분명한 모양이다.

한데 한국 당랑권사의 운명은 그리 순탄치만은 않다.

사마귀라는 곤충은 한군데에 모아 놓으면 서로 죽이고 살육을 하다가 한 마리만 남게 된다고 한다.

또한 암수가 교미할 때, 암컷은 수컷의 머리를 먹으며 교미를 한다고도 한다. 그만큼 잔인한 곤충이 바로 사마귀이다.

그래서일까. 참 이상하게도 우리나라 당랑권사들은 말년이 비참한 사람이 많다.

임품장 노사에게서 직접 사사했던 유일한 한국인이며, 한국 당랑권 계통에서도 절정 고수로 소문났던 이봉철 선생은 불행한 가정생활과 각종 고통 속에서 시달리다가 길바닥에서 죽었다. 그는 말년에 정신까지 혼미해져서 보는 사람들을 가슴 아프게 했다.

이 사바세계가 의문투성이였던 이들이 줄줄이 불교로 출가했고, 그래서 당랑권 한화체육관 출신 사범으로서 불교 승려가 된 사람이 한두 명이 아니다.

그밖의 많은 사람들의 운명도 일반인들과는 달랐다. 당랑권이 내포하고 있는 격렬함과 잔인함이 결국 자신의 몸을 태웠기 때문이라고 설명하는 사람도 있지만, 모든 이유는 신만이 아실 일이다.

5. 윤효상 관장과 K 관장

윤효상 관장에게 그의 무술에 영향을 크게 미친 사건을 물어보면, 항상 얘기하는 것이 두 가지 있다. 하나는 중국의 사부를 만나 무술이 진보한 것이고, 또 하나는 C산의 K 관장님과의 만남이다.

한국 당랑권 권사들과 만나면 빠지지 않고 등장하는 화제 중의 하나가 바로 C산에 거처하는 K 관장의 이야기인데, K 관장은 워낙 초인적으로 무술을 단련한 사람이고, 그의 무술에 관해서는 모두 다 인정한다는 위인이다.

윤효상 관장도 C산에서 K 관장에게 무술을 배울 때 실력이 일취월장했었다면서, 지금도 당시의 일을 회상하곤 한다.

수십 킬로의 돌 역기를 나무젓가락처럼 휘두른다는 괴력의 사나이, K 관장. 그의 무술을 본 적이 있는 사람들은 대개 몇 가지 공통된 자세를 보이곤 한다.

일단 웃고 떠들다가도 자세를 바르게 하고 정색을 하며, 뭔가 두렵고 조심스럽게 조용조용한 목소리로 K 관장에 관해 말하는 것이 그것이다.

그만큼 그의 무술은 엄청난 경지에 갔다는 뜻이리라.

누군가가 한국에서 최고 무술 고수를 선정하라고 하면, 나도 K 관장을 꼽는 것을 주저하지 않는다. 내가 본 무도인 중에서는 단연코 최고이며, 그의 힘과 공력은 故 최배달(본명 최영의, 1922~1994) 선생님과 비슷한 수준일 것이라고 생각한다.

K 관장님은 결혼도 하지 않으신 채 지금도 산속에서 혼자 수도하고 공부하며 사시는 것을 희망하고 계시므로, 소개하지 못하는 것이 아쉽다. 언론이나 세상의 관심이 부담스럽고, 찾아오고 소문나는 것이 싫다고 하시니까.

6. 윤효상 관장과 술

윤 관장은 정말 술을 좋아하는 주당이다. 우리나라 당랑권 권사들 사이에서 술 얘기가 나오면 윤 관장의 이름이 빠지지 않는다. 그는 술 때문에 친구도 많이 사귀었지만, 역시 술 때문에 많은 실수도 했다. 윤 관장의 술과 관련된 이야기를 하면 밤을 새도 부족할 정도이다.

중국의 사부에게서 버림을 받은 윤 관장은 나날을 술로 보냈다. 도장 운영이 파행적으로 되다 보니, 결국 도장 문을 닫게 되었다.

이후 가족을 부양해야 하므로 몇 가지 직업을 가졌지만, 대부분 며칠 못 가서 그만두게 되곤 했다. 그의 머릿속에는 언제나 당랑권에 대한 생각만 있었다.

윤효상 관장은 다른 직업을 가지고 생활하면서도 지금도 당랑권 지도는 그만두지 않는다.

아마도 자신의 정체성을 당랑권 무술관장에 두고 있는 것 같다.

그는 매주 주말이면 그의 집에서 가까운 도봉산 산기슭의 공터에서 그의 제자들과 당랑권 수련을 하며 보낸다.

그의 무술은 그가 제자를 지도할 때 더욱 빛을 발한다고 나는 생각한다.

그는 지도를 매우 잘하는 사람이어서, 그가 무술을 지도할 때면 난해한 기술도 정말 쉽게 이해가 되곤 한다.

물론 수련이 끝나면 항상 술자리가 벌어지곤 한다.

술이 들어간 윤효상 관장과 무술을 지도할 때의 윤효상 관장은 전혀 다른 사람처럼 느껴진다. 그는 천상 운명적으로 선생의 팔자를 타고난 것 같다.

윤효상 관장과 술을 마시는 것은 정말 즐거운 경험이다.

2000년 말의 어느 초겨울 날, 나는 윤효상 관장과 무협 소설 작가 용대운 선생, 『마르스』 편집장 한병기와 함께 북경에 간 적이 있다.

원래 우리는 중국과 일본에 자주 다니던 사람들이어서 중국이 낯설지는 않았다.

북경의 겨울은 몽고의 가을에 해당한다던가. 더 말하자면 서울의 겨울은 북경의 가을에 해당한다. 그만큼 북경은 춥고 건조하다. 그래서인지 중국에서는 고량주라는 독한 술이 입에 맞는지도 모르겠다.

북경에 도착한 우리 일행은 도착하던 날부터 돌아오는 날까지 중국 고량주를 퍼마시기 시작했는데, 모두 다 윤 관장의 술 실력에는 두 손을 들고 말았다.

우리는 어느 날 점심에 반주로 술이 시작되어, 밤 늦게까지 하루 종일 대취하도록 마시고 호텔로 돌아왔다. 물론 고량주였다.

새벽 2시쯤 되었을까. 윤 관장이 부르길래 잘 준비를 하다 말고 그의 방으로 건너가 보니 테이블 위에는 750㎖짜리 대형 이과두주(56°)가 한 병 놓여 있었다.

그날 밤 우리는 윤 관장의 지치지 않는 술 세상 탐구에 모두 놀라고 말았다. 그래서 생긴 별호가 '당랑 술 귀신'이다.

무협 소설가 용대운 선생은 그의 소설에서 윤 관장의 캐릭터를 한 번은 묘사해 보겠다고 했으며, 윤 관장에게 '당랑주선(螳螂酒仙)'이라는 무림 아호를 지어 주었다.

그러나 우리는 그를 '당랑주선(螳螂酒仙)'이 아니라 '당랑주귀(螳螂酒鬼)'라고 불렀고, 그 아호가 더 어울린다고 생각한다.

하지만 그와의 술자리는 너무나 유쾌하고 즐겁다. 윤효상 관장을 알고 있는 사람이라면, 그가 미워할 수 없는 사람이라는 데에 누구나 동의할 것이다.

그는 매우 장난스럽고 쾌활하며 항상 매사를 긍정적으로 본다. 설령 그의 마음속은 그렇지 않다고 할지라도 그는 내색을 하지 않는다.

7. 결(結)

나는 가끔 생각한다. 사람은 이 세상에서 자신이 해야 할 일을 다 가지고 있는데, 이것을 천명(天命)이라고 본다. 자신의 천명을 일찍 파악하고 그 길로 가는 사람은 순천자가 되는 것이고, 다른 길로 가면 인생이 좀 더 복잡하고 힘들 것이다.

평생 무술을 수련하고 지도하면서 살고픈 사람이 있다. 그에게는 거창한 꿈도 없으며, 돈을 많이 벌어 재벌이 되고 싶은 욕심도 없다. 그저 운동할 공간과 그가 지도할 제자들, 도장과 가정생활을 유지할 정도의 경제적 수입만 필요할 뿐이다.

그런 소박한 소원을 가진 사람의 꿈이 좌절되는 사회, 또 그런 좌절이 수백만 수천만 명의 사람에게서 나타나는 사회는 분명히 건강한 사회는 아닐 거라고 나는 생각한다.

그래도 세상에는 나쁜 사람보다 좋은 사람이 많으며, 인간은 판도라의 상자의 바닥에 남은 '희망' 때문에 좌절하고 실망하면서도 계속 살아간다.

윤효상 관장의 무술에 대한 꿈이 이루어지길 나는 기대한다. 그의 꿈은 그의 꿈만이 아니라, 우리나라 모든 무술인들의 꿈일지도 모르니까.

꿈은 이루어진다고 했다.

뒷 이야기

당랑권과 술 세상 탐구에 매진하던 윤효상 관장은 2005년 운명을 달리했다. 사인은 급성 알코올 쇼크. 전날 마신 술이 과했는지 알코올 쇼크로 사망한 것이었다.

　너무나 어이없는 그의 죽음에 지인들도 아무 말도 할 수가 없었다.

　윤효상 관장의 시신은 벽제에서 화장되어 일산의 납골당에 안치됐다. 유족으로 미망인과 두 딸이 있다.

　조지훈 시인은 『주도유단(酒道有段)』에서 주도(酒道) 18단계를 나누었는데, 이것에 의하면 '당랑주귀(螳螂酒鬼)' 윤효상 관장은 석주(惜酒), 낙주(樂酒)의 단계에서 궁극의 경지인 폐주

고 윤효상 관장 영정

(廢酒)의 차원으로 넘어간 사람이었다.

　조지훈 시인의 말처럼, 그가 마신 마지막 술잔이 열반주(涅槃酒)였기를 진심으로 기원한다.

　나는 윤효상 관장이 저승에서도 웃으며 술잔을 들고 있을 것이라고 생각한다. 부디 저세상에서는 천룡팔부의 하나인 간달바神으로 환생하여, 그가 좋아하는 풍류와 술을 즐기며 유유자적할 수 있길 바란다.

C산(山)의 K 관장 이야기

서울 근교에 C산이 있다. 야트막한 야산인데, 꿩과 다람쥐가 많이 살고 있으며, 산속에 들어가면 밖이 보이지 않을 정도로 울창하여 마치 깊은 산에 들어온 것 같다.

C산에는 근처 동네 사람들이 운동하는 생활체육 공원과 배드민턴장이 많이 있어서 지역 주민들의 휴식처가 되고 있다.

이 산에 K 관장이 있다. K 관장은 당시 오십대 초반의 나이였으며, 이 산속에서 결혼도 하지 않은 채 초막을 짓고 홀로 살고 있다.

그는 어려서부터 무술을 수련했고, 태권도, 합기도, 중국 무술을 거쳐 이제는 자신만의 일가를 이루었다. 워낙 초인적인 수련을 했던 분이라서 그의 수련기를 듣다 보면 故 최배달 선생님의 산중 수련을 연상시키지만, 오히려 故 최배달 선생님의 산중 수련보다 훨씬 혹독하게, 더 오랜 기간 동안 수련을 했다.

그는 수십 킬로짜리 돌 역기를 마치 나무젓가락 휘두르듯이 휘두를 수 있다. 봉술할 때의 봉처럼 자유자재로 휘두르다가, 나중에는 목에 걸고 뒷짐진 채 목으로 돌리기도 한다.

이 수련은 '천근력(석단공)'이라고 하는 중국 무술의 비전 중의 하나인데, 공법이 완성되면 100킬로의 역기를 휘두를 수 있다고 한다.

100킬로의 역기를 휘두르는 것은 내가 보지 못했지만, K 관장이 하는 것으로 보아 꾸준히 십 년쯤 수련하면 100킬로도 가능할 수 있겠다고 생각했다.

이런 힘으로 사람을 치게 되면 제아무리 거구의 사나이라도 나가떨어질 수밖에 없다.

이 공법은 외공인데, 잡거나 붙어서 사용하는 기술을 쓸 때 극히 유용한 공법이다. 유도나 레슬링, 쿵후의 금나기법, 합기도를 하는 사람이 익히면 공격력이 배가될 수 있을 것이다.

풍수지리 공부를 오래 하여 지관으로 생계를 유지하기도 했던 그는 무술 이외에 참선과 같은 마음공부를 하며 살고 있다. 오래전부터 해 온 마음공부는 이제 그 경지를 헤아리기 어렵다.

외기방사를 이용한 기공 치료는 찾아오는 사람들에게 가끔 시술해 주기도 하는데, 그 효과가 대단해서 불치병도 가끔 고쳤다.

외기방사할 때 그의 기운은 너무나 엄청나서, 나는 그의 손바닥이 내 머리와 몸을 지날 때 전기에 감전되는 듯한 짜릿함에 몸을 떨었다.

나는 카이로프랙틱, 척추 교정과 접골 등등을 배운 적이 있고, 여러 사람들을 고쳐 준 경험도 있다.

그런데 외기방사 때의 그의 기운은 일찍이 내가 경험해 보지 못한 대단한 힘이었다.

나는 이 정도의 내공을 가진 사람을 세상에서 두 번 보았는데, 한 명은 팔괘장 4대 전인 이공성 노사이고, 다른 한 명은 바로 K 관장이었다.

그는 20대 초반에 홀로 입산해서 30년을 하루같이 무술 수련과 참선을 했다고 한다. 30대 때까지만 해도 라면만 먹어 가며 하루에 15시간 정도 혹독한 수련을 했다니, 직접 보지 않은 사람은 믿지 않을 것이다.

그런데 나는 그의 무공을 내 눈으로 다 확인했기 때문에 그의 말이 사실임을 믿는다.

K 관장은 가끔 찾아가는 나에게 무술을 가르쳐 주면서 장난으로 슬쩍 치기도 하는데, 96kg의 내 몸이 수 미터씩 날아가곤 한다. 당하면서도 황당해서 말이 나오지 않을 지경이다.

그는 낙천주의자이다. 많은 삶의 고통과 애환을 거쳐 살아온 사람이어서 모든 것을 달관했는지도 모르겠다.

나는 그런 K 관장님을 좋아하고, 또 그분이 남은 여생을 편안하게 사시면 좋겠다고 생각한다. 그래서 당신의 뜻대로 살고 계시는 산과 본명을 밝히지 않는다.

방송국에서도 여러차례 K 관장을 찾아갔으나, 그는 취재를 거절해 왔다. 자신이 노출되면 조용하고 유유자적한 그의 삶이 파괴될 것이기 때문이다.

한국에도 이런 절세 은거 고수들이 아직 있다.

세키구치류(關口流) 검술 종가
요네하라 카메오(米原龜生) 선생

일본 규슈의 쿠마모토는 무(武)의 기풍이 강한 도시이다.

임진왜란 때에는 이 지역과 사츠마번(지금의 가고시마)의 무사들이 배를 타고 조선으로 출병했다고 하는데, 일본에서도 이 규슈 지역의 무사들은 드세기로 소문났었다고 한다.

재미있는 것은 규슈는 일본에서도 가장 한반도와 비슷한 지역으로, 규슈의 시골 마을을 여행하다 보면 전라도나 경상도의 어떤 농촌 마을을 지나는 듯한 착각에 빠질 때가 많다. 지역적으로 가깝다 보니 아마도 많은 영향을 받았을 것이고, 고대사를 살펴보아도 백제의 영향권에 있던 땅이니, 그럴 수도 있겠다고 생각된다.

세키구치(關口) 검술은 이 지역을 대표하는 검술이며, 일본 전국적으로 볼 때는 대형 검술 유파가 아니지만, 상당히 정교하고 세련된 검술로써 인정받고 있다.

나는 한국을 떠나기 전에 전화 통화를 통해 세키구치 검술의 종가인 요네하라 카메오(米原龜生) 선생과 약속을 미리 잡았다.

쿠마모토 성 앞에서 펼쳐진 연무회에서. 왼쪽이 요네하라 종가

    비가 많이 오는 일본의 기후 탓에 그날도 계속 비가 내렸다.

    비를 맞으며 쿠마모토 변두리의 평범한 동네를 헤매다가 자전거를 끌고 마중 나오신 요네하라 선생을 만났다. 동네에서 슬리퍼를 끌고 담배를 사러 나온 듯한 아주 평범한 할아버지에, 길 가다 마주치면 아무도 주목하지 않을, 그런 분이었다.

    그래서인지 초면인데도 참으로 편안하게 대해 주셨다.

    요네하라 선생은 두부 가게를 하면서 살고 있다. 두부 가게라고 해서 자동화된 기계가 돌아가는 커다란 두부 공장을 연상하면 오해이다. 아주 조그맣고 허름한 가내공장이며, 모든 것은 수작업으로 일일이 사람의 손을 거쳐야 하는 그런 두부 가게였다.

    요네하라 선생은 그의 집 거실로 나를 안내했다. 결코 윤택해 보이지 않는 우중충한 두부 가게 작업장을 거쳐야만 두 부부가 살림하며 살고 있는 내실로 들어갈 수 있었다. 우리가 찾아간 시간은 오후 늦은 시간이어서 두부는 이미 다 팔려 나가 볼 수가 없었지만, 두부 냄새는 은은히 나고 있었다.

요네하라 선생은 좀 일찍 왔으면 두부맛을 볼 수 있었을 거라면서, 다음에 오면 따뜻한 두부를 먹여 주겠다고 했다.

직업은 따로 가진 채 무도의 전통을 지키는 세키구치류 종가 요네하라 선생이 말하는 무도란 과연 무엇일까.

우선 요네하라 카메오 선생에게 세키구치류 검술에 관해서 질문했다.

요네하라 선생은 고령인 탓인지, 논점이 우왕좌왕하기도 했지만, 인터뷰의 분위기를 살리기 위해 그대로 싣는다.

1. 세키구치류 검술의 특징

💬 **세키구치류 검술에 대해 설명해 주시기 바랍니다.**

— 소설이나 칼싸움 영화에 나오는 검술은 모두 거짓말이다. 사람은 그렇게 쉽게 베어지지 않는다. 그런 것을 보고 무도를 짐작하는 것은 잘못된 것이다.

우선 일본 검술에는 먼저 베는 것이 없다. 상대가 공격하니 할 수 없이 칼을 뽑는 것뿐이다.

거합도의 기술이 다 그렇지 않은가? 따라서 거합도는 후의 선을 취한다.

💬 **스포츠 검도는 선의 선이 중요하다고 가르칩니다만.**

— 현재 하고 있는 스포츠 검도는 우리가 하고 있는 무도와는 다른 것이다. 그것은 현재의 일본인들도 잘 모르는 것이다.

검도라고 하니, 전쟁이 끝나기 전 내가 소학교 시절에 한국 사람으로 검도를 잘하는 사람이 쿠마모토에 있었다.

혹시 그 사람을 아는가? 대단한 사람이었다. 일본명으로는 이토오 하쿠슈우(伊藤白州)라고 했다. (한국명은 윤백주일 가능성이 있다.) 내가 소학교 시절에 그 사람은 중학생이었는데, 전쟁 후에 한국으로 돌아가서 소식을 알 수 없다.

💬 **세키구치류 발도도라고도 하는데, 발도술은 원래 나카무라 다이사부로가 만든 것으로 알고 있습니다. 세키구치류 발도도라고 부르는 이유가 있습니까?**

— 여기서 발도는 거합을 말한다. 발도도라 하기도 하고, 거합이라고 하기도 한다. 같은 거합이다. 쿠마모토에서 이전부터 전해 오던 것이다. 별다른 뜻이 있는 것은 아니다. (한자를 발도도(拔刀道)라고 쓰지만, 훈독은 이아이(居合)로 하고 있다.)

💬 **다른 거합과 비교할 때, 세키구치류의 특징은 무엇입니까?**

— 무척 많다.

한 가지를 들자면 굉장히 큰 기합 소리를 낸다. 옆에서 싸우는 소리가 난다면 사람들이 '이것은 세키구치류 검술이 싸우고 있구나…… 도망가자.' 이렇게 만들 정도이다.

그리고 기합 소리를 크게 내는 것도 경고를 주기 위한 목적도 있다. 무도는 사람을 베는 것이 능사가 아니기 때문이다.

그리고 좌기가 특색이 있다. 정좌를 할 때 무릎 사이를 벌린다. 옛날 사무라이들의 그림을 보면 다들 그렇게 앉아 있다. 무릎을 벌리고 앉는 것이 제대로 된 법도이다.

💬 **세키구치류 소개 글을 보면 원래 종합 무술이었는데, 여기서 거합이 갈라져 나왔다고 알고 있습니다.**

— 원래 세키구치류는 여기 있었다. 이전에 쿠마모토 사람이 에도의 도장에서 거합도만을 가르친 적이 있다. 세키구치류 가문이 따로 있는데, 현재 그 가문에서는 유술을 하고, 거합도는 쿠마모토에만 남아 있다.

💬 **기술의 숫자는 얼마나 됩니까?**

— 기술의 수는 많지 않다. 단도나 와키자시의 형도 있다.

💬 **정부의 지원은 없습니까?**

— 전혀 없다. 문화를 지원한다는 취지에서 있을 법도 하지만, 없다.

💬 **현재 제자는 얼마나 됩니까?**

— 15명 정도이다. 나는 제자를 많이 키우지 않는 편이다.

제자가 몇 백 명 되는 곳도 있다. 하지만 내 몸은 하나이고, 일대일로 교습해야 하는 무도의 특성상 많은 제자들을 한꺼번에 가르친다는 것은 불가능하다.

스포츠라면 집단 교습이 가능하다. 하지만 무도는 그런 것이 아니다.

💬 **면허나 승단 체계는 어떻게 됩니까?**

— 다른 곳과 비슷하다. (두루마리 비전서를 보여 주며) 마키모노라고 아는

가? 오륜서는 이런 마키모노가 5개가 있다. 그래서 오륜서다.

비전서를 봐도 보통 사람은 잘 모르지. 그리고 무도니까 모르는 것이 낫겠지만.

지금은 발도도라고 하는데, 그때(비전서가 쓰여진 때)는 거합이라고 했다.

💬 **다리를 교차하면서 베는 독특한 기술이 있다고 들었습니다만…….**

— (시범을 보여 주며) 먼저 내려치고, 그다음에 발을 교차시키며 몸 전체를 회전시키는 힘으로 베는 기술이다.

2. 무도에 대한 자세

💬 **무도란 무엇입니까?**

— 무도가 사람을 베는 기술만이라고 하면, 현재 경찰에서 용납하지 않을 것이다. 일본도도 단지 베는 물건이었다면 흉기였을 것이고, 허가받지 못했을 것이다.

보통 사람들은 칼을 보면 무섭다는 생각을 하고, 살인이나 폭력과 연관시킨다.

하지만 일본도는 미술품으로 허가를 받았다.

무도에는 여러 가지 문화가 들어가 있다. 무술도 원래 사람을 상하게 하는 목적으로 만들어졌지만, 전쟁이 끝나자 점점 건강이나 마음을 닦기 위한 수단으로 바뀌었고, 이것이 무도다.

무도에서 가장 중요한 것은 걷는 법이다. 무사는 언제 습격받을지 모르기 때문에 언제나 자신의 중심을 잘 제어하고 움직일 수 있어야 한다.

요즈음은 베기를 많이 하지만, 칼로 뭔가를 벨 수 있다는 것은 당연하다.

무도는 잘 베는 것만이 목적이 아니다. 오히려 무도는 걷고 앉고 예의를 행하는 부분이 핵심이다.

가장 어려운 것이 걷는 방법이다. 무사는 걸을 때도 무사처럼, 앉을 때도 무사처럼 앉아야 하고 일상생활에서 무사의 위엄이 배어 나와야 한다.

지금은 안타깝지만 이런 부분에 중점을 두고 가르치지 않는다. (요네하라 선생은 곧이어 무사답게 위엄이 있으면서 기품이 있고 우아하게 걷는 법을 보여 주었다.)

💬 **자세에 대해 말씀하시니 생각납니다만, 한국에서 시연하시는 일본의 고령의 무도가들도 모두 허리가 꼿꼿하여 놀란 적이 있습니다.**

— 나는 거합도를 해서 허리가 아직 바르다. 거합도는 앉았다 일어났다 하기 때문에 배우는 과정이 번거롭다.

하지만 올바른 자세로 앉고 서는 것이야말로 무도의 핵심이다.

어쨌든 내 나이에 아직 나는 건강하다.

일본에도 무도를 스포츠라고 생각하는 사람들이 많다.

하나 무도와 스포츠는 마음가짐이 다르다.

나는 한국 사람들을 볼 때마다 일본이 과거에 행한 원죄 때문에 가슴이 아프고 미안하다. 그들이 무사도 정신 어쩌고저쩌고했지만, 무사도는 그런 것이 아니다. 그들은 군인이고, 그것도 나쁜 군인들이다. 진정한 무사도 정신에서 중요한 것은 다른 사람에게 해를 끼치지 않는 것이다.

3. 무도를 하는 이유

💬 **무도를 하시는 이유는 무엇입니까?**

— 나는 가끔씩 생각한다.

왜 내가 이런 무술을 하고 있는 것일까? 무술은 나에게 무엇인가?

무술은 나에게 (경제적으로) 아무런 도움을 주지 못한다.

하지만 나에게는 기쁨이 있다.

한국에도 등산가가 있겠지. 그들은 눈이 오고 추운 날에 왜 산에 오르는 것일까? 등산을 하는 것은 위험하고 돈만 들 뿐, 산을 오른다는 것이 생활에 큰 도움을 주지 않는다.

그러나 위험을 넘기고 힘든 것을 참으면서, 무언가 기쁨을 느낀다. 해냈다는 성취욕일 수도 있다.

무도도 마찬가지다. 자신만의 즐거움이 있다. 그리고 성취욕 이외에 다른 것도 있다.

무도에는 선대로부터 물려받은 유산을 후대에 물려줘야 하는 의무도 있다.

이런 것 때문에 손해를 보더라도 하고 있는 것이다.

4. 이천일류에 대해(요네하라 선생은 이천일류의 사범 자격도 가지고 계신다.)

💬 **명함을 보니 대견(代見)이라는 말이 있습니다.**

— 사범 대리를 말한다. 종가는 아니지만 제자들 중에서 가장 실력 있는 사람을 사범 대리로 임명하곤 한다.

이천일류라고 들어 봤는가?

💬 **이천일류에도 분파가 여러 개 있지 않습니까?**

— 분파는 없다. 무사시는 혼자였다. 그가 전한 것을 가지고 다른 사람들이 만들어 낸 것에 불과하다.

이천일류에서 가장 중요한 것은 기합이다. 내 스승의 기합은 정말 대단했다. 들어 보지 못한 사람은 흉내조차 내지 못한다. 스승의 기합은 나도 흉내 내지 못한다.

미야모토 무사시라고 하면 이도(二刀)를 떠올릴 텐데, 그렇지 않나?

그러나 무사시도 일도(一刀)가 본령이다. 칼 두 개를 가지고는 싸울 수 없다. 칼 두 개를 들고 무거워서 움직일 수 있겠나?

이천일류에서도 칼은 원래 하나를 쓰고, 왼손의 칼은 단지 연습용이다.

그리고 '오방의 형'이라는 무사시가 남긴 다섯 가지 이도의 형이 있을 뿐이다.

💬 신이천일류라고 이도류 시합을 하는 곳이 있습니다만.

— 그곳은 죽도로 시합을 하는 곳이 아닌가. 죽도는 가볍기 때문에 가능하지만, 진검의 경우는 다르다.

5. 실전적인 검술이란 무엇인가?

💬 세키구치류는 연무를 어떻게 합니까?

— 연무할 때는 둘이 마주 보고 한다. 지금 대부분의 다른 거합은 혼자서 하는 거라서 동작의 의미를 알 수 없다.

💬 일본에서 한국으로 와서 연무를 하는 분들은 보통 혼자 합니다.

— 혼자하니까 무슨 의미의 동작인지 모르지 않나? 우리는 두 명이 쌍을 이뤄 연무를 한다.

하지만 직접 자르는 동작을 당하다 보면 기분은 안 좋아진다. (웃음)

🍃 세키구치류는 혈진을 어떻게 합니까?

— 혈진은 필요 없다. 혈진이 있다는 것 자체가 보여 주기 위한 검술이라는 소리다.

그 혈진을 하는 사람들이 과연 인간을 베 보았을까? 인간의 피가 칼에 묻는다고 생각하나?

사람의 피에는 기름이 있다. 칼에 기름 자국이 남을지언정 피는 남지 않는다. 정말 피가 많이 묻어 털 필요가 있다면 (쌍수도를 중단 자세로 잡은 상태에서 오른손으로) 칼자루를 한두 번 두드려 주면 그만이다.

🍃 아까 내려치기를 보니, 머리를 치는 것이 아닌 것 같습니다.

— 스포츠 검도에는 타격을 하니까 머리치기가 있는 것이다. 사실 머리는 단단하고 베기가 어렵다. 또 머리를 치게 되면 칼이 상하지 않는가?

칼로는 목덜미와 같은 부드러운 곳을 벤다. 목덜미를 치더라도 효과는 충분하다.

이게 진짜 정면치기이다.

🍃 베기를 하실 때도 뒷다리를 들지 않으시는군요.

— 보통 수평베기를 하거나 혈진을 할 때, 뒷다리의 뒤꿈치를 드는 유파가 많이 있지만, 이것은 잘못된 것이다. 양발 모두 땅에 붙여야 한다. 뒤꿈치를 들면 무게중심이 흐트러져 위험해진다.

일본은 사무라이의 나라이니 검술을 배우는 사람이 많지 않느냐는 질문에, 한국과 마찬가지로 일본에서도 전통적인 고류 무술을 배우는 젊은이들은 점점 줄어들고 있다고 한다.

요네하라 카메오 종가는 70세가 넘은 고령에도 불구하고 아직 건강하고 탄력 있는 몸을 가지고 계셨다. 간간이 소파에서 일어나서 목검을 들고 보여 주는 검기는 보통 날카롭고 정확한 것이 아니었다.

검술을 왜 하느냐는 질문에 꿈꾸는 듯한 눈동자로 대답하던 요네하라 선생.

"한국에도 등산가가 있겠지. 그들은 눈이 오고 추운 날에 왜 산에 오르는 것일까? 등산을 하는 것은 위험하고 돈만 들 뿐, 산을 오른다는 것이 아무런 도움을 주지 않는다. 그러나 위험을 넘기고 힘든 것을 참으면서 무언가 기쁨을 느낀다. 해냈다는 성취욕일 수도 있다. 무도도 마찬가지다. 자신만의 즐거움이 있다."

나는 이 말을 하던 요네하라 선생이 잊혀지지 않는다.

현대에서 돈도 안 되는 무술을 수련하면서, 후대에 전해 주려 하는 무술인들만이 느낄 수 있는 가슴속의 말이기 때문이다.

대화를 하며 나를 바라보는 요네하라 선생의 눈빛은 먼 산을 바라보는 꿈꾸는 눈빛이었다.

나는 그런 눈빛을 가끔 만나게 되는 수행을 많이 한 절집의 선승들에게서 본 적이 있었다.

장시간의 인터뷰에도 요네하라 선생은 지루해하지 않았으며, 시종일관 검술에 관한 정열을 보여 주었다. 검술에 관해 이야기할 때 그의 눈은 빛났으며, 그때만큼은 70대 노인이 아니라 20대 청년 같았다.

가끔 규슈라는 섬을 생각할 때마다 사쿠라지마 화산의 후루사토 바닷가 노천 온천과 함께 나는 요네하라 선생이 떠오른다. 그를 생각하면 가슴이 아련하게 따뜻해져 온다.

최광도 **최광조** 총재

최광도라는 조금 특이하고 생소한 무술이 있다. 이름만 듣고서는 이 것이 무술인지 아닌지조차 모를 정도다.

최광도는 가라테와 태권도에서 파생된 새로운 무술이며, 가라테와 ITF태권도의 사범이었던 최광조 총재가 창시했다.

1. 최광도를 창시하다

최광조 총재는 1942년 3월 2일, 대구에서 출생했다. 그가 태어나던 때는 일제시대여서, 어릴 때 그에게도 다까야마라는 일본 이름이 있었다 고 한다.

그가 4살 되던 해에 해방이 되었고, 국민학교(지금의 초등학교) 2학년 때 에는 6.25전쟁이 발발했다.

이렇듯 그의 어린 시절은 해방과 전쟁으로 험악했기에, 체구가 왜소

한 그에게 무술 수련의 필요성을 느끼게 했다.

국민학교 6학년 즈음에 무술을 시작했는데, 사실 무술보다는 싸움을 먼저 배웠다.

그때는 태권도가 성립되기 이전이어서, 태권도의 전신인 가라테 혹은 권법이라고 불리던 시절이다.

그는 대구 이동주 관장의 권법 도장을 출입하며 무술을 배우기 시작했다. 이동주 관장의 권법 도장에서 무술의 기초를 배웠고, 그 후에는 대구 시내에 있던 무술 도장들을 들락거리며 무술에 심취했다.

배운 무술을 바로 써먹을 수 있을 만큼 싸울 일이 많았던 학창 시절이었다. 그의 중고교 시절은 영화 『말죽거리 잔혹사』와 거의 흡사했던 모양이다.

그러다 서울로 공부를 하러 오게 되었고, 고려대학교 법학과에 응시했다가 낙방의 고배를 마셨다.

1년간 재수한 끝에 대학 입학 시험에 합격하여 외국어대학교 영어과에 입학했고, 1학년을 마치고는 군 입대를 했다.

그의 군 생활은 흥미로웠다. 20사단에서 근무하면서, 육군 내 무술 사범 모집에 응모하여 선발됐다. 이후 그는 하사관들을 교육시켜 갑종 장교로 만드는 교육대에서 미래의 장교들을 대상으로 무술을 가르치는 사범을 하게 되었다.

군 복무 동안에 최홍희 장군의 명성을 들었는데, 이때부터 그의 인생은 무술로 향하게 되었다고 한다.

군 만기제대를 하자마자, 그는 서울 한남동에 있던 최홍희 장군의 자택을 찾아갔다. 당시 ITF태권도의 본부는 한남동에 있던 최홍희 장군의 자택이었기 때문이다.

무턱대고 찾아가서 태권도를 계속하고 싶다고 하니, 최홍희 장군은 그에게 갖가지 동작을 시켜 보고, 할 줄 아는 품

새를 다 해 보게 하면서 실기 테스트를 했다고 한다.

결과는 합격이었다. 그는 그날부터 ITF태권도의 사범이 되었다.

그 후 ITF태권도의 사무실이 오픈했던 즈음부터 그는 군부대마다 불려 다니며 태권도를 시범하고 가르치게 되었다. 전국 방방곡곡의 불러 주는 군부대는 다 찾아다니며 태권도를 했다고 한다.

그러다가 1967년에 태권도 시범단으로 동남아시아 순회 시범을 하게 됐다.

태권도 시범단은 6명이었는데, 최홍희 장군이 골라 선발한 정예 사범들이었다.

인도네시아 자카르타, 수라바야, 족자, 메단 등등을 돌고, 말레이시아 쿠알라룸푸르, 페낭, 키나발루까지, 몇 달간 300회가 넘는 시범을 치

러 냈다.

동남아시아 지역에서의 명성을 업고 홍콩에는 번듯하게 수백 평짜리 도장까지 내게 됐다.

홍콩에서는 스폰서가 등장해서, 구룡 팀사추이 지역에 시설 좋고 널찍한 체육관 시설을 갖추고 본격적으로 한국 태권도 전파에 나섰다.

이때부터 어둠의 그림자가 다가왔다. 워낙 많은 시범과 강도 높은 훈련을 치러 낸 몸에 이상이 생기기 시작했다.

양쪽 무릎의 통증은 쉴 새 없이 지속됐고, 병원에서 무릎에 붙여 준 약 때문에 몸에서는 약 냄새가 떠나지 않았다. 덕분에 별명이 '메디슨 최'가 되었다.

무릎에 관절염 약을 붙인 채 태권도를 지도하고 시범을 계속해야 했으므로, 안정을 취하지 못한 몸은 호전될 수 없었다.

하루에 15시간을 자도 피곤이 풀리지 않았고, 허리와 무릎은 하루 종일 아팠다. 자다가 무릎 통증 때문에 잠을 깨고, 잠이 깨면 잠결에도 무릎부터 만져 보곤 했었다고 한다.

의사들은 무릎을 수술해야 한다고 권했는데, 당시의 의학 기술은 지금처럼 MRI나 CT촬영 기술이 있었던 시절이 아니었다. 그저 X-ray 사진

판독을 하고는, 일단 무릎을 칼로 째서 육안으로 확인하는 때였다.

그런데 무릎을 수술하면, 그 이후로 태권도를 다시 할 수 있게 될지 여부는 의사도 모른다고 했다.

좌절의 나날이 계속되던 중에 최홍희 장군이 그를 캐나다로 불러 태권도의 세계화 작업을 하자고 했다.

그래서 그는 홍콩의 도장을 친구 사범에게 맡기고, 캐나다로 이주하게 되었다.

그러나 캐나다에서도 무릎 통증은 가시지 않고 점점 심해지기만 했다.

이때부터 그는 자살 충동에 빠져, 어떻게 하면 주변 사람들 눈에 띄지 않고 완전한 자살을 할까만 궁리했었다고 한다.

강에 가면 강물에 빠져 죽고 싶고, 바다에 가면 돌멩이가 든 배낭을 몸에 묶고 빠져 죽으려 했다는 것이다.

그러던 어느 날, 죽을 용기가 있으면 무릎 통증과 한 번 더 싸워 보자는 생각이 들었다.

그때부터 인체해부학, 신경생리학 등등의 전문 서적을 펴놓고 인체에 대한 공부를 시작했다.

더불어 기존의 태권도를 하지 않고, 재활 운동에 매달렸다.

재활 운동을 하면서 인체에 대해 연구한 것을 토대로 몸을 움직여 보니, 놀랍게도 더 이상 관절이 아프지 않았다.

자신이 생긴 최광조 총재는 본격적으로 인체 공부를 병행하면서, 스스로 재활 운동을 고안하여 실시하기 시작했다.

이렇게 1978년부터 1986년 사이의 9년간 연구하여 확립한 이론을 바탕으로 창시한 무술이 바로 최광도다.

2. 최광조 총재의 독립

최광조 총재를 캐나다로 불렀던 최홍희 장군은 1978년경에 친북 인사로 전향하면서, 최광조 총재는 최홍희 장군과 결별하였다. 최홍희 장군을 미워하지는 않았으나, 한국인인 그가 북한을 출입할 수는 없다고 여겼기 때문이다.

이미 최홍희 장군의 ITF태권도에서 탈퇴하였기 때문에, 최광도 협회를 독자적으로 만드는 것에는 문제가 없었다.

처음에는 여러 가지 이름이 있었지만, 1987년에 최광도(崔光道)로 확정하였고, 이론 체계와 원리를 명시하였다.

중국의 엄영춘이 자신의 이름을 따서 만든 무술이 영춘권이고, 중국 진가구의 진씨 집안은 자신들의 태극권을 진씨태극권이라 부르듯, 본인의 이름을 따서 무술 이름을 명명하는 것이 잘못은 아니라고 여겼다.

듣고 보니 중국에는 성씨나 이름을 따서 지은 무술명이 무척 많다. 태극권은 계파 창시자의 성을 따서 부르고 있으며, 그밖에 이가권, 엄가권, 채가권, 연청권, 영춘권, 악비권 등이 성씨나 이름을 따서 지은 권법들이다.

3. 최광조 총재와의 대담

한국에 방한한 최광조 총재를 2010년 10월 3일에 만났다.

💬 **초면이니 호구조사를 해야겠습니다. 연세와 고향은 어디신지요?**
  ― 1942년 3월 2일, 대구에서 태어났지요. 내년이면 칠순이 됩니다.

● 최광도의 수련 인구와 해외
　지부 현황은?

— 세계 40여 개국에 지부
가 있고, 수련자는 약 10만 명
이 넘습니다. 미국은 십수 개
주에 지부가 있고, 본관이 있
는 조지아 주와 미시간 주에
도장이 제일 많아요. 인도 같
은 나라는 십여 개 이상의 지
역에 지부가 건설됐습니다.
한국에는 현재 4개 도장이 있
습니다.

● 태권도에는 과도한 뻗는 동작이 많아서 인체에 무리가 있으나, 최광도
　는 그렇지 않다던데요?

— 최광도의 동작은 팔다리를 완전히 펴고, 관절에 힘을 주는 동작이
아닙니다. 그런 동작을 오래 하게 되면, 인체는 부상을 입게 되어 있지요.

최광도는 옆차기를 할 때도 태권도와 달리 무리해서 엉덩이를 집어넣
고 차지 않으므로, 허리와 몸통에 무리가 없습니다.

그리고 이렇게 차고 때리는 것이 오히려 파워가 더 커집니다.

● 힘이 관절을 통과할 때 일어나는 파워 감소 현상을 없애셨다는 건가요?
— 그렇습니다.

💬 그렇다면 몸통의 힘, 즉 Core Strength를 강화한다는 뜻입니까? 최광도의 스타일로 주먹을 지르고 발로 차게 되면, 기존 태권도보다는 대둔근(큰볼기근)과 배근, 내전근(모음근)의 수축과 신전이 많이 일어나는 것으로 보입니다만.

— 그렇지요. 최광도는 허리와 몸통의 사용이 보다 원활합니다.

태권도는 독무(獨武)를 하거나 품세 수련을 할 때, 힘을 주어 허공에 지르고 차고 하게 되는데, 이런 동작이 누적되면 관절이 다친다는 겁니다.

최광도는 팔다리에 힘을 주어 허공에 지르지 않으며, 허리와 다리의 움직임에 보다 많은 움직임을 줍니다.

따라서 관절에 무리가 없기 때문에, 최광도는 노인도 어렵지 않게 할 수 있습니다.

아틀란타의 본부 도장에는 90세가 넘은 할머니가 최광도를 수련하고 계신데, 이분은 80살에 입문하셨지요. 현재 건강하게 잘 운동하고 있습니다.

💬 최광도의 주먹지르기를 보면, 투수의 피처 자세와 비슷하다는 인상을 받습니다. 최광도의 주먹지르기의 원리는 피처가 공을 던지듯이, 혹은 채찍을 휘두르듯이 하는 것이 맞습니까?

— 최광도의 공방은 채찍술처럼 하는 것입니다. 줄 끝에 쇠공이 매달려 있다고 보고, 이것을 휘둘러치고 회수하는 동작을 연상해 보면 최광도의 주먹지르기가 이해될 것입니다. 투수의 피처 자세와 거의 모든 것이 유사합니다. 일단 허리가 먼저 틀어져서 움직이고, 그 후에 몸통, 어깨, 팔꿈치가 움직이며 회전하고, 최후에 손이 원심력을 받아 전달합니다. 이런 최광도의 운동원리를 Sequential Motion이라고 합니다. 순차적으로 움직인다는 뜻입니다.

💬 최광도의 Sequential Motion 원리는 중국 무술의 권 지르기와 이론이 같습니다. 경력을 발출할 때도 고관절로 어깨관절을 친다고 말하거든요. 고관절을 비틀면서, 그 힘을 나선형으로 팔에 전달하게 되지요. 이소룡의 원 인치 펀치의 비결도 이런 것이었습니다. 중국 내가권법의 원리와 최광도의 원리가 같다는 것이 신기합니다.

— 아, 그렇습니까? 중국 무술은 배워 보지 않았고, 최광도를 창시할 때 참고된 바는 없습니다.

💬 총재님의 무릎 부상이 없었더라면, 최광도의 탄생은 어려웠겠는데요?

— 내가 무릎을 다치는 바람에 최광도가 탄생하게 되었지요. 전화위복이라고나 할까요? 무릎 부상을 스스로 치료하려고 십 년 이상 공부하고 운동하다 보니 많은 것을 깨닫게 되었고, 그런 지식과 경험들이 최광도 창시의 밑거름이 되었습니다. 세상만사는 새옹지마입니다.

💬 최광도의 스파링 모습을 보니까, 태권도보다 몸의 중심 이동이 훨씬 더 많은 것 같습니다.

— 그래요. 앞으로 치고 차고 할 때는 중심 이동의 변화가 태권도보다 많지요. 중심이 전후좌우로 이동하면서, 그 체중이 다리에 걸리게 되고, 다리에 걸린 힘이 허리를 통해 팔과 다리로 전달됩니다.

💬 최광도의 원리를 한마디로 설명하신다면?

— 최광도는 SSC라는 동작 원리가 있어요. Stretching, Shorting, Cycle의 약자입니다. 유연하게 하고, 짧은 동작을 추구하고, 한 번 동작을 취하면 원형으로 회전하며 움직입니다. 주먹도 지르고 나면 이렇게 원형으로 다시 회수해서 다시 치게 되는 거지요. 마치 채찍을 휘두르고,

회수하는 것과 흡사합니다.

💬 **최광도의 주먹지르기는 중국 무술의 권추(拳捶)와 원리가 같은 것 같습니다. 주먹을 채찍 끝에 매달린 철추를 휘두르듯이 사용하는 것인데, 최광도도 주먹을 그렇게 쓰시네요.**

— 중국 무술과 그렇게 많은 점에서 유사점이 있는 줄 몰랐습니다. 혼자 연구해서 만든 것인데도 그렇게 되는 것을 보니, 인체를 효율적으로 움직이는 것은 다 통하는 것 같군요.

💬 **최광도를 잘하기 위해서는 어떤 수련 과정을 거쳐야 합니까?**

— 최광도는 10개의 구성 요소(Component)를 가집니다. 시작 부분에 중요한 것을 순서대로 설명한다면, 준비운동, 정리운동, 기본동작, 형(품세), 속공훈련법(Speed Drill), 방어훈련법(Defence Drill) 등등입니다.

최광도를 수련하다 보면 인체는 NGF, BNDF, GBDF가 증가하여, 세포 성장과 증가가 일어나고, 뇌가 발달하게 됩니다.

이렇게 되면 신체 운동 능력이 더욱 극대화되고, 인체는 건강해지는 것입니다.

💬 **운동이 신경망을 자극해서 건강하게 만든다는 것입니까? 모든 운동은 다 그렇지 않습니까?**

— 그렇습니다. 운동을 통해 많은 난치병들을 고칠 수 있습니다.

그러나 최광도는 그 효과가 보다 탁월하다는 것입니다. 나의 몸도 병원에서는 원인을 모르고 고치지 못했지만, 스스로 운동해서 이렇게 완치하지 않았습니까?

인간의 몸은 자가 치유 능력만 향상시켜 주면, 병증은 몸이 알아서 고

치게 되어 있습니다.

최광도를 하면 이런 자가 치유 능력이 극대화돼서, 건강이 아주 좋아집니다.

최광도의 동작과 훈련법을 관찰해 보니, 인체 장기 중에 신장[腎]을 강화하는 동작들로 구성되어 있었다.

신장 강화 동작은 체질에 관계없이 대부분의 사람들에게 좋은 것이다. 그래서 최광도가 많은 사람들에게 어필할 수 있었던 것 같다.

최광조 회장은 젊은 시절에 아마도 신부전이나 신허(腎虛)로 인한 어떤 증상이 있었던 것 같은데, 본인의 병을 고치다 보니 저절로 신장을 강화하는 운동을 찾아서 하게 되고, 그로 인해 무릎이 완치된 것 같다고 추측되었다.

최광조 회장이 중국 무술이나 동양의학을 잘 아는 사람은 아니었으나, 절박한 상황에서 수많은 연구와 경험을 하면서 자신에게 맞는 운동법을 찾아낸 것으로 보인다.

무협 지식으로 말하자면 '절벽에서 떨어져 기연을 만난' 셈이다.

나이를 먹으면서 신장은 계속 노화하므로, 신장을 강화해서 신수(腎水)가 많이 나오게 하는 운동은 일단 좋은 운동이다.

수승화강(水昇火降)이 되느냐 안 되느냐가 건강의 척도다.

장수 무술로 유명한 팔괘장의 주권도 허리와 신장을 강화하는 효과가 있어서 양생에 직접적인 효과가 있다.

💬 **무릎이 안 좋은 상태에서 재활 운동을 시작하실 때, 처음에는 어떤 운동부터 시작하셨습니까?**

— 무릎 통증이 심해서 글자 그대로 재활 치료를 해야 했는데, 주로

레그 익스텐션, 레그 백익스텐션, 스쿼트 등등을 했습니다.

웨이트를 쓰지 않고 맨몸으로 시작했는데, 차차 무릎의 통증이 경감되었고, 무릎이 좋아지면서 무술 동작을 할 수 있게 되어 최광도의 원형 동작들을 개발하게 되었지요.

최광도의 동작은 몸을 다치게 하지 않으며, 하면 할수록 건강해집니다.

💬 **이제 칠순이 다 되셨는데, 무협 지식으로 말하면 금분세수하실 날이 가까워 온 것 같습니다. 대표적인 제자로는 어떤 분들이 있습니까?**

— 내가 20대 청년 시절에 한국을 떠나 40년 이상 해외에서 살아온 탓에, 제자가 대부분 외국인입니다. 대표적인 제자들도 미국 사람들이지요.

그러나 이제 내 무술의 뿌리인 조국에 최광도를 보급하고 싶고, 이 무술을 통해 우리 모두 건강해졌으면 하는 바람이 있습니다.

한국에서 최광도를 이어받아 나갈 사람들이 많이 나왔으면 합니다.

최광조 총재는 무도인이라기보다는 대학교수와 같은 지적인 분위기의 인텔리 무도인이었다.

나는 뇌 과학과 뉴로 사이버네틱스(Neuro Cybernetics) 분야에서 박사 학위를 받았는데, 뇌와 신경 과학에 대해 이야기할 때, 최광조 회장의 전문가 못지않은 박식함에 놀랐다.

그러나 앉아서 설명할 때는 점잖고 온화한 신사였는데, 일어서서 무술 시범을 보일 때면 그 힘과 강함에 두 번째로 놀라게 된다.

한때 최홍희 장군의 태권도 사천왕의 한 명으로 전 세계를 돌며 시범을 하고, 서양의 거구들과 직접 맞붙어 싸웠다는 것이 그저 농담처럼 들리지 않았다.

그는 달인이다. 16년간 건강 무술을 연구해 오신 달인 최광조 총재.

지리산 삼성궁의 한풀 선사

1. 과거로의 회상

몇 년 전이었는지 잘 기억이 나지 않지만, 군 입대 전으로 기억된다.
아마도 1980년대 말일 것이다.

나의 첫 번째 진검은 한국민속공예의 홍의윤 선생이 만든 검이었다.

검을 만든 곳은 경기도 부평에 있는 진검 공장이었는데, 그곳의 대표
인 홍의윤 선생은 지리산 청학동에서 혼자 수도하고 있다는 어떤 도인을
소개해 주었다.

홍 선생은 그의 검술이 훌륭하며, 아리랑 검법이라 불리는 전통 검술
의 계승자라고 말했다. 또 청학동에 가서 삼성궁이라는 곳을 찾아 자기
소개로 왔다고 하면 된다고 했다.

당시만 해도 청학동이 매스컴에 오르내리기 전이었으며, 더구나 삼성
궁과 한풀 선사의 이름을 아는 사람은 서울에 거의 없던 시절이었다.

어쩌면 그때가 청학동이 가장 청학동다웠던 시절인지도 모르겠다.

나는 1990년도에 제대와 동시에 바로 복학해서 검도부 회장을 하고 있었다.

그해 5월, 우리 과는 주변 여자대학과 조인트하여 제주도로 수학여행을 간다면서 북적대고 있었다.

그런데 나는 왠지 함께 제주도로 가는 것이 내키지 않았다. 사교를 목적으로 여행을 가는 것도 의미는 있겠지만, 단체로 제주도에 가서 할 일이 뻔했기 때문이다.

도착해서부터 낮술로 시작해서, 저녁에는 나이트클럽, 밤새 이어지는 술 파티, 아침이면 오전 내내 술병이 나서 못 일어나는 학우들을 뒤로하고 생존자들끼리 한라산 등산, 그리고 또 술. 뻔한 일정이 아니겠는가.

나는 재미없을 수학여행을 포기하고, 혼자 지리산으로 향했다. 배낭에 일주일치 식량과 장비를 넣고는 무작정 남원을 거쳐 구례로 갔다. 구례에서 일박하고는 노고단을 쉬엄쉬엄 올라 그 웅장한 지리산 주 능선에 섰다.

사방 팔백 리라는 지리산.

나는 25살 때 지리산 초등에서 느낀 그 감동을 지금도 잊지 못한다.

그 후에 내가 산에서 감동을 느낀 것은 네팔의 히말라야 능선에서였다. 그만큼 지리산은 위대하다.

나는 지리산 능선을 종주해서 천왕봉을 거쳐 중산리 계곡을 지나 진주로 갔고, 진주에서 버스를 타고 청학동으로 들어갔다.

당시의 청학동은 하루에 버스가 세 번밖에 없는 남한의 오지 중의 오지였고, 시외버스 터미널에서 청학동행 표를 달라고 하자, 매표원이 왜 가느냐고 반문하기도 했다. 식당도 여관도 없기 때문에 배낭을 멘 사람이 가서 할 일이 없다는 것이었다.

막차를 타고 청학동에 도착하여 객사에 짐을 풀고 자리에 누웠다.

당시만 해도 청학동에는 매점도 식당도 없었다. 그저 청학동 마을 사람들이 손님이 오면 재우는 마을 입구에 객사가 하나 있었을 뿐이며, 숙박비도 정해지지 않아 그냥 내가 내고 싶은 대로 내라고 하는 상황이었다.

식당도 없어서 식사는 청학동 훈장님 댁에서 식객으로 신세를 져야 했다.

관리하는 총각은 나에게 돈 없으면 그냥 가도 좋다고 했다.

청학동 사람에게 삼성궁을 찾아왔다고 하니, 왠지 경계의 빛을 보였다. 왜 가느냐, 무엇 때문에 왔느냐고 꼬치꼬치 캐어물었다.

그런 후에야 그는 삼성궁으로 넘어가는 샛길을 가르쳐 주었다.

나중에 알고 보니 청학동은 세 가지 종교의 각축장이었다. 갱정유도, 증산교, 단군교가 보이지 않는 대립을 하고 있었다.

우리가 TV에서 보는 갓 쓰고 도포 입고 사는 청학동 도인들은 전통문화를 지키는 사람들이라기보다는, 갱정유도의 신자들이었다.

갱정유도의 정식 명칭은 '유불선합일갱정유도(儒佛仙合一更正儒道)'라고 하며, 일제 말기에 태동한 우리 민족종교 중 하나로, 현대의 물질문명과 전래의 정신문명을 접목시킨 것이다.

원래 남원에 본부를 두고 있던 갱정유도 신도들이 청학동으로 옮겨 가 살면서, 갱정유도는 청학동 일대에 급속히 전파되었다.

그 후 지금까지 청학동이 서당의 마지막 요새처럼 자리하게 된 것도, 현재 청학동의 서당을 지키는 한학자들 전원이 갱정유도 신도들인 것도 이 같은 배경 때문이다.

내가 삼성궁을 찾아왔다고 하자 경계의 빛을 보인 이유도 뭐 그런 내막이 있기 때문이었을 것이다.

고개를 몇 개 넘어 삼성궁 입구에 도착하니 징이 하나 걸려 있었다.

입구에 방문한 사람은 징을 치고 기다리라고 적혀 있어 징을 치고 기다리니 바위틈에서 총각이 한 명 나온다.

홍의윤 선생 소개로 한풀 선생님을 뵈러 찾아왔노라고 말했더니, 한풀 선사는 낮에는 사람을 만나지 않으며, 밤에 오면 좋겠노라고 한다.

그래서 다시 청학동에 돌아와 쉬다가 밤에 방문하기로 했다.

산속은 빨리 어두워지는 법이다. 밤이 되어 삼성궁으로 가는 고개를 몇 개 넘었지만, 이미 칠흑처럼 어두워 길은 보이지 않았고, 나는 산속을 헤매기 시작했다.

두 시간쯤 산속에서 헤매이다 보니 알려 준 대로 비슷한 지형이 보였다.

나는 입구에 걸린 징을 쳤고, 마중 나온 사람을 따라서 한풀 선사의 초옥으로 인도되었다.

그는 산속에 있는 정갈한 초가집에서 제자들과 함께 살고 있었다. 방 안에는 아무것도 없었으며, 그저 장검과 몇 가지 소지품이 있을 뿐이었다.

긴 머리에 하얀 옷을 입은 한풀 선사는 제자에게 찻물을 청했고, 우리는 그가 직접 섬진강 가에 솥을 걸어 놓고 볶았다는 지리산 작설차를 마시기 시작했다.

나는 20대만이 가질 수 있는 호기심으로 그에게 참으로 많은 것을 질문했었다고 기억된다. 공부를 어떻게 할 것인가 하는 문제부터, 무술과 검법에 관한 많은 것을 쉬지 않고 물어보았다.

한풀 선사는 하루 종일 돌을 깨는 중노동을 해서 피곤할 텐데도 불구하고 자세를 흐트러뜨리지 않고 나의 질문에 답해 주었다.

그는 지금 원력을 쌓고 있다고 했다. 돌을 깨서 날라 돌탑을 쌓고 있는데, 이 돌탑을 쌓는 원력으로 세상을 바꾸겠다고 말했다.

당시 나는 그의 이런 말을 제대로 이해하지 못했으며, 사회를 변혁하려면 구체적인 행동이 필요한 것이 아닌가 하고 반문하기도 했다.

그는 그때 이미 삼성궁 안에 약 삼십여 개의 돌탑을 쌓아 놓고 있었다.

한풀 선사는 청학동에서 자라서 중앙대학교 사학과를 졸업했다. 그의 아버지는 일제시대에 상당한 인텔리였고 의사였다고 한다.

그는 세상을 구경하기 위해 서울로 갔고, 대학 졸업 후 대학원에 진학해서 한국 고대사를 전공했다.

그는 대학 시절 참 많은 무술을 수련했다. 무술을 하던 사람이니, 서울에 온 김에 갖

아리랑 검법을 시연하는 한풀 선사

가지 무술을 접하려 한 것은 당연한 일이었다.

그는 검도부에 입단해서 대한검도회의 검도를 했고, 중국 무술을 배우기도 했으며, 합기도도 배웠다고 한다.

나는 한풀 선사에게 무술을 가르쳤다고 말하는 합기도 사범을 직접 만난 적도 있는데, 나중에 그 사범의 말이 맞는지 한풀 선사에게 확인해 본 적도 있었다.

당시에 그는 검도계의 스타 김경남 감독과 격검을 해 보기도 했었다고 술회했다.

재학 시절에도 한복을 입고 머리를 길게 기르고 다녀서 학교 내에서 명물이었다고 한다.

그의 졸업 즈음에 몇 가지 일이 있었다.

그 일에 대해 한풀 선사에게 듣긴 했지만 쓰지 않는 것이 좋겠다고 생각한다.

그는 여러 가지 가슴 아픈 일을 겪으면서 모든 것을 버리고 다시 청학동으로 들어왔다. 그리고 돌을 깨서 돌탑을 쌓기 시작했다.

한풀 선사는 스승인 낙천 선사로부터 이런 말을 들었다고 했다.

"한풀아, 너는 앞으로 민족혼을 샘솟게 하는 우물을 파거라. 그러면 누군가 일부러 갖다 넣지 않아도, 거기에는 작은 피라미가 생길 것이고, 미꾸라지나 붕어도 생기고, 못된 가물치나 메기도 생길 것이다. 하지만 목마른 자들이 샘을 찾듯 뿌리를 잃은 수많은 자들이 쉬어서 목을 축이게 해라."

그 유지를 받들어 수두를 일으키기 위하여 기초적인 연장(낫, 괭이)으로 행선(움직이는 명상)을 하기 시작했다.

　화전민이 버리고 떠난 폐허 속의 원시림을 가꾸는 작업은 고해의 바다에 스스로 뛰어든 것과 같았다. 돌밭은 산이나 다름없었고, 식량이 없으니 생식을 하거나 벽곡을 해야 했다. 울타리를 만들어 행인의 출입을 막고, 굴러다니는 돌을 모으고 연못을 파는 행선(行仙)을 했다.

　전생의 습(習)이었는지, 누구에게 배운 일이 없어도 돌을 다루는 일을 스스로 터득하여 솟대 돌탑을 쌓으며 행선에 빠졌다.

　눈이 오면 겨울인 줄 알았고, 꽃이 피면 봄인 줄 알았으며, 잎이 지면 가을인 줄 알았다. 그야말로 산짐승처럼 홀로 몸부림치며 온몸을 던졌다.

　차를 마시며 한풀 선사의 이야기를 듣다 보니 어느덧 새벽 3시가 넘었고, 이미 죽로(竹露) 한 통이 다 없어진 뒤였다.

나중에 좋은 차 한 통을 선물해 드리겠다고 말하고 자리에서 일어났다.

하지만 그 차 한 통의 약속은 이십 년이 더 지난 지금도 아직 이행하지 못해서 나의 빚으로 남아 있다.

약속을 했으니 언젠가는 지켜야 할 것이다.

2. 인도로의 여행

그 후, 1990년 말에 한국을 떠나 배낭을 짊어지고 오랜 여행을 하던 나는, 1992년 1월에 인도 보드가야에 체류하게 되었다. 보드가야는 석가모니가 득도한 보리수가 있는 곳이다.

이곳에서 나는 한국 사찰을 짓기 위해 원력을 쌓고 계시던 월우 스님을 만나게 되었고, 스님과 함께 미얀마 사원 게스트 하우스에 묵었다.

월우 스님은 나에게 단태봉을 가르쳐 주신 분으로, 해맑은 미소가 정말 승려다운, 한마디로 스님다운 스님이었다.

바나나를 송이째 사다가 문간에 걸어 놓고, 바나나와 차만 마시면서 하루를 보냈고, 네란자라 강가에 나가 석양을 바라보며 시간을 보내던 시절이었다.

밤이면 마하보디 대탑에 가서 티베트 승려들과 곳곳에 켜진 촛불 속에서 밤을 지새웠다.

그러다가 지겨우면 장터에 나가 물소 고기를 사다가 미얀마 사원의 옥상에서 몰래 불고기 파티도 했다.

석가모니 사후 제자들의 1차 결집이 있었던 라지기르의 영취산과 날란다 불교대학 유적지를 구경 다니기도 했다.

그러던 어느 날, 어디선가 관운장처럼 긴 수염에 머리가 긴, 한눈에도

도골선풍의 사람이 배낭을 메
고 미얀마 사원 게스트 하우스
에 도착했다.

멀리서 보는 순간, 나는 지
리산의 기운을 떠올렸다.

그분을 만나자마자 내가 한
말이 그것이었던 것 같다.

"지리산의 기운이 느껴집
니다."

사실 내 생각처럼 그 사람은
지리산에 있던 사람이었고,
바로 한풀 선사의 친구였던 한
뜻 김문수 선생이었다.

김문수 선생

그때부터 나와는 형님, 동생
하며 지내는 막역한 사이가 되었으며, 나는 그분과 지내면서 막힌 곳을
뚫었으니, 형님이라기보다는 스승이라고 보는 것이 더 타당할 듯싶다.

문수 형님과 나를 보면서 다른 사람들은 영화『고래사냥』의 안성기와
김수철 같다고도 했다. 우리가 동해안의 고래를 찾으러 다니는 사람처
럼 보였는지도 모르겠지만, 내가 찾아다닌 것은 고래가 아니라고 말하
지는 않겠다.

문수 형님과의 인연은 그 후로도 오랫동안 이어져서, 이런저런 이유
로 계속 함께하게 되었다.

그는 나의 미망을 깨우치러 온 문수보살의 화신이었는지도 모를 일
이다.

내가 한국에 돌아와 있을 때 그는 서울에 와 있었고, 한때는 서울 강

남 포이동의 구룡사에서 함께 생활하기도 했었다.

문수 형님은 한풀 선사와 막역한 사이의 동갑내기 벗이었고, 문수 형님으로 인해 한풀 선사와의 인연이 지속되었다.

내가 다시 한풀 선사를 만난 것은 1995년 10월의 천제 때였다.

문수 형님이 천제의 사회자를 해 주기로 했기 때문에 서울에 있던 우리 일당은 삼성궁에 내려가서 천제에 참여하고 있었다.

당시 자주 만나던 일당들이 이제는 세계 곳곳에 흩어져서 보지 못하니 아쉽기만 하다.

그때의 삼성궁은 관광지화 되어 과거의 분위기는 아니었으며, 수도하던 도량은 구경 온 사람들로 가득 차 번잡스럽기만 했다.

하지만 이것도 삼성궁 발전의 한 단면인 것이지, 삼성궁이 잘못된 방향으로 가고 있었던 것은 아니다. 소도인 삼성궁에 많은 사람들이 와서 천제를 지낼 수 있게 되었다는 것 자체가 한풀 선사의 꿈을 이룬 것이기도 하니까.

그때 삼성궁에는 많은 제자들이 있었고, 돌탑도 천여 개가 넘었다.

하동군에서는 관광지로서의 삼성궁의 가치를 주목했고, 여러 가지 지원을 하고 있었다.

오래전의 고서 『청학동기(靑鶴洞記)』에 보면 '후일 후천개벽 시대가 오면, 세상 곳곳에서 청학동을 입에 올리게 되리라'라는 말이 있다는데, 이제 매스컴에서 청학동이 감초처럼 등장하고 있었으며, TV CF에서 청학동은 야쿠르트 아줌마가 꿈꾸는 세상이 되었으니, 과거의 예언이 어느 정도는 맞은 셈이다.

삼성궁이 있는 청학동 입구는 요즈음 상업화의 바람이 불어 예절학교 십수 개가 성업 중이어서 목불인견(目不忍見)이다.

중국 소림사 입구에는 무술학교 70여 개가 성업하면서 소림사의 명성에 기대어 먹고사는 사람이 많음을 짐작하게 하는데, 청학동 입구에는 소림사와 달리 예절학교가 홍성하고 있으니, 이것도 선비의 나라 조선의 특성인가 싶어서 보고 있노라면 고소(苦笑)를 금할 수 없다.

그런데 TV에 자주 출연하는 청학동 출신 모 씨가 운영하는 예절학교에서는 예절 이외에 소림사 사범을 데려다가 소림 무술을 교육하고 있어서 눈살을 찌푸리게 한다.

청학동의 이미지를 이용해서 사업하는 사람들이 전통 무예가 아닌 중국 소림 무술이라니. 자신이 무엇 때문에 유명해지고 사업이 성공하게 되었는지, 근본조차 망각한 처사가 아닌가.

3. 한풀 선사와의 재회

한동안 나는 삼성궁을 잊고 지냈다.

2001년의 어느 날 전화가 울렸고, 전화 너머에서 낯익은 목소리가 나를 찾았다.

그렇게 한풀 선사와 다시 만나게 되어 나는 2001년 봄부터 그해 10월 천제 때까지 삼성궁을 자주 찾았다.

삼성궁은 개발 과정에서 여러 가지 문제가 있었고, 삼성궁 개발에 도움을 줄 수 있지 않을까 해서였다. 2001년 그때 한풀 선사와 가장 많은 대화를 했던 것 같다.

삼성궁의 무술은 크게 아리랑 검법으로 대표할 수 있다. '아리랑'이라는 것은 민요 아리랑을 지칭한 것은 아니며, 한자로 굳이 옮기자면 '대신검법(大神劍法)' 정도가 적당한 번역이 아닐까 싶다.

스승으로부터 물려 받은 보검

원래 아리랑 검법은 '오방신장검(五方神將劍)'이었다고 하는데, 삼성 궁의 무예 중에서 한풀 선사가 스승에게서 물려받은 원류가 바로 이것 이다.

아리랑 검법은 중국 당검(唐劍)의 제식에 따른 양날검으로 시연한다.

중국 검술과는 그 흐름이 좀 달라서 한국의 무술일지도 모르겠다고 생 각하며, 나는 이것이 도법이 아닌 검법이라고 보고 있다.

아리랑 검법을 본 검도인들은 저것이 어떻게 격검이 가능한지, 실전 성이 있겠는지 의문을 표하곤 한다.

그런데 내가 볼 때 아리랑 검법은 단지 격검만을 위한 검술은 아닐 거 라는 생각이다.

한풀 선사 자신도 대한검도회의 검도를 오랫동안 했던 사람이고, 지 금도 집 뒤에 가면 손때 묻은 검도 호구와 타격대가 있는 것으로 보아, 지금도 격검 연습을 하는 것 같은데, 그런 그가 실전성 없는 검술을 그 렇게 소중하게 보존하고 있겠는가.

나는 아리랑 검법이 몸을 단련하여 실전에 임하는 격검의 목적 이외 에, 정신을 수련하는 특정한 수련 방법이 있다고 본다. 한풀 선사와 몇 마디 나누다가 나는 그런 느낌을 받았으며, 몇 가지 부분은 나도 한풀 선사도 서로 긍정하고 이해할 수 있는 것들이었다.

현재 삼성궁의 무예는 모두 다 선대로부터 전수된 전통 무예라고 볼 수는 없다. 치마(馳馬), 검법, 국궁, 택견, 본국검 등을 수련하고 있는데, 여기서 원래 삼성궁의 것은 아리랑 검법 한 가지가 아닐까 생각된다.

택견은 대한택견협회의 택견을 그대로 가지고 들어갔으며, 국궁은 서 울 황학정의 김경원 사범님 계열의 사법을 사용하고 있다. 한풀 선사가 서울 체류 낭시에 김경원 사범님에게서 국궁 사법을 배웠기 때문이다.

대한택견협회의 택견이 삼성궁에 흘러 들어간 이유는, 현재 제자들

가운데 몇 명이 대한택견협회 출신의 사범이기 때문이며, 본국검은 광주 경당에서 복원한 본국검을 수입해 간 상태이다.

택견과 국궁은 우리 전통 무예가 확실하고, 본국검은 전수 경로는 없지만 무예도보통지를 복원한 것이니, 우리 것으로 보는 것이 타당하다.

일단 이런 관점에서 삼성궁의 무예를 전통 무예들로 볼 수는 있으나, 전수된 경로가 인정되는 것은 아리랑 검법 한 가지이다.

2001년도에 한풀 선사와 자주 만나며 그와 대화할 수 있었던 시간은 참으로 유익한 시간이었다. 삼성궁의 곳곳에 있는 정자와 청학루에 앉아 달을 바라보며 도담(道談)을 듣는 것은 서울에서부터의 노독을 잊게 하기에 충분했다.

그때 한풀 선사의 벗들이 자리에 함께하고 있어서였는지 모르지만, 한풀 선사는 오래전 자신의 개인적인 이야기도 많이 했고, 그런 진솔한 모습에서 나는 진정한 도인의 모습을 보았다. 세상 사람들이 그를 어떻게 평가하던 간에 나는 내가 본 한풀 선사의 모습만으로 그를 생각한다.

나는 지금까지 한풀 선사처럼 눈빛이 맑은 사람을 별로 본 적이 없었다. 오랜 수행을 통해 각(覺)을 얻지 않으면 가질 수 없는 호수처럼 맑고 깊은 눈빛이었다.

도 닦는 사람들이나 공부하는 사람들을 망가뜨리는 것은 바로 매스컴이다. 매스컴은 사실 일종의 마군(魔軍)들로서, 자기 멋대로 사람을 재단해서 흥미 위주로 방영해 놓고, 그 후에 일어날 파장에는 책임지지 않는다.

90년대 중반 이후에 삼성궁도 매스컴에 오르내리면서 많은 상처를 받았다.

그리고 삼성궁 발전에 있어 가장 큰 걸림돌은 어쩌면 삼성궁 사람들일

것이다. 그들은 자신의 스승을 교조화하고 박제화하며, 종교적 신념으로 무장한 채, 그들의 생각과 다른 사람들을 공격한다.

그들은 알지 못하겠지만, 나도 그들로 인해 여러 차례 마음에 상처가 생겼다.

그러나 제자들이 어떻던 간에 한풀 선사에 대한 나의 생각은 전혀 달라진 것이 없다.

하늘에 뜬 달을 보려거든 달만 보면 되지, 주변에 흐르는 구름을 볼 필요는 없는 것이다.

4. 다음을 기약하며

나는 2001년 10월을 기점으로 삼성궁과 어떤 일련의 일들로 인해 연락을 단절했다.

사람 사는 곳이란 역시 파벌이 있으며, 구설수와 오해가 있기 마련이다.

삼성궁은 삼성궁 사람들이 이끌고 나가야 할 곳이며, 내 위상이 어떻게 되던 간에 외부인일 수밖에 없다.

나는 더 이상 삼성궁에 출입하다가는 한풀 선사와 내 사이까지도 제삼자에 의해 관계 단절이 일어날지도 모른다고 판단했고, 그날로 삼성궁의 출입을 끊었다.

내가 받지도 않은 돈을 받았다고 소문이 나는 상황에 이르자, 더 이상 한풀 선사 주변 사람들을 만나고 싶지 않았다. 나는 한풀 선사라는 도인과 지낸 시간들을 좋게 기억하기 위해 한동안 그쪽 사람들을 보지 않으려 한다.

한풀 선사와 내가 앞으로 어느 장소, 어느 시간에 다시 만나게 될지모르지만, 나는 지금도 한풀 선사와 멀리 떨어져 있다는 생각은 하지 않는다.

공간적 거리는 별로 중요하지 않다. 내가 그를 느끼고 있듯이, 그도 내가 어디서 무엇을 하고, 무엇을 생각하는지 느끼고 있을 것이기 때문이다.

그러면 된 것 아닌가.

국궁 명인 여무사(女武士) 향촌 할매

무협 영화나 무협 소설에는 가끔 '금분세수(金盆洗手)'라는 말이 등장한다.

평생 무림을 종횡하다가, 말년에 무림계의 인사들을 모아 놓고 은퇴를 선언한다. 지난 인생 동안 나에게 은원이 있다면 지금 다 해소하자고 말한 후, 반대하는 사람이 없으면 금으로 만든 세숫대야에 우아하게 손을 씻으며 무림을 표표히 떠난다.

이것이 바로 '금분세수(金盆洗手)'이다.

21세기 한국에서 이런 '금분세수(金盆洗手)'가 일어났다고 하면, 과연 믿을 사람이 몇이나 될까?

그러나 이것은 사실이다. 2001년 8월, 경남 사천의 관덕정에서 일어난 실제 상황이다.

2001년 8월 26일, 경남 사천 관덕정에서는 역사적인 납궁례가 거행되었다.

해방 이후 처음이라는 한국판 금분세수 '납궁례'의 주인공은 향년 73세의 김향촌 여사였다. 본명은 김미이(金未伊), 호는 향촌(香村)이고, 아명은 향자(香子)로, 본명보다는 향촌이라는 호가 더 많이 쓰인다.

향촌은 1929년 경남 사천에서 경주 김씨 경팔(慶八)의 둘째로 태어났다. 어려서 몸이 허약했던 그녀는 활쏘기가 몸에 좋다는 말을 듣고, 열아홉 살 되던 해인 1947년에 사천 산성에 위치한 관덕정에서 집궁하였다.
집궁 후 열심히 습사한 결과, 90일 만에 몰기를 하였고, 허약했던 몸은 점차 건강해졌다.
단기 4287(1954)년 마산 추산정에서 실시한 궁술 대회에서 여무사 부문 우승을 시작으로, 개인 우승만 20차례나 하였고, 1998년에는 전국대회 10회 우승을 축하하는 기념비가 창림정에 세워졌다.

향촌은 궁체가 특히 아름다워서 활터에서 사람들로부터 '나비 할머니'라는 찬사를 받기도 하였다. 향촌의 궁체는 전형적인 온깍지 궁체로써, 발시할 때 줌손을 과녁 쪽으로 밀고, 동시에 깍짓손을 아주 가볍게 떼면서 뒤로 시원스럽게 내뻗는 동작이 마치 봄바람에 나비가 날갯짓하는 모양과 같았다.

그 후 향촌의 궁체는 아름다운 여무사 궁체의 본보기가 되어, 1954년 전주 천양정 대회에서 체법상(體法賞)을 수상하기도 했다.

이전의 납궁례는 1939년 전주 천양정에서 이유봉이라는 분의 납궁례가 있었다고 하며, 그 후 연대 미상이지만 서울 백운정에서 한 번 행해진 적이 있다고 한다.

그러나 해방 이후 국궁계에서 행사를 전하는 사람이 없어 잊혀져 가던 이 진귀한 풍속이 향촌 여사의 어려운 결단으로 다시 시행되게 된 것은 국궁계의 경사이자 이 행사를 참관한 모든 사람들의 영광일 것이다.

납궁례는 정간 아래에 위치한 제례상에 향을 피운 뒤, 강신의 예를 시작으로 진행되었으며, 천(天), 지(地), 가(家), 관(貫)의 사신(四神)에게 예를 올리는 것이 특이하다.

50여 년간의 무림 생활을 마치며 사신(四神)에게 예를 표한 후, 향촌 여사는 자신이 쓰던 궁시를 관덕정에 반납하여 영구 봉안했다.

우리나라 국궁계의 전설적인 명궁으로서, 평생 활을 쏘신 김향촌 할머니께서는 많은 국궁인들의 존경과 축하를 한 몸에 받으면서 마치 나비처럼 우아한 모습으로 전통 방식의 납궁례를 마친 후, 무림을 떠났다.

'나비 할머니'로 불리기도 했던 향촌 여무사는 이제 당신의 활을 관덕정의 사두에게 반납하고 영원히 무림을 떠나 버렸다.

　시작이 있으면 끝이 있다는 아름다운 진리를 아는 우리 선조들은 이미 오래전부터 이런 '금분세수(金盆洗手)'를 시행해 왔었던 것이다.

　중국과 일본의 무술인들은 나이가 아무리 많아도 시범을 보이는 전통이 있다.

　97년도에 방한한 거합발도도의 나카무라 다이사부로 선생은 거동이 불편한데도 불구하고, 직접 진검을 잡고 짚단을 베는 시참을 보여 주어서 장내의 숙연함을 자아냈다.

　중국 팔괘장의 3대 종사인 故 이자명(李子鳴, 1900~1995) 노사가 돌아가시기 전, 거동이 가능했을 때까지 직접 시범을 보이고, 대결을 받아 주었다.

　우리나라도 그런 분들은 있다. 검도 9단 故 김영달(金榮達, 1916~2000) 선생님도 살아생전에 호구를 입고 죽도를 들어 후배들의 검을 받아 주셨다.

　예전의 내 스승도 칠십에 돌아가시기 전까지 땀 흘리며 젊은이들과 함께 운동을 하셨다.

　그런데 환갑이 넘어서도 20대 청년들과 함께 발차기를 하고 운동이 가능한 무술 사범이 과연 우리 주변에 몇 분이나 계실 것인가.

일본, 중국에서는 흔히 볼 수 있는 광경이 우리 주변에서는 보기 힘든 것이라는 건, 우리 무도계가 뭔가 잘못되어 가고 있다는 반증일 것이다.

원래 활 쏘는 한량들에게 납궁례를 하라고 권유하는 것은 앞으로 활을 쏘지 말라는 말과 같은 것이어서, 말을 꺼내기도 조심스러울 뿐만 아니라 오해받기 십상이라고 한다.

물론 무술이 좋아서 평생 하는 사람에게 앞으로 무술하지 말라는 말은 후학들이 쉽게 꺼낼 수 있는 말이 아니다.

그러나 시범을 보이지도 못하고, 지도도 제대로 못 하면서, 협회의 주요 요직은 다 차지하고 앉아서 정치만 하고 있는 원로들이 있다. 무술 단련에 뜻을 잃은 무술계 원로들은 대개 경제적, 정치적인 활동에만 비정상적으로 골몰한다.

모 유명 신흥 검술 단체의 협회장은 지난 이십여 년간 단 한 번도 도복을 입지 않고, 한 번도 시범을 보인 적이 없어서 많은 사람들의 비웃음을 사고 있다.

이런 이들이라면 은퇴를 고려해 보아야 하지 않을까? 시범을 보일 수 없는 무술계 원로들은 후배들의 축하 속에서 금분세수(金盆洗手)하시는 것을 우리 무술계의 전통으로 삼으면 어떨까.

정식으로 은퇴하는 것은 협회의 발전을 위해서 좋다. 그래야 후학들이 포부를 펴 볼 만한 자리도 마련된다.

이제 우리 무도계도 좀 더 바람직한 방향으로 체질 개선을 할 때가 되었다고 생각한다.

우리에게 이런 전통이 없었던 것이 아니다. 이미 우리의 활터에는 오래전부터 전해지고 있는 아름다운 습속이니 말이다.

떠날 때를 알고 떠나는 자의 뒷모습은 아름답다.

우리는 떠날 때를 알고 떠나지 못해서 말로가 비참한 사람들을 많이 알고 있다. 이승만, 박정희와 같은 지도자들은 우리 현대사의 비극이다.

이에 반해 비록 치매에 걸렸지만 故 로널드 레이건 전 대통령(1911~2004)은 많은 미국 국민들의 사랑 속에서 인생의 황혼을 맞았다.

자신이 이번 인생에서 할 일을 다 마치고 정치계를 은퇴하여 노부부가 해로하는 모습은 정녕 아름답지 않았던가.

이제 우리 무도계에도 은퇴를 활성화하자.

前 김운용 총재도 젊고 의욕 있는 사람들에게 태권도를 맡기고 은퇴하시라.

80년대 이후에 검을 잡은 것을 아무도 본 적이 없다는 H검도의 모 총재도 결단을 내려 은퇴하시라.

원로들의 떠나는 뒷모습을 후배들은 진심으로 축복하고 존경할 것이며, 이런 전통은 우리 무도계의 값진 유산이 될 것이다.

마치 영화계가 대종상 시상식을 하듯이, 무술계의 은퇴식이 한국 무술계의 축제일로 자리 잡는 날이 오기를 기대한다.

김향촌 여무사는 시작은 있으되 끝은 없기 쉬운 강호에

사습의 시작과 끝을 분명히 보여 줌으로써 후배 무사들에게 살아 있는 사표가 되었으며, 국궁 역사의 한 획을 장식했다.

그리고 얼마 되지 않아서 귀천하셨다.

나비 할머니로 불리던 여무사 향촌 할매는 마지막까지 무사답게 영원히 우리 곁을 떠났다.

향촌 할매는 살아생전에 조용조용하게 말씀하시던 그 곱던 자태 그대로 나의 마음속에 남아 있을 것이다.

게임 『철권』의 실제 모델, 일본 ITF태권도의 **황수일** 사범

2002년 9월, 게임 『철권』 속에 등장하는 캐릭터 '화랑'의 실제 모델인 ITF태권도의 황수일 사범이 한국을 방한했다.

공항에 내리자마자 그는 제25회 회장기 전국대학태권도 대회가 열리는 강화도로 직행했고, 오후에 열린 학술 세미나에서 국제태권도연맹(ITF)의 경기 규칙과 대련 시범을 보였다.

황수일 사범은 동안(童顏)이다. 1970년생이라고는 하지만, 얼굴은 22살 정도로밖에 보이지 않았다.

그는 얼굴도 작아서, 나와 함께 서 있으니 내 얼굴의 반으로 보였다.

얼굴이 작은 사람은 체격도 작아 보이게 마련이다. 그러나 그의 체격은 작지 않으며, 도복을 갈아입기 위해 탈의를 하는 그의 몸은 온통 고무 덩어리 같은 근육으로 되어 있었다.

황수일 사범은 이날 그의 무술 실력을 유감없이 보여 주었다. 찰고무 덩어리 같은 그의 몸은 바닥에서 쉴 새 없이 튀어 올라 차고 지르며 ITF의 기술을 선보였다.

그의 몸은 흡사 고무공 같은 탄력을 가지고 있어서, 귀공자라는 무술계의 별명이 무색할 정도였다.

나는 제자리에서 도약하면서 그런 발차기를 구사하는 것을 보며 매우 감탄했고, 그가 故 박정태(朴炡泰, 1944~2002) 총재의 수제자답다고 생각했다.

당시 세미나에 참석했던 사람들 가운데에는 과거 故 최홍희 총재에게서 태권도를

철권 화랑의 주인공, 황수일 사범

사사했던 사람도 있었고, ITF태권도를 처음 접해 보는 사람도 있었다.

한 가지 흥미로운 것은 육십 줄에 들어선 태권도인들 중에서 故 최홍희 총재를 그리워하고, 故 최홍희 총재에게서 태권도를 배운 것을 자랑스러워하는 사람들이 적지 않았다는 것이다.

황수일 사범은 12살 때 박정태 사범 문하로 일본에서 태권도를 배우기 시작했다.

박정태 총재는 최홍희 총재의 수제자 네 명 중의 한 명으로, 최홍희의 사천왕으로까지 불렸던 태권도의 전설적 고수이다.

그는 최홍희의 명에 따라 일본에 가서 자신의 주먹으로 일본을 평정하면서 ITF태권도를 보급했고, 다시 북한에 가서 북한 태권도의 아버지가 되었다. 현재 북한의 ITF태권도 사범들은 대부분 박정태 총재에게서 배

운 사람들이다.

후일 후계자 문제로 갈등이 발생한 박정태 총재는 ITF에서 탈퇴하여, GTF라는 태권도 단체를 만들어 스스로 회장이 되었으나, 지병으로 故 최홍희 총재보다도 먼저 사망하였다.

그런 박정태 총재가 일본에서 제일 먼저 받았던 제자가 황수일 사범이다.

그는 어릴 때 태권도의 존재도 몰랐지만, 아버지의 권유로 태권도에 입문했다.

야구를 하던 그는 아버지의 강권으로 어쩔 수 없이 태권도장에 갔지만, 도장의 분위기와 박정태 총재의 모습을 보고서는 많은 감명을 받아 태권도에 전념하게 되었다고 한다.

황수일 사범의 국적은 북한이다.

그런 탓에 한국에 입국할 때 많은 어려움이 있었다.

그가 한국에 오기 위해서는 대한민국 대사관에서 발급하는 여행 증명서가 필요한데, 북한 주민 국적의 재일 동포에게 여행 증명서가 발급될 때는 국가정보원의 검열과 허가가 필수적으로 따라야 한다.

다행히 일이 잘되어서 황수일 사범은 입국했고, 나와 만나게 되었다.

황수일 사범에게 여행 증명서를 받았느냐고 물어 보니 꺼내어 보여 주었다. 대만 사람이 중국 본토에 갈 때는 여권에 비자를 받는 것이 아니라 그냥 여행 허가서를 가지고 간다는데, 북한 사람도 남한에 올 때는 여행 허가서를 발급받는 모양이었다.

황수일 사범은 일본에서 태어나고 자란 재일 교포 2세였기에, 선입견과 달리 우리나라 사람보다 훨씬 더 세련되어 보였다.

또 조총련계 학교를 다녔기에 한국말을 비교적 능숙하고 유창하게 한

약속 맞서기 시범

다. 약간 어눌한 부분이 있지만, 일본에서 태어나 자란 재일 교포 2세라
는 것을 감안한다면 훌륭한 수준이다.

황수일 사범에 대한 나의 인상은 한마디로 '귀엽다'는 것이었다. 인상
은 귀여운데, 운동은 무섭도록 잘한다. 마치 만화의 캐릭터 같았다. 게
임 『철권』의 화랑 역할을 하기에 부족함이 없다고 느꼈다.

그가 게임 『철권』의 모션 캡처에 참여하게 된 계기는, 『철권』의 프로
듀서가 황수일의 경기를 보러 와서 그와 접촉하면서부터였다.

그는 일본에서 태권도를 알리는 데 조금이라도 도움이 되면 좋겠다는
순수한 마음에서 모션 캡처를 하게 되었는데, 지금처럼 유명해질 줄은
몰랐다고 한다.

직접 만나 보니 붙임성도 좋아서 쉽게 친해지고 사귈 수 있는 인물이

었다. 또한 그는 극히 예의 바르고, 자세가 바른 사람이었다.

무도로 단련된 고양된 인격체를 그에게서 볼 수 있었다.

제자를 보면 스승을 알 수 있다던가. 나는 그를 보면서 나와 여러 차례 만난 故 박정태 총재를 기억했다. 훌륭한 제자를 두었으니 박정태 총재는 죽어서도 행복한 사람이리라.

그는 아침부터 저녁까지

떡볶이가 맛있다면서 먹고 있던 황수일 사범

전업으로 태권도를 지도하고 있으며, 총본관의 사범이다.

일본의 ITF태권도 인구는 5천 명 정도 되며, 일본에 태권도가 들어온 지 20년이 되었기 때문에 도장도 조금씩 늘어나고 있다.

故 최홍희 총재와는 일본에서 세미나를 할 때 몇 번 만났으며, 93년 8월부터 94년 봄까지 캐나다에 체류할 당시에 자주 뵈었다고 한다.

황수일 사범과 짧은 시간을 보내고 아쉽게 헤어졌지만, 훗날 다시 만나면 의기가 투합할 수 있으리라 생각한다.

그의 맑고 강한 눈빛을 보면서, 나는 황수일이라는 무도인의 매력을 너무나 강하게 인지했기 때문이다.

진가구 태극권 귀신 **이우현**

1. 태극권의 고향에 가다

몇 년 전, 처음으로 중국 하남성 온현 진가구에 갔다.

때는 가을이었는데, 꽤나 쌀쌀했다.

원래 온현이 춥단다. 겨울에는 영하 20도 이하로 떨어지는 것은 다반사이고, 어떤 해에는 영하 30도까지 추워지기도 했다고 한다. 서울과 비교하면 시베리아이고, 거의 북한 평안도 정도의 겨울 기후인 듯싶다.

흙탕물이 넘실대는 황하를 건너고, 지평선까지 펼쳐진 목화밭을 지났다.

그날 나는 평생 처음으로 목화밭을 보았다. 하얀색 목화는 흰 배꽃처럼 터졌다.

정주에서 버스로 약 2시간여를 달린 끝에 온현에 이르렀고, 개조한 경운기의 뒤에 타고 진가구까지 오프로드를 1시간 동안 달렸다.

비포장도로인 탓에 엉덩이는 1시간의 절반 이상 동안 공중 부양을 했다. 무당산에 가서 굳이 도사가 되지 않더라도 하늘을 날 수 있겠다 싶었다.

한참 달리던 딸딸이 경운기는 웬 시골 촌 동네에 닿더니 여기가 진가구라고 한다.

주변을 둘러보니 아무것도 없어 황당하다. 농촌 마을 한복판에 30년 전 강원도 산골의 점방 같은 구멍가게가 하나 있고, 그 앞에 꽤 커다란 2층 건물로 된 '진가구 태극권 학교'가 위용을 뽐내고 있었다.

시골 동네에 어울리지 않게 건물이 꽤 커다랗다. 어쩌면 사방 10리 안에서 이 건물이 제일 큰 건물일지도 모른다고 생각했다. 진가구 태극권학교 정문으로 걸어 들어가는데, 웬 영감님이 반바지에 슬리퍼를 끌고 어슬렁거리며 나온다. 방금 농사짓다 온 꼴인데, 수위인지 동네 할아버지인지 알 도리가 없다.

"여기가 진가구 태극권 학교 맞아요?"

"맞어."

되게 무뚝뚝하다. 사람 찾아오는 게 몹시 귀찮은가 보다.

"여기 학교 사무실을 찾아왔는데요."

"저 2층으로 가 봐."

2층에 올라가니 좀 젊은 친구가 앉아 있고, 우리의 상담을 받아 준다.

태극권에 관련된 다큐멘터리를 촬영하러 왔다 하니, 표정 없이 일어나 체육관으로 따라오란다.

체육관 내부는 농구 시합장이 하나쯤 나올 크기의 중고교 체육관 수준이다. 한 켠에는 타격 훈련을 위한 샌드백이 주욱 걸려 있었고, 녹슨 바벨과 아령, 각종 도검곤창과 석쇄공 수련용 석쇄들도 흩어져 있어서, 여기가 농구장이 아니고 무술관임을 알게 한다.

우리를 안내한 젊은이는 여기 진가태극권 집안의 아들로, 이름은 진자강이라고 했다. 눈이 쭉 찢어진 게 성깔 좀 있겠다 싶었다. 나중에 듣자니 진씨 가문에서 밀고 있는 2세대 대표 주자의 한 명이란다.

카메라 기사와 PD는 체육관 내부에서 태극권 시연을 촬영하고, 나는 체육관 바깥쪽을 구경하고 있는데, 누군가가 뒤편에서 혼자 태극권 연무를 하고 있었다.

생긴 거 보니 이 동네 총각인 것 같은데, 태극권의 본가라서 그런지 꽤나 잘하는 것이었다.

나는 해가 뉘엿뉘엿 지는 석양 무렵에, 그 친구의 진식태극권 노가1로를 한참이나 멀거니 구경하고 있었다.

내가 보는 것도 신경 안 쓰고, 그 젊은이는 땀을 뻘뻘 흘리며 노가1로를 두 시간 이상 뛰었다.

해가 진 후 촬영을 마치고, 학교 앞에 있는 이 동네 유일의 국숫집 식당에 저녁을 먹으러 갔다.

중국은 각 성(省)별로 대표 국수가 있는데, 북경은 타로면(打滷麵, 다루미엔), 산동성은 이부면(伊府麵, 이푸미엔), 짜장면(炸醬麵, 짜장미엔), 사천성은 단단면(担担麵, 딴딴미엔), 산서성은 도삭면(刀削麵, 따오샤오미엔), 란주(蘭州)라면(拉麵), 신강성은 반면(伴麵, 빤미엔), 운남성은 과교미선(過橋米線, 궈차오미셴), 길림성은 조선랭면이 그것이다.

하남성의 대표적 음식은 '회면(會麵)'이다. 회면은 전혀 맵지 않은 국수로, 한국 칼국수와 비슷하다. 불어 터져 국물이 없는 칼국수를 연상하면 되겠다.

회면을 꾸역꾸역 먹고, 다시 태극권 학교에 돌아가 숙박을 하기로 했던 기숙사 방으로 들어가는데, 아까 노가1로를 뛰던 진가구 총각이 다가와 말은 건넨다.

"한국에서 오셨지요?"

중국인인데도 한국말을 무척 잘한다.

놀라서 다시 물어보니 부산 사람이라는 것이었다.

부산 사나이 이우현 군과의 인연은 이렇게 시작됐다.

2. 태극권의 고향에서 한국인을 만나다

이우현 군은 부산 토박이로, 부산외대를 졸업했다. 졸업과 동시에 외국계 회사에 취직이 되어 신입 사원 연수를 들어가게 되었다고 한다.

그런데 대학 4학년 때 부산에 와서 시연했던 진가구의 진병 노사가 보여 준 태극권을 잊을 수 없었다는 것이었다.

그래서 이 미련한 친구는 신입 사원 연수 들어가기 전날, 무작정 중국 상해로 야반도주를 해 버렸다. 정말 뒷생각 없는 무댓뽀가 아닐 수 없다.

집안과 회사에서는 난리가 났다. 회사 측에서는 이미 일주일이 지났지만 다시 돌아오면 불이익 없이 다시 사원 연수에 들어가게 해 주고, 예정대로 채용해 주겠노라 했지만, 이 고집 센 부산 남자가 그 말을 들을 리 없었다. 아버님도 의절하겠다고 하셨다지만, 아들은 서슴없이 불효의 길을 택해 버렸다.

그렇게 그는 상해에서 1년간 머무르며 상해체육대학 어학 과정에 등록해서 중국어를 배웠다.

1년간 꼬박 중국어를 배운 이우현은 기차를 타고 머나먼 하남성 온현 진가구로 찾아갔고, 무작정 제자로 받아 달라고 했다.

천둥벌거숭이 같은 놈이 어디선가 와서 진가구에서 먹고 자며 십 년간

무술을 하겠다니, 아마 진가구 식구들도 황당했을 것이다.

그러나 진심이 통했는지 그는 진가구 식구로 받아들여졌고, 거기서 정식으로 진가태극권에 입문했다.

아까 나에게 사무실을 가르쳐 준 사람은 다름 아닌 진가구 태극권 학교의 교장 선생님인 진소성 노사였다. 나중에 알고 꽤 놀랐다.

진소성 노사는 진가태극권 장문인인 진소왕 노사의 친동생으로, 소탈하고 말수 없이 과묵한 분이다. 형님인 진소왕 노사가 전 세계를 돌며 태극권을 전파하고 있는 동안, 진소성 노사는 진가구를 지키며 태극권을 배우러 찾아오는 세계 각국의 사람들을 교육하고 있었다.

이곳 진가구 태극권 학교에는 유럽과 일본 등지에서 온 꽤 많은 외국인들이 장기 체류하며 태극권을 배우고 있었다.

나는 진가구에 며칠 머무르면서 이우현 군과 진가구 일대를 돌아다녔다.

진가구는 커다란 도랑이 있어서 진가구라고 불린다. 지금은 말라서 도랑에 물이 흐르지 않지만, 우기 때에는 많이 흐른다고 한다.

양가태극권을 창시한 양로선 노사가 담장 너머로 태극권을 훔쳐 배웠다는 '양로선 학권처'에도 가 봤고, 조보가 태극권도 봤고, 홀뢰가 태극권도 보러 갔으며, 태극권 유명 인사들의 무덤과 사당에도 갔다.

태극권 학교 옆에서 파는 맛있는 진가구 고기 호떡도 매일 몇 개씩 사 먹었음은 물론이다.

이우현 군은 진가구에 만 4년째 머무르고 있었다. 4년 동안 딱 한 번 며칠간 부산 집에 다녀온 것이 전부였고, 내내 여기서 휴일도 없이 태극권만 했단다.

열심히 할 수밖에 없었던 것이, 진가구의 추위 때문이기도 했다고 한다. 중국의 전통 가옥들은 우리처럼 온돌을 갖고 있지 않으며, 무술학교 기숙사 방에 따뜻한 보일러가 들어올 리 없다.

그래서 새벽 5시면 추위 때문에 기상해야 했고, 땀을 내서 추위를 잊으려고 권법을 뛰다 보면 아침 식사 시간이 되었다.

밥 먹고 나서도 딱히 앉아 쉴 데가 없다 보니, 할 것이라고는 무술 연습밖에 없고, 이렇게 저녁까지 내내 권법을 뛴다는 것이었다.

저녁 먹고 나면 해가 지고, 해가 지면 진가구의 추위가 찾아온다. 춥지 않으려고 또 무술을 연습하다 보면 밤 11시쯤 된다고 한다.

그러면 뜨거운 물을 얻어다가 큰 물병에 넣고, 이것을 잠자리에 넣고

진가구의 유래가 된 도장

끌어안은 채 잠을 청한다는 것이다. 물통의 물에 온기가 있는 동안은 잠을 잘 수 있었고 했다.

이 물통의 물이 완전히 식어 추위에 잠을 깨는 때가 바로 새벽 5시란다.

그러면 다시 일어나 태극권을 시작하는데, 이것이 그의 하루 일과였다.

하루에 몇 시간쯤 태극권 수련을 하냐고 물어보니, 대충 14시간쯤 된다고 한다.

내가 그의 곁에서 함께 생활하며 보니, 하루에 14~15시간쯤 수련하는 것은 사실이었다.

진가구는 오락거리가 없고, 휴식할 데도 없고, 놀러갈 데도 없다. 해가 지면 각자의 방에 들어가서 벽 쳐다보며 참선하는 것밖에 할 것이 없는 곳이다.

유일한 여흥이라면, 태극권 학교 앞에 작은 재래식 목욕탕이 있는데, 저녁 먹고 여기 가서 뜨거운 물로 목욕 한 번 하는 것이 즐거움이라고 했다.

시지프스도 아니고, 끝도 보이지 않는 무한 루프의 고된 수련을 하는 그의 생활을 보고 있자니, 내 입에서는 '왜 사니……?'라는 말이 튀어나올 정도였다.

여긴 주말 휴일도 지켜지지 않으며, 법정 공휴일이라고 친구들을 만나 놀 수 있는 곳도 아니다. 그저 끝이 보이지 않는 무공 단련만이 존재하는 곳인데, 이우현 군은 무려 만 4년째 이 생활을 이어 오고 있었다.

이 정도 되면 가히 태극권에 미쳤다고밖에 설명할 도리가 없다. 한마디로 좀 특이하게 미쳤다.

그는 원래 말이 없다. 더구나 하루에 세 마디 한다는 전설의 경상도 사나이다.

하루 종일 얼굴 표정 하나 안 변하고, 그냥 노가1로만 무한 반복하고

진병 노사와의 추수

이우현 태극권 시범

있었다.

4년간 배운 권법이 노가1로 딱 한 가지라고 했다. 다른 것을 가르쳐 달라고도 안 했고, 진소성 노사와 진병 노사도 다른 걸 가르쳐 주지도 않았단다.

듣자하니 진가구 집안의 태극권 교습법이 원래 이렇다고 한다.

진병 노사도 태어나서부터 태극권을 했지만, 20살이 될 때까지 노가1로만 무한 반복시켰다는 것이다. 그래서 그는 20살이 되고도 다른 지역의 우슈 선수들보다 할 줄 아는 게 없었지만, 이제는 다른 사람들이 그를 따라올 수 없는 상황이 되었다.

진가구 태극권의 비밀은 첫째, 기본을 중요시하고, 둘째, 기본 권법을 십 년 이상 되풀이 시킨다는 데에 있었다.

진가구 진씨 집안 태극권사 중에 노가1로를 십수 년 하지 않은 사람이 없었다는 것이다. 기본이 워낙 튼튼하니, 나중에는 두 달에 권법 한 가지씩 소화해도 무리가 없다는 것이다.

이런 교육 방식은 처음에는 몹시 늦게 가는 것 같지만, 나중에는 오히려 빠르다고 했다.

한국에서 이런 식으로 태극권을 교습했다가는, 아마 반년도 못 가서 도장 문을 닫게 될 것이다. 어느 누가 노가1로만 십 년간 하겠는가. 그것도 하루에 15시간씩 말이다.

그러나 이런 보수적인 교육 방식이 태극권 장문인을 길러 내고, 진가 태극권을 유지하고 지켜온 힘이었다.

이우현 군은 이런 전통적 진씨 집안 태극권 교육을 5년이나 받은 사람이다. 그리고 잠자는 시간만 빼고는 태극권만 했다.

그래서 그는 30대 젊은 나이에 고수가 되었다.

3. 태극권 총각의 귀환

2005년 그는 한국으로 영구 귀국을 했고, 현재는 부산에서 태극권 무관을 열어 태극권을 가르치며 살고 있다.

얼마 전에는 예쁜 중국 아가씨와 결혼하여 아기까지 낳았다. 지금은 해운대 달맞이고개 꼭대기에서 바다를 내려다보며 세 가족이 행복하게 살고 있다.

부인이 된 중국 아가씨는 상해 출신 기자였는데, 진가구에 취재 왔다가 이우현 군을 만났고, 그게 인연이 되어 결혼까지 하게 되었다고 한다.

내가 진가구에서 그를 다시 만났을 때와 달라진 것은, 이제는 노가1로만 할 줄 아는 게 아니고, 태극권의 다른 권법들과 병기술도 할 줄 알게 되었다고 한다.

그가 할 줄 안다고 표현할 때는, 꽤 자신 있으니까 하는 말일 것이다. 진가구 식구로서 태극권을 익힌 사람은 그렇다.

한국에도 많은 태극권 지도자가 있으며, 그중에는 고수도 있고 장사꾼도 있다.

한국에서는 상당히 많은 태극권 지도자가 단기 연수로 며칠간 태극권을 배운 후 태극권을 지도한다. 다른 중국 무술을 하던 체육관 지도자들을 대상으로 단기 태극권 연수가 상당히 자주 개최되었고, 주말에 이런 프로그램을 통해 이삼 일 만에 태극권 권법을 익힌 우슈 지도자들이 적지 않다.

물론 정말 고수 반열에 오르는 실력자들이 없는 것은 아니다.

그런 여러 가지 사람 속에서도 이우현은 단연 독보적으로 빛난다. 적어도 부산, 경남 지역에서 그를 넘어설 만한 태극권 고수는 찾기가 쉽지 않을 것이라고 나는 믿는다.

적어도 그는 합기도 도장을 하다가 태극권이 요새 좀 유행이라니까 비디오 보고 혼자 배운 태극권을 좀 가르쳐 보다가, BJJ가 유행이라니까 다시 BJJ체육관으로 간판 바꿔 다는 그런 관장이 아니다.

아마 관원이 한 명도 없는 상황이 오면, 혼자 딴 일을 해서 생계를 유지하면서도 혼자 태극권만 할 사람이다.

왜냐하면 그는 태극권에 미쳤고, 태극권도 그를 좋아하기 때문이다.

나는 한국 무림의 후기지수의 한 사람으로 이우현 군을 꼽는 데에 주저함이 없다. 특히 태극권에서는 그렇다.

그의 소망처럼 태극권만 가르쳐서 먹고사는 데에 지장이 없는 상태가 빨리 왔으면 좋겠다. 그가 추운 진가구에서 쌓은 원력의 결과가 결실을 맺기를 기원한다.

왕주먹 택견꾼 장태식

1. 한국의 막강 파워 씽

얼마 전, 인터넷상에서 왕주먹으로 자연석을 격파하는 동영상과 사진이 떴다.

그는 택견꾼 장태식이다.

그가 왜 영화 『판타스틱4』의 막강 파워 씽 같은 돌주먹을 갖게 됐을까?

장태식과 처음 만난 것은 2001년 방영된 『인간극장-고수를 찾아서』때문이었다. 아무리 리얼 다큐라고 해도 사전에 적당한 설정이 있게 마련이다.

『인간극장』의 PD는 나에게 무술인을 테마로 촬영하고 싶으니, 적합한 인물을 두 명 추천해 달라고 했었고, 나의 의뢰로 결련택견협회 도기현 회장님이 추천해 준 인물이 장태식이었고, 최종 낙점됐다.

도기현 회장이 장태식을 추천해 준 이유는 간단했다. 이 친구가 무술에 미쳤고, 이소룡 광팬이라는 것이었다.

또, 장태식은 송덕기 옹의 적전제자인 도기현 회장 밑에서 택견의 모든 것을 오랫동안 배웠고, 택견의 살수라는 '옛법'을 제대로 배운 제자 중의 한 명이다.

『인간극장–고수를 찾아서』는 의외로 선전했고, 당시 시청률이 역대 『인간극장』 중에서 2위였다고 할 만큼 인기를 끌었다. 월드컵 때는 인기작을 리메이크하는 시도가 이루어져서, 『인간극장–고수를 찾아서』는 다시 촬영되어 2부가 방영되기도 했었다.

덕분에 주인공인 장태식과 정유진은 조금 유명해졌다.

장태식은 전북 전주 출신의 택견꾼이다. 그는 어려서부터 이소룡을 추앙하여, 이소룡처럼 되기를 꿈꿨다.

이소룡은 미국 워싱턴대학 철학과를 중퇴했는데, 장태식도 이소룡의 길을 그대로 따라한다면서 대학을 중퇴했다니, 그의 애기를 들으면서도 정말 황당했다.

이소룡이 했던 것은 뭐든지 따라 했다는 이 친구는, 그래서인지 쌍절곤도 매우 잘 돌렸다.

장태식은 어려서 권투를 했고, 전북 도대표로 전국체전에 나갈 만큼 권투를 잘했던

유망주이기도 했다. 택견을 안 했어도 어디 가서 대여섯 명은 한 방에 기절시킬 만큼의 실력자였던 셈이다.

그가 왜 영춘권으로 가지 않았는가는 잘 모르지만, 인연의 끈은 그를 영춘권이 아닌 택견으로 이끌었다.

언젠가 한번 봤다는 택견에 반해서, 그리고 우리나라 전통 무예를 통해 고수가 되고 싶어서 무작정 상경하여 서울의 결련택견협회를 찾았고, 도기현 회장을 만나자마자 그의 제자로 입문했다.

그렇게 그의 험난한 서울 생활이 시작되었다.

매일매일이 수련이었고, 매일 대련을 하는 택견의 특성상 온몸에서 상처가 아물 날이 없었다.

택견은 부드럽고 굼실대기 때문에 일견 유희로 생각하기 쉬운데, 이게 해 보면 그렇지 않다. 택견은 항상 견주기(대련)를 하는 무술이기 때문에, 상대와의 간격과 타이밍, 즉 간합을 익히기 좋다.

아무리 이론이 좋아도 대련을 하지 않는 무술은 관념적이다. 택견의 이런 실전성과 대련 중시 풍조가 실전 격투를 지향하는 장태식에게 강하게 어필했는지도 모르겠다.

2. 택견의 살법

택견은 분명히 경기화된 무예다. 세계의 모든 무술이 현대에는 경기화의 길을 걸었는데, 우리나라의 택견은 이미 조선 시대에 경기화된 역사를 갖고 있는 혁신적인 무술이다.

경기화되었다는 것은 대결의 룰이 정해졌다는 것이고, 모든 사람들이 이 규칙을 용납하고 합의했다는 뜻이다. 무술이 경기화되지 않으면 부상이 없는 시합을 할 수 없기 때문에, 대련의 기회를 상실하여 오히려 무술의 퇴보를 낳는다.

목숨을 건 실전 대결이 무술 실력을 급격히 강화하는 데에 가장 좋겠지만, 목숨은 하나라서 이런 대결은 평생 한두 번밖에 할 수 없을 것이다.

따라서 실전 대결이 무술 발전에 제일 좋은 방식이라고는 할 수 없다.

일본의 검도도 죽도와 목도로 시합을 매일 진행하면서 실제 검술 실력이 증가한 것이지, 경기화의 과정이 없었다면 일본 검도가 그렇게 강력한 실전성을 가지지 못했을 것이라고 생각한다.

택견은 20세기 들어서서 세계 각국에서 일어난 무술의 스포츠화를 이미 조선 시대에 달성한 무예다.

따라서 두 사람이 서서 손발로 싸우는 기술에 있어서는 매우 진화된

옛법 시연

무술이라고 볼 수 있다.

그러나 경기는 경기이다 보니 치명적인 기술을 사용할 수 없다.

그래서 택견에서는 '옛법'이라는 살수(殺手)를 별도로 보존시켰다.

이것은 일격에 상대를 제압하거나, 혹은 죽이는 기술이다. 옛법의 존재는 택견이 그냥 유희가 아니라, 매우 강력한 살인 기술임을 시사한다.

모든 무술의 본질은 결국 싸워서 이기는 것이다. 그것도 최단 시간에 상대를 제압하여 이기거나 죽이는 것이 무술이며, 이것이 춤과 무술의 분수령이다.

송덕기 할아버지로부터 전수된 옛법 기술은 스물대여섯 가지 정도라고 한다.

손질은, 안경씌우기(다섯 손가락으로 눈 찌르기), 낙함(손바닥 아래 부위로 상대 아래턱을 위에서 아래로 내려쳐 턱을 빼는 기술), 턱걸이(손바닥 아래 부위로 아래서 위로 턱을 올려치는 기술), 줄띠잽이(손가락으로 목을 잡아 뜯는 기술), 코침주기(손바닥으로 상대 콧잔등을 위에서 아래로 내려치는 기술), 도끼질(손날로 상대 목이나 쇄골을 내려치는 기술), 항정치기(상대 목덜미를 잡아당긴 후 손날이나 팔굽으로 상대 뒷목을 내려찍는 기술) 등등이다.

발질은, 깍음다리(발바닥으로 상대 무릎부터 정강이를 타고 훑어 내리는 기술), 허벅밟기(발바닥으로 상대 허벅지 앞을 밟아 차는 기술), 곧은발질(발 앞축으로 상대 명치 아래를 곧장 질러 차는 기술)이다.

그밖에 자진무릎, 관자붙이기(박치기의 일종) 등이 있다.

옛법의 특징은 근거리 타격 기술이며, 손 기술은 주먹보다는 장이나 수도 공격이 많다고 한다.

대충 훑어 봐도 살벌하고 실전적인 기법들로만 구성되어 있음을 알 수 있다. 아무리 잔인한 경기라고 해도, 저런 기술을 시합에 허용할 수는 없을 것이다.

3. 장태식의 끝없는 수련

도기현 회장 밑에서 택견 옛법을 익힌 장태식은 걷잡을 수 없이 빠져들었다. 본래 이소룡을 동경하던 마셜 아트 키드였으니까 당연했다.

옛법 수련이 어느 경지에 이르자, 도기현 회장은 자신의 절친한 벗이자 대학 후배인 경인미술관의 이석재 관장에게 장태식을 소개했고, 장태식은 이석재 관장과 이 관장의 스승인 황주환 총재에게 직접 사사하는 행운을 누리게 되었다.

이석재 관장님은 강호에 나와 있는 사람이 아니어서, 한국 무술계에서는 잘 모르는 사람이 많지만, 이분은 보기 드문 검술의 고수이다.

호칭이 관장이어서 무술관 관장으로 오인하는 사람도 있겠지만, 이분은 인사동 미술관의 관장이며, 연세대를 졸업하고 미국 콜럼비아 대학원에 유학한 수재 인텔리이다.

어려서부터 아버님의 지원하에 명인을 초빙하여 각종 무술을 사사했으며, 부모로부터 타고난 신체도 매우 훌륭하다.

나는 이석재 관장을 보면, 수호지의 영웅 중 한 명인 '구문룡 시진'이 떠오른다. 명문가의 자제로서, 좋은 체격과 잘생긴 얼굴을 가진 시진과 이석재 관장은 모든 조건이 너무나 흡사하다.

그리고 황주환 총재는 자타가 인정하는 한국 소림권의 대부이자, 최배달에 필적할 만한 한국이 낳은 대무도가이다.

어쨌거나 장태식은 도기현 회장의 적극적 지원을 등에 업고, 이 두 분의 새로운 스승을 모시며 보다 강력한 실전 무도의 단련에 들어갔다.

장태식은 이석재 관장에게서는 검술을 배우고, 황주환 총재에게서는 권법을 배웠다.

황주환 총재는 잔재주보다는 단련과 기본공을 중시하는 분이어서, 장태식에게 상상을 초월하는 고행을 요구했다.

장태식은 매일 인왕산에 올라, 하루에도 몇 시간씩 생나무를 손등으로 때리며 단련했는데, 손이 터지고 피가 흐르고, 상처가 아물었다가 다시 터져 고름이 흐르는 나날이 수년간 계속됐다. 나중에는 소변에 피가 섞여 나오는 혈변을 보기도 했다고 한다.

황주환 총재는 매일 수련 상태를 확인하였고, 비가 와도 산에 올라가게 했고, 눈이 와도 수련을 빼먹을 수 없었다.

그러기를 3년 만에 장태식은 드디어 소성을 했다. 손등으로 슬쩍 때리기만 해도 자연석 돌판이 깨져 나갔고, 나무를 때리면 나무가 부러졌다.

장태식이 단련한 공법은 소림72예에 나오는 몇 가지 연공법들과 거의 같다. 소림72예의 연공법들을 현대에는 단련하는 사람들이 많지 않은데, 단련이 위험하고 힘든 만큼 그 효과는 가공할 만하다고 알려져 있다.

장태식이 연공한 공법은 소림72예 중에서 '철비공(鐵臂功)'에 해당한다. 이것은 철비박(鐵臂膊)이라고도 불리며, 글자 뜻 그대로 팔과 팔뚝을 단련하는 경기공(硬氣功)이다. 굵은 생나무를 팔뚝으로 하루 종일 때리면서 팔뚝을 단련하는데, 팔이 강해지면 돌을 때린다.

유사한 단련법으로는 쌍쇄공(雙鎖功), 배타공(排打功), 유성장(流星樁) 등등이 있다.

혼자 단련하는 것은 위험하며, 선생의 지도하에 하는 것이 안전하고, 손에 바르는 약물이 있다고 한다.

장태식이 철비박(鐵臂膊)을 단련한 이유는, 이 공법이 택견 옛법과 연관이 있기 때문이다. 옛법에서는 손등으로 상대를 때리거나 팔뚝으로 때리는 동작들이 있는데, 이런 기술들은 일격 필살의 파괴력이 없으면 잘 먹히지 않는다.

소림 72예 中, 철비박

그의 꿈은 무술 영화배우다. 2005년에 개봉한 『거칠마루』라는 영화에 주연으로 출연하기도 했다.

거칠마루는 특정 마니아 층으로부터 많은 관심을 끌었던 호오(好惡)가 분명한 소자본의 인디 영화로, 대자본이 투입된 리메이크 작이 나오지 않아 아쉽다.

지금도 그는 이소룡을 넘어서는 무술 영화배우를 꿈꾼다.

그동안 택견과 옛법을 수련하면서 공격력과 방어력을 끌어올리고, 손에는 레전드 급의 레어 아이템을 장착한 장태식, 그가 앞으로 갈 길은 어디일까.

원래 체격 좋고 무술 잘하는 사람에게 손에 대포를 들려 준 격이니, 장태식은 글자 그대로 인간 병기가 되었다. 저 손에 맞고 만수무강할 사람은 아마 없을 테니 말이다.

장태식, 그는 이제 확실히 네임드 엘리트 몬스터다. 세월이 많이 흘러, 그가 보스 몹이 될 때 즈음이면, 그의 무공이 어떤 경지에 있을지 궁금해진다.

2장 劍의 장

천하제일검(天下第一劍)

한국 합기유술 3대 도주,
용술관 **김윤상** 총재

1. 최용술 도주의 실력은?

한국에서 합기도를 창시한 사람은 故 최용술 도주이다.

최용술 도주는 일본에서 대동류 합기유술의 명인인 다케다 소카쿠(武田惣角, 1857~1943년)의 양자로 들어가 그의 기술을 전부 전수받고 한국에 돌아왔다고 알려져 있다.

그런데, 이 최용술 도주의 본신의 무술 실력과 일본에서의 행적들에 대해 의심을 품고 있는 사람들이 많이 있다.

일본에서의 행적은 최용술 도주의 무술 실력과는 따로 검증을 해야 한다.

김윤상 총재 근영

현재로서는 맞다고, 또는 전적으로 거짓이라고 판단할 근거는 아무 것도 없다. 일본의 대동류 합기유술 종가에서도 사실을 확인해 주지 않고 있으며, 최용술 도주 또한 입증할 만한 자료들을 한국으로 오는 도중에 분실했다고 알려졌기 때문이다.

최용술 도주 근영

최용술 도주의 일본에서의 일은 판단을 보류한다고 해도, 한국에 귀국하여 여러 제자들을 길러 낸 이상, 제자들의 실력을 보면 최 도주가 어떠했는가를 짐작할 수 있을 것이다.

최용술 도주가 다케다 소카쿠에게서 대동류 합기유술을 배웠고, 아이키도의 창시자 우에시바 모리헤이 역시 이 무술을 배웠다는 것은 모두가 알고 있다.

대동류와 아이키도의 차이점은 무엇인가, 아이키도와 대동류가 어떤 차이가 있는가, 하는 질문에 대해 자신 있게 말할 수 있는 사람은 많지 않다. 그만큼 아이키도가 대동류에 빚을 지고 있다는 반증일 것이다.

대동류가 무술계에 끼친 영향은 합기(合氣)의 발견이다. 합기란 말 그대로 기(氣)를 합(合)한다는 의미이겠지만, 합기를 간단히 설명하기는 매우 힘들다.

그러나 합기를 설명하는 이론들을 보면, 중국 무술에서 말하는 발경의 이론과 그다지 다르지 않다.

최근에 출판된 『합기탐구』라는 책에서 합기도를 수행하는 사람들에게 꼭 필요한 수형이라고 주장하는 나팔꽃 모양의 손 자세는, 중국 무술의 팔괘장이나 태극권의 수형과 동일하다.

팔괘장에서는 몸의 긴장을 풀기 위해 함흥발배를 가르칠 뿐 아니라, 손바닥 안의 긴장을 푸는 것도 강조한다. 엄지손가락의 합곡혈 부위에서 힘을 빼고, 손바닥의 장심을 움푹 들어가도록 하는 것이다.

중국 무술의 발경 시범은 대부분 눈속임이며, 발경타(發勁打)가 아니라 세련되게 미는 것에 불과하다. 이런 종류의 발경은 위력이 없다.

이런 것은 일본 무술도 마찬가지여서, 실제로 '합기'가 가능한 명인은 극소수이다.

다케다 소카쿠

따라서 합기의 기술을 보기 위해서는 우에시바 모리헤이의 고제자이며 양심관 아이키도를 설립한 故 시오다 고조(鹽田剛三, 1915~1994)의 시범 비디오를 보는 것이 고작이었다. 시오다 고조는 신비롭다고 생각할 수밖에 없는 기술들을 선보였다.

시오다 고조를 본다면 우에시바가 어떤 수준의 무술가라는 것을 짐작할 수 있을 것이다. 고수 밑에서 고수가 길러진다는 것은 상식이다.

최용술 도주의 실력을 비난하는 사람들은 아마 다음의 부류일 것이다.

첫째, 최용술 도주를 직접 만나 보지 않고, 방계의 합기도만을 접해 보고 최 도주의 실력을 평가한 경우다.

둘째, 실력을 평가할 눈이 없었던 경우다.

합기도를 접한 대부분의 사람들은 대한합기도협회나 기도회 등의 기술들을 배웠을 것이다. 이들 단체들이 세력이 크고 지부 수가 많기 때문이다.

한국의 합기도는 종합 무술로 불릴 만큼 술기의 범위가 광대하다. 합기도는 무술의 도가니와 같아서 한국에 유전되는 모든 무술과 기술 들이 합기도라는 이름으로 집대성된다는 느낌을 받을 정도이다.

하지만 합기도의 진짜 문제는 많은 협회와 유사 단체의 난립과 더불어 실력이 평준화되지 않았다는 것이다. 합기도를 잘하는 사람이 많은 만큼 합기도의 맛을 터득하지 못한 사람들이 많다는 것이다.

예를 들어 서울의 태권도 4단과 부산의 태권도 4단은 실력이 거의 같다. 철저히 대한태권도협회 밑에 중앙집권화되고 단일화된 훈련 프로그램이 실행되기 때문이다.

하지만 합기도는 똑같은 4단이라도 실력이 천차만별이다.

2. 최용술 도주가 전한 합기도의 기술을 보고 싶다면 금산의 용술관을 찾아라!

현재 용술관 합기유술 서울도장의 신훈 관장은 나와 오래전부터 친분이 있는데, 그는 통신에서 '흑추'라는 필명으로도 유명하다.

많은 합기도 사범들에게 실망한 나는 내 손목을 기술로 꺾는 합기도 사범만 인정하겠다고 말을 했었고, 신훈 관장은 그런 나에게 금산의 용술관을 가 보고 나서 그런 말을 해도 늦지 않을 거라고 조언해 주었다.

나는 그간 용술관에 대한 많은 명성을 듣고도 반신반의했다. 합기도를 잘하는 분이 어디 한두 명이며, 금산과 같은 지방에 그런 기술이 보존되어 있다는 것이 왠지 미덥지가 않았다.

2001년 5월말에 금산을 찾았다. 사무실에서 처음 뵙는 김 총재의 모습은 인삼으로 유명한 금산에서 흔히 볼 수 있는 소박한 할아버지였다.

간단히 몇 가지를 여쭤 보는 나에게 김윤상 총재는 매우 겸손하게 말씀해 주셨고, 시연은 고사하셨다. 현재 자신보다 합기도계의 선배들이 많고, 자신만이 최용술 도주의 기술을 배운 것이 아니어서 내세울 것이 전혀 없다는 것이었다.

그리고 자신의 인터뷰가 합기도를 하는 다른 사람들에게 피해를 줄지도 모른다는 것을 우려하는 것 같았다.

금산의 합기유술 도장 용술관의 김윤상 총재는 1934년생이며, 최용술 도주 생전인 1984년에 9단증을 수여받았다.

김윤상 총재는 '죽는 날까지 도복을 벗지 말아 달라'는 최용술 도주의 부탁으로 하루도 거르지 않고 무술을 연마했다고 한다.

또 최용술 도주는 '모든 것을 금산도장에 남겼으니, 많은 사람들이 금산도장을 찾을 것이다'는 말도 남겼다고 한다.

올해 나이 칠순의 김윤상 총재가 합기도를 시작한 것은 웬만큼 나이가 들고 나서였다.

어느 날 대전의 영화관을 찾았는데, 영화가 시작되기 전 대한뉴스에서 합기도 시연 장면이 잠깐 나왔다. 그 모습이 너무 뇌리에 박혀 영화가 끝나고도 계속 영화관에 남아 그 짧은 장면을 보았는데, 영화가 끝나 사람들을 내보내는 직원의 눈을 피하기 위해 화장실에 숨기까지 했다고 한다.

그 후 며칠 동안 영화관을 찾아 그 합기도 동작을 보았다.

그 후 금산에서 우연히 그것과 같은 동작의 무술을 하는 도장을 찾았는데, 처음에는 유리창 너머로 구경하다가 동작들을 모두 외우게 되었다.

기술을 해설하고 있는
생전의 최용술 도주

결국 이 도장에 입관하여 합기도를
배운 것이 무력(武歷)의 시작이었다.

이 도장을 하던 사람이 미국으로
가게 되어 김윤상 총재가 운영을 물
려받게 되었는데, 다른 사람들에게
가르쳐 줄 기술이 없는 것을 걱정하
던 와중에, 수소문하여 대구의 최용
술 도주를 찾아가게 되었다. 이때가
1974년의 일이다.

당시의 에피소드로, 다음과 같은
이야기가 전해지고 있다.

1974년 12월 김윤상 총재를 포함한 금산도장의 지도원들은 대구의 최
용술 도주를 방문한다.

최용술 도주는 그들이 차고 온 검은띠를 벗기고 흰띠를 매게 했다.

모두 10여 년의 수련을 거쳐 지도자로서 6단 위에 이른 사람들이니,
당연히 자존심이 상했다.

그러나 그때까지 익혀 온 기술과는 차원이 달랐고, 이후 합기도의 우
수함을 몸으로 확실히 익히기 시작했다.

1개월 후 대구에서 돌아오려고 인사를 하려는 찰나였다.

"자네들, 앞으로 합기도를 계속할 생각인가?"

"예."

"자네들 도장을 임대하여 사용하고 있지? 그럼 안 되지. 지금부터 본
격적으로 하려면 자네들 자신의 전용 도장을 만들어야 해."

숙제를 부여받은 셈이 되었다.

김윤상 총재와 지도원들은 금산에
돌아와 논의를 거듭하였고, 드디어 결
의를 하고는 자금을 만들고 땅을 사서
건물을 지었다.

최용술 도주가 하사한
용술관 명명인증서

그렇게 새 도장의 사진을 가지고 다
시 대구를 방문하였다.

사진을 본 최용술 도주가 대뜸 말
했다.

"가자."

"예? 어디를요?"

"자네들 도장 말이야."

그때부터 최용술 도주는 금산에서 1개월여를 머물렀다.

그 후 15회나 금산에 와서 지도를 해 주었다.

이 사이 최용술 도주는 금산도장의 지도자들의 결의와 정열을 확인하
기 위해 여러 차례 테스트를 하였다.

1980년, 최용술 도주는 이 도장에 자신의 이름을 따 '용술관'이라고
명명했다. 그리고 합기도가 아닌 합기유술이라고 부르기를 명했다.

"내 제자들 중 자네들에게 가장 많이 가르쳤어. 내 아들 최복렬을 잘
도와주게. 내가 죽은 후 자신들이 최고라고 말하겠지. 하지만 때가 온다
면 가르침을 받으러 자네들을 찾아오는 사람들이 나올 거야. 자네들, 죽
을 때까지 도복을 벗지 말고 정진하게."

합기유술 용술관은 이렇게 탄생했다.

이것이 한국의 합기유술의 시작이며, 그 후 최용술 도주와의 인연은
최용술 도주가 세상을 떠날 때까지 계속되었다.

3. 내가 합기를 하는지 모른다. 나는 다만 기술을 전개할 뿐이다.

시연을 고사하시던 김윤상 총재는 흥이 나셨는지 일어나서 시범을 보여주기 시작하셨다.

한 시간 남짓 김윤상 총재의 시범을 보던 나는 마치 황홀경에 빠진 것 같았다.

한 수, 한 수 흘러나오는 기술은 비디오에서만 감상하던 시오다 고조를 능가하고 있었고, 전설 속 무사들의 영웅담에서나 듣던 신비한 기술들이었다.

평범했던 김윤상 총재의 모습은 도복으로 갈아입자 강맹한 기세를 뿜어내고 있었다. 고제(高弟)인 박상귀 관장도 감히 범접을 못 하는 사나운 기운이었다.

그리고 박상귀 관장이 김윤상 총재의 몸에 손을 대자마자 퉁겨져 나가는 것이었다.

이후로도 김윤상 총재의 몸을 잡으면 손을 놓지 못하고 그대로 날아가거나, 바닥에 쓰러졌다.

박상귀 관장은 김윤상 총재가 지관 설립을 허락한 최초의 인물이다. 그만큼 실력을 인정받았다는 뜻이며, 근육질의 커다란 몸을 보아도 다른 사람에게는 쉽게 당할 인물이 아니다.

왜 힘도 못쓰냐고 묻자, '내가 왜 쓰러지는지 모르겠어요.'하고 대답하는 박상귀 관장이었다.

진정한 합기에 제대로 걸리면 자기가 잡은 손도 놓지 못한다고 한다.

일본의 대동류 합기유술 종가의 시범을 본 적이 있지만, 이 정도까지는 아니었다.

이제 최용술 도주의 실력을 의심하지 않는다. 김윤상 총재를 미루어

김윤상 총재의 기술

알 수 있다.

4. 내가 만난 3명의 고수

돌아오는 길에 곰곰이 생각해 보았다. 왜 그런 수준의 기술이 금산에 묻혀 있을까.

최용술 도주의 기술이 변함없이 전해진 것은 첫 번째로 '하루도 도복을 벗지 않는다'는 김윤상 총재의 성실함과 노력 때문이겠지만, 대도시와는 달리 오히려 순수하게 무술에 전념할 수 있는 금산이라는 지역적 특성도 작용했을 것이다.

시연을 마치고 식사 도중에 김 총재는 '너무 힘을 썼더니 입술이 다

터졌군. 더 심하면 눈에 핏줄이 서기도 한다.'며 웃는 것이었다.

시연을 보고 싶다는 무리한 부탁을 들어주신 것이 너무 감사하고, 또 죄송스러웠다.

'합기'란 입술이 터질 만큼 고도의 정신 집중이 필요한 기술인 것 같았다. '합기'는 인간의 능력으로 표현할 수 있는 무술의 최고 경지라고 생각한다.

예능 분야의 실기와 평가는 다른 것이라, 그림을 못 그리는 사람도 다빈치의 그림을 보고 감동을 받거나 유명 음악가의 연주를 듣고 찬사를 던질 수 있다.

나는 그동안 한국, 중국, 일본의 동아시아 3국을 통틀어 많은 무술인들을 만났다.

하지만 고수는 드물었다.

더욱이 한국에서 만나 감동을 받은 무술의 고수는 단 세 명이었다.

그중에 한 분이 김윤상 총재이다. 김윤상 총재를 생각하면 한국에도 이런 인물이 있다는 것이 무척 자랑스럽다. 김윤상 총재는 한국의 경계를 떠나 세계에 내놓아도 상대를 찾기 힘든 톱클래스 무술가이다.

용술관을 나오면서 나는 무척 흥분되었다. 어쩌면 두 번 다시 못 볼지도 모르며, 혼자 보기에는 아까운 진귀한 구경이었기 때문이다.

그 후, KBS TV의 휴먼 다큐멘터리 프로그램인 『인간극장』을 제작하는 김우현 PD에게서 무술인에 대한 휴먼 다큐를 제작 중이니, 프로그램 내용에 적합한 무술인을 추천해 달라는 의뢰를 받았다.

나는 프로그램의 주인공으로 정유진 씨와 결련택견계승회의 장태식 군을 추천했고, 그들이 찾아가서 '한 수' 배우게 될 무술 고수들 명단을 작성했는데, 용술관의 김윤상 총재를 제일 먼저 명단에 넣는 데 주저하

김윤상 총재   김윤상 총재와 용술관 사범들

지 않았다.

아마도 잘 찾아보면 김윤상 총재보다 싸움이나 격투를 잘하는 사람이 한국에 있을 것이라고 생각한다.

요즘 유행하는 MMA 종합격투기 경기의 헤비 급 선수들이라면, 김윤상 총재의 기술이 잘 먹히지 않을지도 모르겠다.

그러나 내가 생각하는 고수, 즉 찾아가서 만나 보고 싶고, 만난 후에는 인생과 무술에 대한 깊은 여운이 남는 고수는 그런 것이 아니다.

링에 쓰러진 상대의 머리를 발로 밟고, 뒤돌아선 상대의 뒤통수를 반칙으로 가격하며, 피 흘리고 환호하는 것은 적어도 내 체질에는 맞지 않는다.

고수라면 자신의 인생 철학과 무도 철학을 정립하고, 남에게 이해시킬수 있어야 하며, 후대에게 자신의 무술을 제대로 물려줄 수 있어야 한다.

3대 도주 취임식

또한 제대로 된 사법(師法)을 체득한 고수라면, 조금 자질이 부족한 사람이 입문해도 그를 어느 정도의 경지까지 끌어 줄 수 있다.

그래서 우리는 고수를 찾아가는 것이다. 물론 시간이 좀 더 필요하겠지만.

그래서 어설픈 사범에게서 십 년 배우는 것보다, 당대 고수의 개인 지도를 한 시간 받는 것이 훨씬 낫다.

서정학 선생님은 자신의 기술을 후대에 전할 수 있는 이런 사람을 '명인'이라고 표현하셨었다.

시라소니가 싸움을 잘했다고 하지만, 자신에 버금가는 제자를 두지 못했다는 것은, 그가 그저 싸움꾼이었다는 것을 반증한다.

우리나라에서 나이 일흔에 젊은이들과 함께 운동하고, 젊은 청년들을 집어던지는 용력을 보여 줄 수 있는 무도가가 과연 몇 명이나 되겠는가. 태권도, 유도, 요즘 유행하는 이종격투기 등의 어떤 무술을 보아도 그런 사람을 찾기란 쉽지 않다.

그러나 일본과 중국은 일흔 혹은 팔순의 나이에 청년들을 대상으로 무술 시범을 직접 보여 줄 수 있는 분들이 즐비하다.

이제 김윤상 총재로 말미암아 우리나라도 그런 수준의 고수가 적어도 한 명 이상은 있게 된 셈이다.

인생 말년에도 김윤상 총재같이 실제로 보여 줄 수 있는 무술의 고수들이 좀 더 많아져서, 우리나라의 무림에도 존경할 수 있는 분들이 늘어나기를 나는 희망해 본다.

희망하고 있을 때 인간은 언제나 행복하다.

소림사 심의파(心意把) 장문인 **덕건 선사**

1. 소림 무술과 심의파

중국 무술은 크게 북파 권법과 남파 권법으로 나뉜다.

북파 권법은 소림권, 태극권, 팔괘장, 형의권, 팔극권, 당랑권 등이 대표적이고, 남파 권법은 영춘권, 백학권, 홍권, 채리불가권 등이 유명하다.

소림사는 천년 전 달마 대사가 창건했다고 하며, 동아시아 무술의 메카로 알려져 왔다. '천하무술출소림(天下武術出少林)'이라는 말까지 있을 정도이다.

그동안 소림은 당태종 이세민을 구한 소림13곤승의 이야기부터 시작해서, 수많은 전설과 무협의 소재가 되어 왔다.

그러나 소림 무술은 그 명맥이 끊어졌다는 것이 학자들의 중론이며, 소림사에서의 집단 무술 학습의 전통은 미미해졌으나, 일반 사회에서의 소림 무술의 보급은 활발해져서, 중국 북파 무술을 폭넓게는 소림권이라 통칭하기도 한다.

이런 소림사에서도 독보적으로 인정받는 최고의 무술이 있으니, 그것은 심의파(心意把)다.

북파 권법의 뿌리를 추적해 올라가다 보면 하나의 신비한 권법이 있음을 알게 되는데, 그것이 심의권이다. 심의권이라고도 하고, 심의육합권이라고도 하는데, 이 무술은 본래 회족의 것이었다고 한다.

심의육합권의 창시자인 희제가 한때 소림사에 머무르며 무술을 수련한 적이 있다는데, 그때 소림사에 전해진 것이 아닌가 추측할 뿐이다.

심의파에서는 형의권이 소림사 심의파(心意把)에서 가지 쳐서 나갔다고 말하고 있으며, 전설에 의하면 무당산에서 장삼봉이 창시했다는 태극권조차도 심의파에서 갈라져 나간 무술로 생각하고 있다. 장삼봉 도

소림사 정문

사가 소림사 출신이라는 것이 그 이유다.

심의파(心意把)의 기원은 그냥 전설에 묻어 두는 것이 현명할 듯싶다.

무림에 알려진 '소문'에 의하면 심의파는 당대에 반드시 단 한 명의 제자에게만 전수된다고 하며, 그 제자는 결혼을 해서는 안 되고, 불문으로 출가해야 한다고 했다.

무협에나 나올 법한 이런 전수 과정에 대한 소문은 심의파(心意把)에 대한 신비감을 더욱 부추겼다. 더구나 심의파 무술은 교본이나 동영상으로 제작되어 나오지도 않았으니, 호사가들의 궁금증은 더해만 갔다.

그런데 심의파 무공의 신비감을 가중시킨 것은 실제로 심의파가 엄청난 공력을 가진 가공할 무술이라는 현실이었다.

현재 소림사 심의파의 장문인은 덕건 선사다. 덕건 선사는 여러 번 중국 TV에도 출연했고, 한국에 방한하여 충주세계무술축제에도 참여한 적이 있었는데, 그때마다 놀라운 무술 실력을 보여 주었다.

팔극권 만화로 유명한 마츠다 류우지 원작 『권아(拳兒, 국내명 권법소년)』의 후반부에 무술 고수 소림사 승려가 등장하는데, 그가 바로 덕건 선사를 모델로 그려진 것이다.

이렇게 가끔 흘러나오는 중국의 동영상에서나 덕건 선사를 볼 수 있었을 뿐, 심의파 무술과 덕건 선사는 경외와 호기심의 대상이었다.

2. 심의파를 실제로 접하다

2008년 9월, 나는 중국 북경, 상해, 항주를 돌고 돌아 하남성의 관문인 정주 공항에 이르렀다. 이번 여행의 목적은 한국 TV에서 방영하게 될 『무협이란 무엇인가?』라는 다큐멘터리를 촬영하기 위함이었고, 프로덕션 사장과 카메라 감독이 동행했다.

사전에 지인을 통해 연락을 넣어 두었으므로, 덕건 선사는 우리가 찾아갈 것을 알고 계셨다. 또한 진가구 태극권 진씨 집안의 천금 소저가 통역으로 합류했다.

그녀는 진소왕 장문인의 조카로, 한국에 1년간 유학한 적이 있어 한국말도 곧잘 할 수 있었으며, 덕건 선사와의 연락과 소개도 담당해 주었다. 그녀가 장문인의 조카이니 태극권 가문의 공주님인 셈이다. 공주님답게 피부도 하얗고 미인이었다.

중국이라는 나라는 한국과 조금 달라서, 소개와 꽌시(關係, Relation)가 없으면 잘 만나 주지도 않고, 만나더라도 수박 겉핥기 식의 인사와 덕담만 나누다 끝나게 된다. 이게 중국인들의 인간관계의 특징이다.

그런데 진씨 집안에서 소림사에 직접 연락을 해 주고, 천금 소저까지 보내 주니 고맙기 그지없었다.

덕건 선사가 계신 곳은 소림사 본사 쪽이 아니었다.

사실 소림사 인근 지역은 관광지다. 하루에도 수만 명의 관광객과 장사꾼으로 북적이며, 스님들이 도 닦고 참선할 만한 환경은 못 된다.

그래서인지 공부하는 암자들은 대부분 소림사에서 좀 멀리 떨어진 지역에 위치하고 있다.

호사가들은 '소림사에 가 보니 공부하는 스님들이 없더라'라고 말하기도 하는데, 그건 사실과 좀 다르다.

그러면 우리나라 종로구 조계사에 가면 선방이 있던가? 조계사는 한국 조계종의 본찰인데?

소림사가 있는 탑구 지역에서 차량으로 1시간쯤 달려서야 덕건 선사

숭산의 풍경

가 계신 곳의 입구에 겨우 닿을 수 있었다. 이곳은 숭산을 반대편으로 돌아가야 하니, 붐비는 지역에서 꽤 먼 곳이다.

차에서 내려서부터는 강도 높은 산악 행군이 시작됐다. 이건 뭐 마의 108계단도 아니고, 1,080계단도 아니고, 아마 1만 계단도 넘는 것 같은 몹시 가파른 계단이 끝도 없이 이어진다. 계단의 폭이 좁아 발끝으로 디디고 올라가야 하는데다가, 경사마저 급한 길이었다.

원래 있던 길은 계단도 없고, 그냥 밧줄만 군데군데 매어져 있는 위험천만의 암릉길이었다고 한다. 얼마 전까지 사용했다는 구길을 보니, 릿지 등반을 해야 하는 아찔한 수준의 길이었다.

도교 사원인 금진동을 지나고, 설악산 오색 코스와 북한산 깔딱고개보다도 난이도가 두 배쯤 힘든 언덕길을 한 시간쯤 올라가다 보니, 숭산의

삼황채 입구

삼황채 가는 길

삼황채 삼존불

삼황

절경이 펼쳐진다.

그때 즈음에는 허벅지도 팅팅 부어 잘 구부러지지도 않았지만, 숭산의 기암괴석을 접하면서 감탄의 연속이었다.

어깨에 지고 올라간 방송용 대형 HD카메라와 무거운 트라이포드를 그냥 버리고 싶어질 때 즈음에 남천문에 당도한다.

남천문을 통과하면 여기서부터는 인간 세상이 아니렷다.

남천문에서 조금 걸어가니 눈앞에는 마치 양산박 산채 같은 삼황채(三皇寨)가 나타난다. 채(寨)라는 글자는 작은 성채를 말하는 것인데, 그렇다면 덕건 선사는 채주(寨主)인 셈이다. 네이밍 센스도 꽤나 무협스럽다.

삼황채(三皇寨)는 불교의 것이 아니다. 삼황(三皇)이 누구를 지칭하는가는 책마다 다른데, 대체로 수인씨(燧人氏), 복희씨(伏犧氏), 신농씨(神農氏)를 가리키며, 최근에는 중국 전설상의 시조인 태호 복희, 염제 신농, 황제 헌원을 삼황(三皇)으로 인정하는 분위기다.

삼황채(三皇寨)에는 삼황행궁(三皇行宮)이 있고, 삼황행궁 안에는 중국 시조인 삼황(三皇)과 삼존불 부처님이 함께 모셔져 있다.

참 특이한 암자가 아닐 수 없다. 아마도 본래 이곳에 오랜 옛날부터 삼황채(三皇寨)가 있었고, 심의파 스님들은 그 옆의 암자에 기거했던 것 같다.

절에 왔으니, 일단 이곳의 대장이신 부처님께 절하고 시주부터 하는 게 순서. 법당 안에 들어서서 합장한 후, 부처님 앞에 정성껏 절하고 시주도 한다.

내가 삼황채 선원 경내에 들어올 때부터 나를 주목하고 따라오신 할머니가 법당 앞에서 내가 무엇을 하는가를 꼼꼼히 지켜보고 서 계신다.

시주함에 돈을 넣을 때는 최대한 거창한 폼으로 천천히 넣으며, 뒤편의 할머니를 의식한다. 아니나 다를까, 할머니는 어디론가 조르륵 달려 가시더니 일차 보고를 하신 모양이었다.

젊디 젊은 스님 한 분이 오더니 방문 목적을 묻길래, 얼마 전에 진씨 가문을 통해서 연통을 넣은 한국에서 온 모모라고 밝히니, 덕건 선사에 게 안내해 준다.

덕건 선사는 실제 연세보다도 훨씬 젊어 보인다. 옆에 서 계신 할머니 는 이곳의 식보살이신 것 같은데, 스님한테 '저 애가 아까 기특하게도 부처님께 절도 하고, 시주도 했다오' 하며 시시콜콜히 설명을 하신다. 절에 오자마자 부처님께 절부터 했던 것이 좋은 인상으로 보인 것 같다.

이 글을 보시는 여러분들은 절에 가면 부처님께 절하고 시주를 꼭 하 시라. 갑자기 기적이 일어나, 절간에서 트리플A 소고기 꽃등심에 양주 를 얻어먹는 기연을 누릴지도 모른다.

덕건 선사는 우리를 기다리고 계셨고, 오늘 아침에는 시자를 산 아래 까지 내려보내 마중하게 하셨다는 것이다. 우리가 좀 늦어지자, 오늘 못 오는 줄로 생각하셨다고 했다.

무엇이 궁금한가를 물어보시기에 스님의 무술을 방송용으로 촬영하고 싶고, 개인적으로는 심의파 무술 때문에 왔노라고 말씀드리니, 촬영은 안 된다고 하신다.

최근에 외부 언론에 심의파가 주목받으면서, 소림사 안에서 말이 많 았다는 것이다.

타 스님들의 주장은 '심의파만 소림사 무술인 거냐, 우리 무술도 훌륭 하고 괜찮은데, 방송이 왜 덕건만 찾아가냐' 이런 내용으로 간단히 요약 된다.

덕건 선사는 이런 사정을 이해해 달라고 하시며, 온 김에 차나 마시고 가라 하신다. 촬영이 가능할 줄 알고 온 방송국 사람들은 이미 심하게 삐쳐서 입이 댓 발이 나와 있다.

덕건 선사는 소희 선사(素喜禪師)의 제자이다. 하북성 창현 출신으로, 어려서 흑룡강성으로 이주했고, 나한권과 벽괘권을 배웠으며, 중학교를 졸업한 후 무술에 뜻을 두어 단신으로 소림사에 오셨단다.

진가구 아가씨의 통역으로 스님과 두 시간 가까이 이야기를 나누다가, 스님이 딱 한 번만 권법을 보여 주겠노라 하시며, 촬영을 해도 좋지만 소림사 최고수라는 말은 방송에서 해서는 안 된다고 못을 박으신다.

덕건 선사는 나한권을 보여 주셨는데, 진가태극권의 노가1로를 예로 드시면서, 처음에는 천천히, 두 번째에는 힘차고 빠르게 하셨다.

통상 진식태극권의 노가1로와 노가2로, 이 두 가지는 같은 권법인데, 노가1로는 기본을 만드는 권법이어서 천천히 하고, 노가2로는 포추라고 부르며 빠르고 힘차게 한다.

덕건 선사의 나한권도 그런 식으로 표현되었는데, 같은 권법인데도 완전히 다른 것처럼 보였다.

그 후 덕건 선사의 사형제라는 다른 스님이 소림의 대홍권과 소홍권을 보여 주셨다. 소림대홍권과 소홍권인데도 심의파 식으로 재해석해 놓으니, 이것 역시 완전히 다른 권법으로 보였다. 어떤 권법이던지 심의파의 흐름으로 바꾸어 놓은 것이었다.

덕건 선사의 연무는 가히 소림 최고수라는 말이 허명이 아님을 보여 주었다. 연무하시는 동안 눈앞에서는 구름과 광풍이 일고, 학과 용이 날았다가 제정신으로 돌아왔다.

한 번 벌어진 입은 잘 닫히지 않았다.

덕건 선사의 무술 시연

덕건 선사는 방송 관계자들은 밖에서 쉬라 하시고는, 나와 진가구 아가씨를 따로 자신의 방으로 불러 여러 가지를 보여 주셨다.

우선 진가구 공주님에게 '네가 배운 태극권을 보여 봐라'라고 하셨다.

진가 공주님이 12년간 수련한 노가1로를 스님 앞에서 시연했는데, 장문인 집안의 사람답게 20대 초반의 여성의 것으로는 매우 훌륭한 태극권이었다.

그러자 스님은 '내가 네가 한 것을 해 보겠노라'고 하시면서 3년이나 수련하셨다는 진식태극권을 보여 주시고 나서, 다시 진식태극권의 노가1로를 심의파 식으로 재해석한 투로를 보여 주셨다.

태극권 투로인 노가1로는 완전히 심의파 무술로 변해 있었다.

그리고 팔괘장의 기법을 몇 가지 보여 주시곤, 그것을 다시 심의파의 것으로 바꿔 시연하셨다.

그런데 강맹하고 직선적인 공격을 한다는 심의파 무술이 팔괘장과 너무나 흡사한 것이었다. 마치 심의파와 팔괘장은 같은 얘기를 다른 관점에서 설명하고 있는 것 같았다.

나는 그날 팔괘장과 심의파가 다르지 않다는 것을 알았다.

사실 중국 북파 무술은 그 뿌리가 하나라고 생각되며, 그 기원은 심의파, 심의육합권 등으로 불린 산서·하남의 무술로 보는 것이 타당하다.

소림 심의파, 심의육합권은 어느 것이 먼저인가를 단정하기 어렵지만, 형의권을 비롯한 다른 북파 무술은 이 두 가지의 후손인 셈이다.

팔괘장도 형의권에서 갈라져 나온 것으로 추측되며, 하북성의 여러 가지 무술인 팔극권, 벽괘장, 통비권 등등의 유명 명권들 역시 심의육합권의 기원설에서 자유롭지 못하다.

그래서일까, 덕건 선사의 심의파 기술은 어딘가 팔괘장의 주요 공방 원리와도 흡사하다.

조금 더 설명하자면 팔괘장을 제대로 배웠다면, 심의파 무술의 기법은 그냥 따라 할 수 있다. 반대로 심의파 무술을 익혔다면, 팔괘장의 공방 기법도 쉽게 할 수 있다는 것이다.

빙빙 돈다고 생각하는 원형의 팔괘장이 강맹하기로 소문난 심의파 무술과 거의 유사하다니, 독자들은 의아할지도 모르겠다.

그러나 내가권은 그 원리가 다 비슷한 것이며, 더구나 팔괘장은 형의권의 뿌리를 갖고 있지 아니한가.

나는 덕건 선사의 심의파 연무에서 팔괘장과 너무 흡사함을 계속 느꼈다.

심의파와 팔괘장의 형(形)에서 벗어나니 여래가 보였다.

'약견제상비상즉견여래(若見諸相非相則見如來).'

심의파 무술은 단(單) 기술을 응용하는 것이어서, 일단 투로가 없다. 투로가 없다 보니 시연을 보일 상황이 되면, 다른 권법의 투로를 심의파 스타일로 표현하는 수밖에 없다.

그래서인지 덕건 선사도 소림 나한권이나 대홍권을 시연하는 경우가 많은데, 권법의 형태는 소림권이지만 그 풍격은 이미 심의파로 바뀌어져서 잘 모르는 사람이 볼 때는 소림 나한권이나 대홍권이 아닌 것으로 착각할 정도다.

심의파를 배우려면 정기를 보존하고 결혼하면 안 된다는 말은, 잘 해석하면 신기(腎氣)를 보존하고 배양해야 한다는 말과 상통한다. 심의파 무공의 원천은 신(腎)이기 때문이다.

영활한 하체의 움직임이 필요한데, 이렇게 되기 위해서는 결국 신장 기능이 강해져야 한다. 그래서 계행보 수련을 하고, 택견의 품밟기 비슷한 삼각보가 있는 것이다.

이런 부분에서 팔괘장과 심의파의 내공은 서로 통하는 바가 있다.

특히 발력할 때 발성(發聲)을 한다고 전해진 얘기는 실제와 좀 다른데, 힘을 쓸 때 입술을 열어 소리를 내지는 않았다. 그저 진동으로 단전과 몸을 울리는 정도랄까. 이런 발력법은 북파 내가권에서도 흔히 사용되는 방식이다.

흔히 심의파는 일식(一式)으로 이루어져 있다고 한다. 일식이 수십 가지 기법으로 변화하지만, 결국 한 개의 기술에서 시작되고 끝난다는 뜻이다.

심의파 권법에서 중요한 것은 계행보(鷄行步)이다. 상대와 싸울 때 계행보 자세로 엉거주춤하게 서는 것은 아니다. 팔괘장이 단련할 때는 주권(走圈)을 하지만, 싸울 때는 주권 자세로 빙빙 돌며 싸우지 않는 것과 마찬가지다. 계행보는 심의파 무술에서 필요한 공력을 만들어 내는 단련법으로 보는 것이 마땅하다.

스님은 나중에는 복부의 근육과 내장을 빙빙 돌리는 경지를 실제로 보여 주시기도 했다.

이 기법은 인도의 요기들 중에서도 하는 사람들이 있는데, 매우 오랜 기간 동안 고련을 해야 가능하다. 몸통의 근육과 장기를 이용해서 등이나 배의 한쪽에 볼링공만 한 덩어리를 만들어 내고, 이것을 여기저기 움직이게 하거나 돌리는 것이다.

역시 무공의 완성은 오장육부의 장기를 다스리는 것에서 끝난다.

덕건 선사가 계시는 삼황채는 무술 선원이 아니라 의술 선원이다.

덕건 선사는 평소에 주로 의술을 연구하신다고 했다. 그날도 병 고쳐 달라고 올라온 사람들이 여럿 있었고, 일일이 치료를 해 주고 계셨다.

스님은 의술 관련 각종 의학 세미나에도 참석해서 연구 성과를 발표도 하고 계시며, 의술 서적도 여러 권 저술하셨다. 2008년에 내신 VCD는 제목이 『소림선무의(少林禪武醫)』이다.

3. 심의파에 청하다

오래전부터 심의파를 배우고 싶었던 나는 제자를 받는 문제에 대해서도 질문했다.

덕건 선사께서는 심의파는 여기저기 인터뷰에서 알려진 것처럼 단 한 사람에게만 전수하는 것은 아니라고 한다.

예전에 마츠다 류우지와의 인터뷰에서, 덕건 선사는 '심의파 무술은 결혼하지 않은 사람만이 익힐 수 있다'고 하셨지만, 톡 까놓고 여쭤 보니 속가제자도 있으시단다.

제자 중에는 남자뿐만 아니라 여자도 있으며, 여제자와 공저하신 책도 보여주셨다. 결혼해도 배울 수 있다는 것은 정말 불행 중 다행이었다. 독신으로 살면서 정기를 보존해야 하고, 정진 요리를 먹으며 금강반야신이 되어야만 심의파를 수련할 수 있다는 얘기는 그저 권장 사항으로 보아도 될 것 같다.

그날 나는 덕건 선사에게

무려 5번이나 제자로 삼아 달라고 청원을 했는데, 5번 만에 빙그레 웃으시며 좋다고 승낙하셨다.

대신 조건이 한 가지 있는데, 그건 중국어를 능통하게 배워야 한다는 것이었다.

그 말을 듣자마자 나는 스님께 큰절을 했다.

스님은 웃으며 날 일으켜 세우시더니, '제자로 받아 줄 테니 중국어 공부 좀 해라. 말이 통해야 가르칠 거 아니냐?'고 하신다.

나중에 생각해 보니 스님이 자신의 방으로 불러서 한참 동안 이것저것 보여 주셨는데, 그때 이미 나를 가르치기 시작하신 것이었다.

길지 않은 만남이었지만, 스님은 몇 가지 동영상이 수록된 CD와 당신께서 저술하신 책 몇 권에 사인을 해서 나에게 주시면서, 이 안에 다 있으니까 잘 보고 익히라고 하셨다.

떠나 올 때 스님은 산채 입구까지 배웅을 나오셔서 몇 가지 당부를 하셨다.

'내가 너에게 가르쳐 주고 싶은 것은 무술이 아니라, 불법(佛法)이다'라고 하시면서, 중요한 것은 무술이 아님을 명심하고, 불도(佛道)를 통해 해탈로 가야 한다는 것이었다.

이날 스님의 마지막 말씀은 웃으면서 '중국어 배워 와라'였다.

웃으시는 스님의 눈빛을 보며, 나도 알아들었다.

불립문자(不立文字), 염화미소(拈華微笑).

삼황채를 떠나올 때 덕건 선사는 꽃송이를 들어 보여 주지는 않았으나, 나는 혼자 빙그레 웃었다.

남천문까지 내려와서 삼황채를 보니, 아직도 스님이 그 자리에 서서 이쪽을 보고 계신다.

숭산에 하얗게 눈이 내리지는 않았으나, 나는 남천문에서 스님께 세 번 절하였다.

그날 밤, 스님은 침대 밖으로 두 발을 내밀고 주무셨을지도 모르겠다.

모든 것이 터-엉 비었다.

공(空).

무협지처럼 사는 부부,
문혜풍, 감계향 교수

1. 태극권사 부부를 만나다

문혜풍 교수와 감계향 교수를 소개받게 된 것은 나의 벗 오세용 교수의 덕이었다.

현재 충북 영동의 영동대학교 경찰무도학과 주임교수로 재직 중인 오세용 교수는 2003년경에 용인대와 명지대에 시간 강사로 강의를 출강하고 있었다.

그리고 그 인연으로 명지대 대학원에 재학 중이던 중국 출신 태극권사 문감홍 씨와 그녀의 남편 양성찬 선생을 알고 있었다. 그중 문감홍 씨가 바로 문혜풍, 감계향 교수 부부의 따님이다.

문감홍 씨가 한국에 오게 된 사연은 이러하다.

우슈세계선수권 대회에서 1위와 전능을 했고, 국가 대표 코치를 역임한 양성찬 선생이 수년 전에 북경체대 대학원에 공부하러 가 있다가 문감홍 씨를 만나게 되었다.

문감홍 선생

둘 다 인물이 준수한 데다가, 한참 젊은 처녀와 총각이 만나다 보니 둘 사이에는 사랑이 싹텄다. 그래서 결국 두 사람은 화촉을 밝혔고, 문감홍 씨는 한국으로 시집을 오게 된 것이었다.

문감홍 씨는 중국 국가 대표 우슈 선수였고 태극권의 명인인데, 이것은 태극권 명사 집안의 천금 소저이니 당연한 일이다.

당시 무술계에서는 양성찬 씨가 아깝다느니, 문감홍 씨가 아깝다느니 하는 부러움 섞인 말들이 많았다.

그러면 그녀의 부모님은 어떤 분들인가?

나는 따님을 만나러 한국에 오신 문 교수 부부를 서울 강남구 신천에 있는 도장에서 만났다.

문혜풍 교수는 그때 사위인 양성찬 선생에게 형의권을 지도하고 계셨는데, 첫 만남인데도 너무나 편안하고 부드러운 웃음으로 나를 맞아 주셨다.

나는 문혜풍, 감계향 교수 부부의 저서를 거의 대부분 소장하고 있었으므로, 두 부부의 저서를 가지고 가서 책 앞부분에 싸인해 주기를 청했다.

자신의 저서를 한국 땅에서 보게 된 두 부부는 기쁨을 감추지 않으며 흔쾌히 책마다 정성스럽게 서명해 주었다.

2. 문혜풍 교수를 말하다

문혜풍 교수는 1937년생이며, 하북성 천진시 출신이다. 어려서부터 무술을 특별히 좋아해서 곽원갑의 미종권을 배우기 시작했으며, 이어 육합권과 착각, 번자권을 배웠다.

번자권에는 발 기술을 위주로 하는 곳과 손 기술에 중점을 두는 곳이 있다.

이것은 동일한 사람이 번자권과 착각을 하였는데, 한 지역에서는 번자권을, 다른 한 지역에서는 착각을 전했기 때문이라고 한다.

최근에는 이 두 무술이 합쳐져서 '착각번자권'이 만들어졌다.

번자권은 현존하는 권법 중에서 가장 스피드가 빠르다는 권법으로, 1초에 권을 7~8회 정도 뻗어 낼 수 있다는 가공할 무술이다.

이어 문혜풍 교수는 팔극권과 소림권, 그리고 내가삼권(內家三拳)인 태극권, 형의권, 팔괘장을 두루 섭렵하였다.

1958년 북경체육대학의 전신인 중앙체육학원에 입학하여 1963년 졸업하고, 학교에 남아 교수가 되었다.

문혜풍 교수는 50대 초반에 중국 무술 100걸에 선정되었고, 북경체육대학 무술 교수 중 10대 명교수로 지정되었다. 또 현재 중국 무술 8단이며,

문혜풍, 감계향 노사의 저작들

중국 무술협회 상임위원회 위원, 북경무술협회 부주석, 북경시 동악태극권 연구회 회장이다.

그는 오빈 노사와 함께 이연걸에게 번자권을 교습하였고, 이덕인 씨와 함께 42식 태극권을 제정하기도 했다.

오빈 노사도 번자권사로 유명한 중국 무술계의 원로인데, 요즈음은 이연걸의 스승으로 더 많이 알려져 있다.

이연걸이 유명해지자 이연걸에게 무술을 가르친 선생까지도 덩달아 유명해지게 되었으니, 역시 제자는 잘 두고 볼 일이다.

나중에 이연걸은 영화 태극권을 촬영하기 위해 문혜풍, 감계향 교수 같은 명인들에게서 몇 달간 집중적으로 태극권 지도를 받았다.

하지만 영화에서 보면 완전히 망가진 태극권을 보여 주고 있어 실망스럽다. 영화 태극권에서 보여 준 것은 도저히 태극권으로 보아줄 수 없는 수준의 태극권이었고, 영화 '더 원'에서 보여 준 팔괘장은 팔괘장이 전혀 아니었다.

이연걸의 영화 태극권을 보고 그의 태극권이 훌륭하다고 말하는 사람이 있다면, 그 사람은 태극권뿐만 아니라 무술 그 자체를 모르는 사람일 것이다.

이연걸이 보여 준 것은 모두 다 그저 장권이었을 뿐이다. 이연걸 같은 고수라 할지라도, 한두 달 배워서 태극권의 흐름이 나오기는 쉽지 않은 듯하다.

여러 가지 배운 무술 중에 가장 애착이 가는 것이 무엇이냐는 질문에, 문 교수는 태극권이라고 대답했다. 태극권에 대한 그의 애정을 짐작하게 한다.

나도 42식 태극권을 배웠었다고 하니, 무척이나 반가워한다. 자신이 만든 42식 태극권이 한국 땅에서 유명한 것을 보게 된 노교수는 감회가 새로웠을 것이다.

얼마전(2000년)에는 동악태극권(東岳太極拳)을 만들었다고 했다.

동악태극권은 모두 15식으로 이루어져 있다. 42식 태극권에는 무가(武家) 태극권이 빠져 있지만, 동악태극권은 태극권 5대 문파의 정수가 모인 명실상부한 종합 태극권이다.

이 태극권은 중국에서 21세기를 기념하기 위해서 만든 것으로, 2000년 12월 29일 산동성의 태산에서 1천 명이 모여 이 태극권을 시연했다. 태산 정상에 1천여 명의 태극권사가 동악태극권을 연무하는 광경은 꽤나 장관이었음에 틀림없다.

문혜풍 교수는 한국 체류 기간 중에 서울의 신천에서 쿵후 도장 관장들을 대상으로 단기간에 형의권을 지도하였다.

지도를 할 때 말이 통하지 않는 상황임에도 불구하고 동작만으로도 충분한 의사가 전달되도록 하여 많은 교습 관록이 있었음을 과시하였다.

문혜풍 교수는 번자권의 간단한 시범을 보여 주기도 했는데, 듣던 대로 번자권의 스피드는 허명이 아니었으며, 보고 있던 나는 계속 놀랄 수밖에 없었다.

형의권을 누구에게서 배우셨느냐고 질문하니, 놀랍게도 손록당에게서 배우셨다고 하신다.

손록당은 중국 무림계의 전설과 같은 인물로, 태극권, 형의권, 팔괘장을 명인들에게 두루 배운 후, 손식태극권이라는 새로운 문파를 창시한 대가이다. 문혜풍 교수는 바로 그 손록당에게서 형의권을 배우셨다는 것이었다.

문 교수는 팔괘장과 형의권도 각각 연무하여 보여 주시면서, '네가 보기에 나의 팔괘장과 형의권이 어떠하냐?'라고 말씀하시며 빙긋 웃으셨다.

노 고수의 시범을 보면서 어떻긴…… 그냥 황송하고 놀라울 뿐이었다.

3. 감계향 교수를 말하다

부인 감계향 교수는 1940년생으로, 하남성 문양현 출신이다. 진가구와 지리적으로 가까웠던 탓에 자연스럽게 진가태극권을 배웠다. 태극권은 처음에 진가 노가식을 배웠다.

스승은 진가태극권의 초고수로 유명했던 진발과의 수제자인 전수신(田秀臣)이다.

1965년 북경체육대학 시절에 남편과 만났고, 졸업한 뒤 1974년 북경체원 무술교련실 주임이 되었다. 각종 시합에 참가하여 상위 입상한 바 있으며 많은 저서가 있다.

2000년 12월 13일 서울의 중앙대학교 병원에서는 이 두 사람이 참여한 무술 발표회가 있었다. 이곳의 의사들이 태극권을 배우는 까닭에 발표회를 겸해 고수들의 표연을 구경할 수 있는 흔치 않은 기회가 베풀어졌다.

문 교수는 동악태극권을, 감 교수는 손수 제정한 진가태극검을 시연하여 주변의 감탄을 자아냈다.

감계향 노사의 검술 시연

진가태극검 32식은 바로 감계향 교수가 직접 만들어 제정한 검법이니, 이날 시연을 보고 배운 사람들에게는 '저자 직강'인 셈이다.

나는 많은 검술 시연을 보아 왔지만, 이날 감계향 교수가 보여 준 진가태극검처럼 우아하고 초식이 정묘한 시연은 일찍이 보지 못하였다.

검법이 시작해서 끝날 때까지 몸 전체 기운의 흐름이 단 한 번도 끊어지지 않을 뿐만 아니라, 어떤 자세에서도 몸과 검의 흔들림이 없었다.

명인의 시범은 단 한 번 보는 것만으로도 시야가 넓어짐을 느끼곤 한다.

나중에 북경으로 찾아가면 진가태극검을 가르쳐 주시겠느냐는 질문에 사람 좋게 웃으시며 찾아오라고 대답하셨다.

문혜풍, 감계향 교수는 무술 방면뿐만 아니라 일상 대화에서도 시종일관 푸근하고 위엄 있는 모습을 보여, 내가권 달인의 풍모를 유감없이 보여 주었다.

무술을 통해 만난 부부가 평생을 해로하며 무술 속에서 살아가는 모습은 정말 아름다운 광경이었다.

4. 중국에서 다시 만나다

후일 나는 북경에 가서, 문혜풍 교수님의 자택으로 찾아뵈었다.

북경체육대학의 교수 아파트에 살고 계셨는데, 학교 캠퍼스와 붙어있어서 출퇴근과 무술 지도에 매우 편리해 보였다.

평생을 무술과 함께 살아온 문 교수님의 자택은 무척 검소하고 깨끗했다. 거실 한 켠에는 삼국지의 장비가 족자에 걸려 있었다.

문혜풍 · 감계향 교수님 부부는 당신들의 저서들을 꺼내어 펼쳐 보여주셨다. 평생 동안 교수 생활을 해 온 부부에게는 자신들의 저서와 제자보다 자랑스러운 것은 없었을 것이다.

또 한 가지 흥미 있는 것은, 문 교수님도 무인이어서 그런지 각종 병장기를 갖고 계셨는데, 그중에 눈에 띄는 것은 청나라 시대의 보도(寶刀)였다. 약 300여 년은 족히 된 보도(寶刀)였는데, 한눈에도 고색창연하고, 실전에서 사용되었던 칼로 보여졌다.

청나라는 명 대 이전의 무기와 달리 매우 실용적이고 단순한 무기들을 사용했는데, 이 보도(寶刀)도 역시 중국 유엽도와 일본도의 장점만을 뽑아 융합해서 만들어진 형태였다.

명 대의 일본 왜구와의 전투 경험, 임진왜란 때의 경험들이 청 대에가서 발전하고 꽃을 피운 것 같았다.

문 교수님의 말씀으로는 아마도 전투에 사용된 칼 같다고 하셨으며, 나중에 박물관에서 관심을 보이면 국가박물관 등에 기증하고 싶다고도

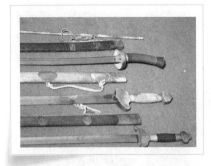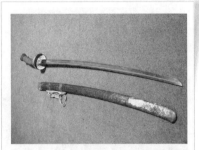

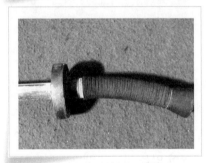

문혜풍 교수가 소장한 보검과 고도(古刀)들

중국 무술계 영도자들의 단체 사진

하셨다.

무기와 책을 보여 주시면서 대화하시던 문 교수님은 이틀 뒤에 북경에서 육합권 연구회 창립식이 개최되는데, 혹시 보고 싶은가를 물어보셨다.

육합권 연구회 창립식에는 중국 무술계의 저명인사들과 장문인들이 참석할 것이고, 각종 무술의 시범과 경연이 있을 것이라 했다.

다만 외국인이 참석하지 않는 자리여서, 사전에 주최 측에 물어보고 허가를 받아야 한다고 한다. 언론에 공개도 하지 않으며, 특히 초대받지 않은 사람은 들어갈 수 없단다.

문 교수님이 그 대회의 부위원장을 맡았으므로, 한번 의사 타진이나 해 보시겠다 하셨다.

다음 날에 다시 찾아뵙고 여쭤 보니, 주최 측에서 와도 좋다는 허가가 떨어졌다고 한다. 대회 당일 날이 되어 행사장인 스차하이 근처의 체육학교 대강당으로 가니, 이미 각 문파의 장문인 급의 명인들이 주욱 모여 있다.

마치 어렸을 때 TV에서 봤던 수퍼 특공대를 보는 느낌이고, 추석 때 받았던 종합 선물 세트 같았다.

대충 훑어 봐도 북경팔괘장연구회 회장인 마전욱 노사, 태극권의 풍지강 노사, 육합권 장문인인 마옥청 노사, 팔괘권사이자 무술 연구가로 유명한 강과무 노사 등등이 보인다.

하북성 창주에서 온 회족 팔극권사들도 있었고, 중국무술협회의 오빈 노사는 친필 휘호를 보내왔다.

이날 모인 각 문파의 대표자들은 아마 줄잡아 30여 명이 넘었을 것이다. 한 군데서 한날한시에 이렇게 많은 무술계 고수들을 보는 것은 그리 흔한 일이 아니다.

감계향 교수님의 검술 시연도 보았다. 감계향 교수님은 진식태극검 33식을 만들고 제정한 인물이며, 권법보다는 검술에 조예가 깊으신 분이다.

감 교수님은 도복 가방에 항상 미니 다리미를 갖고 다니신다는 것을 그때 알았다. 시연 전에 뒤편에서 자신의 도복을 검술 연무하듯이 정성스레 다려서 입으시는 것이었다.

무술인이면서도 항상 여성

다림질 하시는 감계향 노사

스러움을 잃지 않고 계신다는 것이 보기 좋았고, 또한 타인 앞에서 연무하는 행위에 얼마나 예의와 정성을 쏟고 계시는가를 알 수 있었다. 구겨진 도복을 입고 운동하는 우리들에게는 잊어서는 안 될 선배의 훌륭한 귀감이었다.

북경에서 두 분 교수님 부부와 지냈던 며칠 동안 '고수의 뒤꽁무니'를 따라다니며 검술을 얻어 배우는 기회를 누리기도 했다.

고수의 뒤꽁무니를 따라다니다 보면 이렇게 뭐 한 가지라도 배우는 것이 있다.

5. 고수와 하수의 차이

고수와 하수의 차이는 무엇일까?

일단 고수의 지도는 명쾌하다. 어리바리, 두루뭉술, 뜬구름 잡듯이 애매모호하게 가르치지 않는다. 그래서 고수 밑에서는 하루를 배워도, 여기저기서 어깨 너머 일 년 배운 것보다 낫다.

괜히 뜬금없이 도교 얘기나 꺼내고, 윤리학 강의 같은 것이나 하는 지도자는 사이비일 가능성이 높다.

간단히 생각해 보라. 무술 연습하기에도 부족한 게 인생이고 시간인데, 제자를 붙잡고 도교 얘기나 하면서 허송세월할 시간이 어디 있겠는가.

그리고 도교 얘기하는 한국 무술인들의 대부분이 도덕경, 황정경, 옥추경 등을 읽어 보기는커녕 구경도 못 해 본 사람이 대부분이다.

그들은 공부 안 하고 하늘 쳐다보며 그저 멍하니 있는 게 도교적 생활로 착각한다.

두 분 교수님들은 평소 생활이 검소와 무소유를 실천하며 유유자적하게 사시지만, 한 번도 도교 얘기나 애매한 표현은 하지 않으신다. 그래서 문 교수님의 흰머리가 더욱 도사 같다.

무술 명가를 지켜 가는 두 분께서 오랫동안 후학들을 지도해 주시길 기대해 본다.

오씨개문팔극권 7대 종사
오련지 노사

1. 우리나라 팔극권의 시작

오래전에 일본 만화 『권아(拳兒)』가 폭발적인 인기를 누린 적이 있었다. 『권아』는 일본의 무술 연구가 마츠다 류우지가 시나리오를 썼는데, 스토리 자체는 자전적인 성격이 강했고, 그래서인지 더욱 리얼한 감흥을 주었던 역작이었다.

『권아』는 당시 중고생들의 가슴에 불을 질러, 한국에 자생적인 팔극권 붐이 일게 했던 원인 제공자이기도 했다.

팔극권은 만화 『권아』 이외에도 아케이드 게임 『버추얼파이터』로도 국내에 알려져 있었다.

팔극권 붐이 일면서, PC통신 하이텔(Hitel) 서비스 내의 무예사랑 동호회의 일부 멤버들은 부산 지역에서 '부산팔극권소모임(약칭 부팔소)'를 결성했는데, 이것이 한국 최초의 팔극권 관련 조직이라고 볼 수 있겠다. 한국에 정식으로 팔극권이 상륙하지 않았음에도 불구하고, 팔극권 애호가들의 자생적인 모임이라는 점에서 이 단체가 가지는 역사적 의의는 컸다.

『권아』는 일본 대동류 합기유술의 '다케다 소가쿠(武田惣角)'를 '무정각'이라고 표기하는 등, 곳곳에 많은 오류를 가지고 있는 만화였음에도 불구하고 한국 무술계에 미친 영향은 거의 핵폭탄 수준이었다고 기억된다. 그 이후의 많은 젊은이들이 『권아』의 관점에서 무술계를 바라보며 이해하게 되었기 때문이다.

팔극권의 붐을 일으킨 만화 『권아』의 표지

『권아』가 하는 무술은 팔극권이며, 본래 중국 창주 맹촌의 지방 무술이다. 맹촌은 지금도 전통적인 문화가 남아 있는 전형적인 중국의 시골 마을로서, 회교도들의 집성촌이다.

이곳의 오씨 집안에서 전해 오는 가전 무술이 바로 오씨개문팔극권인데, 역시 회족인 오련지 노사가 7대 종사로서 팔극권의 계보를 잇고 있다.

현재 국내에는 개문팔극권을 비롯하여 무단팔극권, 중앙국술관팔극권 등이 전파되어 있는데, 이 중 오씨개문팔극권은 여러 팔극권 가운데 가장 원류이며 정종 무술이다.

2. 오련지 노사와의 만남

내가 오련지 노사를 만난 것은 2002년 6월 12일이었다.

오씨개문팔극권의 7대 장문인인 오련지 노사는 한국개문팔극권연구회의 초청으로 한국을 방문했는데, 약 1주일 동안 국내에 머물면서 수련생들을 지도하고 각계 인사들을 만났다.

한 문파의 장문인을 만난다는 것은 사실 큰 영광이 아닐 수 없다. 그것도 당대 최고의 무도가인 경우에는 더욱 그렇다.

오련지 노사의 첫인상은 '소탈하다'라는 것이었다. 중국인들이 대개 그렇기는 하지만, 오련지 노사도 평범한 시골 아저씨 같은 분위기였다.

그러나 오련지 노사를 대면하자 그의 평범한 외모와는 달리 마치 '산(山)'을 마주하는 느낌이었다. 몸 전체에서 풍기는 그의 기도는 오련지 노사의 무공과 팔극권의 명성이 허명이 아님을 나에게 증명해 주고 있었다.

오씨개문팔극권의 본산인 맹촌은 우리가 상상하는 이상으로 시골이라고 한다.

들자 하니 맹촌 사람들의 절반이 자동차로 2시간 거리에 있는 바로 옆의 창주 시내에 나가 보지 못하고 여생을 마칠 정도라고 한다. 아마 중국에서도 꽤 시골에 속하는 마을이라

오씨개문팔극 권술비결지보

고 생각된다.

그럼에도 불구하고 오련지 노사는 창주의 정협위원 등을 역임하고 있는 등, 중국 지역사회에서 해외 경력도 많고, 사회적으로도 저명한 인사이다.

그는 항상 웃는 얼굴이었고, 좌중의 사람들을 편안하게 해 주는 묘한 매력을 가지고 있었다.

무술을 닦는 목적은 남을 살상하고자 함이 아니요, 세

오씨개문팔극권 권술비결지보를 설명하고 있는 오련지 노사

상의 모든 무술인은 한 가족이라고 오련지 노사는 계속 말했다.

말은 쉬운데 그것을 온몸으로 이해시키기란 그리 쉬운 일이 아니다.

오련지 노사는 웃음이 많으나 경박하지 않고, 일신상에 절세의 무공을 지니고 있음에도 근엄해 보이지 않았다. 무덕(武德)이란 과연 어떤 것인가를 그는 몸소 보여 주고 있었다.

오련지 노사의 한국 일정은 매우 타이트하게 진행되었다. 나는 입국 초기부터 오련지 노사를 따라다닐 수 있는 기회가 주어졌는데, 무술 전문 잡지를 만들고 있기 때문에 가능한 일이었다.

오 노사의 방한 당시, 무술 잡지 『마르스』에서는 무술 강좌를 오픈하여 운영 중이었는데, 오련지 노사는 『마르스』 무술 아카데미 개문팔극권연구회 회원들을 대상으로 이틀간의 지도를 했다.

오련지 노사의 맹호경파산 연속 사진

수련 지도는 공개적인 행사였으므로, 개문팔극권연구회 회원뿐만 아니라 외부에서 참관을 위해서 방문한 사람들도 수십 명에 이르렀다.

자신이 수련하는 팔극권의 장문인에게서 직접 사사하는 수련생들은 모두 기쁜 얼굴이었다.

두 번의 지도 시간에는 오련지 노사의 시연과 용법 해설이 포함되어 있었다.

비디오로만 보아 오던 오련지 노사의 투로 시연을 직접 볼 수 있다는 것은 무학을 공부하는 사람으로서 적지 않은 행운이자 즐거움이었다.

오련지 노사의 팔극권 시연은 마치 천천히 움직이는 불도저를 연상케했다. 동작 하나하나마다 그 속에 숨겨져 있는 엄청난 파워가 느껴졌으며, 약간은 느린 듯해 보이지만 피할 수도 없다고 생각했다.

중국 무술을 상징적으로 표현한 수많은 비유들이 있지만, 팔극권은 솜으로 싼 쇠망치라는 생각이 든 것은 나만의 생각이었을까.

공개 수련에서는 한국에서 유명해진 '맹호경파산'을 비롯한 많은 용법 해설이 이루어졌다.

재미있는 것은 팔극권을 안다는 사람들에게 팔극권의 자세를 취해 보라고 하면, 대개 만화 『권아』의 자세를 취한다는 것이다. 만화 『권아』가 팔극권의 저변 확대에는 많은 기여를 했지만, 또한 폐해를 남긴 부분이 바로 이런 것이다.

만화에서 하는 것은 잘못된 부분도 많고, 잘못된 용법도 많다. 그러나 한국 땅에서 정식으로 팔극권의 교습이 행해진 것은 그리 오래지 않으므로, 많은 팔극권 마니아들은 만화책을 보고 혼자 수련할 수밖에 없었다.

공개 수련에서도 참관한 사람들에게 자세를 취해 보라고 하자, 대부분 만화의 자세를 취해서 보는 사람의 실소를 자아냈다.

일본 만화 『권아』와 게임 『버추얼파이터』에서는 '이문정주', '맹호경파산', '붕격', '철산고' 등의 권법 초식이 나오는데, 이 만화와 게임의 영향으로 한국 팔극권 마니아들도 팔극권하면 '이문정주'를 연상하고 시연하게 되었다.

그러나 실제로 오련지 노사가 하는 동작은 만화와는 상당히 다르다. 만화와 달리 오련지 노사의 '팔극양의'의 동작은 다른 내가권의 중요한 요결처럼 '함흉발배(含胸拔背)'가 완벽하게 되어 있었으며, 중요 관절은 송(送)이 되어 있었다.

만화에서는 가슴을 힘차게 내민 듯하게 묘사되어 있었고, 팔의 각도가 상당히 잘못되어 있다. 그래서 만화를 보고 팔극권을 한 사람들은 대개 이러한 잘못된 자세를 보여 준다.

만화와 게임에서의 팔극권은 일본에 팔극권을 보급하고 알리는 데 기여한 마츠다 류우지가 프로듀스했다.

그는 무술 연구가로서 중국 개방 초기에 중국을 드나들었으며, 자신이 좋아하는 무술인 팔극권을 주인공으로 만화 『권아』의 시나리오를 썼다.

그러나 그는 사실 무술을 잘 못 하는 사람이며, 심지어 맹촌에서는 그를 '무술 사기꾼'이라 부른다고 한다. 오련지 노사는 마츠다 류우지를 가리켜서 '무술 사기꾼'이라고 말하며 웃었다.

나는 마츠다 류우지보다는 한국에서 팔극권을 보급하는 정 모 사범이 훨씬 더 무술을 잘한다고 보고 있다. 그러니 마츠다 류우지가 지도한 동작에 근거한 팔극권 동작이 원본 오리지널과 다를 것은 당연한 일이다.

말 나온 김에 하나 더!

마츠다 류우지는 팔괘장조차도 우주 궁극의 무술이니 어쩌니 하면서 오컬트 적으로 묘사하고 있는데, 그는 무술의 오컬트화에 대한 책임을 언젠가는 져야 한다고 생각한다.

중국 무술은 신비한 것도 아니고, 무술 실력은 그저 연습량과 땀에 비례할 뿐이다.

장광홍 노사의 대팔극연무

3. 오련지 노사의 시연

오련지 노사의 방한 기간에는 한국에서 '2002 FIFA 대한민국 · 일본 월드컵'이라는 세계적인 행사가 있었다.

오련지 노사는 자신에게 배사한 한국인 제자와 함께 축구 시합을 구경했는데, 너무나 좋아하셨다는 후문이다.

개문팔극권과 무단팔극권의 만남.
좌측부터 필서신 관장, 장광홍 노사, 오련지 노사, 임중희 노사, 허추덕 노사

한일 월드컵에 맞추어서 서울시의 초청으로 대만 무단팔극권 시연단의 방한 행사가 있었는데, 대만 무단과 맹촌 오씨개문팔극권의 만남이 우연하게 이루어졌다.

오련지 노사는 무단의 사람들을 잘 몰랐지만, 무단의 무술인들은 오련지 노사를 한눈에 알아보고 인사를 청해 왔다.

나는 이 만남이 대만 무단과 맹촌 팔극권의 첫 만남이었다고 알고 있다.

대만 무단에서 온 팔극권사들은 그 유명한 유운초 노사의 제자들이었고, 무단팔극권을 한국에 전파하려는 계획의 일환으로 초청 방한 활동을 하게 된 것이다.

현재 무단팔극권은 인천 차이나타운에서 도장을 열고 있는 화교 무술

인인 필서신 관장이 주관하고 있다. 한국 내에서 공식적으로 '무단'이라는 명칭을 쓸 수 있다고 대만 무단에서 허가한 단체는 유일하게 이곳밖에 없다.

오련지 노사는 바쁜 방한 일정 속에서도 『마르스』를 위해 사진 촬영 시간을 할애해 주는 수고를 아끼지 않았는데, 잡지 표지 사진 촬영 때는 KBS TV 『인간극장』을 제작하는 김우현 PD가 함께하여 『인간극장』 속편의 일부를 촬영하게 되었다.

TV에서 보여진 장면은 극히 일부분이지만, 그날 하루 동안 오련지 노사의 시범을 보면서 나는 간만에 눈의 호사를 누렸다. 장문인의 무술 시연을 내 눈앞에서 원 없이 본다는 것이 어디 쉬운 일인가.

원래 무술인들끼리 상대의 무술을 보고자 하면, 대결 이외에는 특별한 방법이 없다.

시연을 보이는 오련지 노사

그것이 무림의 관행이다.

그래서 '당신의 무술을 내 눈으로 보고 싶다'는 말은, 우회적으로 '너와 대결하고 싶다'는 뜻이기도 하다.

그런데 팔극권 7대 종사의 무술 시연을 하루 종일 볼 수 있는 행운이 주어졌으니, 이 어찌 행복하지 않았겠는가.

상암 서울월드컵경기장 앞 마당에서 진행된 사진 촬영 과 TV 촬영의 막간을 이용해 서 오련지 노사는 팔극권의 각종 용법을 보여 주셨다.

시연을 보이는 오련지 노사

'팔극 대타'의 이치나 '맹호경파산'의 실제 용법이 우리나라에서 알려진 것과는 조금 다르다는 것을 그때 배웠다.

하긴 만화로 팔극권에 대한 지식을 얻은 것과 장문인의 용법 해설에는 차이가 있는 것이 당연할 것이다. 원래 중요한 것은 책에 쓰여지지 않는다.

그날, 서울월드컵경기장 앞뜰에서 오련지 노사는 주먹으로 자신의 가슴을 쳐 보라고 했다.

주먹으로 가슴을 치자 오련지 노사는 절묘한 타이밍으로 가슴으로 경력을 발출했는데, 오히려 주먹을 뻗은 사람이 오히려 몹시 아파하게 되었다.

오련지 노사는 일본에서 이 시범을 보이다가, 주먹을 뻗은 사람의 손목을 부러뜨린 적이 있다고 한다. 주먹을 뻗은 사람이 너무 강하게 힘을

시연을 보이는 오련지 노사

썼기 때문에, 반대로 자신의 손목이 부러진 것이었다. 강하게 치면 칠수록 자신의 몸에 돌아가는 반탄력이 더 커지게 되는 것이다.

소문으로만 듣던 팔극권의 경력은 워낙 강맹해서 절로 감탄이 나왔다.

오련지 노사는 2002년에 환갑의 연세였는데, 체중이 90여 킬로나 되고 온몸이 바위처럼 단단하여 젊은이들도 그 힘을 당해 내기 어려웠다.

역시 일파의 장문인은 아무나 하는 것이 아니라는 것을, 그 자리에 참석했던 우리들은 모두 느끼고 있었다.

오련지 노사에게 한국에 대한 인상이 어떠했느냐고 묻자, '한국인은 모두 다 애국자들'이라는 의외의 답이 돌아왔다. 월드컵 때 우리 국민들의 열광적인 응원을 보고 감동하셨다는 것이었다. 1주일간의 짧은 기간이었지만, 한국에 대해 좋은 인상을 받은 것 같았다.

오런지 노사는 한 유파의 장문인의 무덕이 어떠해야 하는가를 일주일 동안 여실히 보여 주었다. 후덕함이 넘치는 그의 언행과 인격, 사람들을 놀라게 했던 그의 무공은 두고두고 주변 사람들에게 회자되곤 했다.

귀국하시기 전에 오런지 노사는 나에게 휘호를 한 장 써 주었다.

'以武會友(무술로써 친구를 만난다)'

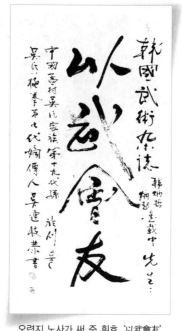

오런지 노사가 써 준 휘호 '以武會友'

오런지 노사의 무술 세계를 이보다 더 정확하게 표현하기는 쉽지 않을 것 같다.

오런지 노사의 말과 같이 '무술에 관계없이, 무술을 하는 사람은 한 가족'인 것이다.

그 후, 나는 중국 하북성 창주시 맹촌을 두 번 방문하여 오런지 노사를 뵈었다.

자택에서 여러 가지 팔극권의 책들을 보았고, 팔극권 창시자 오종의 무덤 앞에서 참배하였다.

오런지 노사는 묘역에서 팔극권의 각종 권법과 창술을 보여 주시기도 했다. 오런지 노사는 나에게 팔극권문으로 입문할 것을 두 번이나 권유하셨는데, 나는 고사할 수밖에 없었다.

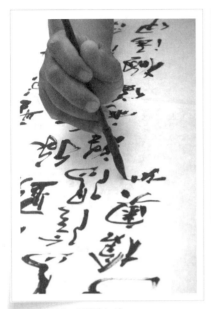

서예를 하시는 오련지 노사

오련지 노사의 팔극권 시범

당시 나는 팔괘장을 수업하고 있었고, 사부님에게 타 무술을 배워도 좋다고 허락받지 못한 상태였다.

그래서 오련지 노사께 '사부의 허락이 아직 없어서, 팔극권을 배울 수 없습니다만, 후일 허락을 받게 되면 꼭 오련지 노사님의 제자가 되고 싶다'고 말씀드렸다.

그랬더니 오 노사는 호탕하게 웃으시면서, '사람의 도리는 그래야 하는 것이다. 너는 올바른 선택을 했다. 다음에 허락을 받으면 꼭 나에게 오라'고 격려해 주셨다.

이미 한국에는 오련지 노사의 제자들이 여럿 있으며, 오 노사의 제자들이 팔극권을 지도하고 있다. 스승의 명성에 걸맞게 제자들 역시 무술 실력이 좋고, 올바르게 잘 지도하는 사람들이다.

한국에서 팔극권을 배우려는 사람들은 굳이 중국에 가지 않아도 배울 수 있는 길이 열려 있어 다행이다.

오련지 노사는 창주 시내에 직접 나오셔서 통비권(通臂拳)과 묘도(苗刀)의 장문인인 곽서상 노사를 소개해 주셨고, 곽 노사의 무술을 친견할 수 있는 기회까지 만들어 주셨다.

덕분에 중국 10대 고수의 한 명이라는 곽서상 노사의 통비권과 묘도 시연과 해설을 며칠간 들을 수 있었다. 오련지 노사와 곽서상 노사는 호형호제하는 친밀한 관계이시다.

오련지 노사 같은 일문의 대종사의 풍모를 곁에서 볼 수 있었던 것은 나에게 영광이었다.

대한검도회와 검선도의 창시자
서정학 선생님

1. 서정학 선생님을 뵙다

1997년의 어느 날, 학교의 연구실에서 항상 그렇듯 똑같은 나날을 보내던 나는 한 통의 전화를 받았다.

전화기 저 너머에서 울려 나오는 낮고 힘찬 목소리를 들은 순간, 나는 수화기를 든 채 벌떡 일어나서 부동자세를 하고는 'Yes, Sir!'를 복창했다. 실제 상황이었다.

전화를 하신 분은 대한민국 검도계의 최고 어른이자 대한검도회를 창립한 바로 그 사람, 서정학 선생님이었다.

서정학 선생님께서는 내가 쓴 졸작 『독행도(獨行道)』를 읽어 보시고는 이런 엽기 발랄한 책을 쓴 저자가 어떤 사람인지 보고 싶다고 하셨다.

서정학 선생님의 전화를 받고 나는 기차를 타고 대전으로 향했다.

서정학 선생님께서는 노구를 이끌고 대전역에 직접 마중을 나와 주셨다.

내가 대한민국 무도계에서 가장 존경하고, 동아시아 최고의 검객으로 생각하는 서정학 선생님과의 인연은 이렇게 시작되었다.

서정학 선생님

서정학 선생님은 검도계에서 소문난 대주가(大酒家)이다. 검도계에서 서정학 선생님과 대작(對酌)하여 이긴 사람이 없다는 전설이 지금까지 전해 온다. 원래 무도하는 사람들은 술도 일반인들보다 센데, 그런 무도인들 사이에서도 그는 최고의 주당(酒黨)이다.

서정학 선생님과 처음 만나던 날, 선생께서는 쉴 새 없이 나에게 소주를 권했다. 주시는 대로 받아 마시다 보니 잠깐 동안에 우리 둘 앞에 소주병이 벌써 대여섯 병이나 되었다.

그 후로도 몇 병을 더 마셨는지 나도 기억하지 못한다. 왜냐하면 서울로 올라오는 새마을호 좌석에 앉자마자 필림이 끊어져 버렸기 때문이다.

서정학 선생님은 손자를 보듯이 자상하셨으며, 장정은 많이 먹어야 힘을 쓴다면서 음식을 계속 권하셨다.

19년 전에 돌아가신 나의 조부님은 항상 '장정은 많이 먹어야 힘쓴다'면서 밥상에서 밥을 자꾸 더 먹으라고 하시곤 했었는데, 서정학 선생님의 그 말을 들으면서 나는 돌아가신 할아버지가 생각나곤 했다.

나는 서정학 선생님을 나의 할아버지의 이미지와 동일시하게 되었던 것 같다.

2. 서정학 선생님의 인생 역정

서정학 선생님의 인생 역정은 워낙 파란
만장해서, 영화라고 해도 이렇게 드라마틱
할까 싶을 정도다.

오래전에 '영화처럼 사는 여자'라는 TV
의 CF 광고 멘트도 유행한 적이 있었지만,
서정학 선생님이야말로 '영화처럼 사는
남자'라고 할 수 있겠다.

치안국장 시절, 이승만 대통령과

서정학 선생님은 조선 말 대한제국의 명
문가 출신으로, 1917년 3월 26일 경기도 의정부에서 출생했다.

을사조약에 항거해 자결했던 민영환의 모친이 서정학 선생님의 조부
와 남매지간이다.

그는 어린 나이에 부친의 권유에 따라 일본 오사카로 도일하여 일본에
서 중학교부터 공부를 하게 되었다.

어느 날 도장에서 나는 죽도 소리를 듣고 호기심에 이끌려 도장에 간
그는 운명처럼 검도에 입문한다. 그때가 그의 나이 열세 살이었다.

그때부터 손에서 검을 놓지 않았으니, 그의 검도 경력은 70년이 넘으
며, 이것은 한중일 삼국을 통틀어 보아도 찾기 어려운 장구한 검도 인생
이다.

소년 서정학은 조선 사람이 일본 사람을 이길 수 있는 것이 무엇일까
하고 궁리를 하다가, 일본인의 것인 검도로 일본인을 이긴다면 더 이상
무시당하지 않을 것이라는 생각으로 열심히 수련했고, 중학교 3학년 때
초단을, 4학년 때 2단을 획득했다.

당시 오사카에서 중학교 4학년의 나이로 검도 2단을 딴 것은, 다른 일본인 한 명과 서정학 선생님까지 단 두 명이었다고 한다.

원래 체격이 좋고 자질이 있었던 그는 순식간에 학교 대표가 되고, 오사카에서 적수가 없는 검도 선수가 되었다.

그의 생각대로 일본인이 가장 소중하게 생각하는 무도로 일본을 꺾었던 것이다.

그는 관서대학 법과에 진학, 법학 공부를 하게 되었으며, 대학 3학년 때 검도 4단의 연사가 되었다.

서정학 선생님은 자신의 검도 스승으로 야마나카 닌죠(山中林三, 당시 6단)라는 중학교 검도부 사범을 꼽았다.

또 한 사람의 스승으로는 당시 무덕회 오사카 지부장이었던 규슈 출신의 시카노리를 꼽는데, 여기서 말하는 무덕회는 1895년에 창립되어 전국에 난립한 검도 유파를 통일했던 대일본무덕회(大日本武德會)를 말한다.

대학을 졸업하고는 오사카 시청 검도부에서 선수 생활을 하게 되었으며, 시 대항 검도 대회에 나가 우승까지 하며 24세의 나이로 검도 사범이 되었다.

그러던 와중에 해방이 되었다.

해방된 조국에 돌아와 미 군정하에서 경찰에 입문한 그는 젊은 나이에 화려한 출세 가도를 걷게 된다. 이승만 정권하에서 이승만에게 발탁된 그는, 지금의 경찰청장인 치안본부장, 대통령 경호실장, 강원도 도지사를 역임했다.

경찰에 있을 당시, 서정학 선생님은 경무부장이었던 조병옥 박사에게 건의하여 1946년 경찰 내에 상무회를 조직하여 검도를 수련하기 시작했다.

1953년 경무대 서장(대통령 경호실장)이 된 그는 전국에 공문을 돌려 검사들을 모아 대한검사회를 조직하였다.

이때 모인 사람이 54명이었다. 대부분 식민지 시절 유도와 검도를 배운 사람들이었는데, 서정학은 홀로 최고단자인 5단이었다.

그는 그렇게 출세 가도를 달리다가 4.19혁명을 맞았고, 공직에서 물러나게 된다.

쿠데타로 집권한 박정희는 이승만 정권의 많은 사람들을 단죄했지만, 부정한 축재를 한 적이 없던 서정학 선생님은 2년간의 옥고를 치른 뒤 무죄로 방면되었다. 그 과정에서 집안에서 소유하고 있던 많은 재산이 사라져 버렸다.

당시 박정희 정권은 그를 불러 장관을 제의했으나, 그는 모든 공직을 사양하고 검도회 발전에 심혈을 기울였다.

서정학 선생님의 아들인 서민석 범사에 의하면, 당시 청와대에 다녀온 아버님이 밤에 거실에서 홀로 눈물을 흘리시는 것을 보았다고 하는데, 그것이 처음이자 마지막으로 본 아버님의 눈물이었다고 한다.

서정학 선생님은 그때 '무사는 두 임금을 섬기지 않는다'라고 하셨다는데, 그 눈물의 의미는 지금도 여러 가지 생각을 하게 한다.

3. 검선도의 탄생

사단법인 대한검도회는 서정학 선생님이 발의하여 54명의 검사(劍士)들이 모여 조직된 단체이다.

1964년 동경 올림픽을 계기로 국제사회인검도클럽을 만들었고, 1969년에는 당시 일본검도연맹 회장인 키무라 도쿠타로 씨를 만나 국제검도

서정학 선생님과 검도 선수들

연맹을 조직했다.

세월은 흘러, 그와 국제검도연맹을 함께 만들었던 검사들은 모두 다
세상을 떠나고, 서정학 선생님은 한국과 일본을 통틀어서 가장 검력이
오래된 검객이 되었다.

21세기에 들어서자, 일본에서도 서정학 선생님의 70년 검력보다 오래
된 검객은 한 명도 없다고 한다.

그의 검은 일본에서 만들어졌다. 일본 검도가 그를 키워 냈기 때문이다.

그는 검도라는 무도의 장점으로 여러 가지를 말하고 있는데, 검도의
기합은 단순한 소리가 아니라 오장육부를 단련하는 것이며, 검은 사람
의 육체만을 베는 것이 아니라, 대결 시의 집중력으로 상대의 정신까지

도 벨 수 있는 무도라는 것이 그의 지론이다.

검도는 이렇게 훌륭한 무도지만, 그가 배우고 가르치는 것은 분명 일본의 것이었다.

그는 검도의 뿌리가 일본의 군국주의 정신의 함양이라는 것을 떨쳐 버릴 수가 없었다.

그는 모든 사람들이 인생을 정리하는 나이 80 고개에서 새로운 칼을 갈기 시작했다.

바로 '검선도(劍禪道)'였다.

검선도는 '격검과 선(禪)을 합치시켜 수련하는 무도'이다.

서정학 선생님은 검도와 병행 발전시켜려 했으나, 대한검도회 내부에서는 진보적인 그의 주장이 먹혀들지 않았으며, 대한검도회의 임원들은 그저 구습을 답습하는 것에만 급급했다.

그래서 대한검도회의 창립자이자 한국 검도계의 최고 원로인 서정학 선생님은 팔순의 나이에 자신이 만든 대한검도회를 박차고 나갔고, 96년 11월에 검선도를 창립했다.

이유가 무엇이던 간에 대한검도회는 창립자가 탈퇴해 버림으로써, 창업주가 떠나 버린 이상한 조직이 되었다.

이후 많은 일이 있었다고 한다. 어느 단체이든 조직 확장을 하고 싶은 것은 당연지사.

검선도도 초기에는 지원 개설을 하겠다면서 많은 무술인들이 찾아왔다. 주로 합기도, 해동검도 사범들이었던 이들은 6단, 7단의 고단자 단증을 요구해 왔다.

다시 백띠부터 매고 검선도를 시작하라는 말에 모두 다 고개를 젓고는 떠나 버렸다.

이순신 장군도를 수리한 후

　한국 무술의 단기 사범 연수는 해동검도에서 시작된 것이 아니었다. 초
창기의 중국 무술, 합기도는 대부분 사범 단기 연수를 통해 고단자 단증
을 부여했고, 몇 달 배우고 고단자가 되어 버린 사람들이 도장을 냈었다.

　이들은 검선도도 그럴 줄 알고 찾아왔다가, 기초부터 다시 시작해야
한다는 말을 이해하지 못했다.

　검선도 서민석 사범은 원래 검도 7단의 고단자였고, 어려서부터 부친
에게서 엄격한 무도 교육을 받았던 정통 무도인이다. 대한검도회의 사
무국장을 역임하기도 했다. 다른 무술을 접해 보게 해 주신 부친 덕분에
다른 무술과 봉술 등도 다양하게 섭렵했다.

　서민석 사범은 조직 확장이 중요하기는 하지만, 무도인의 자존심을
잃어 가면서 단증을 팔 수는 없다는 입장이었다.

검선도는 외부에서 무술인들을 영입하여 조직을 확장하는 쉬운 길을 포기하고, 자체 사범 양성을 위해 험난한 길을 걷기로 결정했다.

그 결과 4단 이상 되는 사범들이 여럿 양성되었다. 대전 KAIST와 ETRI(전자통신연구소)에서 연구하고 있는 많은 연구원들과 박사들이 검선도의 수련자 및 사범으로 남았다.

시간이 흐르면서 지관도 하나씩 늘기 시작했다.

본원에서 사범을 하던 이병돈 사범이 대전에 지관을 개설하고 교습을 시작했다. 그는 검도와 명상에 빠져서 결혼도 미루었다. 또 오랫동안 인도의 아쉬람(명상 센터)에 가서 요가와 명상을 하기도 했다.

이병돈 관장을 보노라면, 무도를 통해 형성된 맑은 심성과 전인격(全人格)이 무엇인가를 느끼게 된다.

역시 훌륭한 스승 밑에서 좋은 제자가 나오는 법이다.

월간 『검도세계』 98년 2월호에서 검선도를 평하기를 '검선도는 성인보다는 어린애에게 적합하고, 민족혼을 주창함과는 달리 국적 불명(보다 왜색적인)의 선(禪)을 가미하여 차별화에 성공하기엔 요원하다'라고 기사를 실은 적이 있다.

검선도인들에게 『검도세계』의 기사는 상처였다. 검도는 일본 무도니까, 이제는 새로운 한국적인 검도를 만들자는 서정학 선생님의 주장이 묵살되었고, 그래서 탈퇴하여 만든 무도인 검선도를 왜색이라고 비난할 수 있을까.

98년 2월이라면 월간 『검도세계』가 대한검도회와 밀월 관계를 유지하던 시절이니만큼, 당시 『검도세계』의 주장은 대한검도회 내부의 의견과 별 차이가 없다고 보아도 될 것이다.

정통 일본 검도이 대한검도회가 일본 검도를 하지 말자고 주창히고 니

선 검선도를 왜색이라고 치부한다는 것은 하이 코미디이다.

검선도는 기존의 검도가 가지고 있던 결점을 거의 완벽히 보완하여 새로이 탄생했다. 새로운 검도 호구를 발명했고, 대나무 죽도가 아닌 전혀 다른 신소재의 격검용 검을 개발했다.

검선도는 검도와 달리 15군데의 유효 격자를 인정한다. 검도가 손목, 머리, 허리, 찌름만을 유효 타격으로 인정하면서, 다른 부위 공격 기술이 사장되었던 것에 비하여, 검선도는 하단 공격과 빗겨 올려 베는 '사상치기'를 도입함으로써 실전적인 검도가 되었다.

아마 대한검도회에서 서정학 선생님의 주장을 받아들여 새로운 기술을 개발하고 보급했더라면, 지금쯤 해동검도는 한국 땅에 탄생하지 않았을지도 모른다.

나는 일본과 한국을 통틀어서 검선도처럼 궁극에 달한 검도는 일찍이 보지 못하였다.

격자 부위, 수련 방법, 경기의 룰에 있어서 검도가 도달할 수 있는 결정판이 검선도였다.

새로운 유파로서 검선도가 얼마나 더 발전할지는 좀 더 두고 보아야 할 일이지만, 출발과 현재가 투명한 만큼 앞으로의 성장도 기대해 볼 만하다.

4. 금기에 대한 비밀스런 욕망

1997년 검선도 회장 취임 후

검도를 하는 사람들이 관심을 갖는 것 중에서 최후의 것이 하나 있다.

이것은 언급도 금기시되며 수련 자체가 봉인되어 생각하거나 해서도 안 되는 것이었다.

바로 생명체를 베는 것이다.

그중에서도 인간을 벨 때의 느낌은 전쟁을 경험해 보지 않은 우리 세대로서는 항상 궁금하기만 했다. 검 자체가 인간을 베는 무기이며, 수련도 베고 자르는 연습인데도, 인간을 베는 것에 대한 언급은 금기시되었다.

바로 50년 전의 세계 2차 대전 때만 해도 일본군에 의해 사람이 사람을 베는 행위는 공공연하게 이루어졌으며, 100년 전 일본의 막부 말기 때의 사무라이에게는 자신의 명예를 훼손하거나 무례한 사람에게 검을 뽑아 베어 죽일 정당한 권리가 있었다.

불과 60년 사이에 세상은 달라졌다.

아니, 잠시 그렇게 보일지도 모르겠다. 전쟁이 벌어지면 또다시 모든 가치가 무너지곤 하니까.

수많은 사람을 주먹과 총으로 죽인 김두한 씨도 요즘은 영웅으로 미화되어 TV에 나오는데, 과연 무엇이 선(善)이고 무엇이 정도(正道)인가.

어느 날 나는 서정학 선생님에게 혹시 인간을 베어 본 적이 있느냐고 여쭤 보았다.

평소 나를 데리고 자주 가시는 고깃집에서 소주를 한잔히시던 선생께서는 잠시 말이 없으셨다. 그러더니 경험이 있다고 털어놓으며 술회하기 시작했다.

6·25전쟁 때였다고 한다. 전투경찰을 이끌고 삼팔선을 넘어 북으로 진격하던 서정학 선생님은 황해도에서 북한 인민군 장교 두 명을 포로로 잡았다.

긴박한 전시 상황에서 제네바 협정 따위를 운운하기는 쉽지 않은 일이었다. 본부에 무전 연락을 해 보니, 심문 후에 사살하라는 명령이 하달되었다. 그래서 심문을 했고, 명령대로 총으로 사살해야 하는 상황이었다고 한다.

그때 서정학 선생님은 검을 가져오게 해서 그 인민군 포로 두 명의 목을 베어 보았다고 했다. 지금 사람들은 잔인하다고 몸서리치겠지만, 원래 전쟁이라는 것은 인간의 판단 능력을 흐리게 하며, 전쟁터에서는 선악(善惡)도 호오(好惡)도 없는 법이다.

목을 베어 보니 어땠느냐는 나의 호기심 어린 질문에, 서정학 선생님은 마치 소년 같은 또랑또랑한 목소리로 마치 두부 자르는 것 같았노라고 말했다.

인간의 목은 원래 한칼에 떨어지게 되어 있는 것이다. 살은 워낙 연해서 두부와 별 차이가 없으며, 결국 뼈가 관건인데, 목뼈는 뼈와 뼈 사이에 틈이 있어서, 이 사이로 검이 지나가면 걸리는 것이 없다. 심지어 굵은 뼈도 살아 있을 때는 검으로 쉽게 잘라진다.

내가 검을 들고 산 동물을 베어 본 바에 의하면, 뼈는 쉽게 베어지며, 중요한 것이 아니었다. 마른 대나무는 부서지지만, 살아 있는 축축한 대나무는 잘 베어지듯이, 생체의 뼈도 살아 있을 때는 잘 베어진다.

인간을 베어 보고 싶었던 서정학 선생님을 나는 이해할 수 있었다. 검도를 한 사람은 누구나 그런 비밀스러운 욕망을 가진다.

검도인 중에서도 활인검을 운운하면서 비난하는 사람이 있을지도 모르겠다.

그러나 활인검은 검도인으로서 도달해야 할 경구이며 목표이긴 하지만, 그것만을 말하는 당신은 자신에게 솔직하지 못한 사람일 것이다.

나도 같은 상황이라면 분명히 베어 보았을 것이므로, 나는 서정학 선생님의 행동을 이해한다.

전국의 검도인들이여, 돌을 던지고 싶거든 가슴에 손을 얹고 죄가 없는 사람부터 나에게 돌을 던지시라.

검도를 이십 년씩 수련하면서 한 번도 인간을 베어 보는 생각을 해 보지 않은 검도인이 있거든, 돌을 들어 나를 먼저 쳐라. 그리고 나를 친 후에 서정학 선생님을 비난하라.

내가 잘 아는 해동검도 관장 한 분은 베기를 매우 잘하는 사람이었다. 이 사람은 집 한 채 값을 베기용 짚단에 투자했으며, 나중에는 살아 있는 황소의 목을 베는 데에 도전했었다. 황소 목의 굵기는 웬만한 남자 허리의 두 배가 넘는다. 그런 황소의 목도 단 한칼에 떨어졌다고 한다.

원래 검이란 피를 부르는 도구다. 그런 피비린내 나는 무기를 들고서 활인검을 염원하기란 그리 쉬운 일이 아니다. 일본 만화 『바람의 검심(ろろうに劍心)』의 주인공 히무라 켄신 같은 그런 검객은 세상에 존재하지 않는다는 말이다.

그래서 계속 살심(殺心)이 일어나는 검을 수련하는 검객들은 항상 마음 수련을 하지 않으면 안 된다.

이래서 선(禪)을 하는 것이다.

마음공부가 되지 않은 검객은 그저 인간 백정밖에 되지 못한다.

일본 막부 말(幕府末)의 신선조는 결국 살인 청부업자에 다름 아니듯이, 자신의 마음을 통제하지 못하는 검객은 조직폭력배와 무엇이 다르랴.

이승만 대통령과 함께

　그래서 서정학 선생님은 참선을 해야 한다고 누누이 말씀하셨다.

　서정학 선생님은 일본에서 대학을 다니던 시절부터 참선을 배워서 지금까지 해 오셨다고 하며, 검선도에는 참선을 위해 박희선 박사를 고문으로 영입하여 참선을 함께 지도하고 있다.

　서정학 선생님은 고수와 명인에 관해 이렇게 말했다.

　"진정한 무도인이라면, 이름을 탐내는 것이 아니라 배운 바를 후대에 전하는 것에 힘써야 한다."

　노검객 서정학은 자신이 말한 대로 인생의 황혼을 후대에 남길 자랑스런 유산을 만들고 전하는 데에 바쳤다.

　세월이 흘러도 세상은 검선도의 창시자 서정학 선생님을 길이 기억할 것이다.

뒷 이야기

검선도원을 설립하시고, 만년을 후학 양성에 매진하시던 창암 서정학 선생님께서는 2005년 7월 2일 새벽 1시경, 89세를 일기로 서거하셨다. 장지는 천안 공원 묘원.

대한검도회 8단 범사 검농 김재일 선생은 7월 4일에 거행된 영결식에서 '오호라, 큰 별 하나 드디어 지는구나'라며 대표로 조사(弔詞)를 하셨다.

서러워하는 수많은 검도계 후배들을 뒤로하고, 서정학 선생님은 당신의 파란만장하고 영광으로 가득 찼던 인생을 마감했다.

그의 인생은 사나이로서 해 볼 수 있는 모든 것을 다 성취한 인생이었다. 절대 고수, 최고의 검객, 대한민국 경찰 총수, 대통령 경호실장, 도지사를 경험했다.

그리고 헤아릴 수 없이 많은 검객들로부터 신적인 추앙과 존경을 받았으며, 슬하에 훌륭한 자손을 두었다. 더 이상 부러울 것 없는 인생이었다. 그리고 그는 진정한 사나이였다.

서정학 선생님은 타계하시기 3년 전, 나를 당신의 체육관으로 부르셨다.

그날 단둘이 만났는데, 갑자기 검을 들라 하시더니 몇 가지 자세를 취하게 하셨다. 중단세, 상단세 두 가지였다.

중단과 상단을 취하자, 서정학 선생님은 이렇게 딱 한마디 하셨다.

"넌 3단 반이야."

나는 그날처럼 기절할 듯 놀란 적이 없었다. '허걱'이라는 말이 저절로 흘러나왔다.

나는 평소 내 자신의 실력을 냉정하게 3.5단이라고 스스로 자평하고 있었는데, 이 말은 어디서도 한 적이 없다.

서 있는 자세만 보고 그 사람이 몇 단인가를, 그것도 소숫점까지 맞출 수 있는 사람이 과연 세상에 몇 명이나 될까?

3단 반이라고 평가해 주신 서정학 선생님은 그날 몇 가지 특이한 검도 연습법과 기술의 비법을 가르쳐 주셨다. 주로 손목 공격과 손목 유연성을 양성하는 비결이었는데, 후일 많은 도움이 되었다.

이날 서정학 선생님은 앉은 상태에서도 검을 들고 몇 가지 기술을 보여 주셨는데, 나는 그때 일 갑자(60년) 공력이 어떤 경지인가를 실제로 목도했다. 선생님께서는 나에게 선물을 주려 하셨던 것 같다.

저녁에는 검선도 이사 회의가 있었는데, 나에게도 참석하라고 하셨다.

이사회에 참석하니, 서정학 선생님께서는 갑자기 '내가 한병철 군에게 단증을 수여하려고 한다'고 하시면서 정식으로 만든 4단증을 주셨다.

나는 얼떨결에 4단증을 받고 나서 가만히 생각해 보니, 낮에 도장에서 있었던 일이 결국 승단 심사였다는 것을 깨달았다.

선생께서는 나에게 0.5단을 반올림해서 단증을 주신 것이었다.

나중에 고동수 선생님을 만났던 어느 날, 이 얘기를 말씀드리고 '이런 식으로 단증을 받아도 되는가'를 여쭤 보니, 고 선생님께서는 '그런 당대의 고수 앞에서 일대일로 승단 심사를 받고, 직접 주시는 단증을 받는 것은 검사(劍士)의 영광 아니겠나? 평생 소중하게 간직할 일이다.'라고 격려해 주셨다.

어쨌거나 이런 사유로 인해, 나는 서정학 선생님과 사제의 인연이 생겼고, 당신에게서 4단을 받았다.

뒤로 100년, 앞으로 100년 안에 다시 만나 보기 어려운 검객을 만나, 잠시라도 지도를 받을 수 있었던 인연, 평생 잊을 수 없는 기억이 되었다.

아, 그날 나는 일 갑자 공력을 실제로 보았던 것이다.

팔괘장 4대 전인, 이공성 노사

내가 팔괘장에 뜻을 둔 것은 어언 이십여 년이 다 되어 간다.

장법을 사용하며, 내가권 중에서 제일 난해하다는 팔괘장.

나는 어려서부터 검도와 팔괘장이라는 무술이 배우고 싶었다.

그러나 내가 어렸을 때의 서울에는 팔괘장 전문 도장도, 검도 도장도 거의 없었으며, 외갓집이 있던 종로구 명륜동의 성균관대학교 체육관에서 검도부원들이 검도하는 모습을 볼 수 있을 뿐이었다.

나의 검도 스승인 A사범님은, A사범의 스승님인 나의 대사부님에게 나에 관해서 상담하였다.

그 결과, 대사부께서는 이 아이는 권(拳:주먹)을 쓰지 말고 장(掌:손바닥)을 쓰게 해야 한다고 하셨다고 한다. 체질 감별 결과 그렇게 말씀하셨다면서, 반드시 장법을 찾아 몸에 익히게 하라고 하셨단다.

내 사부의 생각에, 장법 중에서는 팔괘장이 제일 유명하고 최고이니, 이것을 배우는 것이 좋겠다고 권유해 주셨다.

그래서 나의 사부님은 당시 경찰청에 계셨으므로(대테러부대 지휘관 출신이

팔괘장의 상징. 저 원주를 도는 것으로 연습이 시작된다.

었다), 경찰 정보망을 이용해서 전국에서 장법 좀 쓴다는 사람을 수소문했다.

그리고 나에게 그 무술인들의 명단을 넘겨주었다.

그 후, 나는 그 사람들을 일일이 찾아보았으나, 내가 스승으로 모시고 배울 만한 분은 애석하게도 보이지 않았다.

어쨌든 장법을 만나지는 못했지만 운동은 열심히 했다. 매일 몇 가지 외공 단련을 했고, 헬스클럽에서 웨이트 트레이닝도 열심히 했고, 검도와 기타 다른 무술도 계속 수련했다.

그러면서 여기저기 참 많이 찾아다녔지만, 결국 장법을 배울 만한 곳은 찾지 못했다.

어떤 곳은 사이비 종교 같았으며, 어떤 곳은 중국집 철가방과 구두 닦기들의 집합소 같았고, 어떤 분은 내가 한 방 치면 날아갈 것 같은데도 자신이 지상 최강이라고 주장하고 있었고, 어떤 분은 말도 안 되는 궤변으로 전통 무예만 주장하고 있었다.

그래도 나는 팔괘장을 배워야겠다는 생각을 한 번도 버린 적이 없었으며, 주변의 친한 벗들에게도 '나는 언젠가는 팔괘장을 배울 것이고, 선생님을 만나고 싶다'고 누누이 말했다.

그러던 어느 날, 고교 시절부터 친했던 나의 친구 이 모(李某)에게서 급한 목소리로 전화가 왔다. 자기 삼촌이 팔괘장을 한다는 것이었다.

그래서, '네 삼촌이 갑자기 웬 팔괘장이냐, 인천에서 배우신 것 아니냐?' 하고 물어보았더니, 중국 북경에서 배우셨고, 정식으로 배사한 적 전제자라는 것이었다.

도무지 믿기지 않았다.

자세히 자초지종을 들어 보니, 그 친구의 외할아버지께서는 1945년 해방될 때 일 때문에 만주에 계셨는데, 분단된 조국으로 오지 못하시고 만주에 남으셨다는 것이었다.

그분은 만주에서 다시 결혼하여 자식을 낳았는데, 그 할아버지의 아드님, 즉 외삼촌이 한국에 오셨다고 했다. 그러니까 현재 말로는 '조선족'인 셈이다.

팔괘장의 스승인 설인호 선생님과는 이렇게 만나게 되었다.

나는 그의 말에 따라 그의 외삼촌인 설인호 선생님을 만나러 당장 수원으로 내려갔다.

당시 설인호 선생님은 중국 길림성 용정의 연변농업대학의 교수로 계셨는데, 교수직을 휴직하시고 한국의 서울대학교 농업생명과학대학(약칭 농생대)에 오신 때였다. 지금은 서울대학교 농생대가 서울 관악캠퍼스에 있지만, 당시에는 수원에 있던 시절이었다.

수원으로 내려가던 날은 날씨가 무척이나 더웠다.

설인호 선생님은 첫인상이 무척이나 말수가 없고 조용한 사람이었다.

설 선생님을 만나서 팔괘장에 관심이 있다고 하니, 긴말 없이 대학 체육관으로 가자고 하셨고, 체육관에서 무술을 보여 주었다.

당시 보여 주신 것은 팔괘장과 장권, 벽괘장, 태극권이었다.

나는 설인호 선생님의 무술을 보자마자, 이분이 팔괘장의 고수임을 즉각 깨달았고, 팔괘장을 배우겠다고 말씀을 드렸다. 당랑권 4단이던 나의 동생 한병기도 함께 팔괘장을 배우기로 했고, 그때부터 수원에서 팔괘장 수련이 시작되었다.

설인호 선생님은 우리가 생각하는 도장 문화와 다른 문화권의 사람이었다. 만나서 운동 시작할 때 사범님께 경례도 하지 못하게 했으며, 더구나 체육관 벽에 걸린 태극기에 경례한 적도 없다. 운동 끝날 때도 한국식으로 '차렷, 사범님께 경례'하고 구령을 붙이려고 하면, 완강히 못하게 하셨다.

나중에 알고 보니 그것이 중국 스타일이었다.

현재 우리나라의 도장 문화는 전형적인 일본식이라서, 중국이나 조선의 스타일과는 거리가 있다. 우리나라 국궁 활터도 일본식으로 하지는 않는다. 우리나라 무인들이나 중국 무인들의 문화는 좀 비슷한 경향이 있는 듯싶다.

설인호 선생님은 북경에서 학교를 다닐 때, 각지의 고수들을 일일이 찾아보고 나서 이공성 노사를 스승으로 모셨다고 했다.

설인호 선생님은 무술 스승을 찾아 머나먼 내몽고까지 갔었다고도 하니, 무술에 대한 그의 열정은 보통이 아니다. 설 선생님은 장권, 벽괘장, 우슈, 태극권 등의 무술을 어려서부터 배웠었고, 훌륭한 스승을 찾아다니 끝에 북경에서 두 분의 스승을 모셨다. 한 분이 이공성 노사이고, 또

다른 한 분은 대성권의 2대
종사인 故 왕선걸 노사이다.

이공성 노사의 단환장

주말마다 수원과 서울을
오고 가며 만 4년쯤 팔괘장을
배웠을 때, 나는 취재차 북경
에 갈 일이 생겼다.

그래서 겸사겸사 대사부가
되시는 이공성 노사를 뵙고
싶다고 설인호 선생님께 말
씀드렸고, 설 선생님은 북경
에 연락을 한 후, 중국어로
된 장문의 편지를 써 주었다.

중국인들은 무엇보다 꽌시(關係)를 중요하게 생각하므로, 무턱대고 찾
아가면 덕담은 할지언정 마음속의 깊은 대화는 하지 않는다. 그만큼 중
국인들에게 소개와 관계는 중요하다.

소개 없이 무작정 찾아가서 중국인을 만난 후, 그들이 친절했다고 말
하는 사람도 많이 있지만, 그것은 그들의 접대용 얼굴을 보고 온 것이
다. 초면이거나 모르는 사람에게 중국인들은 매우 친절하지만, 그것은
중국인들의 속내를 모르는 소치이다.

나는 북경에 도착하자마자 북경 시내에 있는 이공성 노사를 찾아갔다.

이공성 노사는 버스 부품을 생산하는 회사의 총경리(사장)로 있다가 정
년퇴직하고 나서, 취우 초등학교 한 켠에 부지를 얻어 '취우무관' 이라
는 팔괘장 무관을 오픈하고 계셨는데, 그는 사진으로 보았던 것보다 훨
씬 강한 이미지를 갖고 있었다.

북경 취우무관 사무실에서

이 노사는 멀리 한국에서 자신의 손자뻘되는 제자들이 찾아오자 기뻤던 모양인지, 연신 싱글벙글하면서 우리를 앉혀 놓고 이야기를 들려주셨다.

이공성 노사는 북경팔괘장 연구회 안에서도 실력 있는 팔괘권사로 소문이 자자한 분이다.

故 이자명 노사의 문하에서 내제자로 입문하여 팔괘장의 모든 것을 오랜 시간 동안 전부 습득하였다. 올해 예순의 나이에도 불구하고 180㎝쯤 되는 키와 100킬로가 넘는 거대한 체격과 체력을 유지하고 있는 이공성 노사는 한 문파의 대종사로서 부족함이 없다. 삼국지의 장비나 번쾌를 직접 볼 수 있다면 이런 체격이리라.

이공성 노사는 1942년 12월 23일, 북경에서 태어났다. 어려서부터 체격이 거대하고 힘이 좋았으며, 무술을 숭상하여 9세부터 삼황포추를 비롯하여 학생 때(60년대)는 양식태극권에 몰두하였다.

인민해방군의 특수부대 장교로 군대를 다녀왔고, 이자명 노사 문하에 입문하기 전에도 거주하던 지역에서는 체격이 크고 장사인 데다가 무공이 대단한 무술가로 알려져 있었다. 그래서 지역의 조직폭력배들조차도 감히 접근하지 않았다고 한다.

청년이었던 당시의 이공싱 노사는 서른 살이 되던 1972년에 이자명 노사를 만났다.

당시 이 노사는 공원에서 양식태극권 수련에 열중하고 있었는데, 지나가던 이자명 노사가 이공성 노사의 태극권 연무를 보고 '너의 내공은 이미 완성되었다. 너를 나의 제자로 삼고 싶다'라고 말씀하셨고, 그날로 제자가 되었다.

팔괘장 3대 종사인 이자명 노사의 무명(武名)은 전 중국에서도 유명하였던 터라, 이자명 노사의 권유는 이공성 노사에게도 영광스러운 일이었다.

이공성 노사의 입문과정을 들어 보면, 마치 사도 베드로가 예수의 제자로 입문한 것 같은 착각을 불러일으킨다. 예수를 알아본 사도 베드로의 혜안도 역시 대단한 것이다.

이공성 노사는 이자명 노사가 격식을 차리지 않고 제자들에게 팔괘장을 가르쳐 주었다고 술회한다. 이것은 당시 전통 무술의 세계에서는 생각할 수 없는 것이었으며, 이자명 노사는 자신이 가르치는 것을 제자가 습득하지 못할 것을 염려했다.

따라서 팔괘장에 대한 요구는 엄격했으며, 인격적인 면에 관해서도 마찬가지였다. 이자명 노사는 기본에 대한 요구가 매우 높아 한 가지를 제대로 하지 못하면 결코 다음 것을 가르치지 않았다.

이자명 노사는 성품이 온후하고 마음이 넓어 무술계에서도 인격자로 유명했고, 또 다른 사람들을 즐겨 도와주었기 때문에 친구가 대단히 많았다.

이자명 노사는 제자들에게 무술만을 배우는 것이 아니라 덕을 닦는 것도 동시에 바랐는데, 덕을 높이는 것에 따라 우리들이 배우는 무술이 세련되어진다고 생각했기 때문이라고 한다.

이야기를 하던 이공성 노사는 다음날 시간을 좀 내라고 했고, 다음날

동해천 선사의 묘소 앞에서 제자들에게 설명하고 계시는 이공성 노사

나를 북경 외곽의 만안공원 묘역에 있는 팔괘장 묘역으로 데리고 갔다.

이공성 노사는 창시자 동해천 선사의 묘 앞에서 함께 예를 올린 후, 그 앞에서 팔괘장 64식 투로와 육파총나(팔괘장의 금나술)를 직접 보여 주며 세심하게 설명하였다.

이공성 노사의 공력은 상상을 초월하는 것이었으며, 도저히 예순의 나이라고 믿을 수 없었다.

중국인들은 때론 참으로 멋스러운 것을 우리에게 보여 주어 깜짝 놀라게 하곤 한다.

팔괘장 조사의 무덤 앞에서 배례하고 무공은 전한다는 것은, 그 자체만으로도 너무나 엄숙하고 숙연한 장면이었다. 가르치는 사람과 배우는 사람 모두 말로 표현하지 못할 어떤 감동을 느꼈다.

동해천 묘역 앞에 조성된 팔괘문인 묘소
-3대 종사 이자명 노사의 묘(좌), 동해천 선사의 묘(우)

　이공성 노사는 호랑이 같이 생긴 외모와는 달리 매우 부드럽고 자상하였으며, 팔괘장의 비결을 가르쳐 주고 시연하는 데에 인색하지 않았다.

　물론 설인호 선생님이 전화 연락을 미리 해 주셨고, 소개장을 써 주셨기 때문에 그랬을 것이다. 세상의 어떤 무술가가 처음 보는 외국인에게 권법을 덜렁 다 내주겠는가.

　팔괘장 시연이 끝난 후, 이공성 노사는 어깨관절을 빼서 신장시킨 후, 나의 손을 자신의 어깨 속에 넣어 볼 수 있게 해 주었다. 나의 손가락은 이공성 노사의 어깨관절 속으로 무려 3㎝가 넘게 들어갔고, 지켜보던 사람들은 놀라움을 감출 수 없었다. 이것은 어깨 견관절이 완전히 '송(送)'이 되지 않으면 불가능한 절정 고수의 경지였다.

2대 양진포 노사의 묘

　한국에서 태극권을 지도하는 밝은빛 태극권의 박종구 원장은 중국에 있을 때 팔괘장 명인의 어깨에 손을 넣어 본 적이 있다고 말한 적이 있었다. 이것은 분명 사실이며 명인의 경지에서는 가능한 것이었다.

　이공성 노사가 직접 보여 준 믿기지 않는 시범은 또 있었다. 나의 손을 잡고서 백회혈까지 감각이 있을 거라고 말하면서 손목을 살짝 건드렸는데, 정말 그대로였다.

　나는 잠시 동안 눈앞이 캄캄해지면서 아무것도 보이지 않았고, 백회혈까지 전기적 충격이 짜릿하게 전해지는 것을 느낄 수 있었다. 그 충격은 가정집에 들어오는 220V의 전깃줄을 맨손으로 잡은 듯한, 강력하고 짜릿한 느낌이었다고 기억된다.

　나는 대기공사라는 장풍도사 양운히 씨의 내공으로도 선혀 영향을 주

이공성 노사의 액장

지 못할 만큼 둔하디 둔한(!) 사람인데, 이공성 노사는 손으로 살짝 건드
리는 것만으로도 나를 기절시키기에 충분한 충격을 주었다.

한국에서 무술 좀 한다는 사람들의 시범과 연무를 많이 보았지만, 나
의 몸에 이 정도의 강한 충격을 줄 수 있었던 사람은 이공성 노사가 처음
이었다.

이 정도의 내공이 있으니까 몸에 손바닥을 살짝 대고서도 내상을 입히
는 것이 가능한 것 같았다. 당해 보지 않고서는 믿기지 않을 신기한 일
이다.

이공성 노사는 따로 의술을 배운 적은 없다는데, 불치병에 걸린 사람
들을 많이 고쳐 주었다고 한다. 처음 만나던 날도 잘 아는 공산당 간부
의 아들이 난치병으로 고생하기 때문에 고쳐 주어야 한다면서 일찍 자리

이공성 노사의 탁창장

를 털고 일어났다. 특별히 안마나 의술을 배우지는 않았지만, 환부에 손만 가져다 대어도 나은 사람들이 많아서 병을 치료해 달라는 의뢰가 자주 들어온다고 한다.

나도 팔괘장을 배운 지 몇 년 지나자, 간단한 병은 외기 방사로 치료할 수 있게 되긴 했었지만, 나의 실력으로 불치병을 고치는 경지는 아직도 요원하다.

이공성 노사는 술을 많이 마시지 않으며, 특히 신선한 해산물과 새우를 좋아한다. 매일 저녁마다 만찬 자리에서 새우 요리를 선호했다.

새우가 내공의 원천일지 모른다는 농담을 하면서 함께 간 『마르스』 편집장 한병기와 새우를 덩달아 많이 먹었던 기억이 떠오른다.

나는 중국에 자주 가곤 했기 때문에 이공성 노사와의 만남은 그 후로도 거의 매년 지속됐다.

그리고 한국에 있을 때는 수원으로 가서 설인호 선생님에게 팔괘장과 대성권을 배웠다.

설인호 선생님은 대성권 2대 전인인 故 왕선걸 노사에게서 대성권을 배웠는데, 팔괘장과 대성권은 그 궁합이 딱 맞는 무술이어서 함께 수련하면 서로 상승효과를 볼 수 있었던 것이다.

대성권은 형의권의 분파로서, 형의권사였던 왕향제 노사가 창시한 20세기의 실전 권법이다. 왕향제 노사는 대성권으로 전 중국의 무림을 단숨에 석권했고, 그의 수제자 故 왕선걸 노사 또한 수많은 대결에서 한 번도 패배하지 않았다.

대성권은 투로가 없고 실전 격투를 중시하는데, 한마디로 중국 스타일 권투라고 생각하면 정확할 듯하다.

무담(武談)에 열중할 때,
그의 눈은 청년처럼 빛이 난다

한국에서 장기간 체류했던 설인호 선생님은 2002년 11월 중국으로 귀국하셨고, 현재는 산동성 청도에 있는 청도농업대학에서 교수로 재직하고 있다.

설 선생님은 서울대에서 박사 과정을 이수했고, 2002년 초에 이학박사 학위를 수여받았다. 설인호 선생님은 학위를 받고 나서 BK21 연구원으로 서울대학교의 연구소에 남아 계속 연구를 하고 있었다.

설인호 선생님이 떠날 때가 다가오자, 북경팔괘장연구회와의 인연의 끈이 약해질 것이 우려된 우리는 이공성 노사의 한국 방한을 준비하기로 했다.

2002년 8월, 이공성 노사가 서울에 도착했고, 서울팔괘장연구회에 대

필자와 이공성 노사

인사동 찻집에서 이공성 노사. 자리에 앉아서도 쉬지 않고 제자들에게 뭔가를 가르쳐 주고 싶어 했다. 이날 이공성 노사의 필생의 역작이라는 '팔괘수신양생공'을 이 자리에서 전해 주었다.

배사식 후 배사첩에 도장을 찍는 이공성 노사

한 몇 번의 무술 지도를 마치고, 함께 한국 동해안과 설악산 여행을 했다.

북경은 바다와 멀기 때문에, 북경 사람들은 대부분 바다를 보길 좋아한다는 것이었다. 북경에서 가장 가까운 바다가 천진 앞바다인데, 천진까지 400킬로나 되니 거의 서울에서 부산까지의 거리가 되었다.

개인적으로는 이 노사의 방한 때 팔괘문에 정식으로 배사를 하고 공식적인 제자가 되었으니, 나에게도 중대한 변화가 있었던 셈이다.

이공성 노사는 중국에서 배사 의례에 필요한 물품 일체를 준비하여 들고 오셨었고, 배사례가 끝난 후 이공성 노사가 배사첩에 각종 도장을 찍음으로써 나는 팔괘문의 제자가 되었다.

팔괘문에는 '장문인'이라

배사첩을 일일이 손으로 쓰고 있다. 그는 매우 달필이다.

는 직함이 없으며, 가문에서 이어지는 '종가'나 '종사'의 개념이 없다. 창시자인 동해천 선사가 결혼을 하지 않고 자식이 없었기 때문이며, 특정 제자에게 장문인 자리를 물려주지 않았기 때문이다.

그래서 팔괘문의 모든 기예를 다 배우면 '전인(全人)'이라 불리고, 배사는 했으되 다 배우지 못한 사람은 '제자', 처음으로 입문한 사람은 '학생'이라 불린다.

내가 전인이 되려면 아직도 갈 길이 멀다.

이공성 노사는 2002년 방한 때 팔괘문의 중요한 무기인 자오원앙월을 나에게 전수해 주었다.

자오원앙월 지도 중

팔괘상의 3대 독문 병기 중의 하나, 계조예(鷄爪銳)

자오원앙월은 계조예(鷄爪銳), 칠성간(七星杆)과 더불어 팔괘문의 3대 독문 병기의 하나이다. 휴대가 간편하며 사람이 많고 지형지물이 복잡한 곳에서 벌어지는 혼전(混戰)일 때 그 가공할 진가를 발휘한다.

한국에서 제대로 된 자오원앙월을 판매하는 곳이 없었기 때문에, 나는 이것을 직접 제작해야만 했다. 서울 구로 공구 상가에서 특수강에 속하는 SK강판을 구해 레이저로 절단하여, 현무도검 공장에 가서 하루 종일 깎고 다듬었다.

생전 처음 해 보는 절삭과 밀링 작업이어서 팔과 손이 성하지 않았다. 더구나 SK강은 연장과 공구를 만드는 특수강이어서, 웬만한 장비로는 잘 깎이지도 않았다. 나중에는 나무를 깎아 폼 나게 손잡이까지 만들어 붙였다.

내가 만든 자오원앙월을 본 이공성 노사는 자신의 과거 경험을 말해 주면서 빙긋이 웃었다. 아마 자신의 앞에 있는 손자가 만들어온 무기를 보니, 당신의 젊은 시절이 떠오른 모양이다.

삼십 년 전, 이공성 노사가 사부에게 태양풍륜월을 비롯한 병기술을 가르쳐 달라고 청하니, 이자명 노사는 무기를 만들어 오라고 했단다.

지금은 그런 정책을 사용하지 않지만, 당시 중국 정부는 무술인들의 집안에 있는 무기들을 불법 무기라며 압수해 갔었기 때문에, 무인들의 집에 무기가 없었다고 한다.

병기술을 배우고 싶었던 이공성 노사는 두꺼운 철판에 망치로 굵은 못을 수백 개 박아 구멍을 낸 후, 끌로 구멍과 구멍 사이를 쳐서 철판을 잘라 내고, 그것을 숫돌에 가는 방식으로 한 달에 걸쳐 무기를 만들었다는 것이다.

그렇게 고생 끝에 무기를 만들어 가니, 이자명 노사는 그제야 웃으면서 태양풍륜월을 비롯한 병기술을 전수해 주었다. 그리고 덧붙이기를, '다른 무기를 만들면 그것도 가르쳐 주마.' 하였다.

나는 자오원앙월을 배우고 나서 이것이 휴대용 소형 병기 중에서 으뜸이라는 말이 사실임을 체험했고, 19세기에 동해천 선사가 중원 무림을 제패한 이유를 알 수 있었다.

이공성 노사는 이번 방한에서 팔괘창술도 전해 주었는데, 팔괘문의 창술은 매우 간결하고 실전적인 기술들로 집대성된 창술이다. 소림의 창법이나 우슈 창술처럼 아크로바틱하고 화려하지 않으며, 원리에 충실한 창법이었다.

팔괘창술은 오수의 수비록에 나오는 창술의 기본 원리에 매우 충실하

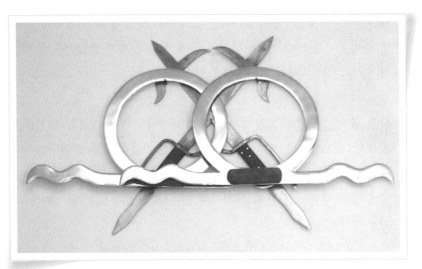

팔괘장의 독문병기, 태양풍륜월

팔괘장의 추혼검법을 시전 중인 이공성 노사

여, 알아 두면 나중에 다른 창술을 배우더라도 좋은 기초가 된다.

2004년도에는 북경에서 이공성 노사님을 뵙고, 추혼검법(追魂劍法)을 배웠다. 추혼검법은 이자명 노사님 문하에서도 배운 사람이 드물다고 하며, 기존의 팔괘편선검과는 조금 다른 검법이다.

일명 팔괘문 최고의 상승 검법이라고 하며, 약 135㎝ 정도 되는 장검을 한 손으로,

때로는 두 손으로 사용하는 쌍수검법이다. 그 형태가 중국 최고 검객이라 불리는 우승혜의 쌍수검법과 흡사한데, 팔괘장의 흐름과 신법에 적합하게 만들어졌다는 차이가 있다.

검술을 배우던 그 해 여름, 섭씨 40도가 넘는 북경의 더위 속에서 하루에 9시간씩 검술을 익혔다. 하루에 티셔츠를 세 번씩 갈아입어도, 땀으로 속옷까지 젖곤 했다.

그 후로도 북경과 청도를 오가며 팔괘장을 배웠다.

이제는 팔괘장의 거의 모든 부분을 다 배운 것 같다. 팔괘장의 병기술을 배웠고, 팔괘장 최후의 권법이라는 유신용형장과 연환장을 익혔다.

열심히 하는 우리 형제가 보기 좋았는지, 이공성 노사는 어느 날 비전이라며 몇 가지를 가르쳐 주셨다.

당신께서 이자명 노사에게 배우신 것인데, 팔괘장은 이것을 하지 않으면 공력이 안 생긴단다. 현재 이자명 노사 문하에서도 이걸 아는 제자가 아마 없을 거라고도 하셨다. 이 훈련을 매일 30분씩, 꼬박 1년 이상 하면 공효를 볼 수 있다고 하신다.

비결은 눈썹과 같아서, 보고 있으면서도 알지 못한다 했다. 그 단련법들은 간단한 것 같은데도 수련하기가 죽을 만큼 힘들었고, 1년쯤 단련하자 정말 효과가 있었다.

무술에 비전이 없으며, 그냥 죽어라 훈련하는 것뿐이

팔괘대도 시연 중

단환장

도장 시연

라 생각했던 나에게 인식의
전환을 가져오는 일이었다.

명문 정파에는 비인부전
문외불출의 비전이 실제로
있다.

이공성 노사와의 인연의 끈
은 서울팔괘장연구회로 계속
이어지고 있으며, 나는 오늘
도 시간이 나면 스승들을 생
각하면서 팔괘장을 수련한다.

세상에서 유일한 최강의
무술이란 없다고 나는 생각
한다. 무술이 강한 것이 아니
라, 특정 개인이 강한 것일
뿐이다.

내가 팔괘장을 좋아하여
수련하고 있지만, 이것이 제
일 좋은 무술이라거나 제일
강한 무술이라고 감히 말하
지 못한다.

자신의 무술만이 최강이고
최고라고 주장하기 시작하
면, 그것은 무술이 아니라 종
교가 되어 버린다. 종교의 영

역에서는 두 가지가 양립할 수 없으므로, 결국 한 손에는 경전을, 한 손에는 총을 들고 전쟁을 하는 수밖에 없게 된다.

그래서 부시는 이라크에 폭격을 했고, 인도와 파키스탄은 캐시미르에서 이십 년째 전쟁을 하고 있다.

다른 사람들에게서 '궁극으로 통하는 문'이라고까지 불렸던 팔괘장.

하지만 팔괘장의 수련은 너무나 지루하고 재미없어서 젊은이들이 버티기란 그리 쉽지 않다. 그래서인지 북경에도 팔괘장 무관은 이공성 노사가 운영하는 취우무관이 유일하다고 한다.

이자명 노사 생전에 북경팔괘장연구회가 발족되었으며, 이 단체는 중국무술협회 산하의 유일한 팔괘장 단체로 남았다. 현재 이 단체는 팔괘장의 모든 유파를 막론한 통합 단체이며, 이자명 노사 생전에 회장을 하셨다.

동해천 선사는 정정화와 윤복이라는 걸출한 제자를 두었지만, 현재 북경에서 정파와 윤파는 그 활동이 많지 않았다.

얼마 전까지는 이자명 노사의 제자 중에서 제일 나이가 많은 마전욱 노사가 회장을, 이공성 노사가 감사를, 수운강 노사를 비롯한 다른 몇 분이 이사를 역임하고 있었는데, 최근에 있었던 북경팔괘장연구회 총회에서 정파 팔괘장 쪽에서 회장과 총무를 맡는 것으로 바뀌었다. 이제 정파 팔괘장의 시대가 오는지도 모르겠다.

나는 정정화류 팔괘장에서 손지군 노사를 최고의 고수로 생각한다.

손지군 노사의 팔괘장 연무는 참으로 아름답다. 한국에도 정파 팔괘장의 손지군 노사에게 배사하고 제자가 된 사람들이 여럿 있다.

2006년도 8월에는 서울팔괘장연구회에서 배사 제자가 두 명이 더 나왔다.

지금은 각각 증권회사와 경찰에서 일하고 있는 권기혁 군과 최원석 군이 그 두 명이다.

권 군과 최 군은 그해 8월에 중국으로 함께 건너가서 설인호 선생님 문하에 배사하고, 팔괘문의 공식 제자가 되었다. 배사 예식은 누구나 그렇듯이 오랫동안 당사자의 기억에 남는다.

그러나 한국에서는 여전히 팔괘장은 비인기 무술이다. 중국에서조차 별로 인기가 없고, 배우는 사람도 많지 않은 것이 팔괘장이다.

이런 무술을 고집 있게 지켜 나가고 있는 이공성 노사는 내가 만나 본 전 세계 5대 고수 중의 한 분이다.

고수는 스스로 빛나는 별이다. 그래서 항성(恒星)을 영어로 스타(star)라고 한다. 이공성 노사의 팔괘장과 무공이 앞으로도 별처럼 빛나, 그를 따르는 제자들에게 방향을 알려 주는 북극성처럼 자리하길 기원한다.

일본 몽상신전류 거합도 8단
이시도 시즈푸미 범사

내 평생 본 검객 중에서 가장 빠른 칼은 누구였을까?

나는 이 질문에 관해서는 명백한 한 가지 답을 가지고 있다.

바로 일본 몽상신전류 거합도의 이시도 8단 범사이다.

거합도(居合道)는 약 450여 년 전 '하야시쟈키진스케시게노부(林崎甚助 重信)'라는 사람이 창안한 도법(刀法)인데, 오랜 세월 동안 일본의 역사 속에서 전승되며 무사들에 의해 수련되어 온 고류 검술이다.

거합도는 상당히 예능적인 요소를 갖고 있어서, 마룻바닥에서 시연한다는 개념이 강하게 들어 있다. 즉 실제로 진검을 들고 대결할 수 없기 때문에, 눈앞에 상대를 가정하고 실전에 가까운 독련(獨鍊)을 하기 때문이다.

거합(居合)의 의미는 상대방의 불의의 공격에 대해 몸과 마음이 일체된 상태에서 검을 뽑아 빠르고 정확하게 상대를 베는 검기(劍技)를 말한다. 앉은 자세나 좁은 공간에서도 자유롭게 진검을 잘 다루는 것이 거합도의 매력이라고 할 수 있다.

과거에는 거합의 유파가 많았으나, 현대 검도인들의 거합도 수련을 위하여 고류거합(古流居合)의 각 기술들을 발췌하여 '전일본검도연맹 제정거합'이 제정되어 보급되었다.

현재 일본에서 '몽상신전류'와 '무쌍직전영신류'는 '전일본검도연맹' 소속이자, 일본의 양대 대형 거합 유파로 알려져 있다.

몽상신전류는 일본 거합도계에서도 세 손가락에 드는 큰 유파이며, 오랜 전통을 가진 검술로, 거합을 수련하는 사람은 '몽상신전류'의 수련자가 가장 많다.

몽상신전류(夢想神傳流)는 故 나카야마 하쿠토(中山博道) 선생이 창작한 유파라고 말하고들 있는데, 대대로 전해 오는 전서(傳書)에 몽상신전류(夢想神傳流)라고 기록되어져 있으므로 상당히 오래전부터 있었던 유파인 것 같다. 다만 어느 시대에 누가 세운 유파인지는 현재 알기 어렵다.

나카야마 하쿠토 선생이 중간에 재창작하여 중흥한 것으로 생각되기도 한다.

몽상신전류는 거합 유파 중에서도 상당히 세련된 검의 기술을 구사하는 유파이다.

입문하게 되면 첫 번째 단계에서 '초전(初傳)'을 배우게 되는데, 이는 원래 '대삼류(大森流, 오오모리류)'로서 수업 초기에 해당하는 정좌(正座) 자세의 기본 기술이다.

두 번째 단계인 '중전(中傳)'은 '장곡천영신류(長谷川英信流)'로서 입슬(立膝) 자세에서 이루어지는 기술이다.

세 번째 단계인 '오전(奧傳)'에서는 거업(居業)과 입업(立業)의 두 가지로 나누어진다. 이 기법은 거합도의 시조라고 불리는 '하야시쟈키진스케시게노부(林崎甚助重信)'가 창시한 고도의 도법(刀法)이다.

네 번째 단계인 '조태도(組太刀)'는 몽싱신진류 거합도 최고 단계의 기

몽상신전류 각 단계의 기술 명칭

初傳

- 一本目：初發刀
- 二本目：左刀
- 三本目：右刀
- 四本目：當刀
- 五本目：陰陽進退
- 六本目：流刀
- 七本目：順刀
- 八本目：逆刀
- 九本目：勢中刀
- 十本目：虎亂刀
- 十一本目：逆手陰陽進退
- 十二本目：拔打

中傳

- 一本目：橫雲
- 二本目：虎一足
- 三本目：稻妻
- 四本目：浮雲
- 五本目：山下嵐
- 六本目：岩浪
- 七本目：鱗返
- 八本目：浪返
- 九本目：瀧落
- 十本目：拔打

居業

- 一本目：向拂
- 二本目：柄留
- 三本目：向詰
- 四本目：兩詰
- 五本目：三角
- 六本目：四角
- 七本目：棚下
- 八本目：虎走り
- 九本目：暇乞

立業

- 一本目：人中
- 二本目：行連
- 三本目：連達
- 四本目：行違
- 五本目：信夫
- 六本目：摠捲
- 七本目：總留
- 八本目：袖摺返
- 九本目：門入
- 十本目：受流

몽상신전류 제자 입문식

술이며, 최후에 전수받는 기술이다.

또 다른 대형 유파인 '무쌍직전영신류 거합'은 세키구치 코메이(關口高明) 선생이 종가의 대표를 하고 있는데, 임현수 선생께서 관장을 역임하고 있는 대구 정기관이 바로 이 유파의 적전을 한국에서 잇고 있으며, 세키구치 종가는 일 년에 한두 번씩 방한하고 있다.

몇 년 전, 일본에 거주하면서 나이프 아티스트로 활동하는 재일 교포 최상길 선생이 방한했을 때, 이시도 범사를 처음 만났다. 최상길 선생은 내한 때 그와 친한 일본 도검회사 농주거합당의 이가라시 사장, 몽상신전류 8단 이시도 범사와 동행하였다.

나는 그들과 함께한 자리에서 이시도 범사를 소개받았다.

이시도 범사의 발도

이시도 범사는 전형적인 일본인의 느낌으로 다가왔다. 교육을 잘 받은 예의 바른 일본인 말이다. 그는 점잖고 세련된 매너에, 평생 무도로 단련된 무게감을 가지고 있었다.

이시도 범사는 현해탄을 건너 수차례 방한하면서 한국에서 공식적으로 제자를 하나 받기로 했다는데, 찬바라를 하던 최 모 회장이 바로 그 사람이다.

최 모 회장과 이시도 범사와의 인연은 꽤 오래전부터 시작되었는데, 이렇게 전격적으로 제자로 거두는 것은 이시도 범사가 최 회장의 인격을 높이 평가했기 때문이라고 한다.

그 덕분에 몽상신전류의 제자 입문식에 참관할 기회가 생겼다.

입문식은 서울 강동구 길동의 최 모 회장의 도장에서 이루어졌다.

이시도 범사가 준비해 온 도복을 입은 최 모 회장은 입문식 내내 시종 경건한 태도로 임했으며, 입문식이 끝난 후 '신무관(神武館)'이라는 도장 이름을 하사받았다.

이시도 범사는 지관을 7개밖에 내지 않는 원칙을 갖고 있다고 하는데, 그중의 하나의 지관으로 인정받은 것이다.

일본의 거합 유파의 제자 입문식은 외부인에게 공개하지 않는다고 하며, 제자임을 인정하는 증서도 잘 안 보여 준다고 하는데, 입문식의 참관은 이시도 범사의 허락을 받아 이루어졌다.

한 번은 이시도 범사가 종로구 구민회관 생활관에서 열린 시연회에서 그의 검술을 보여 주었다. 몽상신전류 거합도의 화려한 검기를 시연함을 물론, 장술과의 약속 대련 시범까지 많은 시연을 펼쳤는데, 그날의 하이라이트는 단연 발도 시범이었다고 기억된다.

가까운 거리에서도 발도하여 벨 수 있느냐는 참관자의 질문에 답하면서 그는 근접 거리의 빌도 시범을 보여 주었다.

상대와 멱살을 잡을 정도의 근접한 거리에서 이시도 범사가 발도를 했는데, 구경하는 사람들은 그의 칼이 칼집에서 빠져나와 상대의 목을 겨눌 때까지 칼의 움직임을 알 수 없었다.

마치 무협지에서나 나올 듯한 신기한 검술이요, 엄청난 속도였다.

분명히 칼을 빼긴 했는데, 어떻게 칼을 빼서 어떻게 목까지 겨누었는지 그 과정이 눈에 보이지 않았다.

도무지 이런 황당한 경우를 본 적이 없던 나는 캠코더로 촬영한 것을 천천히 돌려 가며 살펴보았다.

처음에 칼집은 왼편에 꽂혀 있었고, 오른쪽에 있던 오른손이 왼편의 칼자루를 잡고 칼을 발도하여 칼이 수직으로 서서 다 뽑혀진 다음에, 오른쪽으로 칼을 눕혀서 상대의 목을 칼끝으로 겨눈 것이었다.

이런 일련의 동작이 1초가 안 되는 사이에 모두 이루어졌다. 칼을 뽑아서 상대 목에 겨누는 데까지 걸린 시간이 1초가 안 걸린다니, 직접 보지 않고서야 이걸 믿을 수 있겠는가.

NTSC방식의 캠코더는 1초가 29.97프레임이다. 이시도 범사가 칼을 뽑아서 상대의 목을 겨누는 데까지 걸린 프레임을 세어 보니 딱 6프레임이었다. 발도해서 상대를 베는 데에 걸리는 시간이 0.2초라는 뜻이다.

그때 이시도 범사가 사용한 진검이 950g의 조금 가벼운 것이었다는 것을 감안해도, 이것은 믿어지지 않는 속도이다.

칼을 뽑아서 겨누는 데까지 6프레임이라는 사실은, 그의 칼을 육안으로는 보기 어렵다는 것을 의미한다. 인간은 0.2초 동안에 벌어지는 구분동작을 분간하여 보기는 상당히 어렵다.

이런 검객과 만났을 때, 척수반사가 되지 않으면 일단 죽었다고 보아야 한다. 대뇌 반사, 즉 보고 판단해서 몸을 움직인다면, 이시도 범사의 칼을 절대로 피할 수 없다.

칼을 닦고 있는 이시도 범사

0.2초면 상대의 목을 떨어 뜨리는 스피드의 검술.

보지 않은 사람들은 지금도 믿어지지 않겠지만, 나는 그 장면을 캠코더로 촬영하여 가 지고 있으며, 직접 보았음에 도 불구하고 지금까지 기가 막혀서 말이 나오지 않는다.

나중에 저녁 식사를 하며 이시도 범사에게 이것저것 질문했다.

이시도 범사의 발도(拔刀) 는 중국 검법에서 중요하게 생각하는 '배수(背手)'의 원리가 적절히 적용 되고 있었으며, 발도 시의 그의 몸은 함흉발배(含胸拔背)가 되고 있었다.

팔괘장과 태극권을 비롯한 중국 내가권법에서 중요하게 생각하는 함 흉발배(含胸拔背)는 가슴을 넣고, 등을 나오게 한다는 뜻인데, 이렇게 되 면 흉강이 넓어져서 기의 운용에 유리하게 된다.

배수(背手)는 일종의 십자경의 원리를 응용한 것으로써, 결국 물리학 의 작용 반작용으로 이해하면 될 것 같다. 한 손으로 하는 검술은 대개 배수(背手)의 원칙이 적용된다.

내가 본 포인트가 몽상신전류 거합도의 중요한 비결이냐고 질문하니, 이시도 범사는 그렇다고 한다. 일본 검술이나 중국 무술이나 결국 인간 의 몸이 하는 것이므로, 원리도 같을 수밖에 없는 것이었다.

우리나라에서 일본 기합도를 배워 히는 사람들 중에서 이런 원리를 이

검과 장의 대결 시연

해하고 몸으로 표현하는 사람을 아직까지 별로 보지 못한 것이 아쉽다. 형태는 쉽게 따라 했으되, 원리와 비결은 깨닫지 못하고 거합을 수련하고 있다는 반증이리라.

언제부터 검술을 수련했느냐고 물어보니, 아버지께서 검술 도장을 하셨기 때문에 걸음마를 할 때부터 수련했다고 한다. 그리고 하루에 딱 30분 수련한다고 했다. 대신 하루도 거르는 날은 없다고 덧붙였다.

상식적으로 이런 정도의 정교하고 대단한 검술을 익히려면 적어도 하루에 서너 시간은 수련해야 하지 않느냐는 질문에, 그는 '하루에 30분이면 된다'고 딱 잘라 말했다. 좋은 스승 밑에서 제대로 배운다면, 많은 시간을 투자하지 않아도 효과적으로 실력을 배양할 수 있다는 것이었다.

오래전 나의 스승들과 각국에서 만난 당대의 고수들이 이구동성으로 말하던 것도 사실 이런 이야기였다.

중승 이상의 경지에 올라 고수 소리를 들으려면 도대체 얼마만큼의 시간이 필요하느냐는 나의 질문에, 모든 고수들은 '3년'이라고 약속이나 한 듯이 답변했었다. 다만 훌륭한 스승 밑에서 정직하고 성실하게 수업한다는 것이 전제가 되긴 한다.

이시도 범사도 하루에 30분씩 십 년만 수련하면 몽상신전류의 비기를 다 체득할 수 있다고 했다.

그런데 왜 어떤 사람들은 이십 년, 삼십 년을 수련하고도 고수가 되지 못하는가? 고수는 출생신고 할 때부터 호적에 고수라고 적혀 나오는가? 고수는 선천적인 것인가, 후천적 노력의 결실인 것인가?

선천적으로 좋은 체질은 분명히 있다. 하지만 좋은 스승 밑에서 제대로 수련하게 되면, 고수가 되는 시간을 단축할 수도 있다.

그러나 좋은 스승을 만나기란 참으로 어렵다. 고수를 알아볼 정도의 눈을 갖추려면, 고수가 아니면 안 되기 때문이다. 매스컴에 많이 출연하고 사회적으로 유명하다고 해서 고수인 것은 아니다.

그래서 무술 초보 입문자가 고수를 알아보고 찾아가는 것은 사실 삼생의 인연이 있기 전에는 불가능하다.

무술인들이 고수를 찾고, 고수를 만나려고 하는 이유도 결국 여기에 있다. 고수를 만나면 고수가 될 수 있는 훈련법을 배울 수 있기 때문이다.

고수가 되는 것은 무협지처럼 구결을 외워서 되는 것도 아니요, 비전이 적힌 책을 전수받으면 되는 것도 아니다.

무술의 비기는 바로 수련 방법에 있다. 어떻게 단련하느냐가 비법인데, 이것은 스승이 가르쳐 주지 않으면 알기 어렵다.

무림 고수를 만나 절세 무공을 전수받고 싶은 독자는 자신을 돌아보고, 고수와의 인연이 있는지를 먼저 생각해 볼 일이다. 혹시 옆집에 무림을 벗어나 숨어 사는 당대의 기인이 살고 있을시노 모르니까.

무쌍직전영신류 거합 한국 대표
정기관 **임현수** 관장

솔직히 말해서 2001년도까지만 해도 나는 우리나라 무술계의 거합도 수준을 매우 우습게 보고 있었다. 일본 거합도를 한다는 사람들을 만나 보아도 대부분 책을 보고 혼자 연습한 사람이 대부분이었고, 일본에서 배웠다고 해도 불과 며칠 동안 몇 시간의 단기 연수를 받고 온 사람이 대부분이었다.

특히 일선 해동검도나 합기도 사범들은 일본 거합도를 비디오로 한 번 보고 따라 해 본 후, 자신이 거합도를 할 줄 안다고 말하는 사람이 부지기수였다.

이 지경에 이르러서는 우습다는 말밖에 나오지 않는다. 거합도는 스승의 지도 없이 비디오로 한두 번 보고 따라 해 본다고 해서 되는 검술이 절대로 아니다.

더구나 거합에 관해서 무담(武談)을 나눠 보면, 거합의 본질과 요체에 관한 깊은 이해를 하고 있는 사람은 보기 힘들었다. 비디오를 보고 흉내 내는 수준의 사람들이었으니 더 일러 무엇하랴.

그러던 중, 무쌍직전영신류 거합의 한국 대표는 대구에 있는 정기관이라는 소문을 들었다.

무쌍직전영신류 거합은 300여 개가 넘는다는 일본의 검술 중에서도 가장 유명한 최대 유파이며, 500년의 역사와 전통을 자랑하는 거합도의 본류이자 백미이다.

현재 제21대 종가 세키구치 코메이(關口高明) 선생이 전 세계 58개 지부를 창설하여 이 검술을 보급하고 있다.

나는 그런 명문 정파의 검술이 한국에 지부를 두었다고 하니, 필시 이 것은 둘 중에 하나라고 여겼다. 비디오를 보고 혼자 연습하여 흉내 낸 것이거나, 일본에 가서 며칠간 배우고는 한국 종가라고 주장하는 것이거나.

그래서 대구 지역에 갈 일이 생긴 것을 이용하여 정기관을 방문해 보기로 마음먹었다.

사실 정기관의 검객들에게는 정말 미안한 말이지만, 그때까지만 해도 정기관의 무쌍직전영신류 거합에 관해서 큰 기대를 하지 않았었다.

남한에서 제일 덥다는 대구, 정기관은 대구 시내 한복판 삼덕동에 있었다.

내가 임현수 관장님을 만난 그날은 날씨가 꽤 더웠었다고 기억된다.

정기관에 들어가 임현수 관장님을 찾으니 눈이 부리부리하고 힘 있게 생긴 분이 나와 맞아 주는데, 악수하는 손이 보통 사람의 손이 아니다. 정말 오랜 시간 동안 정직하게 검술을 수련한 사람만이 가질 수 있는 그런 손이요 팔이었다.

그 순간 서울에서부터 갖고 있던 나의 선입견이 허물어지는 것을 느꼈다.

임현수 관장의 첫인상은 40대의 나이에 매우 정력적으로 보였다.

그런데 나중에 알고 보니 올해 환갑이시라고 하니 그저 놀라울 뿐이었다.

그때부터 임현수 관장에게서 흘러나온 이야기들은 우리나라 합기도와 검도계의 살아 있는 역사였고, 그 이야기에 빠진 나는 한순간도 한눈을 팔 수가 없었다.

 임현수 관장과의 문답

💬 **최용술 도주님에게서 직접 배우시고, 합기도 9단을 받으신 임현수 총관 장님을 직접 뵙게 되어 반갑습니다. 임 관장님께서는 합기도뿐만 아니라, 영신류 거합의 한국 종가라고 들었습니다.**

— 1965년도에 최용술 도주를 처음 만나 합기도에 입문했다. 최용술 도주님 밑의 수석 사범이었던 김영재 사범이 독립하여 영무관이라는 도장을 낼 때, 나도 나와서 그 도장의 사범이 되었다.

그 후, 1972년도부터 다시 최용술 도주님 밑에서 특별 지도를 받기 시작했다. 나는 처음에 김영재 사범님에게서도 배웠고, 나중에 최용술 도주님에게서 직접 배웠다.

1976년도에 최용술 도주님께서 일선에 물러나시면서, 내 도장에 와서 거처하셨다. 아침이면 도장으로 나오셔서 하루 종일 이곳에서 지도도 하시고 시간을 보내기도 하셨는데, 1980년도 하반기까지 이렇게 지도를 해 주셨다.

1981년도에 도장 이전 문제 때문에 내가 잠시 도장 문을 닫았다가 1982년도에 다시 오픈을 했는데, 1984년도 하반기에 최용술 도주님은

중풍이 드셔서 2년쯤 투병하
시다가 1986년도에 돌아가
셨다.

최용술 도주와 함께

💬 **최용술 도주님 생전에 9단
을 준 사람은 몇 명 안 된
다는데요? 최용술 도주님
에 대해 기억나시는 것을
회고해 주신다면?**

― 나도 자세히는 모른다. 개인 명의의 단증을 주셨기 때문에 정확히
기록이 없고, 집계가 안 된다. 내가 도장을 낼 때, 최용술 도주님께서 허
가해 주셨다.

내가 도장을 하고 있을 때, 최 도주님께서는 나오셔서 바둑도 두시고,
여기서 사람들을 만나거나 지도를 하기도 하셨다. 당시에는 선생님과
하루 종일 지냈기 때문에, 당신의 소중함을 지금처럼 느끼지 못했다.

지금 마음 같으면 촬영도 많이 하고, 기록도 많이 해 둘 것인데, 그렇
게 하지 못한 것이 아쉽다. 최용술 도주님이 입으시던 도복과 각종 소지
품들도 내가 다 갖고 있었는데, 그때는 그것이 얼마나 귀중한 것인지 인
식하지 못해서, 지금 제대로 보관하고 있지 못한 것이 안타깝다.

💬 **초기 합기도의 협회장들이 실제 수련 기간이 얼마 안 된다던데, 사실입
니까?**

― 사실이다. 당시 장기간 배워 최용술 도주의 진전을 받은 사람은 많
지 않다. 그때는 합기도를 배운 사람이 별로 없었기 때문에, 적게 배우
고도 도장을 내고 협회를 만들기도 했었다. 당시에는 합기도에 대한 환

상들이 많이 있었기 때문에 가능한 일이었을 것이다.

❂ 최용술 도주님은 제자들의 그런 행위를 묵인하셨습니까?

— 최용술 도주님은 오직 운동밖에 모르셨던 분이다. 한마디로 조직에 관련된 부분에는 전혀 문외한이셨던 것이다. 제자들이 나가서 무엇을 하든 어떻게 지도를 하든, 그런 것에는 관심이 없으시고, 도장에서 오직 무술 지도에만 골몰하셨다.

누구라고 말할 수는 없지만, 초창기 시절에는 6개월 배우고 나가서 도장 낸 사람도 있다. 당시에는 먹고살기 어려운 시절이었기 때문에 1년을 채 배우지도 못하고 나가서 도장 낸 사람이 무척 많다.

하지만 지금은 상상도 할 수 없는 이야기이며, 지금은 합기도인 중에서 그렇게 도장을 내는 사람은 없다.

❂ 영신류 거합의 한국 종가라고 알고 있습니다. 영신류 거합을 배우시고 도입하시게 된 배경과 그간의 역사를 말씀해 주십시오.

— 나는 최용술 도주님에게서 원래 합기도를 배웠고, 최 도주님에게서 9단을 받았다.

합기도를 하다 보니 진검을 배우고 싶었고, 그래서 검도 도장에 다니면서 검도도 배웠다.

합기도의 원리는 화, 원, 류의 원리를 바탕으로 이루어져 있는데, 합기란 칼과 칼이 마주치어 상반되게 견주고 있는 힘의 원리라고 기술된 검도의 고서를 보고, 합기도의 더욱 깊은 원리를 터득코자 1969년 2월 검도계에 입문했다.

그러면서 검도의 윤병일 선생과 친하게 지냈다. 윤병일 선생과 의기가 투합하여, 내가 체육관을 세울 테니 합기도 파트는 내가 맡고, 검도

파트는 윤병일 선생이 맡으면 어떻겠느냐고 제의하여 서로 동의하였다.

그래서 1974년 10월 24일 정기관이 창설되어 총관장은 내가 맡고, 김재현 씨를 합기도부의 수석 사범으로, 검도 거합도부에 윤병일 씨를 사범으로 사범진을 편성하여 합기도와 검도, 거합도를 지도 보급하게 되었다.

그 후 1975년에는 정검회라는 사회인 검도 단체를 정기관에서 발기했다.

정검회 회원으로는 정태민 선생을 고문으로 임현수 총관장, 윤병일 사범, 배찬한 총무, 김재현 사범, 손성학, 조승범, 김영구, 박종대, 박상현, 이재영, 그리고 그 외 다수의 검도계 인사로 구성되었다.

정검회는 매주 일요일마다 친선 합동 수련을 통하여 기량을 향상시켰으며, 제정 거

거합을 수련하고 있는 임현수 관장

합을 함께 수련하였다.

이후 정기관 검도부는 크게 활성화되어 제1회 대통령배 검도 대회 단체전에 참가하여 좋은 성적을 거두었으며, 대구 경북 3.1절 검도 대회에서는 3위에 입상을 하는 등, 많은 검도 친선 대회에 참가하여 우수한 성적과 기량을 선보인 당시의 유일한 사설 검도 도장이었다. 약 1천여 명의 검도 인구를 배출한 명문 도장이다.

하지만 정기관이 발족한 후, 윤병일 선생의 거합을 보면서 많은 생각을 했다.

내가 원래 이런 거합을 배우려고 검도장에 간 것인데, 검도장에는 거합을 하는 사람이 없었고, 아무도 가르쳐 주지 않았다.

검도 도장에 가면 검도 4단이 넘어야 진검을 가르쳐 준다고 했는데, 검도를 오래 해도 진검을 접할 수는 없었고, 배우려고 해도 가르쳐 줄 사범이 없었다.

그리고 죽도를 통한 검의 수련은 곧 한계에 부딪혔으며, 진정한 검의 본질을 이해하는 데는 한계가 있었다. 그때부터 거합을 제대로 배우려는 열망이 강하게 생겼다.

그러다가 1982년 2월, 일본 무도 잡지에 소개된 일본고전무도연맹 거합도 회장인 세키구치 코메이(關口高明) 선생을 알게 되었고, 거합을 배우고 싶다고 세키구치 선생에게 서신을 보냈다.

그때 세키구치 선생이 답신을 보내와서 인연이 되었다. 세키구치 선생은 그림을 그려 보내 주기도 하면서 본격적인 연습을 하게 되었다.

그러다가 83년 5월 6일, 세키구치 선생이 경주에 오시면서 정기관에 처음으로 방문하였다.

그때 일본에서 손님이 오신다고 해서, 경상도 일대의 검을 좀 쓴다는 사람을 거의 초빙하였는데, 특히 남정보 선생님이 화랑발도술을 하고 계셨기 때문에, 남 선생님을 초빙했다. 당시 검도계에서는 신화적 존재였고, 죽도 검도와 진검을 함께하시는 유일한 분으로 알려져 있었다.

당시에는 화랑발도술이 역사와 전통이 있는 줄 알았다. 그래서 검도 원로들을 다 초빙했고, 당시의 나는 반일 감정도 있었으므로, 남 선생님의 독보적인 화랑발도술을 일본인들 앞에서 자랑하고 싶었다.

그 당시에 나는 하루에 7, 8시간씩 진검 수련을 하곤 했는데, 세월이 흐르고 나니 선생에게서 정확하게 지도받지 않은 상태에서의 수련은 결국 팔운동, 체력 단련밖에 안 된다는 것을 나중에야 깨달았다.

대회를 치르면서 일본 사람들의 시연을 보고 나니 얼굴이 화끈거렸다. 내가 한 거합은 정통 거합의 근처에도 못 갔다는 것을 알았다. 그래서 더 열심히 해야겠다고 결심했다.

세키구치 선생은 한국에 오면 20여 일씩 체류하면서 거합을 지도해 주곤 했다.

세키구치 선생은 비행기를 타고 한국에 도착하면 도복부터 갈아입는 사람이었다. 지금까지 한국에 50여 차례 입국하였던 것 같다.

나는 세키구치 선생을 만나고서 그에게 이렇게 말했다. '우리는 일본과 많은 감정이 있다. 그리고 당신이 한국에 오면 한국식으로 생활해 달라'고 말이다.

세키구치 선생은 이 말에 무조건 'OK'라고 승낙했다.

그 후, 나는 세키구치 선생에게 김치와 고추장 먹는 것부터 가르쳤다.

세키구치 선생은 참 겸손하고 맑은 사람이었다. 한국에 오면 세키구치 선생은 매운 음식과 소주를 마시고, 숟가락을 사용하여 한국식으로 식사를 하시곤 했다.

1985년에 한일 거합도 대회가 처음으로 성사되었다.

이때 시연하면서, 내가 만든 정기관의 도복을 입고 시연을 하자, 거합도의 원로들 사이에서 당장 난리가 났었다. 규정 외의 다른 옷을 입을 수 없다는 것이었다.

그러나 나는 고집대로 밀고 나가서 관철시켰다. 그래서 우리 한국 정기관만 일본 옷이 아닌, 우리가 만든 도복을 입고 수련하며, 일본 시연 때도 우리 옷을 입고 하고 있다.

당시에 대회를 주최하면서 일본인들에게 우리나라의 고유 검술이 있는데, 그것이 화랑발도술이라고 일본인들에게 엄청나게 자랑을 했었다.

그래서 한일 거합도 대회 때 남 선생님께 시연을 하시라고 권유했었다. 한국 검술의 우수성을 일본인들에게 보여 주고 싶었기 때문이다.

그러나 남 선생님은 검을 거두시며 '세키구치의 검은 신검이야'라고 말씀하셨다.

그때는 왜 시범을 안 보이셨는지 몰랐지만, 남 선생님께서는 대회가 끝난 후 모든 사람이 있는 곳에서 '내가 일본에 있을 때 영신류를 잠깐 배웠다. 그걸 바탕으로 해서 이것저것 첨가해서 만든 것이 화랑발도술이다.' 라고 화랑발도술의 탄생 과정을 밝혔다.

남 선생님은 정말로 솔직하신 분이고, 진정한 무인이었다. 전혀 거짓 없이 모든 것을 밝히셨기 때문이다.

하지만 내가 갖고 있던 한국 고유 검술에 대한 자존심은 여지없이 무너졌다. 남 선생님께서 하셨던 화랑발도술이 전래된 것인 줄 알았는데, 그때 알고 보니 그렇지 않았다. 화랑발도술은 남 선생님이 일본에서 구경하신 거합도를 바탕으로 창작하신 것이었다.

세키구치 선생은 그런 모든 얘기를 듣고서도, 묵묵히 변함없이 남 선생님을 깍듯이 선배 무도인으로 대우했다. 세키구치 선생도 참 멋진 무인이라고 생각했다.

이런 과정과 우여곡절을 거치면서 우리나라에 영신류가 뿌리를 내리게 되었다.

그러나 모든 것이 좋을 수는 없다. 나중에 거합의 기본 원리도 모르면서, 많은 잡상인들이 생겨났다. 상당히 많은 한국인들이 잠깐 배우고는 거합도의 고단자가 되어 나타나곤 했다.

💬 윤병일 선생님이 명함 자르기 같은 것을 잘하지 않으셨습니까? 진검을 잘 쓰셨다고 들었습니다.

— 윤병일 선생이 검도 고단자여서 거합도까지 고단자라고 잘못 알려진 것이다.

원래 총검도 6단이었고, 거합도는 잘 모르셨다. 해방 후에 한국에서 검도를 배우신 분이다. 그리고 일본어에 능통하셨다. 내 도장의 검도 사범을 하셨고, 무도인으로서 내가 무척 존경하는 분이다.

나중에 이영식 선생이 윤병일 선생에게서 거합도의 초전을 조금 배운 것으로 알고 있다.

윤병일 선생이 내 도장을 나간 후에 일본 거합발도도의 나카무라에게 편지를 했는데, 자신이 대한검도회의 검도 8단이며, 세키구치에게서 거합 5단을 받았다고 했다.

세키구치 선생이 윤병일 선생에게 거합도 명예 5단을 선물했었기 때문이다.

그 후, 나카무라 다이사부로가 초청을 받아 87년도에 처음으로 방한하여 대구에 왔다.

당시 나카무라는 한국에 뿌리를 내리려고 윤병일 선생을 통해 단증을 많이 발행했다.

나중에 윤병일 선생은 다미야류까지 도입한 적이 있었다. 나카무라류 거합발도도는 이런 경로로 한국에 상륙했다.

나카무라 다이사부로 선생은 거합발도도를 창시하기 전에 원래 호산류 거합을 하시던 분이다.

💬 **정기관에 입문한 수련자들에게는 합기도와 거합도 중에서 어떤 것을 먼저 가르치십니까?**

— 둘 다 함께 가르친다. 기회가 되면 둘 다 배울 것을 권유한다.

💬 **거합도의 합(合)과 합기도의 합(合)은 각각 어떤 의미라고 생각하십니까?**

— 합은 무도에서 대결의 의미라고 생각한다. 상대가 있고, 상대와의 대결을 '合'이라고 본다.

💬 **거합이라는 단어의 의미는 무엇입니까?**

— 정좌해 있다가 일어나면서 하는 것이 거합이라고 사전에는 나와 있다. 나는 '居'라는 글자가 '살 거'이므로, '처해 있는 환경'이라고 생각한다. 사람은 정좌해 있을 수도 있고, 걸어 다닐 수도 있고, 서 있을 수도 있다. 생활 속에서 일어날 수 있는 모든 상황과 가능성을 상정하고, 처해 있는 상황 속에서 적의 불의의 기습에 대비하는 검법, 이것이 거합이라고 나는 생각한다.

💬 **한국에서의 거합도의 방향성과 향후 계획은?**

내 밑에서 몇 개월 배운 사람들이 나가서 협회를 만들고, 거합도를 지도하는 것을 보면서, 이건 정말 뭔가 잘못되어 가고 있다는 생각이 들었다.

이제는 정통 거합의 진수를 사람들에게 보여 주고, 직접 앞에 나서서 지도할 생각이다. 배우겠다는 사람들이 있으면 가능한 모든 방법으로 도와주고 지도해 줄 생각이다.

정기관 고단자회의 연습 광경. 진지하고 엄숙한 광경이었다.

장시간의 대화를 마친 임현수 관장은 직접 진검을 들고 영신류 거합을 보여 주었다.

오랜 시간 동안 단련되지 않으면 불가능할 그런 기술들을 그는 물 흐르듯 자연스럽게 시연하였다. 한국 땅에서는 보지 못할 줄 알았던 높은 수준의 무쌍직전영신류 거합의 기법들이 하나씩 하나씩 펼쳐졌다.

나는 도장 한 켠에 앉아서 경건하고 감사한 마음으로 시범들을 보았다. 환갑에 들어선 고수의 시연을 편안히 앉아서 볼 수 있다는 것, 그것은 쉽게 오는 기회도 아니며, 평범한 일도 아님이 분명하다. 그저 감사하고 또 감사해야 할 일이다.

임현수 관장과의 만남으로 인해 나는 무쌍직전영신류 거합의 21대 종가인 세키구치 코메이 선생과 처음으로 만났다.

세키구치 선생은 한국의 충주시에서 개최한 충주세계무술축제에 초대

받아 한국에 오셨는데, 나는 세키구치 선생을 대구의 정기관에서 만나 뵐 수 있었다.

세키구치 선생은 듣던 대로 소탈하고 맑은 분이었다. 나는 무술을 통해 일본인들을 만나면서 일본에 대한 해묵은 감정과 선입관이 많이 사라짐을 느낀다.

내가 만난 많은 일본 무도인들은 태평양전쟁을 일으킨 군국주의자 일본인들과 어딘지 달라 보였다.

규슈의 요네하라 선생은 전쟁을 일으킨 사람들은 무사가 아니고 군인이라고 강변하긴 했지만, 사실은 전쟁을 일으킨 사람들도 무사 계급이고, 나에게 좋은 인상을 준 사람들도 무사였다. 일본인의 두 얼굴인 것일까.

하지만 세키구치 선생은 그중에서 좋은 일본인에 속하는 사람이라고 생각한다.

세키구치 선생의 무쌍직전

무쌍직전영신류 거합 21대 종가
세키구치 코메이 선생

세키구치 선생의 납도 모습

세키구치 선생의 납도 모습

김과 닛의 교전.

영신류 거합 시연을 보노라면, 몇 가지 특이한 점을 발견할 수 있다.

일단 세키구치 선생이 사용하는 진검은 일반인들의 진검보다 월등히 크고 무겁다. 일반 진검의 무게가 1,000g~1,200g인데 비하여, 세키구치 선생의 진검은 무려 2킬로나 된다.

일반인은 한 손으로 사용하기 어려운 무게인데, 세키구치 선생은 이런 무거운 칼을 자유자재로 다루고 있다. 칼이 너무 무거워서 그런지 휘두르는 모습이 조금 부담스러워 보이는 것도 사실이다.

이 문제에 관해 질문해 보니, 원래 영신류 거합이 2킬로짜리 진검을 사용하는 것은 아니라고 한다.

거합 수련 과정에서 점점 근력이 다져지고 몸이 강건해지면서 무거운 칼을 사용하게 되었나는 것이다. 처음에는 연습용으로 무거운 검을 사용했는데, 나중에는 시연할 때도 손에 익은 칼이 편해서 그냥 사용하고 있다고 한다.

그러다 보니 제자들도 스승을 따라서 무거운 검을 사용하게 되었고, 지금은 무거운 검이 세키구치 선생 계열의 영신류 거합의 상징처럼 되어 버렸다.

또 한 가지, 세키구치 선생의 독특한 습관은 혈진(血振), 치부리를 할 때 검이 몸의 중심선의 왼편까지 넘어갔다가 내려온다는 것이다.

세키구치 선생의 연무모습

혈진 때 검은 몸의 중심선을 넘지 않고, 오른편으로 피를 뿌리는 것이 검리에 맞다고 보는데, 세키구치 선생의 이런 혈진 방식은 선생의 독특한 습관이 아닌가 생각된다.

명인들은 '수파리(守破離)'에서 '리(離)'의 경지에 오른 분들이므로, 그분들이 교과

나기나다(薙刀, 치도)

세키구치 선생의 연무 모습

서적인 기술과 다른 것을 구사한다고 해도, 일반인들은 그것을 함부로 평가해서는 안 된다고 생각한다.

올해도 충주세계무술축제 때 세키구치 선생과 정기관의 검객들은 그들의 힘차고 멋진 검술을 보여 주었다.

나는 작년에 만났던 세키구치 선생과 노부코 시미즈(清水延子) 선생을 다시 만나 반갑게 인사를 나눴다. 국제 행사장에서 외국 무림의 지인을 만난다는 것은 기쁜 일임에 틀림없다.

노부코 시미즈 선생은 직심영류치도술(直心影流薙刀術) 종가의 교사 8단이다.

치노(薙刀), 즉 나기나다는 한국에서는 보기 힘든 일본의 장도술로써, 상당히 매력적이고 우아한 무기이다.

또한 세키구치 선생의 제자이기도 한데, 일흔이 된 나이에 그런 시연을 보일 수 있다는 것이 놀랍기만 하다.

내가 정기관의 임현수 관장과의 만남을 통해 시작된 무쌍직전영신류 거합 사람들과의 인연, 앞으로도 계속 이어 갔으면 하는 바람을 가져 본다.

일본은 아직도 잊혀지지 않은 구원(舊怨)이 있고, 우리의 멀고도 가까운 이웃이지만, 그래도 무림은 한 가족이다.

진가태극권 17대 장문인
진소왕 노사

중국에서 제일 유명한 두 가지 무술을 꼽으라고 하면, 누구나 소림권과 태극권을 떠올릴 것이다.

내가 동해천 팔괘장의 적전 배사 제자이긴 하지만, 내가 생각해도 팔괘장보다 태극권이 유명한 것은 사실이다.

중국의 무술들은 장문인과 종가가 있는 무술이 있는가 하면, 그런 공식 대표자가 없는 무술이 있다. 소림권, 진가태극권, 팔극권 등의 무술은 공식적인 장문인이 존재하며, 팔괘장 문파는 전인이라는 개념만 있을 뿐, 장문인이라는 호칭은 없다.

요즘 교통과 매스컴이 발달해서 그렇지, 원래 한 문파의 장문인을 만나기란 그리 쉬운 일이 아니다. 더구나 무림에 명성이 드높은 명문 정파의 장문인은 자존심이 셀 뿐만 아니라 함부로 만나 주지도 않는다.

진가태극권은 중국 하남성 온현의 진가구에서 발생했다.

진가구는 온현성 동쪽의 청풍령에 위치하며, 600년 전에는 상양촌이

진소왕 노사 근영

라고 불렸다.

진가구에 정착한 진씨의 시조는 진복이라는 사람이었는데, 이 마을의 진씨 인구가 번성함에 따라 마을 남북에 뻗어 있는 깊은 도랑[溝]을 상징화해서 상양촌은 진가구로 이름을 바꾸었다.

진씨 선조에 대한 역사 기록은 별로 남아 있는 것이 없으며, 진씨 9대조 진왕정의 대에 이르러 온현의 현지와 진씨 가보에 기록이 발견된다.

「진왕정은 명 말 때 사람으로, 권술에 정통하였다. 그는 권술에 대한 연구를 거듭하여 마음으로 깨닫는 바가 많았으니, 이것이 대대로 전해져서 독특한 진씨 가문의 비법을 이루었다.」

진왕정(陳王廷, 1600~1680)은 명 말 청조 때의 사람이며, 문무에 모두 뛰어났고, 특히 권법에 정통하였다. 그는 노년에 접어들면서 자신의 무술을 정리하기 시작했다. 그는 물려받은 자신의 권법을 기반으로 여러 문파의 정수를 모아 새로운 권법을 창조했는데, 이것이 오늘날 태극권의 시초이다.

진가태극권은 제14대 진장흥, 제15대 진청평, 제16대 진흠을 거쳐, 제17대 진발과에 이르러 세상에 널리 알려지고 많은 발전을 이룩했다.

진발과는 1929년부터 1957년까지 북경에 체류하면서 진가태극권을 보급하고 문하에 많은 제자들을 키워 냈다.

그의 문하에서 전수신, 풍지강, 이경오, 초마림, 홍균생, 고류형, 심가정 등의 많은 고수가 탄생했고, 그의 아들 진조욱, 진조규가 그의 무술을 이어받았고, 손자가 진소왕, 진소성이다.

진가태극권의 17대 장문인은 진소왕 노사인데, 그 유명한 진소왕 노사가 2002년 3월, 한국에 첫 번째 방한을 했다.

진가태극권의 장문인이 내 관할 구역(!)인 서울에 오신다니, 무림의 예의상 한 번 인사하고 싶던 차에, 밝은빛 태극권 연구소의 진영섭 소장님이 연락을 해 왔다.

진영섭 소장은 중국 문학을 전공하여 대만에서 석박사 과정을 마친 분으로, 당연히 중국어 통역에 있어서는 최고 적임자라고 나는 생각한다.

무술에 관련된 통역은 워낙 전문적이어서 일반 통역사의 영역이 아니다. 그래서 무술의 달인이면서 중국어에 능통한 전문 통역을 만나기란 그리 쉽지 않은데, 진영섭 소장이 통역을 맡아 주시니 금상첨화였다.

여담이지만 나는 진영섭 소장 같은 진짜 선비는 요즘 세상에서 쉽게 보기 어렵다고 항상 생각한다.

💬 **진 노사께서 한국에 방한하신 것을 진심으로 환영합니다.**
— 여러 가지로 환영해 주신 데에 감사드립니다.

💬 **한국에 방한하신 목적과 이유는?**
— 현재 태극권을 수련하는 사람이 날로 증가하는 추세에 있다. 20년 전 베를린에서 두 명의 태극권 수련자가 공원에서 수련을 하다가 경찰에게 제지를 당한 적도 있었는데, 지금은 독일 내에서 진가태극권을 배우는 수련자가 2천 명이 넘는다.

한때 정신병자 취급까지 받았던 태극권이 유럽에서도 건강 무술로 대우받고 있다. 태극권은 몸과 마음의 건강에 매우 효과적이다.

현재 나는 전 세계를 돌면서 태극권을 보급하고 있다. 각국에서 태극권을 가르치고, 잡지나 언론과 인터뷰를 하기도 한다.

이번에 온 한국은 올해 해외 순방의 두 번째 나라이다. 진가구에서 설을 지내고 첫 번째 방문지로 대만을 방문하여 2주일간 지도했으며, 두

번째로 한국에 오게 되었다.

올해는 12월 24일까지 미국, 남미 등을 비롯한 24개국을 순회할 예정이다. 올해는 11개월을 중국이 아닌 다른 국가에서 태극권 보급을 위해 보내게 될 것 같다.

집안에서만 있으면 태극권을 보급할 수도 없고, 힘을 발휘할 수도 없다. 그래서 지금은 적극적으로 대외 활동을 하고 있다.

💬 진가구의 많은 태극권사가 한국을 다녀갔습니다. 진정뢰 노사라던가, 진병 노사 같은 사람들입니다. 진정뢰 노사는 여러 차례 방한을 하였고, 부산에는 진병 노사를 회장으로 모신 진가태극권 단체도 생겨났습니다. 진가구에서는 한국에 태극권을 보급하기 위한 단일 창구를 지향하십니까, 아니면 일관된 방침이 없이 다중채널을 인정하십니까?
― 한국에 통일된 진가태극권 단체가 있는가를 먼저 판단해야 한다. 한국을 대표할 수 있는 대표성 있는 단체가 존재한다면, 그 단체에게 정통성을 부여하고 교류할 수 있다. 그러나 대표성 있는 단체가 없다면 현재처럼 다중채널을 유지할 수밖에 없다고 본다.

💬 한국에는 외국 수입 무술 단체들 간에 유사한 사례가 많이 있었습니다. 아이키도나 극진가라테의 경우, 저마다 정통성을 주장하면서 단체가 난립하고 있으며, 외국의 본부에서는 이런 갈등을 알면서도 조정이나 통제를 하지 않습니다. 이 과정에서 어부지리하는 것은 외국 본국의 고단자 선생들이며, 피해를 보는 사람들은 선량한 한국의 수련자들입니다. 아이키도도 한국에 대표성 있는 단체가 나타난다면, 그 단체와 교류하겠노라고 말하고 있습니다. 진가태극권에서도 이런 문제점은 동일하게 발생할 것이며, 이것이 한국에서의 진가태극권의 발전에 있어서 관건이

될 것이라고 생각합니다.

진 노사께서도 한국에 대표적인 단체를 지정해서 대표성을 먼저 부여해 주는 것이 보다 바람직하지 않겠습니까?

— 그것이 최선의 방법이라고는 생각치 않는다.

💧 진 노사께서는 진가구에서 출생하셨다고 알고 있습니다. 약력과 태극권의 무력을 말씀해 주십시오.

— 첫 번째 선생님은 부친이셨고, 부친께 노가식을 배웠다. 1957년 당백부되시는 진조빈 노사(72년 작고)에게 태극권을 사사했고, 숙부되시는 진조규 노사에게 배웠다. 세 분의 스승을 모신 셈이다.

💧 현재 중국에서 진가태극권이 차지하는 비중은 어떠합니까? 그리고 전 세계를 순회하며 지도하시는데, 이에 대한 중국 정부의 지원은?

— 정부에서 정책적으로 지원해 주는 것은 없으며, 전부 사비를 들여 하고 있는 것이다. 가는 곳마다 그곳의 단체나 협회에서 체류 경비를 포함한 기타 경비를 부담해 주고 있다.

💧 진 노사께서는 현재 호주 국적이라고 알고 있습니다만, 호주 국적을 가지고 계신 특별한 이유라도 있습니까?

— 그렇다. 현재 국적은 중국이 아니라 호주이다. 1980년대 초까지는 무술의 장문인이 외국에 나갈 수가 없었다. 무술은 중국의 고유한 문화유산이므로, 외국에 나가서 지도하지 못하게 했고, 정 배우고 싶은 사람은 중국에 와서 배우도록 하는 것이 중국 정부의 정책이었다.

💬 **다른 무술 문파에도 중국 정부의 해외여행 규제가 있었습니까?**

— 다른 문파는 어떠했는지 모르겠으나, 적어도 진가구는 그랬다.

지금은 중국 정부도 이런 정책이 잘못되었다고 인정해서, 지금은 그렇지 않다.

그러나 중국 국적을 가지고 해외 사업을 하는 것은 사실 쉽지 않은 일이며, 그래서 중국 국적을 포기하고 호주 국적을 갖게 되었다. 중국 국적이라면 다른 나라의 입국 비자 얻기가 쉽지 않은데, 호주 국적이라면 이것이 용이하다.

💬 **지금까지 지도하신 제자는 얼마나 되며, 몇 개국에 진가태극권을 보급하셨습니까?**

— 몇 년 전에는 6만 명 정도였는데, 지금은 아마 10만 명이 넘을 것이다. 일본에서 강습할 때는 한 클래스에 350여 명이나 되었다. 몇 개국인지는 잘 기억나지 않으나, 수십 개국에 보급했다.

💬 **한국에 최초로 방한하셨는데, 향후 한국에 자주 오실 계획입니까?**

— 한국에서 진가태극권을 배우려는 태극권사들의 반응을 보며 고려하겠다.

💬 **다음에 방한할 때도 밝은빛 태극권에서 지도하실 예정입니까?**

— 그렇다. 다음번에도 이곳에서 진가태극권 지도를 하고 싶다.

💬 **한국에 처음 오신 소감은?**

— 길거리에 한자도 많이 보이고, 지리적으로 가까워서인지 매우 친근하게 느껴진다. 그리고 음식이 매우 맛있었다.

💬 앞으로 한국에서 많은 지도를 해 주시고, 진가태극권이 발양광대(發揚光大)하기를 기원합니다.

— 한국에서 진가태극권이 발전할 수 있도록 모두 도와주십시오.

진가태극권의 장문인이 방한했는데 그냥 곱게 보내 드릴 수는 없지 않은가.

그래서 『마르스』 잡지의 포토그래퍼인 주성훈 씨가 장시간 진소왕 노사를 촬영했는데, 진 노사는 까다로운 주문에도 불구하고 여러 가지 포즈를 편안하게 잘 취해 주었다.

나는 그날 진소왕 노사의 진가태극권 시범을 볼 수 있었다.

그의 조부 진발과가 북경에서 시범을 보일 당시, 진각의 충격으로 체육관 유리가 다 깨져 나갔다는 전설이 있었는데, 그의 손자 진소왕 노사의 태극권도 그에 못지않았다. 진소왕 노사의 진각에 건물 전체가 진동하는 것을 그 자리에 있던 사람들은 모두 목격했다.

사자의 새끼는 사자라더니, 일문의 장문인은 역시 아무나 하는 것은 아닌 모양이었다.

이연걸의 영화 속 태극권밖에 본 적이 없는 사람은 진소왕 노사의 태극권 시범을 보면 그 확연한 수준 차이에 놀랄 수밖에 없다.

이연걸은 고수가 분명하고, 나도 그의 열렬한 팬이기는 하지만, 제발 그가 태극권이나 팔괘장 시범은 보이지 말았으면 좋겠다고 나는 희망한다.

진소왕 노사는 내가 본 태극권 권사 중에서는 단연 최고로, 진 노사의 시범은 우리 모두의 눈을 한 차원 밝게 해 주었다.

그런데 진가구에 우리가 모르는 어떤 일이 일어나고 있는 것이었을까.

한국에서 배사식을 시작하기 전, 선대 장문인들에게 술을 올리는 진소왕 노사

　진소왕 노사가 내게 준 명함에는 '세계 진소왕 태극권 총회', '세계 진소왕 기업 유한공사' 사장의 직함이 적혀 있었다.

　태극권을 하면서 주식회사라니, 도무지 이해가 되지 않았다. 그의 회사는 타이완의 까오슝(高雄)에 위치했다. 까오슝은 대만 최남단에 있으며, 한국의 부산처럼 대만 제2의 대도시이다.

　진가태극권의 장문인이 진가구에 있지 아니하고, 대만에서 자신의 이름을 딴 주식회사를 운영한다는 것은 상식적으로 이해되지 않는다.

　더구나 그는 부인과 이혼하고, 현재 호주에 주로 거주한다고 들었다.

　도대체 진가구에서 어떤 일이 일어나고 있는 것일까.

　현재 진가구의 진가태극권 학교 교장은 진소왕 노사의 친동생인 진소성 노사이다. 진소성 노사는 서울의 다른 진가태극권 단체인 서명원 관장 측과 교류하고 있으며, 그렇게 본다면 진가구에서 인정하는 한국의 진가태극권 대표 단체는 현재 복수인 셈이다.

이제 자본주의화되어 가는 중국, 변혁의 시기에 진가구도 상업화의 물결에 휩쓸리는 것이 아닌가 우려되었다.

이미 소림사 앞에는 무술 학원이 70개가 넘고, 소림사 방장 석영신 스님부터 그 밑의 무술 교련들과 승려들은 돈의 논리에 따라 움직이고 있다는 것을 알 만한 사람은 다 안다.

이제 소림사 다음으로 유명한 무술의 고향인 진가구마저도 상업화의 길을 철저히 걷는 것인가.

무도가 상업주의를 지향해서 질적으로 성공한 예가 없다는 것을 중국인들은 아직 모르는 것 같다. 자본주의에 대한 어설픈 체득은 나중에 분명히 불치의 골수암으로 작용할 텐데, 중국 무림은 이에 대한 대책을 세우고 있는 것인지 아쉽게 느껴진다.

그래서 그의 명함에 적힌 '진소왕 기업 유한공사'는 여러 가지 생각을 하게 한다.

진소왕 노사는 장문인의 길을 걸을 것인가, 아니면 사업가의 길을 걸을 것인가.

태권도의 아버지, ITF 총재 **최홍희** 총재

나는 국민학교(현재의 초등학교) 시절에 권투를 조금 해 보았고, 턱 밑에 솜털 같은 수염이 날 무렵부터 태권도를 배웠다.

국민학생 때 최배달 선생님의 일대기를 그린 고우영 작가의 『대야망』의 영향도 적지 않게 있었음은 물론이다.

최배달의 이야기는 어린 학생들의 가슴에 불을 질러, 태권도를 배워 무림에 입신양명하고, 세계를 상대로 맞짱을 떠보고 싶게 만들었다.

그게 바로 태권도였다.

내가 고등학생 때, 현재 에스원 태권도단의 감독으로 계시는 김세혁 선생님에게서 태권도를 배웠다. 당시 김세혁 선생님은 서울 동성 고등학교에서 체육교사로 재직하시며 태권도부를 지도하고 계셨다.

지금 서른 살 이상의 세대는 어린 시절 태권도를 처음 배울 때, 태권도는 신라 화랑이 하던 한국 고유의 전통 무예이며, 택견은 태권도의 원형이라고 귀에 못이 박히도록 배웠다.

그래서 태권도는 원래 가라테에서 왔다고 말씀하시던 아버님과 언쟁

대한태권도협회 창립 기념 사진. 앞줄 좌측에서 세 번째가 최홍희

을 하기도 했었다. 세뇌 교육은 이래서 무섭다.

태권도는 신라 화랑이 배우던 전통 무예가 아니며, 분명히 창시자가 있는 현대 무예이다.

그 창시자는 얼마 전까지도 공개적인 언급이 금기시되던 인물, 최홍희 총재이다.

최홍희는 캐나다의 노벨평화상 후보까지 올랐다. 그리고 브리태니커 사전과 기네스북에 태권도의 창시자로 기록되어 있지만, 몇 년 전만 해도 한국에서 그의 이름을 거론하기는 쉽지 않았다.

2003년 10월까지 야후, 엠파스의 백과사전에는 최홍희의 이름이 없었으나, 2011년 2월 네이버에는 '1955년 당수도, 공수도, 권법 등 다양한 이름으로 불리던 전통 격투기를 하나로 묶어 태권도란 명칭을 처음 사용했고, 66년 국제태권도연맹(ITF)를 만들었다'고 언급되고 있다.

국가보안법이 나는 새도 떨어뜨리던 시절, 북한에 태권도를 보급한 최홍희의 이름을 국내에서 거론할 때면, 사람들은 주변을 둘러보곤 했다.

최홍희는 1918년 11월 9일, 함경북도 화대에서 출생했다.

일본중앙대학에 재학할 당시에 가라테를 배운 그는, 조선에 귀국하여 평양학병운동에 참여했고, 주모자로 몰려 일제로부터 사형선고를 받았다.

다행히 사형받기 며칠 전에 광복이 되어 구사일생으로 살아났다.

그는 광복된 나라에서 국가 재건에 참여하였고, 1945년 서울 군사영어학교(국군 창설 요원)를 수료하고, 군문에 입문했다.

그리고 초특급 승진을 하여 육군 장군이 되었다.

태권도 사단으로 유명했던 이크 사단을 창설하였고, 1958년 대한태권도협회를 창설하여 초대 회장을 지냈으며, 1961년에 육군 소장으로 예편하고, 1962년에는 초대 말레이시아 대사를 역임했다.

최홍희가 평양학병운동을 일으켜서 옥고를 치를 당시, 박정희 전 대통령은 일본 만주군 장교인 다카키 마사오(高木正雄, 박정희)로서 독립군을 때려잡고 있었으며, 광복이 된 나라에서 이들은 창군 멤버로 다시 만났다.

박정희가 여순반란사건의 주범으로 사형선고를 받았던 군사 법정의 재판관 중의 한 명이 최홍희였는데, 박정희는 비열하게도 동지들의 명단을 넘겨 배신하는 조건으로 사면되었다.

후일 박정희는 대통령이 되고, 최홍희는 박정희가 임명하는 말레이시아 대사가 되었으며, 다시 세월이 지나 박정희 부부는 모두 총에 맞아 비참하게 사망하였지만, 최홍희는 85세까지 천수를 누렸고, 2002년 6월 15일 그의 소원대로 북한 땅에서 영면했다.

이렇듯 최홍희의 인생은 격동의 20세기를 대변하듯 파란만장하고 드라마틱한 삶이었다.

그는 자신의 임종을 알고 있었던 듯하다.

2002년 5월 12일, 캐나다 피어슨 공항에서 최홍희 총재의 가족과 함께 최 총재를 북한 땅으로 떠나보냈던 정순천 사범의 글에 의하면, '그동안 수고 많았어! 이제 정 사범을 다시 볼 수 없겠구먼. 정말 수고했어!'라고 말하면서 돌아오지 않을 길을 떠났다고 한다.

최홍희는 태권도의 창시자이자 무도인으로 알려진 것 외에, 사실은 당대에 뛰어난 서도가이다.

그는 명필로 유명한 옥남 한일동 선생의 내제자로 입문하여 서도를 배웠다. 옥남 한일동 선생은 전선명필(全鮮名筆)이라 불렸고, 평양 부벽루의 현판을 쓰신 유명한 분이다.

'인재도 큰 인물 밑이라야 재능을 발휘할 수 있다(賢士有合大道可明)'는 말이 틀린 것이 아닌 듯싶다.

그의 필체는 무도인다운 강인하고 기백 있는 필체로 매우 독특하다.

태권도 때문에 서도가 최홍희가 평가절하된 부분이 분명히 있지만, 그래도 그의 글씨는 지금도 한국에서 보기 드문 명필이다.

그의 말대로 왼손에는 서도를, 오른손에는 태권도를 들고 전 세계를 누볐다는 말이 전혀 과장은 아닌 것이다.

일제가 우리 역사를 말살하려 했듯이, 현재 김운용의 태권도협회도 태권도의 역사를 말살하고, 신라 시대부터 내려온 고유 전통 무예로 우리에게 세뇌시키려 했다.

하지만 김영삼 전 대통령이 집권하던 문민정부 때부터 무술계 일각에서는 최홍희에 대한 언급이 조심스럽게 이루어지기 시작했다.

이런 논의에 불을 붙인 것이 바로 김용옥 교수가 쓴 『태권도철학의 구성원리』였다.

이 책에서 구세대는 다 알면서도 입을 다물고 있던 부분, 신세대들은 역사 말살로 인해 모르고 있던 태권도의 역사가 적나라하게 드러나기 시작했다.

최홍희에 대한 재조명도 이 책 이후부터 본격화되었고, 젊은 세대들을 중심으로 태권도 개혁과 통일에 대한 갈망이 싹터 올랐다.

최홍희 총재는 『마르스』誌에서도 여러 번 다룬 적이 있으며, 태권도계 초기 역사에서 중요한 비중을 차지하는 사람이다.

최홍희 총재의 업적을 폄하하고 백안시할 이유는 없지만, 평가는 제대로 이루어질 시기가 되었다고 본다.

캐나다에서의 회고록 출판기념회. 좌우의 서도 작품이 그의 글씨이다.

먼저 최홍희 총재에 대한 무술관이다. 그의 무술은 전적으로 가라테의 영향하에서 성립하고 있다.

최 총재는 '태권도는 살인 기술이라 시합을 할 수 없다는 것', 그리고 언젠가 겪을

타계 1년 전의 최홍희 총재. 85세인데도 너무나 건강하다. 2001년 5월, 북경에서

지 모를 실전을 위해 무술은 '수가 많아야' 한다는 것을 강조하고 있다.

이것은 전통 가라테계의 견해를 그대로 답습한 것이다. 가라테 류의 무술 이외의 가능성은 인정하지 않고 있다.

최 총재가 만든 많은 ITF의 형들은 역시 가라테의 영향하에서 성립되었으며, 순서와 기세는 다를지라도 기본적인 무술의 구조들은 같다.

ITF의 기술들은 확실히 우수하다. 하지만 실제 시합장에 섰을 때 WTF 선수들을 압도할 수 있냐고 물었을 때는 부정적이다. 시합은 기술의 우수성보다 개인의 우수성이 먼저이기 때문이다.

ITF의 장점이라면, 무술 전체를 관통하는 사인웨이브(sign-wave)라는 원리가 있다는 점이다.

이 원리는 한 유파를 창립하고도 남지만, 굳이 지적하라면 기존의 무술들에도 있는 원리라는 점이다. 중국 무술의 발경 등의 타법에는 사인웨이브의 원리들이 녹아 있다.

그러나 이런 원리가 개인적인 연구를 통해 얻었다는 것, 그것을 태권도에 성공적으로 접합시켰다는 것은 매우 놀랄 만한 성과이다.

평균적인 면에서 ITF는 WTF보다 가라테에서 한 걸음 빗겨 나 있다.

망명 이전의 최홍희 총재의 행적을 보면, 태권도를 국기로서 주장했다는 점, 대한체육회와 비견되는 무도회를 만들려고 했다는 점들을 볼 때, 무의식적으로도 일본에서 받은 영향이 많다는 것을 알 수 있다.

국기(國技)의 창설, 체육과 무도의 양립된 인식은 전쟁 전 일본의 대표적인 국가주의적인 견해들이다.

한국에서 최홍희 총재를 기억하는 사람들은 그에 대해 부정적인 견해를 가지고 있다.

85세라는 나이는 사람이 일관된 견해를 고수하기에는 긴 세월이다. 최홍희 총재는 태권도를 위해 자신의 입장을 여러 번 바꾸었으며, 이것은 다른 사람들에게 비합리적인 권력욕으로 비추어졌을 것이다.

이것은 1980년대 북한에 태권도를 전파하기 위해 입국한 사실에서도 드러난다.

故 최배달 총재와 함께

김정일 위원장과 함께

반공주의자이자 대한민국 국군의 장군 출신인 그가 적국인 북한에 들어간 것은, 자신의 정치적인 입장보다 태권도의 발전이 더 중요하다고 생각했기 때문이다.

다른 사람이 보기에 최홍희 총재의 불합리한 행동들은 자기 자신보다 태권도를 더 중요하게 보았기 때문에 벌어진 것이다.

태권도를 올림픽에 넣기 위해 한국에서 노력한 사람들은 최홍희 총재가 태권도의 창시자라는 말에 반대한다. 그는 태권도계의 주도자 중 하나에 불과했으며, 그나마 망명을 통해 입지를 잃어버렸다는 것이다.

정확히 말하자면 최홍희 총재는 태권도의 창시자라기보다 '태권도라는 명칭의 고안자'이며 'ITF류 태권도의 창시자'이다.

그러나 그에 대한 모든 비난은 태권도를 사랑한 최홍희 총재를 넘어서지 못한다.

최홍희 총재는 태권도 그 자체가 인격화된 사람이다. 태권도의 생존과 발전을 위해서라면 최홍희 총재는 더 위험한 대상과도 손을 잡았을 것이다.

이 부분에서 최 총재를 윤리적으로 비난할 수 없다. 생존은 모든 생물의 기본적인 욕구이기 때문이다.

최홍희 총재와의 취재는 캐나다에 있는 정순천 사범의 주선으로 이루어졌다.

정순천 사범은 무술 전문 잡지 『마르스』를 만들면서 인연이 되어 알게 되었는데, 전화와 이메일로 사귀어 보니 사람이 정직하고 진실해 보였다.

나중에 서로 족보를 따져 보니 내가 군 입대 전에 몸을 풀기 위해 잠시 다녔던 집 근처 태권도 도장의 선배 사범이었으며, 동네 선배뻘이 되었다. 정말 세상은 넓고도 좁다.

정순천 사범의 소개로 2000년경에 최홍희 총재와 연락이 되었고, 『마르스』誌의 객원 기자인 정유진 군을 캐나다로 보냈다.

내가 직접 가고 싶었지만, 나는 당시에 박사 학위 논문을 쓰고 있었을 뿐만 아니라 여러 가지 벌여 놓은 일 때문에 보름씩이나 한국을 비우기는 어려운 상황이었다.

정유진 군은 서울교육대학을 졸업한 초등학교 선생님이었으며, ROTC 장교로 군 복무를 마친 태권도를 너무나 사랑하는 재원이다.

군 시절에는 특공무술 교관과 시범단도 했었으며, 몸이 날래고 권법에 대한 이해가 빠르기 때문에, 짧은 시간 동안이지만 ITF태권도에 관한 효율적인 이해를 할 수 있는 적임자라고 나는 생각했다.

정유진 군은 캐나다에서 나의 기대보다도 훨씬 훌륭하게 ITF태권도에 관한 공부를 하고 돌아왔다.

이때부터 나와 최홍희 총재와의 인연이 시작된 셈이다.

정유진 군도 최홍희 총재의 자택에서 열흘 동안 개인 지도까지 받았으니, 정유진 개인으로서도 평생 기억에 남는 영광이 아닐까 싶다.

그 뒤로 몇 달이 지난 2001년의 봄, 최홍희 총재가 북경을 거쳐 평양으로 들어가는 일정이 잡혀 있다는 연락이 왔다. 최 총재는 IMGC 회의 참석차 평양에 가는 길이었다.

나는 조심스럽게 북경에서 만날 수 있는지를 타진했고, 정순천 사범이 수고해 준 덕분에 북경에서의 약속이 잡혔다.

나는 태권도의 창시자를 만난다는 기쁨에 일이 손에 잡히지 않았다.

이번 북경행에는 무협 소설 작가인 좌백과 진산 부부가 함께했다. 최홍희 총재를 만나고, 나머지 시간은 좋은 사람들과 함께 북경에서 북경오리에 청도맥주나 마시며 머리를 식히기로 했기 때문이다.

최홍희 총재는 캐나다 국적이기 때문에 내가 제3국에서 만나더라도

현행 국가보안법에 저촉을 받
지는 않는다.

다만 노파심에서 최홍희 총
재를 만나는 일에 북한주민접
촉 허가를 받지 않아도 된다
는 확인을 통일부에서 미리
받아 두었다.

북경에 도착해서 서로 약속
된 대로 북한 대사관에 전화
를 하니, 북측 직원은 오히려
최홍희 씨가 오늘 북경에 도
착하느냐고 능청스럽게 받아
넘기며 모르는 일이라고 잡아
떼었다.

평양에 안장된 최홍희 총재의 묘

그래서 호텔 이름과 연락처, 이름을 북한 대사관 측에 남겨 두고 이틀
정도 기다리고 있으니, 밤 10시쯤 호텔로 북한 대사관 직원의 전화가 왔
다. 내일 오전에 만나자는 것이었다.

다음날 새벽, 만나기로 한 장소에 나가 기다리고 있으니, 북한 대사관
의 관용차를 탄 최홍희 총재가 도착했다.

내가 생각한 것보다도 훨씬 작은 체구의, 그러나 눈빛은 형형하게 빛
나는 노인이었다. 중절모를 쓰고 바바리코트를 입은 최홍희 총재는 나
와 만나자마자 대뜸 물었다.

"태권도 하시오?"

"예, 태권도 유단자입니다."

"장래가 유망하구면."

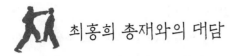

최홍희 총재와의 대담

💬 **ITF는 WTF보다 독특하게 발전한 무술이라고 봅니다. 이런 발전의 계기가 어떻게 마련되었는가 등에 대해 몇 가지 여쭤 보고 싶습니다.**

― 정치 문제는 빼놓고 태권도에 관한 한 무엇이든지 물어보시오.

💬 **저도 정치 문제는 관심 없습니다.**

― 로마가 하루에 이루어지지 않았고, 이곳 북경도 하루에 만들어지지 않았겠지. 태권도도 하루에 이루어지지 않았어.

태권도를 시작한 것은 1946년 3월부터였거든. 전라남도 광주에서 육군 소위 때였는데, 그때는 조선경비대 육군 참위라고 했어. 그것이 계속 발전되어 오다가, 1954년 지금의 태권도의 기초가 마련되었지.

그렇다면 이제 이름을 지어야 하겠는데, 이름을 태권도라고 지으려고 했어.

그러나 그때도 이승만 독재 정권이기 때문에 함부로 지었다가는 큰일 나고 공신력이 없었거든. 그래서 명칭제정위원회를 구성하게 되었지.

💬 **웬만한 사실들은 총재님의 자서전을 읽어 보았기 때문에 잘 알고 있습니다. 그 자서전을 읽은 상태에서 생기는 의문점들을 이야기해 보고 싶습니다.**

― 그래. 2001년에 태권도가 완성되었다고 할 수 있어. 소위 말하는 자유맞서기까지 말이야. 2003년 로마에서 태권도 식의 자유맞서기가 나올 거야. 지금까지는 맞서기가 아니야.

우리 것도 그렇게 시원치 않았어. WTF는 맞서기도 아니고, 닭싸움도 아니고, 누구에게 시켜도 할 수 있는 것이야.

WTF는 발등을 꺾어 차거든. 그러나 발등은 급소야. 그 자세는 위험해. 자살하는 것이야. 그 사람들은 태권도가 뭔지 모르니까 그렇게 하는 것이지.

나는 50년이 걸려 지금의 태권도를 만들었어. 50년이라면, 나는 보통 사람의 10배는 일하니까, 500년이 걸린 셈이지. 그래서 한국에 그냥 있었다면 되지 않았을 거야. 외국에 나오니까 된 거라구.

💬 **흔히 서도와 무예는 통한다고 하는데, 총재님이 태권도를 만들 때 서도를 한 것이 도움이 되었습니까?**

— 서도는 예술이야. 붓만 들면 만사 잊어버리고 정신이 집중되지. 거기서 힘이 약동되거든. 글씨 쓰는 것을 보면 그 사람의 성격을 다 알 수 있어. 서도가 아니었다면 태권도는 없었을 거야.

서도를 해서 한문을 알게 되었고, 한문을 쭉 읽었기 때문에 태(跆) 자를 발견할 수 있었지. 이게 묘한 '태' 자거든. 찬다, 뛴다, 밟는다는 뜻인데, 뛰는 것이 없으면 태권도는 할 수 없어. WTF는 태권도가 아니야. 뛰지를 못하니까 '태' 자가 없는 셈이지.

그리고 세상에 보급하는 데 있어서는 국제기구를 만들어야겠다고 생각했어. 그때 구라파, 아프리카가 없는 국제기구는 안 되겠어서 거기서 국기태권도 친선사절단을 만들어서 떠났어.

그때 글씨를 써 가지고, 벼루와 붓을 가지고 떠났지. 그래서 어떤 사람이 여기서 체육에 무도에 관심이 많은가를 알아보았거든. 시범이 끝나고 독일태권도협회장 아무개라고 써서 그 자리에서 글씨를 써서 주었어. 그렇게 각국의 협회를 다 합해서 9개 나라를 만들었어.

💬 **서양인들도 서도의 아름다움을 압니까?**

― 서양인들은 모르지, 거꾸로 달아도 좋다고 해. 어쨌든 서도가 있었기 때문에 태권도가 되었어. 그래서 왼팔에는 서도고, 오른팔에는 태권도였다고 말할 수 있지.

💬 **옥남 한일동 선생에게 택견을 배웠다고 자서전에 써 놓았는데, 과연 옥남 선생이 무엇인가 무술의 동작을 가르쳐 주면서 이것이 택견이라는 말을 하였습니까?**

― 그 양반이 바둑을 잘 두었고, 바둑판을 항시 가지고 다녔어. 나는 본래 굉장히 약하니까 아버님이 밤낮 걱정을 하셨지. 그 대신 약하기 때문에 보약을 많이 먹었거든. 그래서 내가 지금 건강한 모양이야. 약한 것은 좋아. 우리 형은 너무 건강해서 보약 한 첩 못 먹었어.

저녁 때는 선생과 마을 노인, 아버님이 우리 집에 같이 모여 무용담을 이야기했는데…….

내게 담을 키워 보라고, 그러면서 택견 이야기를 하시더구먼. 택견을 하셨다고.

그런데 내가 그 양반에게 택견 배운 것도 없고, 그냥 제기차기 비슷한 것을 한 번 본 적이 있어.

내가 제기를 맨발에 700개씩 차던 사람이야. 학교 때 나를 당할 사람이 없었어. 8살 때 축구단을 만들 정도로 그만큼 축구를 좋아했어. 축구에서 멈추기 등등의 태권도 동작도 많이 유추를 했지.

택견은 해방 후 사직동 그 양반이 누구더라……. 아! 송덕기 씨.

💬 **직접 만나 보셨습니까?**

― 직접 봤어. 아무것도 없어. 발로 이런 것밖에는……(발차기 동작 몇 가

그것은 신라 시절에 있던 것도 아니고, 조선 말에 산발적으로 여기저기에서 나왔던 것이지, 체계적으로 된 것이 아니었어. 신라 시절에는 택견이 있을 수 없어. 세종대왕이 한글을 만들기 전에는 한문을 썼을 텐데, 택견이라는 말이 어떻게 전해질 수 있었겠는가?

수박(手搏)은 있었어. TV 등에서 무덤이 나오는 것을 보면 수박 그림이 있거든. 그것은 확실해. 택견은 조선 말에나 산발적으로 있었을걸. 그래서 선생이 택견 무용담을 이야기해 주면서 택견했다고 말한 것뿐이야.

💬 **일제시대 일본의 중앙대학교에서 가라테를 배웠다고 하셨는데요.**

— 가라테는 1921년에 오키나와 사람인 후나코시 키친이 일본 본토에 오면서 당수(唐手)를 가지고 왔고, 3년 뒤에 당(唐) 자를 공(空) 자로 바꾸어 놓았어.

그래서 당수는 오키나와 것이고, 공수는 일본 것이야.

그러나 그것이 완성된 건 아니야. 아직도 유도가 딱 버티고 있는데, 황태자 앞에서 시범을 보였기 때문에 알려졌고, 오키나와로 가지 않고 본토에 주저앉은 것이지.

그렇다면 이것이(가라테가) 무도의 성격이 될 것인가, 장려할 것인가 말 것인가를 알아보기 위해 6개 대학에만 시작해 보라, 연구해 보라 이랬지.

그래서 대학을 다니지 않으면 가라테를 배울 수 없었어. 일반 도장이 없으니까. (가라테가) 되는 것인가 알아보는 중이고, 발전하지 못한 상태였거든.

그래서 한국에서 가라테를 일본에서 배웠다고 한다면 다 거짓말이야. 졸업장을 보자고 해야 해.

졸업장이 없으면 영어를 해 보라고 하면 되지. 일본의 대학을 다녔다면 반드시 영어를 해야 했거든. 중학교 때부터 국어를 잘해도 영어와 수학을 못 하면 진학을 못 했어. 중학교, 고등학교를 졸업해야 대학에 들어가니, 자동으로 영어를 해야 했지.

내가 그때 배운 영어는, 회고록에도 나와 있지만 안도(and), 잣또(that)식의 일본식 영어였어.

💬 **태권도라는 이름을 지을 때, 이승만이 '이거 태껸이구먼'이라는 말 때문에 태껸과 발음을 유사하게 하기 위해 태권도라고 지은 것입니까?**

— 원래 태권도라는 명칭을 생각하고 있었어. 이승만이 우리 사단 창립 1주년 기념일에 와서 '아, 저게 택견이야'고 했어.

명칭제정위원회에서 만장일치가 되었는데, 어떤 사람이 '한 나라의 무도의 이름을 짓는데, 대원수의 허가를 받아야 하지 않겠는가'고 찬물을 끼얹었지. 누가 반대를 하겠어.

그래서 (태권도라는 명칭 허가안을) 올렸어.

그날 저녁 남태희에게 지시를 했어. (경례할 때) '태권'하라고 했지. 태권도는 길어서 경례할 때 안 되거든.

그 뒤에 태권도라는 글씨를 받아 내는 데 힘이 들었어. 거기서 뇌물을 두 번 썼지.

💬 **한국에서 총재님의 책은 세 권 볼 수 있었습니다. 1966년에 나온 『태권도지침』, 1972년에 나온 『태권도교서』, 그리고 최근에 출판된 『태권도와 나』입니다.**

— 『태권도지침』은 1965년에 영어로 나온 것이고, 그때만 해도 태권도가 독립을 한 것은 아니었어. 아직 가라테의 이론을 빌려 태권도를 설명했지.

그때까지 독립을 안 해 '류'를 한 것이야. 창헌류, 소림류 등등. 거기부터 분기를 했었지. 1972년 홍콩에서 나온 책을 계기로 태권도가 독립한 것이야.

💬 『태권도지침』을 보면 명칭이 모아서기, 나란히서기, 기마서기라는 말도 나오지만, 가라테 식으로 전굴서기, 후굴서기 이런 말도 나옵니다. 1972년의 『태권도교서』를 보면 우전굴이 오른걷는서기로, 좌전굴이 왼걷는서기로, 기마서기가 앉는서기로 명칭이 바뀌었습니다. 그리고 걷는서기가 이전과는 달리 매우 안정적으로 변했다는 생각이 드는데, 이 65년과 72년 사이의 자세와 명칭의 변천에 대해 설명해 주시겠습니까?

— 서기에 대해, 술어에 대해 무척 힘이 들었어. 술어는 약 7,000개의 술어를 지어내야 했으니까. 영어로는 3,500개. 또 우리말로 3,500개.

그래서 태권도 술어는 고유 명칭이 2개가 되었어.

어차피 서양인들에게는 영어로 가르쳐 주어야 했으니까. 할 수 없이 영어 술어가 먼저 나왔거든. 손가락 앞부분을 무엇이라고 할 것인가 등등 이런 것들을 일일이 만들어야 했지.

이런 작업을 해서 내 머리가 백발이 됐어. 나를 돕는 사람은 하나도 없었고.

이렇듯 태권도는 옛날 것이 아니라, 모든 것이 최근의 일이야.

💬 『태권도지침』의 기마식을 보면 가라테 식으로 무릎이 밖으로 벌어져 있는데, 『태권도교서』에는 안쪽으로 조여들면서 안정적인 자세로 바뀌었습니다.

— 좌우간 1979년까지도 아직도 가라테의 잔재가 계속 남아 있었어. 왜냐하면 한국 사범들이 남아 있었으니까. 79년에 가서 다 떨어져 나갔

지. (1979년 최홍희 총재가 북한행을 결정하자, 이에 반대하는 사범들은 최홍희 총재를 떠나게
된다)

💬 **79년에 한국 사범들이 나가면서 본격적인 발전을 하게 되는 것이군요.**

— 그래. 있었다면 안 됐을 것이야. 가라테 식 비슷하게 돼 있어
서…… 다 나가라고 할 수도 없는 노릇 아닌가. 다 각자의 선택에 달린
것이었어.

뒤에 가서는 호텔에 불러 가르쳐 주기도 했는데…… 그런데 맨 처음
떠날 때에는 내 가슴속에 피가 흘렀어. 하지만 결과적으로 보면 하늘이
도운 것이지. 그냥 있었다면 방법이 없었을 거야.

💬 **사인웨이브나 업다운 이론은 언제 만들어진 것입니까?**

— 내가 박정희와 싸웠기 때문에 태권도가 됐어. 내가 싸워 졌기 때문
에 군단장을 그만두고 말레이시아에 대사로 가게 되었고, 거기에 갔기
때문에 65년도에 책이 나왔지.

거기서 전적으로 2년 반을 온 대사관을 다 이용하여 태권도 책을 썼거
든. 72년에 내 나라를 가만히 떠나 망명의 길을 떠났어. 캐나다에 왔기
때문에 태권도 백과사전을 쓸 수 있게 되었어. 12년 걸렸지. 캐나다에
왔기 때문에 과학을 발견했어. 힘의 원리를, 에너지를 발견했어. 아! 이
것이 사인웨이브였어.

💬 **총재님께서 직접 발견하고 고안하신 것이었습니까?**

— 그래. 누가 했겠소.

💬 그런 부분들 때문에 무술로서 한 차원 높아진 것 같습니다.

— 그것(사인웨이브) 때문에 12배의 힘을 낼 수 있어. 가라테나 WTF와는 비교도 안 되지.

가라테는 일본인들의 전쟁 전술과 같아. '반자이(萬歲)!', '토츠게키(突擊)!'하고 외치면서 앞으로만 나가다 몰살당하거든.

연합군 전술은 얼마든지 뒤로 가면서 공격하고, 앞으로 가면서 방어할 수 있지. 이것이 태권도가 다른 무술과 다른 점이야. 여기에는 손자병법의 이론까지 들어가 있어.

가라테는 그것이 뭔가……. 몸이 빳빳하고…… 로보트 같아. 태권도는 수양버들이야. 그러면서 속도를 내고, 폭포에서 떨어지는 물처럼 힘을 내. 이것이 태권도의 사인웨이브야.

💬 저희는 사인웨이브를 태권도의 혁명적 발전이라고 평가하고 있습니다. 많은 무술을 보았지만, 이렇게 체계적으로 정리된 무술은 드뭅니다.

— 고맙소. WTF는 손도 안 쓰고 발만 차는데, 그것은 쓸데없는 것이야. 이렇게 하다간 쉽게 말해, 죽어. 태권도가 몇 개 동작하려고 하는 것인가. 붙잡혔을 때, 몽둥이 가지고 덤벼들 때, 앉을 때, 섰을 때, 모든 상황에 다 맞도록 동작을 만든 것이 태권도야.

💬 ITF는 처음에는 주먹으로 얼굴을 가격하지 않았는데, 언제부터 얼굴 가격을 하였습니까? (ITF의 얼굴 가격은 풀컨택이 아니라 라이트컨택이다. 세게 치지 못하도록 되어 있다.)

— 주먹이나 발이나 똑같아. 2㎝ 앞에서 멈춰라, 이거야. 흰띠는 멈추지 못해. 숙련이 안 돼서. 검도에서처럼 태권도도 멈추는 것이 중요하지. 멈추는 사람은 오직 숙련된 사람이거든. 언제 한번 세미나에 와 부

면 좋겠는데…… 말로써 다 표현 못 하는 부분이 있어서.

얼마 전인가, 캐나다에 6개월 정도 머물면서 태권도를 배우겠다는 사람이 있었는데, 힘들다고 했어. 기존의 다른 태권도를 배운 사람이면, 6개월로는 안 되거든. 오히려 흰띠면 가능하지. 하루 잘못 배우면 고치는 데 하루 걸리고, 10년 잘못 배웠으면 10년 걸려. 태권도는 과학적 체계를 가지고 있기 때문에, 흰띠로 1년만 하면 4단 기술을 배울 수 있어.

뜻이 있고 재력 있는 사람이 있다면 외국인 사범을 한국에 초청하여 배울 수도 있을 거야. 러시아인, 미국인, 일본인 다 좋아. 외국 사람에게 절하고 태권도를 배우게 되면, 그때가 되어서야 한국에서 태권도를 배운 사람들은 '내가 여태까지 속았구나, 가라테를 배웠구나, 가짜 태권도였구나'하고 알게 되겠지.

일본인들이 81년부터 WTF를 밀었어. ITF를 없애기 위해……. WTF는 가라테야. 가라테면 솔직하게 가라테라고 하면 되는데, 무엇 때문에 가라테를 태권도라고 하는 거야. 박정희 시절부터 김영삼 때까지 전부 두 개의 한국을 만들기 위해 이용한 거야. 일본하고 합작해서. 국민들은 모를 거야. 그동안 최홍희 죽었다, ITF 없어졌다고 선전했거든.

지난 2월에 출판 기념 행사 때(자서전인 『태권도와 나』 출판 기념 행사) 어떤 사람을 만났는데, 'WTF에서는 ITF를 하는 곳이 20여 개국밖에 안 된다고 들었다'고 말하자 주변에 있는 사람들이 다 웃었어.

그런데 있다고 하니 다행이지. 최홍희도 죽었다고 했는데……. ITF가 보급된 나라는 132개국이며, 수련생은 5,000만 명 이상이거든. 인류 역사상 이런 무도가 없어.

🗨 80년도 이전에도 북한인들은 태권도를 알고 있었고, 꼭 도입해서 가르쳐야 한다고 생각했습니까?

— 회고록에 쓴 대로야. 그것대로야. 북한에 편지를 보냈는데, 그게 어떻게 (북한을) 찾아 갔고, 초청을 받게 되었어. 최덕신 형이 내가 가는 것을 축하하려고 마침 우리 집에 왔어. 방북 목적이 태권도 보급이라고 하자, '동생은 너무 욕심이 커. 받아 주는 것만 해도 굉장한데, 거기도 격술 같은 것이 있다는데 되겠는가'. 내가 말했지 '어디 두고 봅시다'.

김일성도 책을 보고 시연을 보자 '과연 민족적 정신이 있구나' 했다고 해.

결국 민족적 정신을 보고 태권도를 받아들인 거야. 그게 없으면 되지를 않아.

몇 년 후에 그 사람들(북한인들)하고 친해지자, '그때 사실 태권도를 받는 것에 많은 사람들이 불평을 했어요. 최홍희라는 사람이 공산당 잡기 위해 만든 것인데, 그것을 왜 가져오는가 하고 말이죠'라고 말하는 것을 들었어.

그런데 나중에는 자연스럽게 공산당을 잡는 것이 아니라 민족정신을 알리기 위해서라는 것을 알게 되었겠지.

💬 **북한에서의 태권도 보급 초기에 격술하는 사람들과 시합을 했다고 들었습니다만.**

— 그것은 거짓말이야. 격술하는 사람을 보지도 못했어, 내가 고향 갈 때 그 사람들과 얘기가 잠깐 있기는 했지만.

💬 **북한에는 남한처럼 검도나 가라테하는 사람이 없었습니까.**

— 북한에도 각종 스포츠가 있지. 유도도 있고. 하지만 북한의 태권도 만큼은 하나의 잡초가 없어. 거기에는 가라테가 없거든. 중국도 가라테가 없지.

한데 지금은 WTF가 들어와서 중국이 잡초가 되었어. 이북은 잡초가 없어. 그래서 태권도 시합을 하면 북한이 메달의 80%를 다 따 가. 앞으로 12년 후면 가정주부까지 다 4단이 될 거야. TV에서 과학적으로 전부 똑같은 기술로 의무적으로 가르치고 있거든.

💮 **IMGC는 누가 주관을 합니까?**

— IMGC와 태권도는 관계가 없어. 공교롭게도 내가 IMGC를 창설해서 그런 오해가 생겼지. IMGC는 국제무도게임위원회(International Martial Arts Games Committee)의 약자인데, 여기서 Game이 올림픽에 해당하는 말이야.

그런데 나는 올림픽이라는 말에 거부감이 들거든. 사마란치나 김운용이 하도 상업적으로 이용을 해서 말이야.

그래서 올림픽 대신 게임이라는 말을 쓰게 되었어. IMGC는 올림픽처럼 입장식과 폐회식 모두 똑같이 하고 메달도 있어.

1999년 9월 7일 첫 창립 총회를 아르헨티나에서 했고, 2차 회의는 캐나다에서 열렸어.

이때 결정한 것은 첫 게임을 어디서 할 것인가였는데, 여러 나라가 프로포절해 왔지.

북한에서 제1회를 하겠다고 제의했어. 이번 회의에서 결정할 사항이야. (2001년 5월 23일부터 평양에서 열린 IMGC총회에서는 제1회 국제무도경기대회를 2003년 북한에서 개최키로 했다고 결정했다.)

💮 **북한에서 대회를 주관하는 기관은 어디입니까?**

— 조선무도경기위원회야.

💬 **올림픽위원회처럼 각국에 기구가 설치되는군요.**

— 그래. 이 대회를 통해 진짜 무도, 가짜 무도를 밝힐 거야.

최홍희 총재는 두 시간 정도의 대화 시간 내내 잠시도 눈에서 빛이 사라지지 않았다.

나는 태권도라는 무술이 인간의 몸을 입고 태어난다면, 그것은 바로 최홍희일 거라고 생각했다. 그는 태권도의 화신이었다. 그는 카랑카랑하고 힘 있는 목소리로 시종일관 태권도만을 이야기했다.

최홍희 총재와 이야기해 본 사람이라면 누구나 그에게서 어떤 전율을 느낄 것이다. 그것은 태권도의 아버지만이 가질 수 있는 태권도에 관한 집착이요 사랑이었다.

그는 이데올로기 때문에 친북 인사가 된 것이 아니다. 태권도를 포교하고 발전시키는 데에 남한보다 북한이 더 좋은 환경을 제공해 주었기 때문에 북한으로 간 것뿐이다.

그는 태권도를 위해서라면 메피스토펠레스에게 자신의 영혼을 팔고도 남았을 위인이었다.

그는 김일성을 추종한 것도, 주체사상에 심취한 것도 아니며, 한 번도 북한 체제와 김일성 부자를 칭송한 적이 없다. 그는 그저 북한이 태권도 보급을 지원해 주니까 북으로 갔을 뿐이다.

그래서 나는 최홍희의 친북 행적에 관해서 단죄해서는 안 된다고 생각한다. 그는 이데올로기를 넘어선 사람이며, 남북의 정치와는 관련이 없는 사람이기 때문이다. 그는 그냥 태권도인일 뿐이니까.

나는 헤어질 때 그와 악수하면서 두 번 다시 그를 보지 못할 것 같다는 생각이 강하게 들었다. 그가 워낙 고령이어서 그렇기도 했지만, 나는 북경에서의 그와의 만남이 처음이자 마지막일 것이라는 것을 직감적으로 느꼈다.

하지만 그는 매우 건강했었고, 2001년까지도 정정하고 기운차서 쉽게 작고할 것 같지 않았다. 80대 노인이 푸시 업을 쉬지 않고 100개 정도를 거뜬히 해치웠으며, 제자들 앞에서 하이킥을 시범 보이면서 직접 태권도 지도를 할 정도였으니 말이다.

내가 북경에서 최홍희 총재를 만난 후, 그해 겨울에 ITF태권도 내부에서는 분열과 갈등이 일어났다. 최홍희 총재의 아들인 최중화 씨는 아버지에게 반기를 들고 반란을 일으켰으며, 최중화 씨에게 동조하는 많은 사범들과 지부가 행동을 함께했다.

당시 최중화 씨는 아버지 사무실에서 집기를 부수며 난동까지 부렸다고 하는데, 최홍희 총재는 이때 심한 심리적 충격을 받은 듯싶다.

최홍희 총재는 반란을 일으킨 사범들을 모아 놓고 조직을 정비했고, ITF는 외형적으로 다시 안정을 찾는 것 같았다.

그러나 최홍희 총재는 그때부터 와병을 하며 몸져누웠고, 2002년 5월에는 자신의 죽음이 가까웠음을 깨닫고 캐나다를 떠나기에 이르렀다.

수구초심이라 했던가. 그는 죽어 가면서도 조국의 땅에서 최후를 맞이하고 싶었던 것이다.

그러나 대한민국은 최홍희가 최후를 맞이할 장소를 배려해 주지 않았다. 그는 친북 인사였으므로, 남한에 입국 즉시 공항에서 체포되어 기관에서 조사를 받아야 할 몸이었기 때문이다.

죽음을 앞둔 그는 평양에 도착해서 김정일 위원장의 배려로 북한에서 가장 훌륭한 의사들의 치료를 받았지만, 결국 세상을 떠나고 말았다. 그의 시신은 평양의 애국열사능에 묻혔다.

그는 죽기 전에 열 장에 달하는 장문의 유서를 남겼는데, 이 유서에서

ITF태권도의 차기 총재로 북한 올림픽위원장 장웅을 지명했다.

그의 이러한 결정은 다른 ITF 사범들의 반발을 불러일으켰고, ITF는 그의 사후 분열을 면치 못했다.

그의 묘 옆에 안치된 김정일 위원장이 보낸 조화가 묘한 감상과 함께 인생의 무상함을 말해 주는 듯하다.

나는 그가 세상을 떠나기 전에 최홍희 총재를 만날 수 있는 인연이 있었음에 감사한다.

최 총재는 아마 저세상에서도 기쁜 마음과 열정으로 태권도를 가르치고 있을 것이다. 그가 곧 태권도이자, 태권도는 곧 최홍희이니까.

최홍희 장군님, 이제 남북 대립과 수많은 오욕을 잊어버리고, 부디 편안히 잠드시라.

당신의 자식인 태권도는 당신 뜻대로 영원히 발전할 것이외다.

특공무술이란 무엇인가? - 영원한 사부들

내가 북한의 격술에 대항하기 위하여 만들어졌다는 특공무술을 처음 접한 것은 군대에 있던 시절이었다.

군 입대 전부터 예비역 선배들에게 특공무술에 관해서 듣긴 했지만, 실제로 배우거나 오랫동안 관찰할 기회는 별로 없었다.

80년대만 해도 지금처럼 특공무술 도장이 시내에 흔하지 않았기 때문이다. 특전사로 입대하지 않으면 접하거나 볼 기회가 별로 없으니, 궁금증은 더욱 커져 갔다.

나는 1988년도에 입대해서 1990년까지 국군병원의 군수병으로 있었다.

군 병원이라는 특성 때문에 3군 지역의 여러 부대에서 환자들이 들어오곤 했다. 나는 병실에 근무하는 의무병은 아니었지만, 기회를 놓치지 않고 특공 부대 출신의 사병들과 친해졌고, 그들에게서 특공무술을 접할 수 있었다.

특공무술도 부대마다 형태와 흐름이 조금씩 다른데, 그 이유는 사범마다 스타일이 다르기 때문이라고 생각되었다.

특공 부대 사람들에게 특공무술을 배우려면 상당히 많은 초코파이와 마니커 훈제 통닭이 필요했는데, 당시 꽤 많은 초코파이가 소모된 것으로 기억된다.

군대 다녀온 사람들은 PX에서 팔던 훈제 닭다리와 닭발이 추억 속에서 떠오를 것이다.

나는 그때 장수옥 총재의 이름과 그분이 특공무술의 창시자라는 이야기를 들었다.

장수옥 총재는 대통령 경호실 경호원들의 사부라니 무술이 얼마나 대단하겠는가. 군인들 특유의 과장까지 보태어져서 나의 머릿속의 장수옥 총재는 구름을 타고 장풍을 구사하는 수준의 도인으로 기억되어져 갔다.

하지만 당시 특공 부대 군인들을 통해서 본 특공무술은 높은 점수를 주긴 힘들겠다는 평가를 내렸다. 왜냐하면 여러 가지 무술을 종합해서 만들다 보니, 그들은 사용하는 기술 자체의 용법을 모르면서 사용하고 있었기 때문이다.

시연하는 특공무술의 손 기술의 원래 용도가 무엇인지 모르면서 그저 손만 빠르게 움직이고 있었으며, 기술은 정교하지도 않고 파워풀하지도 않았다.

그 후로 몇 년이 지났고, 또다시 특공무술을 보게 된 것은 비디오를 통해서였다.

대통령이 바뀌면 청와대에서 경호실의 연무 시범이 있는데, 바로 그 연무 시범의 녹화 테이프를 보게 된 것이다. 대부분의 무술 시범은 서로 짜고 맞추어서 하는 것이며, 무술을 좀 해 본 사람들은 시범을 보기만 해도 어떤 트릭을 썼는지, 어떻게 손발을 맞추어서 약속 대련을 하는 것인지 알게 마련이다. 그래서 무술인들에게 무술 시범이란 지루하기 그지없다.

나는 전두환 장군이 쿠데
타로 정권을 획득했을 당시,
대통령 경호 부대 쪽에 있었
던 하나회 출신 측근 한 명을
알고 있었는데, 그분과 장수
옥 총재는 안면이 있었다. 그
래서 그분에게 장수옥 총재
를 소개해 주기를 청했다.

어렵게 장 총재와 전화 통
화가 되었지만, 장수옥 총재
당신께서는 현재 현역에 있

대한특공무술협회 장수옥 총재

기 때문에 퇴임할 때까지 인터뷰나 접견을 사양하고 있으니 이해해 달라
고 하는 정중한 답변이 돌아왔다.

나는 장수옥 총재의 그런 신중한 모습도 공무원으로서 당연한 것이라
생각했고, 여러 가지로 좋은 인상을 받았다. 사실 고위직 공무원은 이렇
게 행동하는 것이 법도에 맞는 것이라고 생각한다.

그러다가 특공무술의 장수옥 총재를 직접 만난 것은 2002년의 어느
날이었다.

장수옥 총재가 『영원한 사부』라는 책을 출간한 것이다.

이제 언론에 공개하겠다는 뜻을 보인 것이니 뵙고 싶다고 해도 거절하
지 않을 것 같았다.

그래서 장수옥 총재를 찾아갔고, 장 총재님과 그의 부인 철선녀 여사
를 만나게 되었고, 그 인연으로 나는 2003년 말에 이 책을 쓸 때, 초판에

서 특공무술의 창시자로 장수옥 총재를 소개할 수 있었다.

장수옥 총재가 보기 드문 무술의 고수라는 생각에는 지금도 변함이 없다.

장수옥 총재의 무술은 당대 고수의 풍모를 지니고 있다. 박정희 대통령부터 김대중 대통령까지 5명의 대통령을 모실 수 있었던 것은 그의 철저한 자기 관리와 무공 때문이었다.

 특공무술의 근원을 찾아서

그 후로 8년이 지났다. 나는 특공무술의 초기 역사에서 중요한 사람들을 만나게 되었고, 특공무술의 역사는 새로 쓰여져야 한다는 소신을 갖게 됐다.

결론부터 말하자면, 특공무술의 창시자는 한 명이 아니며, 군사보안 차원에서 세상에 드러날 수 없었던 무명의 특수 요원들의 존재는 빠진 채 세상에 드러난 무술이다.

특공무술의 역사는 은폐되었기 때문에 왜곡된 것이다. 은폐될 수밖에 없었던 것은 특공무술이 민간 무술이 아니었다는 것이 제일 큰 이유이다.

나는 당시 27특공 부대장을 비롯한 관계자들의 육성 증언을 들었고, 특공무술의 역사에 관련하여 나온 학술 서적과 논문을 구해 읽었다.

구해 읽은 자료는 대표적으로 아래와 같다.

① 『특공무술의 역사』(사단법인 한국특공무술협회, 임용환)

② 『경호무도로써 특공무술의 형성과정에 관한 고찰』(서울대학교 대학원,

　　체육교육과 김은정. 2005)

③ 『특공무술의 개발과 발전에 관한 경호사적 함의』(한국경호경비학회지 제
   15호 73. 김은정. 2008)
④ 『특공무술이해 : 경호무도의 역할』(경호출판사, 장수옥. 2005)
⑤ 『특공무술의 이론과 실기』(백암, 박노원, 2008)

특히 『특공무술의 역사』와 『경호무도로써 특공무술의 형성과정에 관한 고찰』은 아래 명단에 실린 당시 고위급 관계자들이 직접 증언한 것이어서 그 사료적 가치가 높다.

증언에 참여한 관계자들의 명단은 아래와 같다.

① 장세동 예비역 중장, 전 장관(전 특전사령부 작전처장, 공수여단장, 대통령경호
   실장, 국가안전기획부장)
② 김택수 예비역 소장(전 특전사 공수팀장, 제대장, 대대장, 제606부대장, 공수여단
   장, 사단장)
③ 오형근 예비역 소장(전 특전사 공수 팀장, 제대장, 대대장, 여단장, 사단장, 제27
   부대장, 제3사관학교장)
④ 임재길 예비역 대령, 전 차관(특전사 공수팀장, 대대장, 제606특공부대 부부대
   장, 한미연합사 인사참모, 대통령 비서실 총무수석)
⑤ 김종헌 예비역 준장(전 제66부대 6제대장, 27부대장, 공수여단장)
⑥ 조윤기 대령(제27특공부대 작전참모)
⑦ 차철이 예비역 중령(제606특공부대 팀장)
⑧ 박영준 예비역 중령(제606특공부대 인사참모)

명단을 보면 초기 특공무술을 기획하고 만든 거의 모든 관계자들이 총출동해서 증언했음을 알 수 있다.

그리고 '특공무술의 역사' 논문을 쓴 사람은 오형근 장군 다음에 27특

공부대장을 역임하고, 특공무술 탄생의 산파 노릇을 했던 임웅환 총재 _(현재 사단법인 한국특공무술협회 총재)이다.

이 증언에 대한 녹취록도 존재하고 있으니, 증언의 신뢰성은 높다고 하겠다.

특공무술의 개발은 1970년대의 특수한 시대적 상황과 밀접한 관계가 있었다. 육영수 여사 저격 사건 이후 경호실은 군과 밀접한 관계를 가질 필요성을 인식한다.

그 이전까지 경호 업무는 군의 작전과 별 관계가 없었다. 그러다가 육영수 여사 저격 사건 이후, 대통령 경호실에는 헌병33부대, 수방사55부대, 특전사66부대가 들어와서 공식적으로 경호와 경계 업무에 참여하게 된다.

그 후 1977년 10월 13일, 독일 루프트한자 항공기를 팔레스타인 테러 부대가 납치하는 사건이 발생하는데, 이때 독일은 특공 부대 GSG-9의 요원 28명을 급파하여 PLO 테러리스트들을 모두 사살하고 인질을 구출하는 쾌거를 올렸다.

이 사건은 당시 한국 언론에도 대서특필되었고, GSG-9의 활약에 고무된 청와대는 국가적 위기와 테러에 대비한 대테러 특수부대를 창설할 것을 극비리에 지시한다.

이 일은 국가의 다른 기관도 모르게 진행하는 초유의 극비 프로젝트여서 박정희, 차지철, 전두환, 김택수, 이 4명 이외에는 아무도 알지 못했다. 당시 전두환이 작전차장보 시절이다.

부대 창설을 전담한 김택수는 1년여의 준비 기간을 거치면서 각국의 자료와 무기를 구입하였고, 특전사령부에서 대통령 경호실에 배속된 제66특전대대에서 606부대가 분리되어 한국 최초의 항공기 대테러 부대로 창설되었다.

606부대는 김포공항 내에 부대 막사와 훈련장이 있었으며, 부대 내에 특공교육대를 만들어 교육생도를 배출했다. 이때 헬기 레펠, 건물 레펠, 특공무술 등이 교육되었다.

당시 육군 대위였던 임응환 총재의 증언을 들어 보면, 임응환 총재 본인이 대통령으로부터 첨단 무기 구입의 특명을 받고 유럽으로 건너가서 무기 암거래 시장을 누볐다고 한다.

70년대 말의 한국에는 쓸 만한 대테러 무기가 없었고, 부대의 존재 자체가 극비여서 공개적으로 무기 구매를 할 수도 없었기 때문이다.

그래서 MP5 소총을 비롯한 첨단 총기류와 섬광 수류탄 같은 무기들을 다량 구입하여, 중앙정보부와 외무부의 도움을 받아 비밀리에 한국까지 수송했다고 한다.

MP5 소총은 1977년 독일 대테러 부대인 GSG-9이 사용하여 세계적으로 유명해진 총기로서, 그 후 세계 각국의 특수부대에서 널리 사용되고 있는 명품 총기이다.

606부대의 운영비와 최신 무기를 구입하는 데에 소요된 막대한 자금은 박정희 대통령의 비밀 계좌에서 전액 인출되어 사용되었다.

세간에서는 축재하지 않았으며 비밀 계좌가 없다고 알려진 박정희 전 대통령이 갖고 있던 공공연한 비밀 계좌의 존재는 놀라움으로 다가온다.

606부대는 한국군 최초로 대테러 특공 작전을 연구하고 대테러 첩보 수집과 분석을 하도록 훈련된 부대였다.

한국군 전체에서 최고 중의 최고만 골라 뽑았다는 606부대는, 처음에는 20명에서 시작했으나, 후일 110명까지 인원이 늘었으며, 특공 작전에 적합한 무술을 연구하기 시작했다.

1978년 10월 6일, 대테러 작전에 걸맞는 새로운 실전 무술 개발을 지시받고, 606부대는 전 세계의 모든 무술 관련 책자와 자료를 수집하여 분석에 들어간다.

처음에 수행한 일은 해외에서 수집해 온 자료들을 번역하는 것이었고, 초기의 요원들이 대부분 태권도, 유도, 권투의 고단자들이어서 태권도와 유도를 중심으로 격투 기술을 연구하였으며, 이렇게 탄생된 기술들을 모아 부대 내에서는 임시로 '특전무술'이라 불렀다.

초대 606부대장이었던 김택수 장군(당시 중령)은 당시 부대를 방문하여 특공 부대원에게 한방 의료를 지원하고 있던 김택수 장군의 고교 동창인 김 한의원 원장의 소개로 장수옥 합기도 사범을 알게 되었고, 태권도 5단이었던 임웅환 총재(당시 대위)와 함께 부대를 방문한 장수옥 사범의 시범을 보고 난 다음, 합기도에서 채용할 기술들이 있다고 판단하게 된다.

그래서 태권도와 유도를 기반으로 하고, 합기도의 체포, 연행술을 일부 채용하여 대테러 무술을 창시하고, 김택수 장군은 이를 '특공무술'이라 명명하였다.

당시 청와대 경호실에서 시행하던 무술이 합기도였는데, 606부대에는 합기도를 하는 사람이 없었으므로, 민간에서 합기도 도장을 하던 장수옥 사범을 시간제로 초빙하여 합기도 기술을 습득하였는데, 이때가 606부대와 장수옥 씨가 처음으로 조우하는 순간이다.

당시 청와대 경호실의 합기도 사범은 지한재 씨였는데, 이미 경호실에서 근무 중인 지한재 씨를 제쳐 두고 왜 민간인인 장수옥 총재가 선발되었는가는 의문이다. 아마 지한재 씨의 합기도는 특수부대의 작전에 사용하기 어렵다는 판단이 있었던 것이 아닌가 추측될 뿐이다.

김택수 장군은 차지철 당시 경호실장에게 새로운 특공무술에 대한 시범을 약속했고, 시범 일정이 촉박했으므로, 태권도와 합기도가 융합된 정도의 상태에서 차지철 경호실장에 대한 시범이 시행되었다.

당시의 특공무술은 합기도 그 자체가 아니었으며, 장수옥 사범도 시간제로 고용된 민간인 신분이었으므로, 606부대원들의 시범이 끝난 후에 장수옥 사범이 찬조 시범을 하는 것으로 일정이 구성되었다.

부대원 시범 중에는 장수옥 사범의 제자 몇 명이 606부대원으로 가장하여 출연하는 해프닝도 있었다고 한다.

당시 시범에 참여한 민간인 사범 중 일부는 후일 특공무술협회를 만들고, 자신이 특공무술을 만들었다고 주장하기도 했다.

시범은 성공적이어서 차지철 경호실장이 박정희 대통령에게 보고하고, 대통령 앞에서의 시범 일정을 계획하게 되었다.

차지철 앞에서 시범할 때 참여했던 장수옥 사범의 제자들은 제외하고, 606부대원이 시범을 하고, 장수옥 사범과 그의 부인 김단화 씨의 찬조 출연으로 대통령 시범을 재구성하였는데, 시범은 성공적으로 끝났으며, 박정희 대통령도 별 지적이 없었다고 한다.

당시 장수옥 사범의 시간제 근무에 대한 수당은 606부대의 부대 경비에서 사적으로 지출되고 있었으며, 장수옥 사범은 공무원으로 고용되지 않은 민간인 신분이었다.

대통령 시범 이후, 곧이어 10.26사태와 12.12쿠데타가 일어났고, 606부대는 혼란된 정국 속에서 이 두 가지 사태에 직접 참여하게 되어 특공무술 연구는 잊혀져 갔다.

김택수 장군의 증언에 의하면, 1979년도에 606부대는 특공무술 기술을 정리하고 사진으로 촬영하여, 앨범 5권 분량의 자료를 만들었고, 이 자료를 차지철과 장세동에게 한 부씩 전달하기까지 했다.

그러나 10.26사태가 터지면서, 결국 이 자료는 발간되지 못하였다.

이런 일련의 정황으로 미루어 볼 때, 10.26사태 이전에 606부대 특공무술의 원형은 이미 만들어진 것 같다.

그 후, 제5공화국이 탄생했고, 쿠데타의 선봉에 섰던 특전사 606부대는 제27특공부대로 부대명이 바뀐 채 대통령 경호 업무를 담당하게 되었다.

606부대의 명칭이 27부대로 바뀐 사연도 꽤 재미있는데, 매독 치료제로 유명한 '살발산 606' 때문에 부정적 이미지가 있어 바꿨다는 이야기가 전해 온다.

그러면 808부대는 '여명 부대'라고 불러야 한다는 것인가 보다.

새로 개명한 제27특공부대는 오형근 장군(당시 중령)이 지휘관을 맡았다.

오형근 장군은 특공무술을 다시 꺼내어 부대 본연의 대테러 임무에 맞게 재편하는 작업을 했다.

이때 전두환 대통령에 대한 시범을 27부대에서 주관했으며, 오형근 대장의 배려에 의해 장수옥 사범과 김단화 씨가 보조 참가를 하였다.

이때 전두환 대통령 시범단의 구성은 단장에 오형근 장군, 전체 시나리오 작성은 조윤기 작전참모(당시 소령), 시범의 진행은 고명승 대령(대장 예편)이 담당했다.

초기에 606부대의 탄생부터 지켜보았던 전두환 대통령은 대테러 부대의 중요성을 익히 알고 있었으므로, 27부대의 특공무술을 전군에 전파할 것을 정동호 경호실장에게 명령하였다.

이 시범 후, 오형근 장군은 당시 재정적으로 어려운 생활을 하고 있던 장수옥 사범을 개인적으로 돕기 위해 대통령 경호실 무도 사범으로 그를 추천하였다.

여러 문제가 있었지만, 오형근 장군과 많은 제27특공부대원들의 도움과 지지로 장수옥 사범은 대통령 경호실 무도 사범으로 정식 취직하게 되었다.

그러나 경호 작전 참가 경력과 특수부대 군 경력이 전혀 없는 장수옥 사범은 27부대에서 만들어진 특공무술과 그가 몸담고 있었던 합기도를 합한 차원을 넘지 못하는 한계를 맞았다.

이는 현 국제특공무술 회장인 박노원 씨가 정확히 지적하듯 합기도와 태권도를 단순 혼합한 정도를 넘지 못하였기 때문이다.

특공무술은 대테러 임무와 특수부대 작전에서 사용되는 무술이므로, 특수전 경력이 없는 사람은 만들어 내기 어렵고, 연구 발전시키기도 쉽지 않다. 특수 작전 상황을 일반인이 알 도리가 없기 때문이다.

그 후, 전두환 대통령의 지시에 의해 27부대는 제5공수여단에 특공무술을 전파하였다.

당시 5공수 여단장이었던 장기오 장군은 5공수부대원으로만 구성하여 육군 시범을 보이게 된다.

5공수 시범에서 대두된 문제는, 기존 27부대의 특공무술의 난이도가 높고 어려운 동작이 많아서 일반 공수부대 장병들이 단기간에 익혀서 시범하기에는 쉽지 않았다는 것이다.

전군에서 고르고 골라 뽑아 온 20여 명의 특수 요원과 일반 특전사 장병의 자질이 같을 리가 없었다. 또한 606 및 27부대의 존재 자체가 대외비였으므로, 비밀 부대에서 교육받는 특공무술의 기술이 일반 공수부대로 흘러 나가는 것은 보안상 위험하다는 시각이 있었다.

그래서 공수부대용으로 다운 그레이드 해서 탄생한 것이 5공수여단에서 발표한 특공무술 버전이다.

이때 5공수의 시범 작업에서 관여하게 된 사람이 현재 국제특공무술 연합회의 박노원 회장이다.

장기오 장군은 민간인 신분인 박노원 사범을 지도 사범으로 위촉했고, 박노원 사범은 약 6개월에 걸친 기간 동안 5공수여단 25지역대의 대원들을 훈련시켰다.

그리고 1981년 1월, 국방부 연병장에서 육군 참모총장 및 각급 장성들과 각료 인사가 임석한 가운데 5공수여단의 특공무술을 시범하였다.

우리가 알고 있는 특공무술이 민간에 처음 공개된 날이었다.

시범은 성공적이라고 평가되었지만, 촉박한 일정 탓에 급조된 특공무술은 여러 가지 차원에서 갈등의 소지를 낳았다.

문제의 핵심은 창시자 문제와 명칭 논란이다.

과연 누가 특공무술을 만들었느냐는 창시자 논쟁은 606부대와 27부대의 특수성 때문에 촉발됐다.

27부대는 존재가 공개되지 않은 비밀 부대여서, 부대원의 어느 누구도 사회에 이름과 얼굴을 내밀 수 없는 상황이었고, 27부대원들은 특공무술을 부대원 모두가 공동으로 만들었다는 묵시적 합의가 있었으므로 특정 개인이 창시했다고 나서지 않았다.

또한 27부대원들이 계속 부대를 옮겨 가게 되면서, 특공무술은 주인을 잃어버렸다.

더구나 김영삼 정권 들어서서 대통령 경호 임무를 맡고 있던 27부대는 해체되고, 대통령 경호실로 경호 업무가 이관되었다. 27부대는 더 이상 세상에 존재하지 않게 됐다.

한국 최초의 대테러 부대였던 제27특공부대의 부대원들은 새로 창설된 특전사 707부대로, 국가안전기획부로, HID와 그밖의 특수한 기관으로 뿔뿔이 흩어졌다.

이렇게 비운의 특수부대였던 27특공부대는 전설 속으로 영원히 사라져 갔다.

그 후, 주인을 잃어버린 27부대 특공무술의 주인으로 주장하는 사람들이 등장했다.

그 대표적인 인물이 장수옥 사범과 박노원 사범이다.

이 두 명은 현재 각각 대한특공무술협회와 국제특공무술연합회의 총재로 재임하고 있다.

그런데 이 두 명의 주장이 틀린 것이 아니어서 문제는 더욱 복잡해졌다.

장수옥 사범은 초기 특공무술 형성에 합기도 술기를 첨가하였고, 나중에 대통령 경호실 무도 사범으로 재직하면서 경호실에 특공무술을 지도했다.

27부대가 없어졌으므로, 대통령 경호 업무는 경호실에서만 전담하고 있었다. 그러하니 장수옥 사범은 대통령 경호실 경호원의 특공무술 사부가 맞으며, 특공무술 탄생 과정에 자신의 지분을 확실히 갖고 있다.

그러나 그는 특전사의 사부는 아니다.

또한 5공수여단의 특공무술은 박노원 사범이 관여하여 만들고 교육시켰다.

따라서 박노원 총재의 특공무술 창시 주장도 틀린 것이 아니다. 5공수여단의 특공무술이 전군에 퍼져 나갔으니까 말이다.

내가 군 복무 시절에 보고 배웠던 특공무술은 5공수여단의 특공무술이 원형이다.

이런 일련의 문제들의 원인은 특공무술 명칭 문제에서 비롯되었다.

간단히 설명하자면, 27부대의 특공무술과 장수옥 사범이 경호실에서 가르친 특공무술, 5공수여단의 특공무술은 이름만 같을 뿐, 다른 무술이라는 것이다.

각각 다른 무술이 같은 이름을 갖다 보니 혼란이 생겼다. 비슷한 시간대에 창시자가 다른, 각각 다른 버전의 특공무술이 존재한 셈이다.

이 문제를 야기한 것은 아까도 설명했듯이 비밀스러운 27부대의 특수성 때문이었다.

아비가 스스로를 아비라 말하지 못하니, 아이를 데려다 키우겠다는 아비가 난립하게 된 것이다.

누군가가 나서서 'Son, I'm your Father.'라고 말해야 했는데, 진짜 아비는 자신이 아비라는 것을 밝힐 수가 없던 상황에서, 졸지에 세 명의 아빠가 등장했다.

유전자 분석을 해 보면 실제로는 세 명의 아이에게 각각의 아빠가 존재했는데, 세상은 한 명의 아이에게 세 명의 아빠가 있는 것으로 착각해 왔다. 그리고 세 명의 아빠는 세 명의 아이가 다 자기 자식임을 주장했다.

이것이 특공무술 갈등의 본질이다.

즉 임응환 총재는 특전사의 영원한 사부이고, 장수옥 총재는 대통령 경호실의 영원한 사부이며, 박노원 총재는 5공수여단의 영원한 사부인 셈이다.

이후에 벌어진 일련의 문제들은 세상 사람들이 아는 바와 같다. 27부대원들은 현역에 있었기 때문에 침묵했고, 장수옥 사범은 (사)대한특공무술협회를 만들어 창시자 겸 총재로 착좌했다.

박노원 사범도 자신의 협회를 만들어서 총재가 되었다.

그러다가 세월이 흘러 군 내부에 생존했던 27부대원들의 전역 시기가 도래하면서, 잃어버린 역사를 찾으려는 시도가 일어났다. 지금까지는 밝히지 못했으나, 이제라도 아이에게 진짜 아버지를 찾아 주겠다는 27부대원들의 생각은 잘못된 것이 아니었다.

이제 특공무술의 역사가 명확해졌으니, 특공무술의 본질을 논해야겠다.

특공무술은 민간의 무술이 될 수 없다. 군대에서 특수 작전 요원들이 살상 효과를 최대화할 수 있도록 고안된 기술이다. 군 작전 환경도 수많은 요인에 따라 계속 변화하고 있으므로, 군의 기술도 이에 대응하여 항상 변화하게 된다.

브라질 특공무술

영국군과 미군의 경우, SAS와 델타포스 등의 특수부대는 부대 내에 존재하는 기술마다 몇 년도 어떤 전쟁에서 획득하게 된 기술이라는 연원이 존재한다.

영국 구르카 부대 특공무술 교육

예를 들어서 델타 부대의 블랙잭은 베트남전쟁 때 고안되어 보급되었고, SAS의 목 조르는 기술은 아프간 전쟁에서 탈레반과 싸우면서 더욱 정교해졌다고 한다.

이렇듯 특수부대의 기술은 항상 변화한다.

영국 SAS특공부대 교육 후, SAS교관들과 함께

고로 특공무술은 몇 년도 버전인가가 있을 뿐, 정형화되고 수십 년째 바뀌지 않고 전

대한민국 특전사 특공무술 교관단 교육 후

수되는 기술이 아니다.

그러나 현재 민간에서 교육되는 특공무술은 해당 협회의 총재가 현역 업무를 마치고 민간인으로 돌아오던 시점에서 화석처럼 고정된다.

어떤 특공무술협회는 일본도를 들고 장검형을 하기도 하고, 어떤 곳은 쌍절곤을 돌린다. 대테러 작전에서 있을 수 없는 무기와 기술이다.

또한 특공무술은 특수전 경험이 풍부한 특전 베테랑 요원들이 연구 개발해야 한다. 민간인은 특수한 전투 상황을 알지 못하기 때문이다. 따라서 군 복무 경험이 없는 민간인이 연구 개발한 특공무술은 무효다.

그리고 대통령 경호실에서 배우는 무술은 '경호 무술'이어야 하며, 특공 부대의 무술이 특공무술인 것이 옳다.

경호 무술과 특공무술은 개념이 다르기 때문이다. 경호는 요인의 안전이 우선이므로, 가해자를 선제공격하지 않으며, 요인 보호를 우선한다.

반대로 특공무술은 방어보다는 선제공격이 주가 되며, 상대를 죽이는 것이 목적인 무술이다.

이 두 가지 무술은 목적과 개념이 다른데도 혼용되어 사용되면서 중대한 오류를 범했다. 특공 부대의 특공무술을 경호실에서 가르쳤다는 것은 뭔가 크게 잘못됐다. 이제라도 이름표를 다시 제대로 달아 줄 때다.

몇 년 전부터 대통령 경호처에서는 특공무술을 수련하지 않는다. 경호처 안에서 특공무술 종목이 완전히 퇴출되었으며, 현재는 태권도와 유도만 교육되고 있다. 합기도, 특공무술, 검도는 경호실의 무도 과목에서 빠져 버렸다.

차후에도 대통령 경호실은 경호에 적합한 무도를 익히는 것이 바람직하며, 특공무술은 그 해답이 될 수 없다. 경호 무술과 공격용 무술은 다른 것이기 때문이다.

최근에 육군 특수전사령부에 특공무술 기술을 진수하고 자문하는 일은 (사)한국특공무술협회(총재 임웅환)에서 하고 있다.

사단법인 한국특공무술협회
임웅환 총재

임웅환 총재는 특전사의 사부인 셈이다. 그는 HID, UDU를 비롯한 군인이 받을 수 있는 거의 모든 특수 훈련을 다 받았다는 전설의 대테러 요원 출신이자, 하버드 대학원 케네디스쿨 출신의 최정예 군부 엘리트다.

지금도 대한민국의 특수전사령부는 항상 새로운 기술을 찾고 연구하고 배우고 있다.

현재 특전사의 특공무술을 연구하는 팀이 하고 있는 내용을 우리 민간인이 알 필요도 없고, 공개되지도 않을 것이다. 이것이 현실이다.

요새 시중에 보급되어 체육관 사업을 하고 있는 특공무술은 민간 버전으로 전환된 과거의 특공무술이다.

미군 보병의 고기동 다목적 차량(HMMWV)인 험비(Humvee)가 GM에 의해 민수용으로 생산된 것이 험머(Hummer) H1, H2 버전이다. 험비와 험머는 외견상 비슷해 보이지만, 내부 구조와 성능은 하늘과 땅 차이가 난다.

마찬가지로 현재 특전사가 사용하는 특공무술은 험비인 것이고, 동네의 특공무술 체육관에서 보는 특공무술은 GM이 생산한 험머 H2 버전인 셈이다.

특공무술의 미래에 대한 조언

특공무술의 미래는 어떻게 될까?

나는 특전대원, 707대테러부대원, HID, UDU, UDT/SEAL, 그밖에 이름을 밝힐 수 없는 여러 특수한 부대와 기관원들을 만나 보았다.

그런데 많은 사람들이 기술은 화려하나 공력은 없는 것을 목도했다. 신체 골격이 최적의 상태를 유지하지 못하고 있는 사람들도 흔했다.

이런 상태는 군 전력에 결코 바람직한 것이 아니다.

왜 이런 일이 생겼을까?

요즘도 특전사는 철마다 특공무술 시범을 하고, 국방부 홍보팀은 이런 동영상을 민간에 배포한다. 수도로 병목 날리기, 이마로 기왓장 격파하기, 뛰어서 공중회전 표적 차기 등등, 각종 아크로바틱한 화려한 기술들을 선보인다.

그런데 이런 기술들을 실제 전투에서 쓸 수 있겠는가? 가장 실용적이어야 할 군대에서, 왜 화법 무술을 연마하고 시연하는가? 이것은 모순이다.

세계 사회의 시민으로서, 침략적 전쟁을 하지 않더라도 평화유지군 활동을 할 기회도 많으니, 앞으로 한국군은 사막, 정글, 고산지대, 도시에서 전투할 일이 있을 것이다.

그렇다면 한국의 특공무술이 이런 다양한 상황에 대한 대처와 솔루션을 갖고 있는가?

최근 서구 특수부대의 무술은 브라질리언 주짓수와 같은 그라운드 기술을 대거 채용하여 좋은 성과를 보이고 있는데, 우리의 특공무술도 이러한 세계적인 트렌드를 따라가고 있는가?

중요한 것은 이런 연구들을 위한 민군 합동의 연구팀이 상설로 존재해야 하며, 급변하는 상황에 즉시 대처할 수 있어야 한다.

이 점에서 이스라엘 특수부대의 무술인 크라브마가(Kravmaga)는 참고할 부분이 많다. 크라브마가는 개념 자체가 매우 유연한 무술이며, 특정한 기술보다는 상황 대처에 대한 솔루션을 교육시킨다.

앞으로 군대의 무술은 화려한 기술 습득과 과시가 아니라, 실용성에 기초해야 한다.

공중 2회전보다는 공력 단련과 대련에 중점을 두어야 한다. 우선 장교와 하사관 들부터 체력 단련에 대한 체계적인 공부가 필요하고, 지휘관들이 그렇게 익힌 체력 단련 기법들을 일반 사병에게 보급하는 것이 군대가 되어야 한다고 생각한다.

군대에서 얼차려를 할 시간에 신병에게 역도를 가르치고, 크로스핏(crossfit)을 가르치고, 시크릿 트레이닝(Secret Traning)을 훈련하게 되어야 한다고 여긴다.

그렇게 만들어진 체력과 기본 공력에서 진정한 특공무술이 생겨나고 발전할 수 있다. 그게 공력이고 전투력이다.

한국 소림권의 대부 **황주환** 총재

한국에 중국 무술이 본격적으로 전래된 지 60여 년이 지났다.

한국에 거주하는 화교들 중 무술에 능한 사람이 많았다고 하지만, 직접 한국인에게 쿵후를 전수한 사람들은 손에 꼽힐 정도였다. 기술을 내주는 데 인색한 화교들에게 과거 무술을 갈망하던 한국 사람들의 자세는 필사적이었다.

임품장, 노수전 노사 등 화교 무술계의 원로들이 타계하고, 더 이상 화교들이 한국의 중국 무술계를 리드하지 못하는 상황이 된 지금, 그 옛날의 무용담들을 듣는 것은 하나의 에피소드에 불과할지 모르겠지만, 원류와 계통을 찾고 올바른 역사를 정립해야 하는 것은 당위라고 할 수 있다.

황주환 총재는 한국인으로서 화교들에게 무술을 배운 초창기 1세대이며, 한국 쿵후계의 원로이다.

그는 한국에서 중국 무술이 태동하던 1950년대 초기부터 활동하였으며, 많은 화교 무술가들을 접했고 친분을 쌓았다.

많은 쿵후인들이 그에게서 무술을 배우고 다시 독립하여 제자를 양성했다.

황주환 총재

2011년에 75세를 맞이한 황 총재는 아직도 정열적으로 후학들을 키우고 협회 일을 보고 있다.

나는 여러 차례에 걸쳐 황주환 총재를 만났다. 그는 자타가 공인하는 한국 쿵후계의 고수이며, 그의 행적과 무술은 워낙 전설적이어서, 지금도 그에게 무술을 배운 제자들은 자신이 그의 제자임을 자랑스러워한다.

황주환 총재는 우리가 잘 몰랐던 중국 무술계 이면에 있었던 사실들과 화교 무술가들의 실체, 한국의 중국 무술계가 발전해 온 궤적들을 담담하게 회고했다.

💬 **중국 무술계에서 총재님에 대한 명성은 익히 알려져 있지만, 일반인들을 위해 무력을 소개해 주시겠습니까?**

— 나는 거제시에서 태어났는데, 어릴 때부터 운동을 좋아했다. 국민학교 3학년 때 야구 선수를 했으며, 중학교 때는 권투를 배웠다. 고등학교는 부산의 남포동에서 다녔는데, 우연히 중국 식당에서 화교와 인연이 되었다.

당시 화교들은 무술을 조금씩 다 할 줄 알았다. 그는 송씨 성의 사범이었는데, 당시 60세 정도였고 무술을 잘했다. 이름은 잘 모른다.

이때가 50년대 초반이었고, 난 16살 정도였다. 그때는 무슨 무술인지도 모르고 배웠지만, 지금 생각해 보면 스타일이 무당권과 비슷했다. 당랑권은 속도를 중요시하고, 무당권계는 내공을 중요시한다.

그러다 잠시 서울에 올라왔는데, 성동 중앙체육관의 관번 1번이 되어 여기서 역도와 권투를 배웠다. 지금은 검도도 가르치지만, 그때는 검도 종목은 없었다.

그 후에는 화교들에게서 무술을 배웠다. 명동의 중국 대사관 뒤에 있는 화교 학교에 고광유라는 사람이 있었고, 추길원(秋吉元) 사범이 있었다.

고광유 사범은 50년대 후반, 명동의 화교 학교에서 무술을 가르쳤다.

이 고광유 사범이 죽고 나서 춘천에 있던 임품장 노사가 명동 화교 학교에 교련으로 오게 된 것이다.

이후에는 아는 대로 코스모스백화점, 서대문, 종로3가, 아현동, 대한극장 옆, 을지로에서 도장을 하였다. 물론 이덕강 씨를 비롯한 화교들이 운영한 것이다.

아현동 시절의 도장에는 관원이 6, 70명이 되어 돈을 주체하지 못할 정도로 많이 벌었다.

그러다 1967년 '중국무술십팔기협회'를 차려 회장으로 취임했다.

이것이 나중에 '대한십팔기무술협회'로 바뀌었다가, 97년에 대한쿵후협회로 최종적으로 개칭했다.

💬 **여러 분에게 무술을 배우셨는데, 스승으로 꼽을 만한 분은 누구십니까? 흔히 이덕강 씨의 제자로 알고 있는데 말입니다.**

— 나의 스승이라면, 부산에서 처음 무술에 입문하게 해 준 송 사범과 서울의 추길원(秋吉元) 사범이다. 추 사범에게는 소림권을 배웠는데, 매

인천 팔괘장의 노수전 노사와 황주환 총재   단련 중인 젊은 날의 황주환 총재

화로, 적요, 오호곤, 흑호권 등의 투로들을 익혔다.

💭 **사진을 보면 고궁에서 연습을 하신 것 같은데요.**

— 비원에서 운동을 했다. 그때는 그곳에서 운동이 가능했다. 하루에 벽권 단련(팔뚝 강화 훈련)을 5,000회 이상씩 하곤 했다.

💭 **제자들도 많으실 것 같습니다.**

— 제자라면 아주 많다. 창신동에서 대도관을 낸 이관우도 내 제자다.

하지만 나는 대한십팔기협회 회장이었고, 회장은 다른 사람을 못 가르친다는 원칙을 세워 놓았으며, 회원의 도장을 함부로 방문하지 않았다. 편애한다는 느낌을 주지 않기 위해서이다.

70년대 후반에는 장충동에서 프로레슬러들을 대상으로 무술을 가르

첬다. 덩치가 산만 한 사람들
이 나에게 머리를 숙이고 인
사하는 모습을 일반인들은
흥미 있게 지켜보곤 했다.

💬 일본 NHK방송에 출연하셨
  던 일화는 매우 유명하던데
  요. 말씀해 주시겠습니까?

  — 1975년 일본의 NHK의
프로그램에 출연하였다. 기
인열전 비슷한 포맷의 프로
였는데, 첫 번째 관문은 사
방을 두꺼운 나무로 바리케
이드를 친 방에서 맨손으로
이것을 부수며 나오는 것이
었다.

  두 번째는 격파 시범이었
는데 한 더미에 10장 정도 쌓
여 있는 건축용 기와를 쭉 늘
어놓고 피아노 치듯이 장과
손날로 격파했다.

  나중에 알고 보니 이것이
일본 시청자들에게 가장 인
기였다고 한다.

  마지막은 사방에 목검을

황주환 총재 수련의 한때

황주환 총재 수련의 한때

든 사람이 동시에 공격을 하는 것이었는데, 양쪽에서 공격해 들어오는 목검을 팔로 방어하며 앞에 있는 사람을 장으로 공격하였다.

장에 맞은 사람은 기절하여 병원으로 실려 갔고, 팔로 막은 목검은 부러져 나갔다.

💬 **지금 대한쿵후협회가 하는 일들은 무엇입니까?**

— 중국 무술 단체로는 대한우슈협회가 있지만, 이곳은 경기 우슈에 치중하여 중국 무술의 참맛을 느끼게 하지는 못한다. 대한쿵후협회는 무술로서 쿵후를 가르치는 곳이다. 회원 도장도 점점 늘어나고, 많은 관심을 모으고 있다.

💬 **요즈음은 쿵후를 배우려고 해도 마땅히 배울 곳을 찾기 힘듭니다만, 중국 무술을 배우고 싶어 하는 사람들에게 한 말씀 해 주시겠습니까.**

— 쿵후는 길이 좋다. 기술적인 면이 뛰어나다는 것이다. 이 좋은 길에, 힘까지 더해진다면 금상첨화이고, 적수를 찾지 못하게 될 것이다.

이후, 황주환 총재는 과거 무술을 수련하던 당시의 상황에 대한 회고와 무술 인생에 관해 많은 말씀을 해 주셨다.

무술하는 사람에게 필수적인 것

나의 제자 중에 Y라는 사람이 있다. 이 사람은 정부 기금으로 영국으로 유학을 가서 2년간 대학원을 다녔다.

그러던 도중에 명문 대학의 교수들에게 무술을 가르칠 기회를 잡게 되었다. 배우는 사람들은 고고학 쪽 교수들이었는데, 자질도 좋았으며 열심히 배우고 열심히 가르쳤다. 교습은 Y가 한국에 돌아올 때까지 계속되었다. 교수뿐만 아니라 다른 사람들도 배우게 되었고, Y는 완전히 영국 무술계의 대부가 되었다.

그런데 어느 날 갑자기 Y가 중풍으로 쓰러졌다. 만약 내가 그렇게 됐으면 어떻게 했을지 모르겠지만, 너무 자존심이 상했다. Y가 술을 많이 먹은 것도 아니고, 평소 몸 관리를 잘했는데, 왜 중풍을 맞았는지 알 수 없었다. 나이로 봐서도 그럴 정도까지는 아니었다.

무술하는 사람이라면 어디서나 당당하고, 다부지고, 알차고, 눈도 반짝반짝 빛나야 한다. 책상 앞에만 앉아 있는 학자나 연구가 들은 힘이 없고 비실거리는 전형적인 모습들을 상상할 수 있지만, 무술하는 사람들에 대해서는 어딘지 힘차고 힘깨나 쓸 것 같은 기분이 들지 않은가.

그래서 내 자존심에 Y의 모습은 너무 실망이 컸고 안타까웠다. 책을 여러 권 내기도 한 그에게 나는 '글 쓰는 너를 보았을 때 사람들은 대단하다고 생각할지 모르겠지만, 누워 있는 너를 보면 사람들이 실망을 한다.'고 말한 적이 있다.

무술, 또는 운동을 한다는 것은 몸에 아무런 하자가 없다는 말이다. 어디 한 부위라도 아픈 사람이 무술을 할 수는 없다.

이전에 운동했다는 사람들을 만나면 실망을 많이 한다. 말로만 하고,

황주환 총재

나이가 들어서까지 지속하는 사람들은 없다.

얼마 전인가 각 문파를 초월하여 무술계 원로들이 프레지던트 호텔에서 모이는 날이 있었다. 대부분 나보다는 나이가 서너 살 많아 선배 격인 사람들이었다.

그런데 호텔에 들어오는 광경들을 보니까, 다른 사람의 부축을 받으며 오지 않나, 비틀거리지 않나, 전부 비실대는 모습이었다. 그러니까 무술을 계속 안 했다는 이야기이다.

체육관이나 협회에 자신의 이름만 걸어 놓고, 한창 시절의 명성만 가지고 지탱하고 있는 것이다. 무술인이라면 무술을 안 하고, 대접만 받으려는 행세를 하면 안 된다.

나는 중국 사람들이 연무하는 비디오를 많이 수집했다. 물론 촬영용과 실제와는 다르다. 그 비디오들을 보면 실제보다는 예쁘게 한다. 그래서 비디오를 찍어 놓으면 잘하는 것처럼 보인다.

그러나 70, 80세, 심지어 100세가 넘는 사람들이 시연하는 것을 보면서, 어떻게 보면 잘못한다고 할 수 있지만, 늙어서까지 무술을 한다는 정신이 중요한 것이다.

영상이 전 세계에 나가는 것을 생각해 본다면, 그런 것을 이유로 중국 무술이 다른 나라 사람들에게 더 좋은 인상을 줄 수 있는 것이다.

화교 무술가 중에 임품장 노사도 갑자기 죽었고, 이자량 씨도 갑자기 죽었다. 와병을 하다, 누워 있다 죽은 사람들이 아니다. 노수전 씨도 그랬다.

중국 무술을 한 중국 사람들은 아파서 눕고, 병원 가서 치료받고, 침 맞고 그러다 죽은 사람들이 없다.

그래서 주변에 있던 우리들이 화교 무술가들이 병든 모습을 보지 못했다.

그런데 중국 무술을 한 한국 사람들은 아프다 죽는다. 정신이 달라서 그런지 모르지만, 나는 그 부분에 대해 좋게 생각하지 않는다. 운동하는 사람, 무술하는 사람은 죽을 때까지 건강하게 시연을 보이며, 가르치며 살아야 한다.

무술을 할 때의 자세

요즈음에 중국에서 나온 무술 관련 비디오들을 볼 때, 같은 권법이라도 우리가 하는 것과 영 다르다.

흑호권을 예로 들면, 중국의 흑호권과 우리가 하는 것이 달랐다.

그러나 동작이 다르다거나 길이 다르다는 건 중요한 것이 아니다. 얼마나 동작을 자신의 것으로 했는가가 문제이다.

기억을 더듬어 하는 것과 소화가 돼 있는 것과는 완연히 다르다. 한국의 적요와 중국의 어느 지방에서 나온 적요와는 다르다.

태극권도 수백 개가 있다. 이런 것들을 다 배울 수는 없다.

그러나 자신이 하는 형을 몇 개만 몸에 완전히 습득한다면-칠흑 같은 어둠 속에서도 맘대로 할 수 있게-다른 형들은 몇 번 쳐다보기만 해도 금방 따라 한다.

쿵후는 단련이 중요하지 투로가 중요한 것이 아니다.

나는 중국 사람들에게 부러웠던 것이, 늘 꾸준히 하는 것이었다. 무술을 오래 하면 어떻게 변하는지 궁금해 나도 한번 늙어 죽는 날까지 가 보자 결심하고 지금까지 이르렀다.

나는 지금도 운동을 한다. 사회생활 때문에 바쁘게 돌아다녀 한 군데를 정해 놓고 수련을 할 수 없어 시립대학 근처, 우이동 고향산천 뒤쪽 등등 자주 가는 곳마다 터를 마련해 놓았다.

무술에서 중요한 것은 일격 필살의 힘

70년대 초반 『돌아온 외팔이』 같은 홍콩 영화가 많이 들어왔을 때 일이다.

제자 중에 한 명이 솥에다가 모래를 넣고 데워서 철사장을 한다고 단련을 했다. 그러다 손이 시커멓게 변했고, 못쓰게 되었다.

그래서 나는 그것은 영화를 찍기 위한 트릭인데 왜 흉내를 냈느냐고 야단을 친 적이 있다.

단련은 제대로 하는 것이 중요하다. 나는 벽돌에다 새끼를 감고 한 적이 있고, 이덕강 씨는 콩 자루를 만들어 놓고 쳤다. 돌을 치고 나무를 치고 피켄(팔뚝)을 거기서 단련을 했다. 하루에 많이 할 때는 5만 번씩도 했다. 시간은 한나절도 더 걸린다.

가부좌를 하고 기공을 해서 단련하는 방법을 알려고 화교들을 많이 만났다. 그 과정만 가르쳐 주면 나는 할 자신이 있었다. 나는 노력파니까.

인천의 노수전 씨는 배의 연통에다 고무를 막아 놓고 치라고 알려 준 적도 있다. 연통이 뚫려 있으면 쳤을 때 충격파가 나한테 다시 돌아오지만, 막아 놓으면 충격이 분산된다. 좋은 노하우이다.

나무도 숨을 쉰다. 생나무를 치면 단련이 잘 안 된다. 죽은 나무에는 새끼를 감고 치면 빨리 된다. 하지만 생나무에 연습을 하는 것이 좋다. 죽은 나무에는 탄력이 없기 때문이다.

이런 단련 때문에 기가 연습되는 것이 사실이다. 나는 외공, 내공 구별을 안 한다. 단련을 하면서 기가 모이고, 힘이 나오는 것이다.

무술에서 중요한 타격법은 거리가 없어도 상대에게 충분한 데미지를 입히는 것이다. 상대와 거리가 떨어져 있는데 공격을 한다면, 상대는 도망가거나 피해 버린다.

거리가 없어도 많은 거리가 있는 것처럼 치는 것을 훈련해야 한다. 틈이 없는 공간에서 가격을 했는데 상대에게 타격을 주는 것이 실력이고 쿵후다. 좁은 공간에서의 순간적인 힘이, 큰 공간에서 나오는 힘과 같다.

이전에 내가 프로레슬러들에게 무술을 가르칠 때, 외관상 보기에는 비교가 안 되는 게임이지만 모두 한 방에 떨어져 나갔다. 사람들은 그런 비결을 몹시 궁금해했다.

문제는 단 한 번에 상대를 KO시키는 것이다. 이상한 동작을 믿고 까불다가는 큰일 난다. 이 한 방을 기르기 위해 연습하고 노력하는 것이다.

나는 지금도 운동을 꾸준히 한다. 나는 삼성동에도 사직동에도, 서울

시립대학, 북한산 고향산천 쪽 등 내가 자주 가는 곳마다 수련할 수 있는 장소를 만들어 놓았다.

내가 어디로 갈지는 모르지만, 가는 곳에 가면 반드시 운동을 할 수 있고 무술을 할 수 있는 지역을 스스로 만들어 놓은 것이다. 나 혼자니까 볼 사람도 없고, 무슨 옷을 입던 상관이 없다.

중국 무술을 하는 사람치고 금강권, 매화권, 소호연 이 세 가지는 빼놓을 수 없는 권법이다. 금강권은 가장 사나이답고, 매화권은 중성이고, 소호연은 내공과 외공이 동시에 갖춰져 있는 가장 좋은 권법이라 말할 수 있다.

이걸 삼대 요체라고 말하는데, 이 세 가지를 모르는 사람은 쿵후를 했다고 말하면 안 된다. 이 세 가지는 어느 중국 무술 도장에 가도 다 한다.

금강권은 내가 부산에서도 했었는데, 임품장 씨 하는 것과는 달랐다. 임품장 씨 금강이 좀 달랐다.

지금은 많이 변형이 되었지만, 소호연도 내가 지금하는 것과 도장 사범들이 하는 소호연은 차이가 있다. 순서의 차이도 있지만, 동작이 삽입된 느낌이 있다.

왜 이런 문제가 생길까. 도장을 각자 차리니까 제자들에게 뭔가 가르쳐 주어야겠고, 해서 동작이 자꾸 늘어나는 것이다.

임품장 씨는 동작이 딱딱했다. 임품장 씨는 어떤 제자한테도 절대적인 파워나 힘을 기르는 방법을 가르쳐 주지 않았다. 동작만 가르쳐 주었다.

임품장 씨는 철사장도 했다. 그러나 크게 달성하지 못했다고 본다. 임품장 씨가 무술은 오래했지만, 중국 무술책에서 보거나, 우리가 상상하는 그런 힘은 없었다.

물론 임품장 씨가 콩이 가득 찬 콩 가마를 차면 들썩거리기는 했다.

그것이 내가 처음 그 사람한테 바라던 위력은 아니었다. 콩이 한 가마가 넘으니까 그 위력으로 사람을 차면 창자가 튀어나오던가 즉사를 하는 것이다. 결정타로는 충분하다.

그런데 그런 수련을 여러 사람이 보는 앞에서 하지 않았다. 항상 자기 혼자, 봉술 같은 것을 할 때도 늘 자기 혼자 했다.

이 사람들은 아주 단련을 무섭게 하면서, 보여 달라고 하면 안 보여 준다.

화교가 한국인을 차별하며 가르치는 것을 보면서 말할 수 없는 분노가 일었다. 내가 화교하고 결혼을 안 한 이유 중의 하나가 그런 것들이다. 우리나라 사람을 너무 가볍게 보는 것이다.

그러니까 '자기들은 자신들의 무술이 최고이고, 우리는 대국이다. 우리는 한때나마 세상을 지배했고, 앞으로 우리는 전 세계를 움직일 것이다'.

40년 전인데, 그때 화교들은 그런 생각들을 하고 있었다.

이런 문제들 때문에 화교들과 생긴 갈등이 말이 아니었고, 임품장 씨와도 여러 번 싸울 뻔했다.

그럼에도 나하고 임품장 씨하고는 아홉 살 차이여서 좀 친했다.

임품장 씨는 물을 잘 안 먹었다. 왜냐하면 우리 몸의 70%가 수분이고, 30%가 골격이라, 물을 먹으면 몸이 푸석푸석해진다고 생각한 모양이다.

생긴 것도 꼬장꼬장했고 물도 안 먹으니 몸이 단단했다. 음식도 간짜장 같은 것만 먹고, 절대로 우동이나 국물 있는 것은 안 먹었다. 그래서 절대로 목욕물도 가까이 안 했다.

임품장 씨는 아주 성질이 얄궂고 성질이 대단했다. 임품장 씨 옆에 가서 농담 삼아 한번 붙자 하면 안 쳐다보았다. 자기가 꼭 이긴다는 보장이

초기의 중국 무술 단체였던 중국국술관 조직도. 총재에 임품장, 회장에 황주환이라는 문구가 보인다.

없었던 것이다. 무술 잘한다고 해서 싸움을 잘하는 것은 절대 아니다.

임품장 씨가 건조한 음식만 좋아하는 것도 이유가 있을 것이다. 근거 없이 그 짓을 안 했을 것이고, 어떤 사부 밑에서 배웠을 것이다.

임품장 씨는 깨끗하고 깔끔한 스타일이 아니다. 전형적인 지저분한 화교였다. 그것은 노수전 씨도 마찬가지였다.

이덕강 씨는 멋쟁이였고 한국말도 잘했다. 그러나 임품장 씨와는 도장을 운영하면서 금전 문제로 마찰이 많았다. 관원비는 받은 사람이 임자였던 것이다.

임품장 씨 부인도 성질이 대단했는데, 이덕강 씨와 돈 문제 때문에 욕설이 오고 간 것이 한두 번이 아니다.

임품장 씨와 대한극장 주변에서 도장을 할 때, 이덕강 씨는 창문 밖을 쳐다보고 있는 것이 일과였다. 육교 건너로 임품장 씨가 오는 모습이 보이면 그대로 자취를 감춰 버리는 것이었다. 서로 마주치면 좋은 일이 하나도 없었기 때문이다.

팔괘장을 했던 노수전 씨는 낯을 가렸다. 한국 사람들에게도 상당히 경계심을 가지고 쳐다보지도 않았다. 식당에서 일하면서 옆에 사람이 있어도 돌아보지도 않았다.

내가 노수전 씨에게 무술을 배울 생각이 없었으면 다 엎어 버렸을 것이다. 힘으로 하면 내가 당연히 이긴다. 나는 어려서부터 복싱, 씨름, 축구 등 다양한 운동을 했다. 화교든 고수든 지고 나서는 아무 할 말이 없는 것이다.

노수전 씨에게는 3년 반 정도 찾아다니면서 교류하였다.

노수전 씨는 자존심이 무척 강했다. 유아독존이었고 고집이 세서 친해지기가 어려웠다.

하루는 인천에서 버스를 타고 같이 서울로 올라왔는데, 노수전 씨가 멀미가 심해 내리자마자 토하는 것이었다.

내가 '내가권을 하는 사람이 버스를 탔다고 멀미를 하면 되겠는가. 내 공이 있으면 그렇지 않을 것'이라고 놀렸던 기억이 난다.

내 제자 중에 지금 미국에 간 최상철이 있다. 지금 무예도보통지 무술을 계승한 한국 전통 무예라면서 모 무술 단체의 장을 하는 김 모씨가 그에게서 무술을 배웠다. 6개월 정도 문 닫아걸고 개인 지도를 받았다.

친구들이 놀러 가도 문이 닫혀 있어 체육관이 문을 닫은 줄 알았다.

그런데 이 6개월 배운 김 모씨는 1년 뒤에 도장을 떡 내버렸다.

그러자 다른 도장에서 들고일어났다. 누군데 1년 만에 도장을 냈냐는 항의였다.

물론 그는 쿵후를 배우기 전에 다른 무술을 배운 적이 없었다.

그런데 나중이 되자 누가 봤느냐, 사진 찍은 것 있느냐는 식으로 하면서, 오히려 자기가 나를 가르쳤다고 소문을 내고 다녔다.

사실 그가 번역한 책도 덕성여대 교수가 가져다준 것이다.

김 모씨는 최상철에게 권법을 몇 개밖에 배우지 못했다. 많이 배워도 7, 8개였을 것이다. 당시 최상철이 알고 있는 권법도 20개가 채 못 되었다. 당시에는 수가 상당히 짧았다.

몇 가지 단상(單相)들

황주환 총재의 회고는 우리나라 무술계의 역사 그 자체이다. 특히 무술계는 쉴 새 없이 말이 달라지고 왜곡되는 사회이기 때문에 그의 증언은 더욱 소중하다.

그의 제자인 최상철 사범에게서 반년간 무술을 배운 사람이 일 년 뒤에 도장을 내고, 모 쿵후협회 회장을 하다가, 지금은 한국 전통 무예 단체의 회장이 되어 수많은 제자를 양성하고 있다.

나는 그가 쿵후협회 회장을 할 당시에 발급한 유단자 단증부터 많은 유형 무형의 관련 자료를 확보하고 있다.

그 회장님께서 무술 지도를 하거나 도장을 내는 것은 별문제가 되지 않지만, 그가 중국 무술을 배웠고, 현재 가르치는 내용도 대부분 중국 무술인데, 자꾸 한국 전통 무예로 주장한다는 것이 바로 문제이다.

그래서 황주환 총재 같은 무술계 원로들의 증언과 기록은 중요하다. 전통 무예인으로 둔갑한 사람들이 시간이 지나면 문화재청에 인간문화재 지정 신청을 할 수도 있는 것이니까 말이다.

실제로 자신을 무형문화재로 지정해 달라고 문화재청에 신청하는 사람은 매년 수십 명에 달한다.

한창때 황주환 총재의 체중은 100kg이 넘었다고 하며, 환갑이 지난 지금도 거구를 자랑하고 있다.

한 시대를 풍미한 무술가들은 한결같이 공통점이 있다. 키는 작아도 힘은 셌다는 것이다. 최영의, 우에시바 모리헤이, 왕자평 등등 모두 선천적으로 기운이 셌다고 전해지는 사람들이다.

사실 내가권에서 내공을 키운다는 것도, 결과적으로 힘의 증가로 이어진다.

황주환 총재 역시 무술에서 가장 중요하게 생각하는 것은 '힘'이었다. 이런 생각 때문에 지난 시절, 황 회장은 나무를 치면서 무던히도 연습하였던 것이다.

무술계의 원로들을 만나면 공통적으로 느껴지는 것이 있다. 한(恨)이라고 설명할 수도 있고, 정서적으로 맺혀 있는 어떤 응어리라고 말할 수도 있다.

한을 풀기 위해 무술가들은, 무당이 굿을 하는 것처럼 무술을 해야만 하는 숙명이 있는 것일지도 모른다.

황주환 총재에게서도 이런 '한(恨)'과도 같은 것이 계속 느껴졌다.

그의 이루지 못한 한(恨)은 과연 무엇이었을까.

최영의가 일본에서 세운 극진가라테는 전 세계로 퍼져 나가며 무술을 전파했다.

하지만 이것은 최영의가 일본에 있었기 때문에 가능한 것이다. 한국에 있었다면 그의 운명이 어떻게 바뀌었을지 아무도 모른다.

미국에서 성공한 태권도도 한국에서 지원해 주지 않았기 때문에, 역설적으로 보급에 성공하였을 것이다.

오래전 인터넷에 떠돌아다닌 유머가 있었다.

하늘 나라에 올라간 일제 시대의 독립투사 한 사람이 옥황상제와 대면했다.

"옥황상제님! 우리나라가 해방이 된 지 50년이 지났는데도 일본만큼 발전하지 못한 이유는 제대로 된 과학자가 없기 때문입니다. 그러니 과학자 다섯 명만 대한민국으로 보내 주십시오."

옥황상제는 이를 불쌍히 여겨 퀴리 부인, 아인슈타인, 에디슨, 뉴턴, 갈릴레오, 이렇게 다섯 명을 보내 주었다.

그리고 삼십 년 후에 일이 어떻게 돌아가나 보았더니, 퀴리 부인은 대학을 졸업하고 취직하려고 했는데, 얼굴도 평범하고, 키도 작고, 몸매도 안 된다고 취직이 안 되어서 집에서 '선이나 봐라'고 구박받고 있었다.

에디슨은 발명을 많이 해서 특허를 신청하려고 했는데, 초등학교밖에 못 나왔다고 신청서를 안 받아 준다고 해서 특허 신청을 못 내고 있었다. 어쩌다 특허를 받은 것은 대기업이 초등학교 출신 작품이라고 거들떠보지도 않는다.

아인슈타인은 수학만 엄청 잘하고 다른 과목은 제대로 못 해서 대학은 문턱에도 가 보지 못하고 백수로 놀고 있었다.

그래도 지구는 돈다며 대들기를 좋아했던 갈릴레오는 우리나라의 과학 현실에 대해 입바른 소리를 하다가 연구비 지원이 끊겨서 한강 변에서 공공 근로를 하고 있었다.

뉴턴은 다행히 대학원까지는 갔는데, 졸업 논문을 교수들이 이해 못 해 졸업도 못 한 채 집에서 놀고 있다가, 군 입대 영장이 나오는 바람에 최전방 철책에 끌려가 GOP 보초 근무를 서고 있었다.

재능 있는 사람은 많지만 그들이 끼를 발휘할 수 있는 터를 만들어 주지 못하는 한국.

수많은 최영의가 한국에 있었지만 승천을 못 하다 죽은 용처럼 모두들 쓸쓸하게 지내고 있다.

나는 최배달이 한국에 있었다면 수많은 태권도계의 비리와 출신 학교 인맥에 따라 엇갈리는 시합의 승패 등등에 시달리다가, 서울 근교 소도시의 변두리 무술 도장 관장으로 살다가 죽고 말았을 것이라고 생각한다.

최배달의 극진가라테는 한국인이 창시했다고는 하지만, 일본이라는 풍토에서 탄생한 것이지 한국적인 무도는 아니다.

나는 한국에서 최배달에 버금가는 무술의 고수를 여럿 보았지만, 다들 외롭고 쓸쓸한 말년을 보내고 있었다.

황주환 총재도 그런 수많은 최배달 중의 하나이다. 물론 한국의 중국 무술계에서는 잘 알려져 있지만, 세계 무대로 진출해도 크게 성공할 수 있는 능력을 가진 분이었다.

나는 이제 조용히 늙어 가는 노고수의 모습에서 아직도 이루지 못한 꿈과 한(恨)을 본다.

한국 쿵후계의 산증인인 황주환 총재.

우리는 아직 그에게서 배울 것이 많다.

3장 水의 장

청산유수(靑山流水)

내가 만난 미야모토 무사시

2002년 10월, 나는 일본 규슈의 쿠마모토 시내의 한 호텔 로비에서 지도를 펴 놓고 끙끙대며 고민을 하고 있었다.

쿠마모토 성은 임진왜란 때 조선에 출병했던 가토 기요마사(加藤淸正)가 지배했던 곳이며, 이 규슈의 무사들이 바로 조선 출병의 병력들이었다.

쿠마모토 성 앞에는 가토 기요마사의 거대한 동상이 서 있었다. 이곳 일본인들에게 가토 기요마사는 역사적 위인이자 존경의 대상인 듯싶었다. 우리가 그토록 증오했던 이토 히로부미도 일본인들에게는 위대한 조상인 것처럼 말이다.

이 쿠마모토에 온 이유는 일본에서 가장 유명한 무사인 미야모토 무사시의 흔적을 답사하기 위함이었다.

무사시는 이곳에서 태어나지는 않았으나, 쿠마모토의 호소카와 가문에서 녹봉을 받으며 생활했었고, 이곳에서 여생을 마쳤다.

호텔 로비의 직원은 무사시가 오륜서를 집필했다는 레이간도(靈嚴洞)

쿠마모토성

로 가는 방법을 알고 있지 못했지만, 여기저기 전화를 해서 물어보더니 대강 어디서 버스를 타면 갈 수 있다고 알려 주었다.

　나는 일행과 함께 버스 터미널에 나가서 레이간도(靈嚴洞)에 가는 버스를 타려고 했으나, 당일 날 일정이 바뀌어서 새벽에 버스 한 대가 이미 떠났고, 우리가 타려고 했던 오전 8시경의 버스는 취소되어 버렸다. 하루에 버스 편이 3번밖에 없다는데, 난감한 일이었다.

　이제 오후 버스를 타게 되면, 저녁 열차 시간에 맞춰 오늘의 스케쥴을 끝마칠 수 없기 때문에, 결국 저녁 늦게 가고시마로 갈 수 없게 되고 만다.

　십 년 전에 혼자 배낭을 메고 김삿갓처럼 전 세계를 여행하던 시절에는 남는 게 시간이어서 이럴 때 전혀 걱정할 필요가 없었지만, 지금은 일행이 있고 일정이 빡빡하여 고민스럽기 그지없었다.

　택시를 대절하는 것도 좋은 방법이긴 했으나, 문의해 보니 택시를 오전 내내 대절하는 비용이 엄청나서 한정된 출장 경비의 한도에서는 쉬운 일이 아니었다.

지도를 보니 레이간도(靈嚴洞)로 가는 버스는 쿠마모토 서쪽의 금봉산을 관통하여 넘어가게 되어 있는데, 일단 아무 버스나 타고 가다가 산 중턱의 삼거리에서 내려서 다른 버스로 갈아타면 되지 않을까 싶었다.

그래서 일단 그곳까지 가는 버스를 탔고, 버스는 산길을 한 시간쯤 달렸다.

그러나 버스 기사가 알려 주어 내린 우리가 목적한 삼거리는 내가 생각하던 상황이 아니었다. 내 생각대로라면 인가도 좀 있고, 정류장 앞에는 구멍가게나 공중 전화기 부스도 있어야만 했다.

하지만 주변을 둘러봐도 아무것도 없는 산속이었고, 인가는커녕 그 흔한 커피 자판기조차 없는 그런 곳이었던 것이다.

아무것도 없는 도로에 버스 정류장 팻말만 덩그렇게 있었고, 삼십 분을 기다려도 차 한 대 지나가지 않아서 히치 하이킹도 할 수 없었다.

우리 일행 3명은 일단 레이간도(靈嚴洞) 방향으로 무작정 걷기로 하고, 지나가는 자동차 소리에 귀를 기울이며 산을 넘기 시작했다.

짊어지고 있는 사진 촬영 장비의 무게가 만만치 않아, 몸은 곧 땀으로 범벅이 되었고, 어깨는 빠질 듯이 아파 왔다. 고통을 잊으려고 농담을 해 보았지만, 짐의 무게와 가파른 산길 탓에 다들 무표정하기만 했다.

삼십 분쯤 걸었을까, 농촌 마을의 입구가 나타나고 버스 정류장 표지판이 보였다.

하지만 버스 시간표를 읽어 봐도 우리가 탈 수 있는 버스는 향후 몇 시간 동안 없었으며, 지나가는 차량도 보이지 않았다.

한국에서 오지라고 불리는 지리산 청학동에도 하루 운행 버스가 네다섯 번은 있는데, 이곳은 청학동보다도 더 오지인 것 같았다. 버스는 고사하고 30분 동안 지나가는 차가 한 대도 안 보이니 말이다.

우리는 점점 불안해지기 시작했다. 이렇게 가다가는 이번 규슈 여행 일정이 모두 다 엉망이 되고 말 것 같았다. 이후 시간부터 우리가 겪어 내야 할 일이 암담하기만 했다.

20대 시절에 혼자 여행할 때는 하루 종일 걷는 날이 거의 대부분이어도 항상 즐겁기만 했으나, 지금은 스케줄

쿠마모토 긴포산(金峰山)의 대나무 숲

에 맞춰 답사를 해야 했다. 더구나 비가 부슬거리며 내리는 일본의 습한 산속에서의 워킹은 그다지 즐겁지 않은 일이었다.

이젠 아무도 농담을 하지 않았으며, 다들 처마 밑에서 비를 피하며 하늘만 쳐다보고 있었다. 이 상황에서는 아무리 비용이 많이 들더라도 콜택시를 부르는 것이 유일한 해답이라고 생각되었다.

그래서 콜택시를 부르려고 공중전화를 찾아 다이얼을 돌렸지만, 이곳까지 올 콜택시가 현재 없다는 대답만이 돌아왔다.

이번 출장팀의 리더로서 나는 결단을 내렸다. 그 자리에서 몇 시간을 죽치고 앉아 기다리다가 오후 버스를 타고 레이간도(靈嚴洞)를 답사한 뒤, 일정을 수정하여 다음날 가고시마로 갈 것인지, 아니면 걸을 것인가의 두 가지 중에서 선택을 해야 했다.

원래 무댓뽀인 나는 후자를 선택했다.

지도상으로 보니, 우리가 있는 지점에서 레이간도(靈嚴洞)까지는 약 22킬로미터. 잘 걸으면 5시간 정도에 걸을 수 있을 것 같았다.

레이간도(靈嚴洞)를 1시간 내에 답사할 수 있다면, 그때 도착하는 오후 버스를 타고 쿠마모토 시내로 돌아올 수 있으니, 저녁에는 가고시마로 떠날 수 있을 것 아닌가.

우리는 무거운 장비를 지고 비가 부슬거리며 내리는 일본의 산악 도로 이십 킬로를 걷기 시작했다. 제대한 지 십 년도 넘었는데, 다시 군대 시절로 돌아간 것 같다며 다들 투덜대기 시작했다.

얼마를 걸었을까, 갑자기 낯선 소리가 들려왔다. 우리는 서로 얼굴을 쳐다보며 놀라워했다.

다름 아닌 자동차의 엔진 소리였다. 뒤를 돌아보니 토요타 한 대가 미끄러져 오는 게 아닌가. 바로 택시였다. 그것도 빈 택시였던 것이다!

우리는 환호성을 지르며 손가락을 들어 택시를 세웠다.

일본어에 능통한 김재원 씨가 택시 기사에게 물어보니, 레이간도(靈嚴洞)까지 태워 줄 수 있다고 했다. 김재원 씨의 일본어는 매우 훌륭해서 일본인들도 그가 일본인인지 아닌지를 구별하기 어려울 정도이다.

택시 기사는 머리가 하얗고 70여 세는 족히 되어 보이는 노인이었는데, 첫눈에도 아주 마음씨 좋은 할아버지로 보였다.

우리가 5시간을 걸으려고 작정했던 그 길을 택시는 불과 15분 만에 주파했다. 아까는 우중충하게만 보이던 도로와 숲이 아름답게 보이기 시작했다.

택시 기사는 우리가 레이간도(靈嚴洞)를 충분히 답사하고 촬영이 끝날 때까지 레이간도(靈嚴洞) 입구에 대기해 줄 수 있다고 했으며, 우리는 2시간에 걸쳐 그곳에서 여유 있게 답사 시간을 보낼 수 있었다.

오래전에는 레이간도(靈嚴洞)에서 바다가 보였다고 하는데, 지금은 나무들이 무성해져서 보이지 않는다.

레이간도(靈嚴洞)의 입구는 평범하고, 흔한 일본의 신사 입구처럼 되어 있었으며, 매표소에 딸린 부속 건물에는 무사시와 관련된 물건들이 몇 가지 전시되고 있었다.

매표소를 넘으면 오백나한이 즐비하게 있는 바위가 나온다.

오백나한의 얼굴 표정이 모두 다 다르다고 하는데, 나한상의 표정도 한국와 일본은 뭔가 다르게 느껴졌다. 일본의 냄새라고나 할까.

레이간도(靈嚴洞)에 들어서자 수백 년 세월의 냄새가 물씬 풍긴다.

동굴 안쪽에 있는 거처에서 무사시는 오륜서를 썼다고 하는데, 늙은 무사시가 노구를 이끌고 생활하기에 그리 좋은 환경으로 보이지는 않았

이전일류 기본사세

다. 아무리 식사를 날라다 주는 시종이 있었다고 해도, 이런 추운 동굴에서 홀로 생활한다는 것은 너무나 외롭고 힘든 일이다.

수도를 하려면 장소도 좋아야 하는 것이 상식이다.

이곳 레이간도(靈嚴洞)는 무사시가 거처하기 이전부터 불교를 공부하는 많은 스님들이 공부했던 곳이며, 그럴 만한 지기(地氣)를 가지고 있는 좋은 위치이기는 했다.

다시 레이간도(靈嚴洞) 입구로

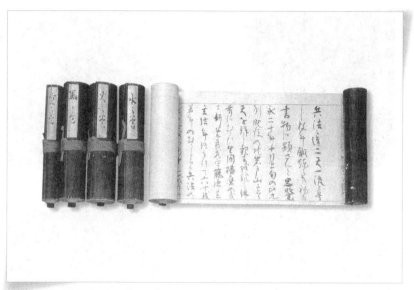

5개의 두루마리로 된 오륜서 원본

돌아온 우리 일행은 기다리고 있던 택시를 타고 쿠마모토 시내로 돌아왔는데, 신기하게도 택시비가 3천 엔밖에 나오지 않았다.

원래 쿠마모토 시내에서 레이간도(靈嚴洞)에 가려면 택시비가 2만 엔은 나온다고 하여 우리가 망설였던 것 아닌가. 당시의 2만 엔은 한국 돈으로 20만 원에 해당한다.

우리는 무사시가 우리를

무사시가 오륜서를 저술한
운간사(雲巖寺) 레이간도(靈嚴洞)

무사시 묘역 입구

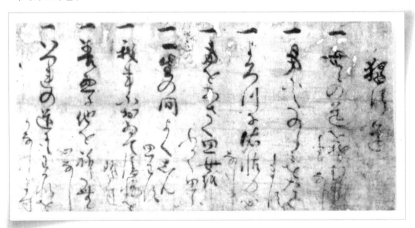

무사시의 독행도

시마다 미술관이 소장한 무사시의 작품들

도와주려고 택시 기사 할아버지를 보내 준 게 아니냐며 서로 농담을 주고받았다.

우리는 호소카와 가문의 정원이었던 곳을 답사하고, 천천히 시마다 미술관으로 향했다.

시마다 미술관은 미야모토 무사시의 작품들을 다량 소장하고 있는 지역 미술관인데, 도로에서 멀리 떨어진 주택가로 한참 들어간 곳에 있었다.

그날따라 비가 많이 왔다. 신기한 일은 시마다 미술관에 들어서면서 시작됐다.

미술관 안에 들어서자마자 나는 놀라지 않을 수 없었다. 미야모토 무사시의 자화상이 미술관 벽에 걸려 있었는데, 그림 속의 무사시는 우리

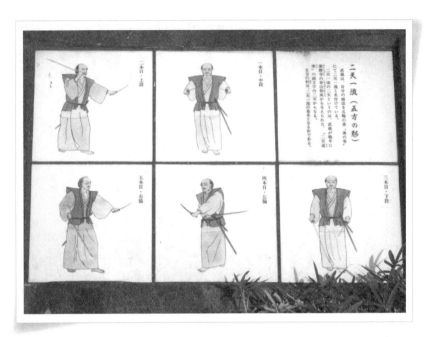

이천일류 5방의 형 해설. 무사시 묘역에 있다

를 택시에 태워 준 할아버지 택시 기사와 얼굴이 똑같지 않은가.

우리를 레이간도(靈嚴洞)에 데려다 주고, 다시 쿠마모토로 안내해 준 그 택시 기사의 얼굴이 바로 무사시의 자화상 속의 얼굴이었던 것이다.

우리 일행은 누구라고 할 것도 없이 외마디 비명을 질렀다. 모두 다 같은 생각을 했던 것이었다.

하긴 그 산속에 빈 택시가 돌아다니는 것도 의아했었고, 택시가 목적지도 없이 나왔었는지 두 시간이나 레이간도(靈嚴洞) 입구에서 돈도 안 받고 기다려 준 것도 이해가 되지 않았다.

우리는 농담 심아 무사시가 택시를 보내 주었다고 했었는데, 그 농담이 사실이 되어 가고 있었다.

나는 지금도 무사시가 시공을 넘어서서 직접 택시를 몰고 우리를 태워 주었다고 믿고 있다.

원래 기적이라는 것은 믿는 사람에게만 적용되는 것이다. 합리적으로 생각한다면 그냥 택시 운전하는 어떤 노인이 택시를 태워 주었다는 것만이 이성적인 진실이지만, 무사시가 나를 택시에 태워 주었다고 믿고 살아가는 것이 인생은 더 재미있다.

그래서 나는 무사시가 그날 택시 기사로 변장하고 나를 도와주러 왔었다고 믿기로 했다.

믿음이란 개인적 사유의 영역에 있는 것이니까, 나에게 생각을 바꾸라고 하지 말아 주기를 부탁한다.

누군가 그 택시 기사는 무사시가 아니며, 그냥 일반적으로 흔히 일어날 수 있는 일에 불과하다고 말하는 사람

무사시의 부도함

이천일류 유래가 적힌 비석

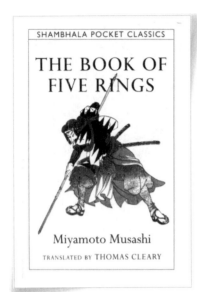

SHAMBHALA POCKET CLASSICS

THE BOOK OF
FIVE RINGS

Miyamoto Musashi

TRANSLATED BY THOMAS CLEARY

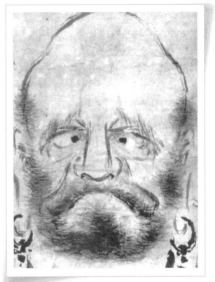

오륜서 영문판　　　　　　미야모토 무사시의 작품, '달마도'

이 있더라도, 나는 그 말을 반박하거나 틀렸다고 말하지 않겠다.

사실 흔히 일어날 수 있는 평범한 일이며, 우연히 택시 기사 노인과 무사시의 얼굴이 조금 닮았다고 보는 것이 타당한 해설이다.

그러나 남에게 피해를 주거나 경제적 손실이 오는 것이 아니라면 가끔은 제멋대로 생각하며 사는 것도 인생의 즐거움이다.

택시 기사가 된 미야모토 무사시, 운전면허는 갖고 있었을까? 무면허로 영업용 차량을 운전하다가 적발되면 꽤 처벌이 클 텐데…….

자기를 찾아온 조선의 총각들이 아무리 귀엽다지만, 무사시 아저씨가 말년에 좀 오버하신 게 아닌가 걱정된다.

Thanks, Musashi……!

쿠마모토 무사시 묘역에 있는 미야모토 무사시
동상

미야모토 무사시의 대표작,
'고목명견도(枯木鳴鵙圖)'

무사시 쯔바(칼 방패)

오륜서 비석

내가 만난
천연이심류의 일본인 검객

　지금도 잊혀지지 않는 한 일본인 사무라이가 있다.

　이 이야기는 첨가한 사실이 없는 실화이며, 내가 창작한 소설이 아니다.

　인간이 화성에 우주선을 보내는 이 시대에 무슨 뚱딴지같은 소린지 궁금할 것이다.

　1995년 초여름, 비가 부슬거리며 오는 장마 때, 나는 대학원에서 석사를 갓 마치고 D사에 입사하여 신입 사원으로 근무하고 있던 시기였다.

　어느 토요일, 친구를 만나 술을 한잔하고 나니 밤 12시가 되었더랬다. 집에 가기 위해 길음동 버스 정류장에서 버스 막차를 기다리고 있을 때, 누군가가 그 앞에서 택시를 잡고 있었다.

　한 명은 이미 조금 취했고, 그 옆에 일행으로 보이는 다른 한 명이 있었다. 조금 취한 듯한 사람은 검은 천으로 싸인 기다란 검(劍)을 들고 있었다. 검을 싸서 갖고 다니는 긴 주머니는 검도하는 사람이라면 누구나 알 수 있지 않은가.

검(劍)을 들고 있는 키가 180㎝쯤 되는 건장한 사내.

나의 관심이 가지 않을 리가 없다. 몸가짐이 무척 절도 있고 가벼운 데다가, 취했는데도 발걸음이 매우 특이했다. 그리고 어둠 속에서도 그의 눈빛은 맹수처럼 번쩍이며 빛나고 있었다.

한눈에도 '저건 고수다!'라는 생각이 뇌리를 스쳤다.

그는 택시를 기다리면서 손에 든 검(劍)을 허공에 한번 휘둘러 댔다. 술김에 휘둘렀지만, 그 검세가 매우 특이하고 예리하여, 나는 일순간 긴장되었다. 저 정도의 고수는 사실 보기 어려우니까.

나는 길음동 정류장 뒤쪽에서 그를 유심히 관찰하고 있었다.

그때 그가 고개를 획 돌려 내가 숨어 있는 어둠 속을 응시했다.

그는 망설이지 않고 나를 향해 직선으로 걸어왔다.

내 앞에 온 그는 아무 말도 하지 않고 나의 눈만을 뚫어져라 쏘아보았다. 그러다가 그는 천천히 입을 열었다.

"선생, 얘기 좀 하고 싶습니다만……."

뒤쪽에서 따라온 일행 한 명이 'X장님……' 운운하면서 말을 붙였다.

아마 내 앞의 사내는 회사 안에서 직급이 부장이나 차장인 듯했다.

잠시 그 두 명은 몇 마디를 나눈 후, 다른 한 명은 먼저 사라져 갔다.

나도 그 사내가 궁금했으므로 그의 제의에 흔쾌히 응했고, 나와 그 사람은 함께 미아리 대지극장 뒤편에 있는 어떤 생맥주집으로 들어갔다. 늦은 시간이어서 생맥주집에는 손님도 별로 없었고, 거리는 한산했다.

우선 맥주를 시원하게 한 잔씩 하고 나서 우리는 서로 말문을 열었다.

그는 은행에 근무하는 40대 후반의 샐러리맨이었고, 그 나이가 되도록 미혼이라고 했다.

그는 갈수록 흥미의 대상이었다.

재미있는 것은 그가 '일본인'이었다는 것이다. 정확히 말하면 절반의 일본인이었으며, 일본 사쓰마 출신이고, 이가닌자의 가문이라고 말했다.

그의 말에 의하면, 그의 아버지는 한국인이었다. 한국인 아버지가 일본인 여성과의 사이에서 낳은 사람이 바로 그였다.

그는 49년생이었는데, 일제 강점기에 징용 갔다가 일본 사쓰마까지 흘러 들어간 한국인이 현지 일본 여성과의 사이에서 낳은 자식인 듯했다.

사쓰마는 지금의 일본 규슈 남쪽의 가고시마를 말한다. 가고시마의 과거 지명이 사쓰마(薩摩)이다.

그는 자신의 어머니는 이가닌자의 집안 사람이라고 말했으며, 자신을 잉태한 어머니를 버린 아버지와 한국에 대해 극도의 적개심을 품고 있었다. 그는 자신이 사생아로 자라났으며, 아버지를 만나 본 적이 없다고 술회했다. 아버지(한국인)는 무술인이었는데, 그 무술이 무엇인지는 자신도 모른다고 했다.

그의 아버지와 어머니는 처음 만나서 무술 대결을 했었고, 어머니가 대결에서 지자 약속대로 어머니와 동침을 했다고 하는데, 그래서 탄생한 것이 자신이라는 것이었다.

그의 어머니는 이가닌자 집안 사람이라서, 어려서부터 배운 무술을 몸에 지니고 있었지만, 아버지의 상대가 되지 않았다고 한다.

그의 어머니는 자신에게 너는 한국인이니 아버지의 나라로 가서 살라고 하면서 돌아가셨다고 한다.

그는 사쓰마에서 천연이심류 검술을 배웠고, 나이 30대에 한국에 온 듯했다. 어려서부터 천연이심류 검술을 배웠다고 하니, 적어도 이십 년 이상의 수련을 쌓은 사람일 것이었다.

어디까지가 진실인지는 모르겠으나 그 일본인의 말에 의하면, 사쓰마 전체에서 검술로 자신을 이길 자가 없다고 한다. 그는 모계(母系)로부터 이가닌자의 닌자술을 익혔고, 한국에 대한 복수심에 불타 인생의 절반을 검술을 익히며 보냈다는 것이다.

그가 배웠다고 주장하는 천연이심류 검술은 메이지 시절의 신선조가 사용한 검술로 더 유명하다. 신선조는 1863년에 결성되어 약 5년 동안 교토를 중심으로 주로 활약했던 검사 집단이다. 신선조의 행동 목표는 막부를 지키면서 존왕양이, 즉 천황을 받들어 모시고 서양 오랑캐를 몰아내겠다는 것이었다.

이런 거창한 모토와는 달리 그들이 실제로 한 활동은 막부를 타도하려는 각종 세력들을 암살하는 것이었고, 전성기에는 300명이 넘는 대원을 거느렸었다.

천연이심류의 4대 종가인 콘도 이사미가 신선조를 지휘하면서, 신선조는 천연이심류가 장악하게 되었고, 그들은 피를 피로 씻으며 교토를 피바다로 만들었다.

천연이심류는 원래 무사시나 사가미(지금의 사이타마현 근처) 지역의 부농층이나 팔왕자천인동심(八王子千人同心)이라는 반농 반무사 집단 사이에 널리 퍼져 있던 검법이었다.

이들 부농은 에도시대가 200년이나 지나면서, 정부의 치안력에 불신을 품게 되었기 때문에 자위를 위해서 스스로 검을 들었고, 친족 혹은 특정 친분 관계에 있는 아이들에게 검기를 가르쳤던 것이다.

천연이심류는 흔히 시골뜨기 검법으로 불렸는데, 이 검법은 철학적인 의미를 깊이 탐구하는 사무라이의 검법이 아니라, 생존과 자위의 필요에 의해 생겨난 실용적이 검술이었으므로 당시 에도에서 유행하던 화려한 기술에는 눈길도 돌리지 않았다.

타 유파로부터 냉소와 야유를 받으면서도 이들은 오직 실전 위주의 검법만을 수련했다.

지금도 일본인들에게 신선조의 인기는 사그라들 줄을 모른다. 관련 전문 서적이 약 100여 종이 출판되어 있고, 관련된 사료들이 거의 완벽할 정도로 정리되어 있으며, 영화와 소설로 무수히 회자된다.

한국에서도 인기를 얻은 만화 『바람의 검심(るろうに劍心)』도 신선조와 막말(幕末)에 몰락해 가는 사무라이의 이야기이다.

그가 태어났다는 사쓰마(薩摩)는 지금 현재 규슈의 가고시마로, 과거에는 사쓰마번(薩摩藩)으로 불렸다.

사쓰마는 정한론을 주장했고, 메이지의 중심적 인물인 사이고 다카모리의 고향이기도 하다. 파란만장한 생애를 보냈고, 서남전쟁을 일으켜 몰락의 길을 걷지만, 사이고 다카모리는 지금도 일본인들에게 많이 사랑받는 인물이다. 가고시마 시내에는 그의 기념관과 동상이 곳곳에 서 있다.

가고시마는 시현류라는 검술로 유명하다. 시현류는 사쓰마현의 문외불출의 비전 무술이었는데, 메이지 시대를 전후하여 시현류 검사들이 많이 활약하여 그 이름을 떨쳤다.

시현류는 기술이라고는 팔상세에서 정면가르기 하나밖에 없지만, 파워와 강력함만은 일본 최강의 검술이다.

문헌에 따르면, 신선조 초대 국장 콘도 이사미는 조원들에게 '시현류의 첫 공격은 막지 말고 피해라'라는 말까지 했다고 할 정도이다.

사쓰마 무사들의 강력함과 투쟁 본능은 고대로부터 유명하였고, 임진왜란 때 조선에 출병한 병력이 바로 사쓰마와 쿠마모토의 무사들이었다.

나는 이 상황이 점점 재미있어졌다. 지금이 일본 막말(幕末)도 아닌데,

서울 시내 한복판에서 복수심에 불타는 일본 천연이심류의 사무라이라
니…….

이 사람, '바람의 검심'과 신선조 소설을 너무 많이 읽은 게 아닐까.

그때 그는 갑자기 정색을 하고 나에게 질문을 했다.

"선생은 어떤 검술을 익혔습니까?"

나는 놀라지 않을 수 없었다. 내가 검도를 했다고 말한 적이 없기 때
문이었다.

'검도라니요?' 하고 딴청을 피웠지만, 그의 눈을 속일 수는 없었다.

그는 내가 어둠 속에 서 있었을 때부터, 서 있는 몸 자세를 보고서 무
술가라는 것을 알았다고 한다.

정말 놀라운 식별력이 아닐 수 없었다. 그래서 나를 유인하기 위해 검
을 허공에 휘둘러보기도 하면서 나의 눈치를 살폈다고 하니, 도대체 누
가 누구를 관찰하고 있었던 것인지 모르겠다.

그는 검은 주머니를 풀고, 그 안에 든 검(劍)을 꺼냈다.

술집은 새벽 1시여서 홀엔 사람들이 거의 없었다. 그는 천천히 검을
뽑더니, 갑자기 나의 머리를 내리쳤다.

나는 검이 나의 머리로 내려오는 걸 느꼈지만, 살기가 감지되지 않았
기 때문에 그의 눈만을 주시하고 있었다.

폭풍처럼 내려오던 그의 검(劍)은 나의 머리 위에서 불과 1mm 정도에
서 정확히 멈추었다.

그 상태로 한동안 시간이 흘렀다.

그는 검을 거두고 허탈한 듯 물어 왔다.

"선생……. 왜 움직이지 않았지요?"

나는 대답했다.

"당신의 검에서 살기를 느낄 수 없었기 때문입니다……."

시현류 병법 박물관. 가고시마 소재

그는 다시 물었다.

"선생의 스승은 누구입니까?"

"제 스승의 함자는 XXX입니다. 후에 누구, 누구에게서 무술을 배웠습니다."

그는 머리를 저으며 잘 모르겠다고만 했다.

이후 그의 얘기는 놀라운 얘기들이었다.

그는 한국에 대한 극도의 적개심을 가진 사람이었다. 그는 천연이심류 검술이 한국 검술보다 우수하다는 것을 몸소 증명하기 위해 한반도에 왔다고 한다.

듣자 하니 그는 한국인 검객 한 명한테 크게 패배했던 적이 있었다는데, 그래서 그를 다시 찾아 재도전을 하고, 천연이심류 검술이 최고라는 걸 자신에게 증명하고 싶다고 털어놓았다.

그래서 한국으로 왔고, 비자 문제가 골치 아파서 아예 한국에 귀화해서 한국인으로 서울에 살면서 당시의 한국인 검객을 찾고 있다고 했다.

일본 국적을 버리고 한국으로 귀화한 것에 대해서 후회는 없느냐고 물어보자, 자신이 자아의 정체성을 일본인으로 생각하면 되는 것이지, 서류상의 국적은 자신에게는 별 의미가 없다고 했다.

어려서 그의 어머니가 '너는 한국인이니, 한국어를 배워라'라고 해서 어려서부터 한국어를 배웠으며, 한국에 귀화한 지 십수 년이 지나서 이젠 완벽한 한국어를 구사하고 있었다.

그는 한국 땅에 와서, 검도 도장도 여러 군데 다녔고, 해동검도를 비롯한 新검술 도장도 몇 군데 관원으로 다녔었다고 한다.

그는 서대문에 있던 검도 중앙도장도 다닌 적이 있다고 했다. 중앙도장은 지금은 사라졌지만, 한국 검도의 요람이었던 전설적인 도장이다.

그는 누군가 고수라는 소문만 들으면 찾아가서 대결을 청했다고 한다.

아직까지 졌다고 생각한 적은 없다는데, 과연 천연이심류 검술이 실전에서 그렇게 강한지 나는 지금도 회의하고 있다. 한마디로 그의 말을 모두 믿기는 정말 어려웠다.

그는 자신이 죽기 전에, 자신의 천연이심류 검술을 이긴 '한국인 검객'을 만나서 단 한 번만이라도 그와 진검 대결을 하는 것이 소원이라고 했다.

그는 그 복수의 날을 위해서 결혼도 하지 않은 채 홀로 살고 있었다.

그는 그때 무서운 얘기를 했다.

"이제 그 한국인 검객을 만날 필요가 없다."

그의 말 한마디 한마디는 나의 소름을 돋게 할 만큼 무겁고 무서운 말뿐이었다.

"이젠 더 이상 그 검객을 찾지 않겠다. 오늘은 내가 분명히 선생에게 졌다. 그러나 천연이심류 검술은 절대 지지 않는다. 선생이 날짜와 장소를 정해라. 선생과 진검 승부를 하고 싶다. 피할 생각은 하지 마라. 시간과 장소는 당신에게 일임한다. 선생이 싸우기 싫으면, 다른 고수를 추천해라. 그 사람을 조선 대표로 생각하고 싸운 후에, 내가 이기면 살아서 일본으로 돌아가고, 죽으면 화장한 후 나의 유골만 사쓰마로 보낼 것이다."

시현류 병법소의 내부. 목검으로 타격을 해서 벗겨진 나무 타격대가 보인다.

선전포고치고는 꽤나 무서운 말이었다. 복수를 위해서 자신의 인생을 포기하고, 복수의 일념으로 사는 한 일본인……. 정말 영화에서나 볼 수 있는 그런 사무라이였다.

나는 한 철저한 일본 사무라이를 보고서는 소름이 끼침을 부정할 수 없었다.

그의 말은 술에 취해서 하는 소리도 아니었고, 매우 맑은 정신에서 하는 것이었다.

그의 강렬한 눈빛에서 나는 그의 말이 진실임을 알 수 있었다.

나는 알겠다고 대답하고서, 그의 연락처를 챙기고 그와 헤어졌다.

조선 무사와 일본 무사의 명예를 건 대결······.

나는 아직도 그 대결의 시간을 정하지 못하고 있다. 아니, 내가 직접 대결할 것인지, 타인에게 이 책임을 전가할 것인지도 결정하지 못했다.

내게 망설임이 생긴 것은 내 검술의 명예를 위해서 나의 목숨을 걸기는 아깝다는 생각 때문일 것이다.

그와 헤어질 때, 사나이로서 약속하자고 해서 약속을 했으니, 이 약속은 언젠가는 지켜야 할 것이지만, 이 약속은 아직도 나의 마음속에 큰 부담으로 남아 있다.

내가 검술의 묘의를 깨닫기 전에, 그가 너무 늙거나 죽지 않기를 바랄 뿐이다.

오늘, 그날처럼 날이 흐리고 끈적끈적하게 덥다.

밤중에 자다 보니 방 안에서 무언가 움직이는 것을 느끼고는 벌떡 일어났다. 일어나 불을 켜 보니 방 안에 길 잃은 귀뚜라미 한 마리가 뛰어다니고 있었다.

자면서도 살기인지 아닌지를 구별할 정도는 되어야 할 텐데, 단지 무언가가 움직인다는 이유만으로 벌떡 일어난 자신이 부끄러웠다. 반경 1km 안에서 당신을 찾아오는 사람을 감지해 낼 정도의 능력을 갖고 계시던 스승들의 경지에 이를 날은 언제인지······.

죽기 전에 그 경지에 한 번이라도 이르러 보고 싶다.

그때가 되면, 2년 전의 그 일본 사무라이와의 약속을 지켜서, 대결 시간과 장소를 정할 수 있지 않을까.

중국 무협 영화 『생사결』에 보면 일본 사무라이가 오로지 대결을 하기 위해서 대결을 거부하는 중국인 검객의 사부를 척살한다.

사부의 원수를 갚아야만 하는 의무가 생긴 중국인 검객은 어쩔 수 없이 일본 사무라이와 싸우게 되고, 결국 일본 무사와의 대결에서 승리하지만 한 팔을 잃은 채 떠난다.

사무라이로서 누워 죽는 것이 수치스럽다고 여긴 일본 무사는 들고 있던 일본도로 자신의 발등을 관통하여 땅에 박아 검에 의지한 채 서서 죽는다.

당시 홍콩 배우 서소강이 일본 사무라이 역할을 맡아서 인상적인 연기를 보여 주었었던 무협 영화의 걸작이다.

나는 그 영화 이후에, 그렇게 승부에 대한 집착이 강한 철두철미한 칼잡이를 현실에서는 물론 영화에서도 본 적이 없었다.

실제로 존재하는 일본 천연이심류 사무라이의 집념…….

그와의 만남은 참으로 무서운 경험이었다.

스님이었던 조각가, 서승암 거사

서승암 거사는 전라도에서 태어나 중학교 때 서울에 올라왔다.

그는 홀홀 단신으로 서울에 도착해서, 얼마 뒤 중국 무술 도장으로 유명했던 서울 성수동의 한화체육관에 입관, 몇 년 지나지 않아 사범이 되었다.

원래 싸움 감각이 발달해서 남들보다 무술을 빨리 배우기도 했겠지만, 타고난 근성으로 밤낮을 가리지 않고 무술 연습을 했기 때문이다.

성수동은 공단 지역이라서 공장이 많으며, 젊은이들에 의한 싸움이 잦은 곳이다. 하루에도 수없이 싸움이 일어나곤 하는 지역이어서, 무술 도장이 성업을 할 수밖에 없었다.

도장 사범을 하면서 그는 뚝섬 일대의 불량배를 수도 없이 소탕했다고 한다.

당시는 해가 지면 한강 변이나 남산에 가지 못하던 시절이었다. 한강 고수부지와 남산공원은 불량배들의 온상이었으며, 나도 어렸을 때는 남산과 한강에서 불량배를 만나 폭행을 당했다는 소문을 자주 듣곤 했었다.

무술과 그는 운명적인 인연이 있었던 모양이다. 남들보다 빨리 무공을 습득한 그는 몇 년 지나지 않아 논산에 도장을 개관했고, 근처에 지관까지 두게 되었다. 편안한 생활이 지속됐다.

　그는 그냥 이렇게 살까 하는 생각도 했지만, 질긴 인연의 끈은 그를 그냥 두지 않았다.

　똑같이 무술을 수련하면서도 어떤 사람에게는 피트니스나 격투의 목적이기도 하고, 어떤 사람에게는 구도의 몸짓이기도 하다.

　그는 무술을 수련하면서 신비한 일을 몇 가지 체험하게 되었다. 좌선을 하고 있던 어느 날, 그는 유체이탈을 하는 신기한 경험을 했다.

　그는 영혼이 몸을 이탈해서 자신이 앉아 있는 모습을 보았고, 더 나아가서 멀리 떨어진 곳까지 날아서 여행하기도 했다. 한 번은 유체이탈해서 자신이 보고 온 곳을, 다음날 방문해 보니 똑같아서 놀라기도 했었다.

　그렇게 혼자 영적 실험을 하던 그는, 우연히 만난 스님에게 이 이야기를 했다.

　그 스님 왈, ‘수행 초기에 누구나 자주 겪는 일인데, 별것 아니야. 그런 것에 빠지지 말고, 올바른 길을 찾아 공부를 해야 한다’고 했다.

　자신의 수행이 높은 경지에 다다른 줄 알고 있던 그에게는 충격이었다고 한다.

　그 후에 만난 스님들에게서 유체이탈은 수행자라면 경험하기 쉬운 것이며, 별로 대단한 것이 아니라는, 그리고 그것은 수행의 궁극의 목적이 될 수 없다는 말을 들었다.

　그는 이 말에 충격을 받고, 스님들이 말하는 수행의 높은 경지가 어떤 것인지 직접 확인해 보고 싶다는 강렬한 욕구를 느꼈다. 그래서 그는 모든 것을 버리고 불문으로 출가했고, '천심'이라는 법명을 받았다.

천심 스님은 쉬지 않고 수행해서 행자승, 사미승을 거쳐 비구계까지 받았다.

불교의 수행의 세계는 그가 듣던 대로 끝이 없는 길이었다. 그 역시 백척간두에서 진일보하기 위해서 수없이 자신과 싸웠다.

하지만 절도 사람이 사는 곳이다 보니, 인간과 인간 사이의 갈등이 항상 엄존했다.

불교계에서는 오래전에 외부의 폭력배들을 출가시켜 스님으로 받은 적이 있었다. 그들을 계도하겠다는 목적도 있었겠지만, 당시 정권에서 불교계에 개입하면서 정치적인 목적으로 발생한 사건이었다. 그 후에 일부 폭력배 출신의 스님들이 머리를 깎고 승려가 되어 사찰에 있게 되었다.

문제는 이들과의 마찰에서 시작됐다.

천심 스님이 있던 절에 이들이 한때 와서 체류하게 되었다고 한다. 한동안 조용히 지내던 이들은 어느 날 주지 스님에게 몰려와서 용돈을 달라고 강요했고, 주지 스님이 출타한 틈을 타서 동료 스님을 폭행하기에 이르렀다.

함께 공부하던 스님이 폭행을 당해 피투성이가 되고, 주지 스님의 방이 부서지는 것을 목도한 그는, 더 이상 참지 못하고 왕년의 실력을 발휘해서 그들을 몇 초 만에 제압해 버렸다.

아침에 일어나니 유명해져 있었다는 말은 그에게도 어김없이 적용되었다.

다음날 아침이 되자 이미 그에 대한 시선들이 완전히 달라져 있었다고 한다. 깡패 출신 스님들은 그의 말 한마디와 눈빛 한 번에 설설 기었다.

발 없는 말이 천 리를 간다고 이것이 불교계에 소문이 나자, 각지에서

서승암 거사가 스님 생활을 했던 불국사

불국사 입구 전경

불국사 사천왕

목암 공예 입구

자웅을 겨뤄 보고 싶다는 사람들이 쇄도했다. 그가 그 자리를 피해도 대결하고 싶다는 사람들은 계속 그를 찾아왔다.

이러니 공부가 될 리가 없었다. 또 크고 작은 마찰과 갈등이 생기면 그를 찾아 해결을 부탁하게 되었으니, 공부하는 스님으로서는 괴로울 뿐이었다.

사람이란 자신의 뜻과는 달리 파벌에 편입되기도 한다. 그래서 친구 따라 강남 간다고도 했고, 먹을 가까이하다 보면 몸에 묻듯이, 어떤 계파와 함께 지내다 보면 그들의 주장이 옳게 느껴지고, 인정상 함께하게 되는 법이다.

천심 스님도 그가 함께한 도반들의 이해관계에 휩쓸릴 수밖에 없었다.

싸움과 인연을 맺고 태어난 그의 전생의 업일지도 모르겠다. 그는 어디에 있던지 결투를 피할 수 없는 운명이었던 모양이다.

불교계는 조계종의 종정 스님이 바뀌게 되면, 전국 수십 개의 본사의 주지 자리가 들썩거리게 된다. 그러면 새로 임명된 주지 스님 계파와 기존의 계파가 대결할 수밖에 없게 되는데, 이때 물리적 충돌이 쉽게 일어난다.

즉, 중앙에서 임명받은 점령군이 진주하면 기존의 세력은 퇴거해야 하는데, 곱게 물러나려 하지 않으니 문제가 발생하는 것이다.

이때마다 천심 스님은 불려 다니며 해결사 노릇을 해야 했다.

얼마 지나지 않아 그는 전국 사찰에서 유명한 불교계의 초고수 스님이 되어 있었다.

설악산 신흥사, 서울 봉원사, 경주 불국사 등 전국의 굵직굵직한 사찰에서 분쟁이 일어날 때마다 그는 '모셔져' 갔고, 한 번도 패하지 않고 문제를 확실히 '해결'했다.

그는 유명해졌고, 그의 명성은 천하 무림에, 아니 한국 불교계에 널리 알려졌다. 그를 모셔 가려는 스카우트 경쟁이 심해졌고, 그는 출가할 당시의 목적과 점점 멀어져 가고 있음을 느꼈지만, 이미 빠져나오기 힘든 상황이 되어 버렸다.

불교계에서 사찰을 놓고 분쟁이 벌어질 때의 상황을 들어 보면, 무림에서의 고수들의 대결을 떠올리지 않을 수 없다.

절을 접수하려는 점령군 측의 스님들이 절을 향해 접근해 간다. 그러면 진입을 거부하는 기존의 세력들이 입구에 나와 이들을 맞이한다.

그렇게 수십 명 혹은 수백 명의 스님들이 양쪽으로 갈려 대치하는 모습을, 출동한 경찰 병력이 한 켠에서 대오를 갖춘 채 조용히 관망한다. 그리고 한쪽에는 이미 앰뷸런스가 대기하고 있다.

수행자인 스님들의 싸움은 일반 시정잡배와는 다르다고 한다. 서로 점잖은 말로 오셨는가 하고 수인사를 하여 대접한 후, 일대일로 대결하여 문제를 해결할 것을 합의하면, 양측에서 대표 선수가 출장한다.

양측의 운명을 어깨에 건 고수 승려들이 나와 상대를 탐색하며 빙빙 돈다.

그렇게 수 분의 시간이 흐르고 나서 그 두 명이 격돌하게 되고, 싸움은 몇 초 지나지 않아 끝나 버린다고 한다.

고수들의 대결이란 언제나 비슷한 모양이다. 무술 실력이 떨어지는 한쪽의 스님이 패배하여 땅에 눕고 나면, '모셔라!'라는 외침과 함께 들것에 실려 병원으로 후송되고, 이긴 측에서는 절을 차지하게 되는 것이다.

승자는 패자에게 말사나 암자 하나를 떼어 주어 거처할 곳을 배려해 준다고 하며, 이렇게 승패를 결정하는 데에 양측은 불만이 없다는 이야기였다.

천심 스님은 이런 대결에 단골손님으로 모셔져서 전국 사찰을 방문했고, 나중에는 경주 불국사에 스카웃되어 눌러앉아 있게 되었다.

이때 그는 매우 실존적인 고민을 했던 듯하다. 수행과 구도를 위하여 출가한 불교, 그 속에서 그는 사회에 있을 때와 똑같은 일을 하고 있게 되었으니 말이다.

성수동의 지역사회도, 불교계도 그가 혼자서 명상하고 수행하도록 내버려 두지 않았다.

그는 수없이 고민하고 또 괴로워했다. 자신의 모든 것을 걸고 출가한 불교였지만, 그는 모든 것을 다시 버리고 새로운 길을 찾기로 했다. 그로서는 백척간두에서 진일보한 셈이다.

그는 출가인을 그만두고 환속하여 자신이 하고 싶은 일을 하며 살기로 결심했다.

그는 경주와 인연이 있었는지, 불국사에서의 스님 생활을 마지막으로 환속하면서 경주에 정착했다. 멀리 경주 남산이 바라보이는 널찍하고 기운 좋은 땅에 자리를 잡았다. 그리고 그곳에 나무를 깎는 공방을 하나 열었다. 다른 이들의 이해관계를 위해 주먹을 들지 않아도 되니 홀가분하기 그지없었다.

원래 나무를 만지는 일에 소질이 있던 그는 누구한테 배운 적이 없는데도 손쉽게 목공예를 해냈다. 톱과 끌, 칼만 있으면 나무들은 그의 손에서 생명을 받아 새로 태어났다.

왜 금속이나 기타 재질이 아닌 나무를 선택했느냐고 질문하니, 그는 그냥 나무가 좋았다고 대답했다. 나무와는 전생의 인연이 있었던 것 같다고 한다. 그는 나무를 보면 나무의 결과 기운이 느껴지며, 나무를 깎다 보면 나무가 마치 살아 있는 듯 느껴지면서 나무와 교감하게 된다고 한다.

그는 나무뿌리를 이용한 괴목 공예로 작업을 시작했다. 공사하다가

뽑혀져서 버려지던 흉칙한 나무
뿌리가 그의 손을 거쳐 예술 작품
으로 거듭 태어나기 시작했다.

서승암 거사의 작품

나무뿌리로 작업을 하던 그는
요즈음 생명을 상징화하는 작업
에 몰두하고 있다. 힌두교에서는
남자의 성기를 '링감'이라고 하
여 숭배하고 있으며, 이것을 상
징화한 것이 힌두교 시바 사원마
다 모셔져 있다.

그는 생산성과 생명의 상징으
로써의 링감을 형상화하는 작업
에 시간 가는 줄 모르고 나무를
깎고 있다. 그래서 이 링감들로 테마 공원을 만들어 보고 싶다는 소박한
꿈을 가꾸는 중이다.

그 속에서 진한 원시의 생명력을 느끼게 해 주고 싶다는 것이 그의 꿈
이다.

서울 삼청동에 성(性) 박물관이 세워지기도 했는데, 남성 성기의 상징
들로 가득한 조각 공원이 불가능하리란 법은 없다.

환속하면서 결혼도 했다. 부인과의 사이에는 아기가 없는데, 아기를
낳지 않고 살기로 부부가 합의했다고 한다.

그들 부부는 다른 부부와 좀 다르다. 부인은 밤마다 반야심경을 화선
지에 쓰지 않으면 잠을 자지 않는다. 어떤 날은 십여 번 이상 붓을 들고
반야심경을 쓰기도 한다.

그런 부인을 보는 서승암 거사의 눈빛은 부부지간이 아니라 도반을 바라보는 것 같다.

서승암 거사도 밤마다 공부를 한다는데, 화두는 '나는 누구인가'라고. 아무리 술을 마신 날이라도 '나는 누구인지' 궁구하다가 잠을 청한다고 한다.

오랜 출가 생활이 아직도 몸에 남아서인지, 그의 생활은 절에서 생활하는 스님과 별로 다를 바가 없다.

서승암 거사

그의 집 앞에는 경주 남산이 자리하고 있다. 그의 취미는 경주 남산을 걷는 것이다. 그는 경주 남산을 수백 번은 일주했을 것이라고 말한다.

경주 남산은 유적과 유물의 보고로, 산 전체에 천수백 기의 신라 시대 유적이 흩어져 있으며, 산 전체가 하나의 만다라 구조를 갖고 있는 좋은 산이다. 이 산을 걷는다는 것은 단순한 등산이라기보다는 순례라고 보는 것이 더 합당할 것 같다.

언제 시간이 나면 사흘쯤 남산을 함께 둘러보자고 하는데, 경주 남산을 제대로 구경하려면 족히 한 달은 필요하다는 설명이다.

불문으로의 입문과 수도는 그의 전생의 인연이었을까. 그는 지금도 경주와 경주 남산을 떠나지 못한다.

그는 지금도 자신을 '관장'이라고 불러 달라고 했으며, 자신의 정체성을 무도인으로 보고 있는 듯했다. 관장님으로 불릴 때 가장 편안하다고 한다.

하지만 그의 모습과 언행은 무술인이라기보다는 아직도 스님에 가깝다. 사범과 관장 생활을 하면서 본의 아니게 수많은 싸움을 했던 그이지만, 그의 눈빛은 파이터가 아니다.

옛날 일을 담담히 토로하는 그의 눈빛에는 하늘의 구름이 흘러가고, 경주 남산의 그림자가 지나간다. 그가 매일 만지고 깎는 나무의 성정을 닮았다.

그래서 그의 아호는 '목암(木巖)'이다. '암(巖)'은 '험한 바위, 낭떠러지, 가파른 절벽'을 뜻하는 한자이니, 그의 유유자적하는 삶에 걸맞다. 바위 절벽에 홀로 서 있는 소나무가 연상되지 아니한가.

그는 서울 생활, 무술인들의 무림, 승려들의 불교 사찰 생활을 지나, 이제 자신만의 수행의 자리를 찾아냈다.

수많은 싸움과 인생 역정 끝에 경주 남산 밑에 정착한 그는, 타인들의 뜻에 의해 '싸워야' 하는 존재가 아니라, 자신과의 싸움만을 하고 있는 진정한 수행자가 되었다.

그래서 이제는 더욱 진지하고, 남은 삶은 짧게 느껴진다.

그는 오늘도 길바닥의 똥 막대기를 주워다가 군불을 때고, 뜰 앞의 잣나무를 깎아 부처를 만든다.

내가 만난
이집트 카이로의 거한 ,

　유레일패스를 들고 유럽 대륙을 헤매다가, 여행 경비가 다 떨어질 때 즈음이었다.

　1991년 여름, 프랑스 파리의 외인부대 사무실에 방문해서 외인부대에서 반년만 계약직으로 일을 하겠다고 제안했는데, 애석하게도 외인부대는 한 번 계약하면 5년 계약이라고 한다.

　생명 수당을 포함해서 한 달에 삼백만 원의 월급을 준다니, 반년만 총 들고 용병 생활을 하면 적어도 2년간의 여행 경비가 저축될 터였다.

　내가 죽을 거라는 생각은 한 번도 해 본 적이 없다. 설마 죽기야 하겠어?

　외인부대 모병관에게 반년만 일하자고 아무리 어거지를 써도, 그들은 고개를 가로저으며 안 된다고 했다.

　당장 여행 경비를 마련해야 했지만, 이렇다 할 방법이 없었다. 주변의 여행자들에게 듣자 하니 여름에는 그리스 크레타 섬에서 바텐더 자리가 많다고 했다. 나는 이탈리아 남부 항구도시 브린디 시에서 배를 타고 무작정 그리스로 향했다.

피라밋의 야경

　그러다가 그리스 아테네 시내에서 바텐더로 잠시 일하게 되어 한 달이
나 아테네에 체류하게 되었다.

　아테네 생활은 그런대로 재미있었고, 바다가 포도주색으로 물이 들던
에게 해의 석양과 스블라키비타(그리스식 케밥)의 맛은 지금도 잊지 못한다.

　하지만 외인부대에서 용병으로 일하지 못한 것은 지금도 마음 한구석
에 아쉬움으로 남아 있다. 참 재미있을 것 같은데 말이다.

　그리스에서 여행 경비를 좀 보충한 나는 예정대로 이집트로 가기로 결
심했다.

　1991년 가을, 홀로 떠난 나의 무사 수업 여행은 지구를 돌고 돌아 이
집트에 이르렀다.

이집트는 어려서부터 항상 가 보고 싶었던 곳이고, 나그함마디 문서가 발견된 나그함마디 마을이 있는 곳이다.

그리스 아테네에서 밤에 이륙한 이집트행 비행기는 휘황찬란한 아테네의 야경을 비행기 창문 너머로 보여 주었다.

이젠 지중해의 태양이 아니라, 모래바람 몰아치는 사하라로 가는 것이다.

야간 비행이 처음이었던 나는 생텍쥐페리의 『야간 비행』을 떠올리며 잠에 빠졌다. 꿈속에서 나는 사하라사막의 어린 왕자를 만났다.

새벽에 카이로 공항에 도착하여 대합실에서 새벽을 보내고 나니, 사막의 태양이 솟아올랐다.

공항 입구부터 몰려드는 악명 높은 호텔 호객꾼들을 물리치고, 카이로의 숙소로 향했다.

카이로의 전경

배낭여행자들 사이에서 전해지는 정보를 듣고 찾아간 곳은 카이로의 어떤 수크(시장) 입구에 있는 호텔이었다.

영화 잉글리쉬 페이션트에나 나옴직한 허름하고 낡아 빠진 페인트가 을씨년스러웠던, 프랑스의 퇴색한 식민지 냄새가 폴폴 풍기는 그런 곳이었다.

이 호텔의 주인은 늙은 학자라고 하는데, 점잖게 생긴 외모에 도수 높은 안경이 지적으로 보이는 할아버지였고, 그 아래에 후일 나와 친하게 된 매니저가 있었다.

이 호텔의 매니저를 맡은 친구는 나이는 나보다 거의 20살이나 많고, 체중이 150킬로나 되는 거구의 사나이였다.

그는 하사관 출신인데, 이스라엘과의 6일전쟁 때 이집트 UDT였다고 하며, 홍해를 수중 침투해서 이스라엘 진지를 폭파했다는 자신의 무용

카이로 시내 풍경

담을 오는 손님마다 붙잡고 자랑해 댔다.

그는 북한 출신 교관에게서 태권도를 배웠다고 했다. 북한 태권도라면 분명히 ITF태권도였을 것이다.

제대한 지 몇 년 되지 않았기 때문에 아직도 군인 냄새가 물씬 풍기는 그런 마초적인 남자가 매니저로 홀 카운터에 앉아 있었다.

그는 나의 여권을 보자마자 관심을 보였다. 자신의 태권도 사범이 코리안이었다는 것

전통 복장의 이집트 인

때문에 그랬다. 이집트는 북한과 형제국라고 할 만큼 친북 국가였고, 군사적으로도 친밀했다.

택시를 타고 코리아 대사관으로 가자고 하면, 북한 대사관에 데려다주는 것이 상식인 나라였다. 이집트와 이스라엘 국경에 배치된 국경수비대가 들고 있는 AK47소총을 달라고 해서 살펴보면, 대부분이 북한제 소총일 정도이다.

그러니 북한 군사고문단이 와서 태권도 교육을 한 건 당연했을 것이다.

나는 호텔 체크인 후 카이로 구석구석을 헤매면서 여행의 작은 기쁨들을 주워 모으고 있었다. 올드 카이로에서 십자군 전쟁의 영웅 살라하딘 장군이 지었다는 성채에도 가 보고, 각종 구식 시장과 아랍풍의 노천카

페에서 수연초를 즐기는 이집트 사람들과도 어울렸다.

낮 온도가 45도까지 올라가는 이집트 카이로의 어느 오후, 샤워기의 물조차도 미지근해서 도무지 샤워할 기분조차 나지 않는 그런 날이었다.

이집트인들은 이런 날이면 대낮에 거동하지 않는 것이 상식이다. 그래서 거리도 한산하며, 늦은 오후가 되어 태양이 서쪽에 걸릴 때 즈음에서야 카이로의 거리는 활기에 찬다.

아침마다 호텔 침대 위에서 장클로드 반 담(벨기에 출신의 무술인, 영화 배우)처럼 다리를 가로로 찢어 놓고 TV를 보는 나를 항상 신기하게 생각하던 어느 유럽인 백인 총각이 매니저와 얘기하다가 나에 관해 말했던 모양이다.

매니저를 하던 150킬로짜리 덩치가 나에게 오더니 메인 홀로 좀 나오라고 한다.

로비에 나가 보니 눈이 동그란 채 호기심에 가득 찬 서양애들이 토끼처럼 둘러앉아 있고, 150킬로는 나에게 태권도를 배운 적이 있느냐고 한다.

태권도를 배웠다니깐, 자기와 한번 대련을 하자고 정식으로 요청을 해 왔다.

이 인간은 태권도를 배우기만 하면 누구나 이소룡이 되는 줄 아는 모양인데, 뭐 그렇다고 해서 그의 기대를 저버릴 수는 없지 않은가. 그래도 나는 명색이 태권도의 종주국에서 온 거룩한 블랙벨트 유단자인데 말이다.

아, 정말 태권도협회의 김운용 총재는 나에게 열 번 표창을 해도 부족하다.

당시 나의 체중은 88킬로 정도였고, 태권도 대련을 안 뛴 지도 오래되었을 뿐만 아니라, 무엇보다 150킬로를 내 눈앞에서 보고 나니 전의가 상실되어 입안이 바짝바짝 마르고 있었다.

말이 그렇지 150킬로면 일본 스모판의 고니시키(스모 선수 출신, 영화배우, 가수, 현역 시절 275kg) 수준인데, 내 눈앞의 150킬로 덩어리는 운동을 하도 해서 온몸이 단단한 근육질투성이었다. 매일 헬스클럽에서 250킬로 역기로 벤치프레스를 10세트 이상 한다는 인간이니, 나와는 아마 인종이 다른 게 아닐까 싶었다. 적어도 저 인간은 나와 같은 호모사피엔스 혹은 휴머노이드 인류는 아닐 거라고 생각했다.

그는 300여 킬로의 역기를 어깨에 지고 백 번 이상 스쿼트를 할 수 있고, 허벅지 둘레가 28인치가 넘고, 가슴둘레는 150㎝가 넘었다.

나는 생전 처음으로 '공포스럽다'라는 것이 무엇인지 실감했다. 정상적으로는 이긴다는 것이 불가능한 상황이었다.

나는 그의 주변을 빙빙 돌았다. 그의 살기에 찬 강한 눈빛은 보고 있기만 해도 겁이 덜컥 났기 때문이다.

상체가 워낙 발달한 탓에 그의 하체는 상대적으로 좀 부실해 보였다. 아무리 생각해 봐도 답은 하단 공격밖에 없었다.

우선 전소퇴로 상대의 발을 걸어 넘어뜨리고, 그가 중심을 잃고 슬립다운을 하자, 팔꿈치로 배를 가격하고, 목을 잡고 졸랐다. 그다음으로 상대가 힘쓰기 전에 그냥 일어나 일으켜 세워 주었다.

뭐, 그만 싸움 끝내자는 뜻이고, 신사다움으로 위장한 것이었다.

거기서 그가 사생결단을 하겠다고 덤볐으면, 나는 아마도 비행기로 후송되어 벽제 화장터의 불길을 온몸으로 체험했을 터이다. Oh, my God!

오, 주여, 나는 오늘도 당신의 이름을 망녕되이 불러 젖히나이다.

그는 껄껄 웃더니 자신이 졌다면서, 크게 웃으면서 친구가 되자고 했다. 그리고 내 등을 두들기며, 멋진 친구라고 한껏 추켜세워 주었다.

나일강의 페루카

　그날 내가 십년감수한 것은 우리 부모님도 모르시고, 며느리도 모르고, 내 친구들도 모른다. ‘십년감수’라는 말의 뜻은 수명이 십 년 단축되었다는 뜻이다. 나는 정말 90살까지 살 수 있는데, 그날 대결 때문에 80살에 죽을 거라고 지금도 생각하고 있다.

　돌아 가신 최배달 선생님도 대결할 때마다 무서웠다고 말했다고 한다. 대결 때마다 머리카락이 한 움큼씩 빠졌다고 했다는데, 나 같은 범인이 오죽하겠는가.

　그날 우리는 수크에서 이집트 맥주 ‘스텔라’를 내내 마시며, 정말 친한 사이가 되었다.

　이집트 맥주 스텔라는 이름만 멋있을 뿐 말 오줌 맛이었는데, 그날따라 참 맛있게 느껴졌다. 그 150킬로의 덩치는 나를 데리고 시장통을 다니면서, 상인들에게 나를 '나의 친구'로 소개해 주었고, 다음날부터 시장에 밥 먹으러 나가면, 상인들이 그 왕초의 친구라면서 매우 잘해 주었다.

그는 정말 강한 사람이니까 나의 트릭을 애교로 봐주고 졌다고 인정할 수 있었던 것이지, 약한 사람이었으면 졌다고 인정해 주지도 않았을 것이었다. 그리고 실제로 엉켜서 싸웠으면 누가 보더라도 내가 그를 이길 확률은 거의 없었다.

지금 생각해 보면 그 거한은 아마도 중동의 고대 전투 체육인 '파흐라반'을 단련한 듯했다. 파흐라반은 '주룩하네'라는 중동 전통 체육관에서 수련하는데, 후일 나도 이곳저곳의 주룩하네를 방문하여 파흐라반을 익혔다.

그 내용은 내가 출간한 무공 단련 책에 자세히 나와 있다.

그날 이후, 나는 진정으로 강함이란 무엇인가를 한동안 생각하곤 했다. 유치원생이 나를 때리면 내가 졌다고 말해 줄 수 있다. 그러나 비슷한 사람끼리는 쉽게 졌다고 말하지 못한다.

그의 태도는 강자만이 가질 수 있는 여유이고 품위였다.

나는 지금도 누군가가 나에게 시비를 걸 때마다 이집트 수크의 그 거한을 생각한다.

그는 진정으로 강한 사람이었다.

4장 風의 장

―――――

호언장담(豪言壯談)

심검도의 창시자
김창식 총재

해동검도는 고구려 때부터 계승되었거나 산에서 장백산 스승이 전수해 준 것이 아니라, 김정호 총재와 나한일 총재가 여러 가지 검술을 보고 배운 후에 조합해서 창작한 현대 무술이라는 것이 몇 년 전 법정에서 적나라하게 밝혀졌었다. (서울고등법원 1998. 7. 1 선고 97라91)

당시의 법정 자료를 토대로 무술 잡지 『마르스』에서도 기획 기사를 낸 적이 있다.

김정호, 나한일 총재가 본인들의 입을 통해 법정에서 밝힌 내용이니 분명히 사실일 것이다.

세상 모든 일에는 뿌리가 있고, 원인이 있다. 그래서 우리 속인들은 인과의 법칙에서 벗어나지 못한다.

무술에도 그 뿌리가 있고, 만든 사람과 전수한 사람이 있게 마련이다.

해동검도의 뿌리는 심검도에 있다. 김창식 총재가 창시한 심검도를 배운 김정호, 나한일 씨가 자신들의 연구 결과와 배움을 바탕으로 새로이 창작해 낸 검술이 바로 해동검도이다.

그러면 심검도는 어떤 것이며, 심검도를 창시한 김창식 총재는 어떤 사람인가.

한국의 해동검도 역사에서 매우 중요한 위치를 차지하고 있는 김창식 총재. 그의 증언이 해동검도 역사와 기술에 미치는 영향은 매우 크다고 할 수 있다.

김창식 총재에 대한 항간의 소문은 여러 가지가 있지만, 이번에 김창식 총재 본인의 증언을 기록했다는 데에서 조금의 의미를 부여하고 싶다.

김창식 총재는 그간 알려진 것과는 달리, 한국을 떠나기 전에는 스님 신분은 아니었던 듯하다. 본인 말대로 '행자'였던 것이다. 그리고 숭산 스님의 제자라고 하는데, 그래서인지 김창식 총재가 하는 말은 대부분 숭산 스님의 법어를 그대로 옮긴 수준의 것이다.

숭산 스님은 화계사의 조실로, 1966년 일본에 홍법원을 설립하면서 해외 포교를 시작하여, 지금까지 세계 32개국에 130여 개의 사찰과 선원을 건립했다. 그를 따라 출가한 스님이 60여 명, 신도가 5만 명이다.

1999년에 발간되어 40만 부나 팔린 베스트셀러 『만행-하버드에서 화계사까지』의 저자 미국인 승려 현각 스님도 숭산 스님의 제자이다.

숭산 스님이 미국 프로비던스 시에 최초로 세운 것이 관음선원인데, 현재 미국인 스님인 대관 스님이 선원장으로 있다.

숭산 스님이 자주 했던 공안은 '네가 누구냐'라는 것이었는데, 김창식 총재가 말하는 심검도의 원리인 '자기 마음을 깨닫는 것'도 같은 맥락으로 파악된다.

김창식 총재는 이 관음선원, 미국 이름으로는 'The Kwan Um School of Zen'에서 출가했다고 말한다.

화계사와 조계종의 관계자들의 말에 의하면, 관음선원은 출가에 대해 폭넓은 입장을 갖고 있으므로, 결혼한 속인이 법사계를 받았을 때, 흔히 스님으로 부르기도 한다고 한다.

그러니 현재는 승려라는 김창식 총재의 말이 틀렸다고는 볼 수 없다는 것이다.

김창식 총재가 북한산의 100일 기도를 통해 심검도를 만들면서 체험한 경험은 분

김창식 총재

명히 초자연적인 것이다. 귀신을 보았다던가, 혹은 눈앞에 칼이 나타나서 검술을 보여 주었고, 이것이 심검도 검술이 되었다는 체험은 일반인들은 경험하기 어려운 것이지만, 세상에는 별일이 다 있으니 백 보 양보하여 있을 수도 있는 일이라고 받아들일 수 있다.

특히 무술계나 도판에는 이런 초자연적 현상이 드물지 않기 때문에, 나는 그의 말을 긍정적으로 생각한다.

하지만 이렇게 체득한 검법이, 과연 교육 가능한 것이냐에 관해서는 생각해 볼 여지가 있다. 개인의 종교적 체험이 대중화된다는 것은 결코 쉽지 않다.

개인이 초자연적 현상을 통해 체험한 무술이 과연 교습이 가능할 것인가? 더구나 330개나 되는 검법, 33만 가지의 기술을 인간이 평생 습득할 수 있을까? 아니, 검술에서 33만 가지 기술이 과연 존재할 수 있는

것일까?

김창식 총재는 충분히 가능하다고 말한다.

이 말이 진실인지 아닌지는 내가 판단할 수 있는 문제가 아니다. 나는 북한산 토굴에서 100일간 참선 기도를 해 본 적도 없고, 달마 대사와 비견할 만한 대단한 무술가도 아니기 때문이다. 더구나 귀신을 만나려고 북한산 진달래능선에서 100일간 토굴 생활할 생각도 전혀 없다.

김창식 총재는 인터뷰에서 자신이 달마 대사 이후의 최고 무술인이라고 말했다. 어떤 점에서 자신을 1천 년 만에 나타난 최고 무술인이라고 주장하는지는 알 수 없다.

그리고 나는 김창식 총재가 김정호, 나한일 씨에게 심검도의 극의를 가르친 적이 없다고 주장함에도 불구하고, 현재의 해동검도가 심검도보다 여러 가지 차원에서 발전된 형태라고 평가한다. 내 눈에는 심검도보다는 해동검도가 조금은 더 나아 보인다는 뜻이다.

해동검도의 원형이라고 주장하는 심검도가 과연 한국에서 얼마나 각광받을지는 미지수다. 이 모든 것은 독자가 스스로 판단할 일이다.

💬 안녕하십니까? 심검도 창시자인 김창식 총재님을 모시고 뜻깊은 인터뷰를 하게 되어 반갑습니다. 그리고 심검도에 대한 인터뷰 요청에 응해 주셔서 감사합니다. 총재님께서 출가하신 나이와 사찰은 어디입니까?

— 나는 양력 1944년 1월생이다. 15세에 서울 화계사로 행자 입문을 했다. 그때가 1957년이다.

💬 그러면 사미계까지 받으셨습니까, 비구계까지 받으셨습니까? 한국에서 스님으로 출가하신 적이 없으시다던데, 현재 불교 승려가 맞습니까? 미국에서 결혼하셔서 자녀분까지 있는 것으로 알고 있는데, 가족 상황은?

— 나는 조계종 소속으로 정식 출가한 승려가 아니었다. 행자 입문을 했을 뿐이고, 숭산 스님에게서 법사계를 받았다. 행자는 승적이 있는 불교 승려가 아니다.

그리고 미국에 가서 출가했으니, 현재는 승려가 맞다.

미국에 있는 관음선원의 승려는 결혼해도 되는 대처승이다. 미국에서 미국인과 결혼하여 현재 아들 셋을 두고 있다. 나의 부인 마리아는 내가 가르치던 제자였는데, 79년에 나와 결혼했다.

(필자 註 : 일반적으로 불교계에서는 사미승부터 정식 승려로 인정하며, 승적이 발급된다. 행자는 스님으로 인정하지 않는다.)

🌙 미국으로 가신 이유는?

— 미국에 계시던 숭산 스님께서 부르셔서 가게 되었다. MIT대학과 브라운대학에 최초의 심검도 동아리를 오픈했고, 76년도에는 보스턴에 첫 심검도 도장을 냈다.

🌙 심검도 창시 당시에 관해서 말씀해 주십시오.

— 어느 날 숭산 스님께서 부르셔서 가 보니, '너는 무술을 하면 대성하겠다'라고 말씀하셨다. 숭산 스님은 무술을 전혀 모르셨던 분인데, 연못의 달을 자르는 사례를 말씀하시며 무술 공부를 해 볼 것을 권유하셨다. 달밤에 비친 달을 마음을 집중해서 자르면 검이 지나간 후에도 달그림자가 잘라진 채로 있을 수 있다고 하셨다.

그 후에 남산에서 소나무와 교감을 한 적이 있었다. 소나무에 손바닥을 대고 있을 때, 소나무가 무엇인가 말하는 것을 느꼈다.

며칠간 소나무의 말이 무엇인지 곰곰이 궁리해 보다가 소나무의 답변을 홀연히 깨달았다.

소나무는 '당신이 100% 마음을 줬다면, 왜 부끄러움이 일어나는가' 라고 말했다는 걸 나는 알았다.

소나무가 나에게 한 말을 숭산 스님께 말씀드렸더니, 숭산 스님께서는 이제 때가 왔다고 하시며 백일기도를 할 것을 지시하셨다.

그래서 서울의 북한산 아카데미 하우스 뒤편 계곡에 있는 토굴에서 100일간 참선 기도에 돌입했다.

💬 백일기도는 어떤 방식으로 진행되었습니까? 어떤 현상이 벌어졌는지요?

— 우선 단을 쌓고, 밤 12시 정각부터 새벽 3시까지 참선 수행에 정진했다. 자정에서 1초도 넘기면 안 된다고 하여 반드시 정각에 시작해야 했다.

첫날 수행을 하던 중에 촛불 속에서 사람 형상이 일렁이며 커지면서 나에게 덤벼 왔다.

무척 무서웠지만 소리를 크게 질러서 제압했더니, 촛불 속으로 들어가서 한동안 나오지 않았다.

그 뒤로 사람 형상의 귀신은 계속 나타나서 나에게 덤벼 왔고, 나는 큰소리로 꾸짖어서 제압하는 대치 국면이 약 사흘 동안 계속되었다.

귀신은 사방에서 나타나 덤비기 시작했지만, 소리 질러 꾸짖으면 제압된다는 것을 이미 알고 있었으므로 더 이상 무섭지 않았다.

사흘 째에는 귀신이 나타나자 반가움까지 일었다. 벌써 며칠간 계속 보았기 때문에 정이 들었는지 반가웠던 것이다.

귀신은 참선하고 있는 나의 온몸을 더듬고 지나갔고, 그 후로는 영영 나타나지 않았다.

이때 나는 한 가지를 깨달았다. '반가워하니, 악마도 해를 끼치지 못한다'라는 것이었다. 악마가 나타났을 때, 내가 힘들어하고 무서워해야 계속 나타날 것인데, 그렇지 않으니 악마가 나에게 나타나야 할 이유가 없는 것이다.

나흘 째에는 비몽사몽간에 부처님께서 현신하셨다. 부처님께서 '봉을 잡으라'라고 말씀하시기에 봉을 들고 동굴 밖으로 나가서 휘둘렀는데, 그게 현재의 선방어검법 1번이 되었다.

다시 동굴로 들어와 참선을 계속하는데, 전신이 쇠창살로 휩싸이는 경험을 했고, 몸이 움직이지 못하는 상태에서 눈앞에 칼이 나타나 검법을 보여 주었다.

그때 본 검법이 심검도의 330가지 검법으로 탄생하게 되었다.

💬 총재님께서는 원래 정도술을 배우셨다고 들었는데, 정도술은 어디까지 배우셨습니까? 그리고 정도술 봉술을 기초로 모습을 살짝 바꾼 것이 심검도 검법이라고도 하는데, 이것은 어디까지 사실입니까?

— 정도술은 약 3개월 정도 수련했다. 돌아가신 안일력 선생이 숭산 스님에게서 원각 거사라는 법명을 받았고, 정도술 사범들이 화계사에서 수련한 적이 있다.

하지만 정도술의 봉술은 본 적도 없다. 나는 정도술 봉술을 가지고 심검도를 만든 것은 아니다.

💬 해동검도의 창시자인 나한일, 김정호 씨를 가르치셨는데, 당시를 회고해 주십시오.

— 나한일, 김정호 두 명에게 중학교 3학년 때부터 심검도를 가르쳤다. 1969년부터 1974년까지이다. 가르친 장소는 행당동 국민학교 운동장이었다.

나한일은 내가 심검도 3단 과정까지 가르친 제자이다. 하지만 나한일,

김정호에게는 내가 심검도 술기의 '깊은 뜻'을 가르친 적은 없다.

💬 그렇다면 나한일 씨와 김정호 씨에게는 심검도의 비법을 안 가르쳤다는 것입니까?

— 그렇다.

💬 그러면, 심검도의 기법과 핵심 원리는 무엇입니까? 심검도의 극의란 무엇입니까?

— 심검도에서 제일 중요한 원리는 자기 마음을 깨닫는 것이다. 생각이 일어나는 것이 검술로 표현된다.

수련 체계로는 초단 과정에서 선방어검법 15번까지 배운다. 2단에서는 선방어검법 16번부터 선공검법 6번까지 수련한다. 3단 과정에서는 선공검법 7번부터 16번까지 배우게 되고, 4단 과정은 좌방어검법 1번에서 11번까지, 5단 과정에서는 좌방어검법 12번부터 좌공검법 4번까지 하게 된다. 3단부터 사범(beginner master)으로 인정하고 있다.

심검도의 형은 무척 많은데, 와검법 4개, 와우검법 2개, 와좌검법 2개, 와복검법 4개, 몽복검법, 몽검법, 비연검법이 50개형, 전파검법이 50개형, 도검법이 50개형, 검투검법이 50개형, 심검법이 50개의 형으로 이루어져 있다. 그래서 총 342개형이 존재한다.

그리고 단봉술 50개형이 있는데, 팔 길이 정도의 단봉을 양손으로 사용한다.

💬 심검도에서는 양손으로 칼자루를 잡는 쌍수도를 사용하지 않는 걸로 알고 있는데, 항상 편수만 사용합니까?

— 그렇다. 항상 한 손으로 검을 잡고 사용한다. 그리고 중도(中刀) 길

이의 칼을 쓴다.

심검도 초기에는 진검이 없어서 봉과 목검으로 수련했었다.

🌙 국내에서의 활동 계획은?

— 중국 소림사와 같은 '심검도 무림사'를 창건하려고 한다. 앞으로 심검도를 배우겠다는 사람에게는 누구든지 심검도를 공개할 생각이다.

김창식 총재는 승려답게 큰 욕심이 있는 것 같지도 않으며, 그냥 평범하고 편안한 스님일 뿐이다. 어쩌면 순박해 보이기도 한다. 역시 불가에 있는 스님은 우리 속인과는 조금은 다를 터.

김창식 총재의 심검도가 얼마나 발전할지는 알 수 없으나, 그의 발언들을 잘 들어 보면 이해하기 어려운 부분이 많아서 혼란스럽다.

나도 20년 이상 무술판과 도판을 두루 구경하며 섭렵했으므로, 비록 내가 높은 경지에는 가지 못했을지라도, 한 번 들어 보면 이것이 말이 되는 소리를 하는 것인지 말도 안 되는 주장을 하는 것인지 정도는 분간할 수 있게 되었다.

하지만 내 수준에서 김창식 총재를 이해한다는 것은 매우 어려웠다.

아마 두 가지 중에 하나일 것이다. 김창식 스님이 말이 안 되는 주장을 하고 있거나, 내가 모자라서 그의 말과 검술을 이해하지 못하거나.

나의 정신 건강을 위해 아마도 후자 쪽이 맞을 거라고 생각하자고 내 스스로 노력하고 있는데, 노력해도 잘 안 되니 문제다.

한국 합기도의 창시자, **지한재 총재**

합기도는 도대체 누가 만든 것일까? 합기도라는 이름은 누가 명명했을까?

그들의 주장처럼 신라 화랑이 배우던 것인가?

신라의 수도 서라벌에는 합기도 간판을 건 무술 도장이 즐비하고, 합기도장에는 정말 신라 화랑들이 바글바글했을까?

당시의 신라 화랑들은 배울 것이 많아서 꽤나 힘들었겠지? 본국검법 배우랴, 합기도 배우랴 몸이 열 개라도 부족했을 것 같다. 방과 후에 학원을 전전해야 하는 요즘의 초등학생들보다 더 바빴을 것이며, 신라 청년들의 부모는 자녀들 사교육비 마련에 허리가 휘고, 노심초사했을 터이다.

하긴 고구려는 더 심각했다. 고구려의 수도 국내성에는 한 블록마다 하나씩 태권도 도장이 있었으며, 그 도장 옆에는 해동검도 도장이 있었고, 그 옆에는 경당 도장이 있었단다.

그래서 인구 3만 명의 국내성에는 무술 도장이 1천 개가 성업했고, 고구려 무사들은 태권도와 해동검도를 배우느라고 아침저녁으로 정신이 없었다지.

아, 위대한 고구려 무사들이여!

그때도 해동검도협회는 신규 도장 허가를 내주면서 사범에게서 수백만 원씩 받았을까?

삼척동자도 비웃을 이런 새빨간 거짓말을 한국의 무술협회장과 관장들은 입술에 침도 안 바르고 해 대며, 또 이런 것을 철석같이 믿는 많은 순진한 중고생들이 있다. 순진한 건지 바보인 건지 모르지만 말이다.

하지만 태권도는 1970년대에 최홍희 장군이 명칭을 제정한 일본 가라테의 한국 버전 무술이라는 것을 이제는 누구나 다 알게 되었으며, 해동검도는 1970년대에 창작된 검법임이 법정에서 적나라하게 밝혀졌다.

그래도 2000년이 지난 현대의 대한민국에서 거짓말이 먹히는 것을 보면 역시 고구려 제국은 위대하다.

합기도는 신라 화랑이 배우던 무술이라고 그동안 우리에게 사기를 쳐 왔다. 오래전에 출간된 합기도 교본들을 뒤적여 보면 이런 날조된 역사를 어렵지 않게 찾을 수 있다.

일본의 아이키도는 한자로 '합기도(合氣道)'라고 쓰니까, 한국 합기도와 한자가 같다.

일본 합기도는 우에시바 모리헤이가 명명했으므로, 국제 저작권은 일본 아이키가이(合氣會)가 갖고 있는 셈이다.

그런데 일본 아이키도는 발차기가 없고, 주먹을 사용하는 기술이 거의 없으며, 더구나 체포술, 연행술, 지팡이술 등의 기술이 없다.

일본 아이키도와 한국 합기도는 아무리 보아도 같은 무술로 보이지는 않는데, 한국 합기도는 어디서 온 것인가?

우에시바 모리헤이

나는 어려서부터 합기도의 역사가 무척이나 궁금했었다. 그러나 어느 누구도 이렇다 할 권위 있는 답변은 해 주지 못했다.

한때 어떤 합기도장의 벽에는 태극기와 함께 수염을 기른 폼 나는 할아버지 초상이 걸려 있었는데, 그분은 한국 전통 무예 합기도의 고수이며, 산속에서 이 무술을 전수해 주신 대사부님이라고 했다.

나중에 알고 보니, 그 할아버지는 일본 아이키도의 창시자 우에시바 모리헤이였다.

이 정도로 사기를 당하게 되면 분노를 넘어서서 허탈해진다. 우에시바가 산에서 자신에게 합기도를 가르쳐 줬다고?

2002년 8월, 한국 합기도의 산증인, 지한재(池漢載, 1936년~) 선생이 한국을 방문하였다.

지한재 선생은 최용술 도주에게서 합기도를 배운 가장 초기의 제자이며, 합기도를 현재의 모습으로 만들고 보급한 사람이다.

나는 서울올림픽파크텔에서 지한재 선생을 모시고 2시간여가 넘는 심층 인터뷰를 진행했다.

한국 합기도의 산파 역할을 한 지한재 선생을 만난다는 것은 매우 역사적인 의의를 갖는다고 생각한다. 지한재 씨가 타계하기 전에 진실을 기록으로 남겨 두는 것이 내가 할 일이었다. 나는 증거 확보를 위해 모든 기록을 녹취하였으며, 기록으로 남기기로 했다.

지한재 씨와의 대담

💬 오늘 한국 합기도에 가장 큰 족적을 남긴 지한재 선생님을 모시고 역사적인 인터뷰를 하게 되었습니다. 최용술 도주를 창시자라고 한다면, 지한재 선생님은 합기도를 현재의 형태로 만들고 발전시킨 공로자 중의 한 분이십니다.

— 최용술 선생은 우리나라에 야와라(柔ら, 유도, 유술의 딴이름)를 보급한 분임은 틀림없습니다.

그러나 해외에 나가서 일본 사람들과 부딪히면 그들은 우리를 무척 무시합니다.

최용술 선생은 야와라를 하신 분이지, 합기도를 하신 분이 아닙니다. 대구에서 '야와라'라고 하며 가르치셨고, 합기유술이라고 하셨지요. 나중에는 합기유권술이라 했고, 57년부터는 합기도라고 했습니다.

💬 그러면 합기도라는 명칭은 누가 제일 먼저 쓰신 겁니까?

— 제가 제일 먼저 썼습니다. 합기도는 내가 명명한 겁니다.

그러다가 1962년도에 박정희의 군사 쿠데타가 나고 나서 일본에서 들어온 책을 보니 『합기도』라는 이름의 책이 있어서, 비로소 일본에도 합기도라는 동일한 명칭의 무술이 존재한다는 것을 처음 알았습니다. 내용은 다르지만 이름만 같았던 것이지요.

그래서 그때 합기도에서 '합' 자를 빼고 그냥 '기도(氣道)'라고 부르기로 했습니다.

그 후에 국민운동본부 등에 한국의 국기로 '기도'를 지정하자는 팸플릿을 돌리고, 사단법인체를 만들게 되었습니다.

그런데 그때 보니, 최용술씨 밑에 있던 김정윤(현재 한풀의 대표)이라는 사람이 내 후배인데도 나보다 포지션이 높더군요. 나를 서울지부장을 만들어 놓고, 자신은 이사장을 하고 말입니다.

그래서 각자 갈 길로 가야겠다고 생각하고 나는 그냥 합기도를 쓰다가, 미국으로 갈 때 '신무합기도'라고 명명했습니다. 그 이유는 일본 합기도와 차별화하기 위한 것입니다.

한 박사님은 역사를 아십니까? 신라에는 화랑이 있었지요? 그러면 고구려와 백제에는 무엇이 있었습니까?

💬 조의선인 등이 있었지 않았습니까?

— 고구려에는 선비도가 있었고, 백제에는 삼랑도가 있었습니다.

어떤 무식한 무술인이 미국으로 나를 찾아와서는 고구려에 사무랑이 있었고, 일본 사무라이의 뿌리가 사무랑이라고 주장하더군요.

이건 얼토당토않은 소리입니다. 고구려에 사무랑이 어딨습니까? 고구려에는 선비도가 있었어요. 원래 선비는 문무를 겸전한 사람을 말합니다. 고구려는 선비, 신라는 화랑, 백제는 삼랑이라고 했지요.

삼랑이 일본에 건너가서 사무라이가 된 것입니다. 뭘 알고 얘기해야지요.

이 삼랑이 백제 패망 후에 일본에 건너가서 사무라이의 시조가 되었습니다.

나는 백제 삼랑도의 정신도법을 닦았습니다.

💬 그러면 선생님께서는 백제 삼랑들의 무술을 전수받아 닦으셨다는 말씀이십니까?

— 우리나라는 원래 선도라고 했습니다. 삼신도를 가지고 백제가 건국되었고, 고구려가 건국되었습니다. 단군 할아버지의 가르침이 삼일신고, 천부경 등등입니다. 삼일신고에 보면 삼랑도에 관해 나옵니다.

💬 그러니까 백제 삼랑의 무술을 전수받아 수련하셨다는 말씀입니까? 그리고 저는 삼일신고, 천부경, 참전계경, 신단민사 등등의 서적을 읽어 본 적이 있지만, 삼일신고 어디에 삼랑도가 나오는지요? 전혀 본 적이 없습니다만.

— 삼일신고 회삼경 부분입니다. 단군 할아버지의 가르침을 쓴 책입니다. 단시간에 다 설명하려면 참 힘든데, 어쨌든 삼일신고, 천부경을 말씀하셨습니다. 이 책을 읽어 본 적 있습니까? 회삼경 읽어 봤습니까?

💬 읽어 봤습니다.

— 아마 대종교에서 경전으로 삼는 삼일신고를 읽어 봐서, 내가 가지고 있는 것은 본 적이 없을 겁니다. 종교 쪽에서 보는 삼일신고와는 다릅니다. 내가 본 것을 본 적이 없을 겁니다. 삼랑들은 회삼경에 기초해

서 수련을 했어요. 삼일신고에 체술로는 '태기'라는 것이 있습니다.

💬 삼일신고, 회삼경에 태기라는 기록이 나옵니까?

— 삼일신고에는 안 나옵니다. 삼일신고는 대종교 경전이에요.

💬 좀 전에 삼일신고에 태기가 있다고 하셨잖습니까? 그러면 어디에 삼랑
도가 나오고, 태기가 나옵니까?

— 삼랑도에서 배우던 것이 태기입니다. 지금 택견이라는 말은 전혀
잘못된 것입니다. 택견이라는 말은 원래 없었습니다. 문헌 근거도 전혀
없습니다.

원래 태기하는 것을 '태기련(鍊)'이라고 했지요. 태기련을 빨리 말하
다 보면 '택견'이 됩니다. 택견은 태기를 말하는 것입니다.

택견은 송덕기 옹이 50년대에 청도관 출신의 김병수 씨와 만나면서
알려지게 된 겁니다.

그러나 택견의 어원은 태기입니다. 삼랑도에서 하는 태기가 택견으로
변한 겁니다.

나는 송덕기 옹에게 배운 게 아니고, 삼랑도 태기 하는 사람에게서 배
웠습니다.

고등학교 때 대구에서 야와라를 배우면서 안동 서악사의 이 도사에게
서 태기를 배웠습니다. 지금도 서악사에 가면 이 도사가 손가락으로 눌
러서 구멍이 난 목침이 남아 있습니다.

우리나라 무술은 다섯 가지가 있는데, 검술, 궁술, 기마술, 창술, 체
술이 있는데, 체술이 바로 태기입니다. 이것이 전부 삼랑도에 포함되어
삼랑들이 연마하던 것입니다.

내가 신무합기도를 만든 이유는, 합기도를 종합 무술이라고 하기도

하고, 여러 가지 잡음이 끊이지 않았습니다. 이래서는 안 되겠다고 생각해서 다시 합기도를 정립한 것이 '신무합기도'입니다.

정신도법, 즉 마인드 파워를 강하게 하는 무도를 만든 것입니다. 정신 집중을 하면 성통공완이 되며, 이런 것을 모르고 함부로 사람을 (단을 주어) 내보내면 안 됩니다.

최용술 선생은 야와라를 하신 분입니다. 합기도의 수많은 무기술과 기법은 다 내가 만든 겁니다. 최용술 선생이 합기도를 만든 게 아닙니다.

요즘 제일 유명한 무술이 뭡니까? 태권도지요? 태권도에 뒤돌려차기가 있습니다.

그것도 내가 만든 겁니다. 내가 뒤돌려차기를 만들기 전에는 지구상에 뒤돌려차기가 없었어요.

내가 만들어 놓으니까 남들이 어깨 너머로 보고 배워서 지금은 다 하고 있습니다.

💬 뒤돌려차기, 즉 회축을 세계 최초로 지한재 선생님이 만드셨다는 겁니까?

— 내가 만들었지요. 다들 뒤돌려옆차기는 있었지만 뒤돌려차기, 즉 스핀킥은 없었습니다.

💬 중국 무술이나 가라테에도 뒤돌려차기가 없었다는 말씀입니까? 이거, 중국 무술에서 선풍각이라고 하는 것 아닙니까?

— 아니요. 옛날에는 없었어요. 내가 장담하는데, 중국 무술에도 뒤돌려차기는 없었어요.

우리 삼일신고를 보면서 영감을 얻어 손으로 해 보니, 손으로는 되지 않아서 발로 해 보니 되었습니다. 그래서 뒤돌려차기가 탄생했지요.

미국 제자들과 지한재 총재

　내 제자 중에 한봉수라는 사람이 미국에 가서 뒤돌려차기로 유명해졌습니다.

　그리고 내가 부르스 리를 가르쳤어요. 그래서 이소룡의 영화에는 스핀킥이 많이 나오지 않습니까? 지금은 어디서나 스핀킥을 합니다만, 다들 진짜 내용을 몰라요.

　사실은 내가 창시자입니다.

　단봉술, 포박술, 지팡이술, 장술, 부채술 다 내가 만든 겁니다. 요즘은 어딜 가나 다 하더군요. 하지만 이 무기술들은 다 내가 만든 겁니다. 그리고 뒤돌려차기는 내가 만든 겁니다.

　내가 160가지 발차기를 만들었습니다. 160가지 발차기는 바로 나의 것입니다.

이런 기술들을 가지고 일본 아이키도에 밀릴 이유가 없는 겁니다.

하지만 나는 다른 합기도인들과 싸우기도 싫고, 그들과 다른 엄청난 정신도법을 가지고 있기 때문에, 새로이 단체를 만든 것이 '신무합기도'입니다.

신무의 신은 삼일신고(三一神誥)의 신입니다. 삼일신고의 신 자는 '귀신'이 아니고, 귀신(鬼神) 신(神) 자(字)의 고자(古字)인 '신'입니다.

한 박사님, 후나코시 기친(船越義珍, 1868~1957)의 유래를 압니까?

💬 어떤 유래 말씀입니까?

— 후나코시 기친은 원래 일본의 대단한 대도(大盜)입니다. 어떤 귀족 집에 도둑질을 하러 들어갔다가, 한 처녀를 겁탈하게 되었습니다.

그런데 겁탈도 못 하고 그냥 바깥으로 팽개쳐졌습니다.

그래서 세 번이나 겁탈을 시도했는데, 결국 완전히 패배해서 꽁꽁 묶여서 잡히게 되었습니다.

후나코시 기친이 처녀에게 묻기를 '당신의 무술이 무엇이냐'고 하니, 처녀가 야와라라고 대답했습니다.

그래서 후나코시 기친은 도둑질을 안 하는 대신 야와라를 배우기를 청하였고, 일본 도쿄 아래쪽의 갑주라는 곳에 가서 다케다 소카쿠를 만납니다.

다케다는 도둑에게 야와라를 가르칠 수 없다고 했으나, 후나코시 기친의 간청이 워낙 간절한지라, 결국 한 가지 조건을 걸고 야와라를 가르칩니다.

그 조건은 야와라를 배우고 외국으로 떠나라는 것이었습니다. 그래서 후나코시 기친은 야와라를 배우고 오키나와로 떠나게 됩니다.

그래서 오키나와에서 야와라가 변형되어 가라테가 생긴 겁니다.

💭 후나코시 기친의 이야기는 어디서 들으신 겁니까?

— 일본 사람에게서 들었습니다.

💭 일본인이 그런 말을 했다는 것입니까? 확실합니까?

— 일본인에게 들었는지, 최용술 선생에게 들었는지는 확실하지 않습니다만, 어쨌든 듣긴 들었습니다.

💭 선생님이 최용술 옹의 문하로 처음 입문하신 것이 언제입니까?

— 1954년입니다.

💭 처음 도장을 내신 것은 언제, 어디서입니까?

— 안동입니다. '대한합기유권술 안동연무관'이라 했고, 그 도장을 열 달간 운영하다가, 나중에 유영우에게 도장을 맡기고 서울로 올라왔습니다.

서울에 와서 합기도라는 이름으로 마장동에서 처음 열었고, 두 번째는 EMI영어학원 안에서 하다가, 을지로 5가로 갔고, 4.19혁명이 난 후에 회현동에서 했습니다.

시라소니와 대결한 적도 있었습니다. 충무로 입구의 대원호텔 뒤편의 어떤 고아원 마당에서였습니다. 시라소니와 아이쿠치(あいくち, 일본식 단검)로 결투를 했는데, 서로 배에다가 젖은 한지를 붙이고는 살은 베지 않고 종이만 베는 시합이었습니다.

그 시합 결과 나는 종이만 베었는데, 시라소니는 내 살까지 살짝 베었지요. 시라소니가 패배한 것입니다.

두 번째는 투검 시합을 했는데, 시라소니는 횡으로 던지고, 나는 종으로 던졌습니다. 단검을 던져서 자로 잰 듯이 칼이 박혀야 되는 시합이었습니다.

시라소니는 세 번째 칼이 조금 아래로 박혀서 또 나에게 졌지요.

하지만 시라소니가 떠나 달라고 사정하여 회현동에서 도장을 열었습니다.

회현동 시절에는 역술가 백운학 씨도 와서 열심히 수련하기도 했었습니다.

그 후에 종로 2가 보신각 뒤편의 동일빌딩에서 성무관(成武館)을 하게 되었지요. 대부분의 사람들이 기억하는 종로의 성무관은 이때부터 시작된 것입니다.

그때 즈음에 중국 대사관 안에서 국술을 가르치던 여품삼, 임품장 씨가 있었는데, 내 도장의 한 컨에 자리를 빌려 주고 중국 무술을 교습하게 했습니다.

이것이 우리나라 중국 쿵후 도장의 시초라고 할 수 있을 겁니다. 바로이 도장이 쿵후 화신앞 도장이라 부르던 곳입니다.

최용술 선생은 야와라의 보급자일 뿐인데, 최용술 선생을 합기도의 도주로 만들면, 외국에 나가서 우리는 일본인에게 고개를 숙일 수밖에 없습니다.

그래서 나는 신무합기도를 만들었습니다. 일본의 정신도법을 능가하는 단군 할아버지의 삼일신고를 가지고 이것을 완성했습니다.

단전이 어디에 있습니까? 단전은 어느 내장입니까? 어느 기관을 단전이라고 하지요?

단전이란 보이지 않습니다. 우리가 알고 있는 단전은 보이는 장기가 아니라, 압축기 역할을 하는 것입니다.

기(氣)라고 하는 것은 아드레날린 호르몬입니다. 아드레날린 호르몬이

각 기관마다 다니면서 일으키는 것이 기의 현상입니다. 아드레날린이 머리로 올라가면 정신 현상이 생기고, 근육에 전달되면 힘이 발생하며, 병 치료에 사용되면 약리적 현상이 벌어집니다. 약성으로 작용하면 어떠한 병도 다 고칠 수가 있습니다.

단군 할아버지가 12절기를 만들어, 그때마다 우리에게 찹쌀떡을 먹게 했습니다.

왜 찹쌀떡을 먹게 했느냐? 삼일신고에 보면 단군께서 고시를 시켜 농사를 짓게 했는데, 높은 데는 기장을 심고, 낮은 데는 찰벼를 심게 했습니다.

나는 이 구절을 가지고 몇 달을 씨름하여 깨달았습니다. 찰떡을 먹으면 뼈가 튼튼해져서 무술하기에 좋은 몸이 됩니다. 찹쌀이 기의 흐름을 원활하게 해 주기 때문입니다.

우심방 방촌에서 무엇이 나온다고도 했는데, 내가 이 구절을 오랫동안 연구해서 결인(結印) 한 가지를 알아냈습니다.

이런 결인법(結印法)을 본 적이 있습니까? 중국 사람들이 이런 결인법을 씁디까?

오직 나만이 알아낸 것인데, 이것을 위해 원효 대신기신론, 능엄경을 다 공부해 보았습니다.

💧 능엄경은 저도 읽어 보았으나, 어느 부분이 무술과 관련이 있는지 저는 모르겠습니다. 합기도가 인도에서 유래했고, 불교 무술이라고 하는 주장이 있습니다. 이 문제에 관해서는 어떤 의견을 갖고 계십니까?

— 누가 그런 소리를 합니까? 말도 안 되는 소립니다. 절대로! 아닙니다. 나는 그런 말을 한 적이 맹세코 없습니다.

💬 얼마 전(2002년 4월)에 용술관의 김윤상 총재께서 합기도 3대 도주를 승계하신 일이 있었는데, 이 문제에 관해서 지한재 선생님의 의견은 어떠십니까?

— 김윤상 총재요? 듣도 보도 못한 이름입니다.

미국 뉴욕에 가면 연세대 부총장 했던 분의 아들인 장진일 씨가 있는데, 그 사람이 합기도 2대 도주입니다. 최용술 선생이 1억 원을 받고 2대 도주를 그 사람에게 팔았단 말입니다.

그래서 나는 최용술 선생을 인정 안 하는 겁니다.

당시 1억 원이면 얼마나 큰돈인지 압니까?

최용술 선생의 아들은 그 돈으로 나이트클럽 사업을 하다 망했고, 최용술 선생이 작고하신 다음 해(1987년)에 죽었지요. 최용술 선생은 아들에게 별로 가르친 게 없어요.

💬 합기도의 발차기는 언제, 누구로부터 시작되었습니까?

— 그건 나부터 시작한 겁니다. 내가 만들었어요. 원래 최용술 선생의 야와라에 발 기술이 몇 가지 있었는데, 그건 고류 검술에서 쓰는 족기(상대 하단을 후려서 중심을 허무는 기술)처럼 몇 가지 기술이었습니다.

그것 빼고 나머지 대부분은 다 내가 만든 겁니다.

💬 그러면 그 발차기 기술을 어디서 배우신 겁니까?

— 태기지요. 태기하는 서악사의 이 도사에게서 배웠습니다. 이 도사는 스님이 아니고 선도의 도인이지요.

그분 부친이 우리 모친의 생명의 은인입니다. 병자년에 홍수가 났을 때, 이명연(이 도사의 부친)이라는 의원이 약으로 우리 어머니를 구해 냈기 때문에, 명절 때마다 집안에서 인사를 하곤 했지요.

대구에서 고등학교를 다닐 때, 야와라라는 무술을 배운다고 했더니, 아들인 이 도사를 소개해 주셨습니다. 이 도사를 만나 손을 꺾어 보았는데, 전혀 꿈쩍도 하지 않더군요. 그래서 그 밑에서 태기를 배웠습니다. 이 도사에게서 우리 발길질을 배웠지요.

지금 택견하는 사람들이 다 개발길질을 하고 있어요. 특히 택견의 스핀킥을 보면, 그게 내가 만든 것인데, 한국 고유 무술이라면서 왜 내가 만든 스핀킥을 하고 있는지 모르겠습니다.

💬 1957년도에 지관을 개설하는 유영우, 오세림, 송주원 씨 등을 보면, 전부 지한재 선생님의 제자분들인데요, 언제 입문하고 언제까지 배우신 분들입니까?

— 내가 안동에서 첫 도장을 냈을 때 입문한 사람들입니다. 아마 몇 달 정도 배웠을 것인데, 나중에 나를 따라다닌 사람들도 있었으니, 상당히 오래 배운 사람들도 있습니다.

💬 최용술 선생을 처음 만나 무술을 배운 것은 지한재 선생님이 몇 살 때입니까? 최용술 선생에게서 몇 년간 배우셨습니까?

— 내가 대구고등학교 1학년 때 입문해서 2년 정도 배웠습니다. 고등학교 졸업하고도 대구시청 건축계획과에서 촉탁 직원으로 일을 했기 때문에, 그때도 조금 배웠지요.

💬 태기를 배우셨다는 것은 오늘 처음 들으며, 최용술 선생의 무술과 태기 이외에 더 배우신 무술이 있습니까?

— 그 두 가지입니다. 나는 우리나라 선도를 닦았습니다. 불교, 기문둔갑 장신법, 능엄경 공부, 삼일신고 회삼경 공부를 했지요. 나는 이런

공부를 함으로써 신무합기도의 정신도법을 이룩한 겁니다.

현재 무술계에서 도주라는 이름을 붙일 수 있는 사람은 나 혼자 남았습니다. 최홍희 장군도 죽었고, 황기(黃琦, 1914~2002, 무덕관 관장)도 죽었습니다.

💬 현재 지한재 선생님 밑에서 배운 제자들이 저마다 하는 무술의 형태가 다 다릅니다. 아주 상이하게 변한 것도 있습니다. 이것은 어떻게 생각하십니까?

— 당연합니다. 자신의 체질과 성격에 맞도록 변형시키고 발전시키는 것은 당연하다고 생각합니다. 기본 원리만 변형시키지 않으면, 스타일이 달라지는 것은 상관없습니다. 덩치 큰 사람이 발차기가 잘될 리 없으니, 이런 사람은 수기 위주로 하는 것이 옳겠지요.

🗨 이소룡에 대한 회고를 부탁합니다.

— 이소룡에게 나를 소개한 사람은 바로 태권도의 이준구 씨입니다. 1969년도에 정부 대 정부 교환 교관으로 미국에 가게 되었습니다.

미국이 우리나라 대통령 경호실에 M-16소총을 비롯한 무기를 공급해 주었는데, 대통령이 이에 대한 보답으로 나를 미국에 파견해서 무술을 가르치도록 했습니다.

그때 미공군첩보대 OSI, 닉슨 대통령 경호실, FBI 등에서 48명의 요원을 차출해서 워싱턴DC 근처의 앤드류 공군기지에서 무술 지도를 했지요.

이준구 씨가 가라테 챔피언십 대회를 개최하면서, 그때 이소룡에게 나를 소개해 주었습니다.

그 후에 홍콩에 초청되어 이소룡을 가르치면서, 『사망유희』에 한 장면만 참여해 달라고 해서 수락했다가 영화에 나오게 된 거죠.

석 달이나 촬영을 했는데, 중요한 곳은 다 찍고 죽었습니다.

이소룡은 무술도 잘하고, 머리도 샤프하고, 영리한 사람입니다. 그는 유명한 스타들을 데려다가 자신에게 지는 것으로 시나리오에 설정해 놓았어요. 그는 훌륭한 영화배우였습니다.

이소룡이 나보다 한 살 적은데, 『사망유희』 때 내 나이가 35살이었습니다. 나중에는 이소룡과 함께 영화에 나왔다는 사실로 유명해지기도 했었습니다.

나는 나중에 『합기도』라는 영화를 촬영했고, 나중에 한 편 더 찍어서 도합 세 편을 찍었습니다.

🌙 원래 대통령 경호실의 무도 사범으로 오래 재직하셨었지요?

　— 18년간 근무했습니다. 박정희 정권 시절입니다.

🌙 합기도의 관절 기술이 타격기 계통의 무술과 맞섰을 때, 실전에 쓸 수 있다고 생각하십니까?

　— 관절을 꺾으면 기를 꺾는 겁니다. 기가 꺾이고 나면 오랫동안 아프고 힘을 쓸 수 없습니다.

💬 합기도에 혈도술이 있습
니까?

— 그런 것 없습니다. 내가
모르는 말을 들으면 욕이 저
절로 나옵니다. 누가 합기도
에 혈도술이 있다고 말을 합
니까? 나는 전혀 모르는 일
입니다.

💬 합기도를 몇 년 정도 배우
면 사범의 수준까지 도달
한다고 생각하십니까?

— 마음먹고 하면 몇 달만
배워도 됩니다.

💬 몇 달만 해도 합기가 가능하다는 뜻입니까?

— 숙달은 돌아가서 오랫동안 해야 합니다. 술기를 외우는 데에는 몇
달이면 된다는 뜻입니다. 숙달되려면 오랜 세월이 걸립니다.

💬 요즘 1주일 정도 연수를 하고, 합기도 4단증을 남발하는 협회가 많습
니다.

— 물론 이것은 안 되지요. 하지만 기본적으로 몸이 되어 있는 사람에
게는 단기간 연수 교육과 세미나를 해서 가능하다는 것입니다.

💬 예전에 선생님에게서 반년, 일 년 배운 사람들도 나가서 도장과 협회를

많이 차렸었습니다만.

— 그건 정책적으로 그랬습니다. 제일 늦게 출발한 내가 세계를 상대로 보급하려면 어쩔 수 없었습니다. 4단증, 5단증, 정책적으로 많이 발급했습니다. 합기도 보급을 위한 수단으로써 감수할 수밖에 없었던 일입니다. 이건 내가 솔직히 인정합니다.

💬 태기의 흔적을 지금도 찾을 수 있겠습니까?

— 잘 모르겠습니다. 전혀 찾을 수가 없습니다. 이 도사님은 우리 아버님과 비슷한 연배였습니다.

💬 서악사에서 이 도사의 흔적을 찾을 수 있을까요?

— 이 도사가 손가락으로 눌러 구멍을 낸 목침이 남아 있다고 합니다. 그밖에는 모르겠습니다.

💬 그것은 일종의 차력 아닙니까?

— 글쎄, 그것이 차력인지 아닌지는 모르겠습니다.

상식적으로 알고 있는 바로는, 우리나라 차력에는 5가지 차력이 있습니다. 신장을 불러 하는 신차력, 약을 먹고 하는 약차력, 자정수를 먹으며 하는 수차력, 구리 가루를 십 년간 먹으며 하는 동차력 등등이 있습니다.

김좌진 장군 등이 동차력을 했다더군요.

방법은 숫돌에 구리를 갈아 닭에게 먹입니다. 닭이 먹고 배설한 배설물을 다시 물에 풀어 구리만 걸러 내고, 다시 닭에게 먹입니다. 이것을 9번을 해서 환을 만들어 십 년간 먹으면, 뼈는 구리처럼, 머리는 쇠처럼 단단해진다고 합니다.

현재 서악사의 대웅전

과거의 치우 장군이 이런 것을 해서 강해졌다는 전설이 있지요.

💬 보신 적은 있습니까?
— 나는 본 적은 없고, 들은 적만 있습니다.

💬 향후 계획은?
— 신무합기도를 제대로 보급할 생각입니다.

그리고 우선 합기도가 하나로 연합하도록 작업을 하려고 합니다. 내가 앞으로 적어도 2년은 정력적으로 일하고 지도할 수 있을 테니, 조만간 빨리 합기도를 통일할 계획입니다.

💬 계획하신 대로 합기도의 통일을 이루시고, 성공하시기를 기원합니다.

지한재 씨는 한국 합기도사에 큰 족적을 남긴 역사적 인물이다.

그의 발언과 주장을 내 마음대로 첨삭하는 것은 바람직하지 않다고 생각되어, 무술 전문 잡지 『마르스』에 실었던 인터뷰 녹취 기록을 그대로 여기 옮겼다.

이 기록은 내가 녹음하고 기록한 것이며, 녹취한 그대로 적다 보니 부분적으로 앞뒤 흐름이 안 맞거나 비논리적인 부분이 있다. 독자들의 현명한 이해를 부탁한다.

나는 지한재 씨의 발언의 신뢰성을 검증하고자, 인터뷰 후에 경북 안동의 서악사에 직접 방문하였다.

서악사에서 가장 오랫동안 거처한 할머니 보살에 따르면, 서악사에서 도인들이나 무술인들이 거처하거나 수련한 적은 없다고 한다. 또한 손가락 구멍이 난 목침은 존재하지 않았다.

지한재 씨가 합기도의 사상적 근거라고 주장하는 삼일신고, 천부경은 우리나라 단군교의 경전인데, 이 안에는 백제 삼랑도의 이야기나 무술에 관련된 부분은 전혀 없다.

특히 회삼경은 삼일신고에 포함된 것이 아니며, 일제시대 때 김좌진 장군과 함께 청산리 전투를 이끌었던 백포종사 서일 장군이 계시를 받고 저술한 저서이므로, 백제와는 당연히 관련이 없을 수밖에 없다.

인터뷰하면서 나는 지한재 씨가 과연 삼일신고의 내용을 알고 있는지 의문스러웠고, 회삼경이 무엇인지도 모르면서 발언하고 있다고 생각되었다.

나도 능엄경을 읽어 보았으나, 능엄경이 어떻게 합기도의 정신도법을 구성하는 사상적 체계인지 전혀 알지 못한다.

옛 대웅전 자리. 현재는 천불전이 되어 있다.

합기도에 지금과 같은 발차기가 도입된 것은 1957년 성무관 창관 때부터라고 합기도협회의 연혁에 나와 있다.

그렇다면 종로 성무관 시절에 중국 무술과 함께 도장을 썼다고 하니, 이때 유입된 것이 아닌가 하는 추측도 가능하다. 실제로 무술 전문가들은 합기도의 발차기가 전형적인 쿵후 발차기라고 생각하는 사람도 많다.

지한재 씨가 주장하는 '태기'라는 무술은 존재하지 않았을 가능성이 크다.

더구나 지한재 씨는 발언하면서도 말이 계속 달라졌으며, 택견에 대한 주장과 뒤돌려차기 등에 대한 발언은 기존의 사실과 다른 것이 많았다.

어떤 고등학생이 고등학교 1학년 때부터 합기유술을 2년 배우고, 21살에 도장 관장이 되면서, 동시에 스스로 합기도협회 회장이 되었다고 한다면, 아무도 인정하지 않을 것이다.

그러나 애석하게도 이것이 우리나라 합기도의 역사이다.

사범 단기 연수와 단증 남발의 원조는 해동검도가 아니라, 합기도였다.

후대의 대부분의 합기도 사범들은 그 사람들 밑에서 정직하게 땀 흘려 수련하고 단증을 받았겠지만, 합기도의 초기 원로들은 지한재 씨가 인정한 것처럼 초단기 교육을 통해 고단자로 대량생산되었다.

그 교육의 품질이 어떠했는가는 독자들의 판단에 맡긴다.

나는 지한재 씨를 만나서 장시간 대화하면서, 그에게서 고수의 풍모를 전혀 느끼지 못하였다.

사실 무술을 오래 하다 보면, 상대와 직접 손을 대어 보지 않아도 충분히 실력의 가늠이 가능하다. 손대어 봐야 하는 것은 상대를 파악조차 못 할 만큼 하수이거나, 혹은 서로 실력이 비슷해서 직접 손을 섞어 보지 않으면 우열을 가리지 못할 때이다.

인간은 동물이기 때문에, 만나서 악수하는 동안이면 이미 내공의 파악은 다 끝나며, 대화하는 잠시 동안이면 상대의 수준을 헤아릴 수 있다.

실제로 기운의 느낌은 극히 정확해서 거의 틀리지 않는다.

나는 지한재 씨에게서 많은 실망을 느꼈다. 그의 몸에서는 내공의 기운이 거의 느껴지지 않았으며, 실제로 힘도 그리 세지 못하였다.

그가 30대 한창 나이 때 이소룡 영화에 조연으로 출연한 『사망유희』의 장면을 DVD로 돌려 가며 보아도 그의 발차기는 세련되지 못했다.

그는 오래전에 청와대 경호실의 무술 지도 사범까지 했었다고 하는데, 청와대 경호실의 무술 사범도 실력의 편차가 많은 모양이다. 지한재 선생이 그의 합기도 실력으로 나의 손목을 꺾을 수 있다면, 내가 그에게 사죄의 뜻으로 정중하게 삼배를 올리겠다.

하지만 내가 공부가 부족해서 고수를 몰라보았을 수도 있다.

만약 지한재 씨가 실제로 고수인데도 내가 식언한 것이라면, 그도 주변 사람들에게 이렇게 말하면 될 일이다.

'한병철은 무술 공부가 부족한 탓에 눈이 어두워서 나를 몰라보았을 뿐이다.'

라고.

이제 한국 합기도의 역사는 다시 쓰여져야만 한다.

한국 합기도는 충북 황간 출신인 최용술 선생이 일본 홋카이도에 있을 때, 대동류 합기유술의 전인인 다케다 소카쿠에게서 대동류 합기유술을 배웠고, 해방 후 한국에 들어와서 경북 대구에서 도장을 열고 가르친 것이 시초이다.

이 대동류 합기유술을 배운 지한재 씨를 비롯한 몇몇 사람이 일본 아이키도의 이름을 허가도 받지 않고 차용하여 합기도라고 명명한 뒤 보급했던 신흥 창작 무술이 바로 한국 합기도이다.

한국의 합기도는 현대에 몇 가지 무술을 혼합하여 창작된 신흥 무술이며, 원류인 일본의 대동류 합기유술과는 이미 그 형태가 크게 달라졌으며, 원리까지도 상이하게 변했으므로, 한국에서 현대에 만들어진 무술로 인식하는 것이 바람직하다고 생각된다.

이제 합기도가 불교 무술이라느니, 인도에 기원을 두었다거나, 전통 무예라는 주장은 하지 않아야 할 것이다.

그러나 이런 주장이 아직도 일간신문에 버젓이 기사화되어 등장하고 있으니, 오호애재라.

이런 오류는 거짓을 기자에게 알려 준 무술인의 잘못인가, 검증해 보지도 않고 기사화한 무식한 기자의 잘못인가?

장풍도사 양운하

몇 년 전부터 TV에서 장풍도사에 관한 보도가 잇따랐다.

나의 고향이자 나와바리(!)인 서울에서 장풍을 쏘는 도사가 출연했다는데, 지역 유지의 한 사람으로서 내가 관내 순찰을 안 갈 수는 없다고 생각했다.

일단 TV에서 보도되는 그의 초능력들을 열심히 보았다.

원래 직접 체험하기 전에는 믿지 않는 삐딱함을 가지고 있던 나는, 내가 가서 장풍을 맞아 보기 전에는 도무지 믿을 수가 없었다.

이런 삐딱함은 사회과학을 전공한 학자로서의 최소한의 자존심일 것이다.

그는 2000년 5월 21일, 28일에 방영된 KBS TV의 『수퍼TV 일요일은 즐거워』에 출연했다. 기고만장이라는 프로그램이었는데, 여기에 탤런트 윤다훈과 이본이 나와서 양운하 씨를 불러 스승으로 모시고, 그의 능력에 도전하는 과정을 보여 주고 있다.

그는 기공계뿐만 아니라 국내 방송계에서도 유명한 '탤런트'다.

장풍, 즉 운기방사는 흥미를 유발할 수 있는 확실한 아이템이기 때문에, TV 제작팀들이 기 관련 프로그램을 제작할 경우, 눈요깃감으로 좋은 그를 빠트리지 않는다.

그렇게 하도 많이 TV에 출연하다 보니 '양 PD'라는 별명까지 붙었을 정도다.

뿐만 아니라 그가 국내 단체 혹은 기업체에 출강하여 기공을 가르친 사람은 수를 헤아릴 수 없으며, 그의 기공 지도를 받은 유명 인사도 적지 않다.

故 박봉환 전 동자부 장관, 이종찬(李鍾贊) 전 국가안전기획부장, 정호선 전 새천년민주당 국회의원, 윤병철 전 하나은행 회장, 표재순 전 세종문화회관 이사장, 도올 김용옥 교수, 김현종 WTO 법률자문관(전 UN 주재대사), 타악기 연주가 故 김대환 씨, 국악인 김영동 씨, 화가 남유소 씨, 가수 이선희, 장사익, 이덕진, 김하정 씨 등 각 방면의 사람들이 그와 인연을 맺었다니, 그의 유명세는 과연 대단하다.

나는 위에 나열한 사람 중에서 친분 있는 사람이 한 명도 없다.

98년엔 일본 아사히 TV가 그를 취재하여 방송하기도 했는데, 1,200m 떨어진 한강 건너편에 사람들을 세워 두고, 양씨가 차례로 운기방사로 쓰러뜨려 보였다.

그보다 6년 전인 92년엔 중국의 전문 기공사들을 대상으로 300m 거리에서 운기방사를 성공시키면서, 현지인들로부터 '기공대사'라는 칭호를 얻기도 했다.

그에 대한 언론 보도를 일단 다 구해서 섭렵한 뒤, 나는 서초동에 있는 그의 사무실을 찾았다.

그는 17살에 무술 사범을 했다고 하며, 무술 단위의 합계기 무려 44단이나 된다고 한다. 공인된 것만 따져도 태권도 5단, 불무도 7단, 활기도 7단, 합기도 7단, 십팔기 5단, 쿵후 6단, 활법 7단이라는데, 무술판에서 '합계 몇 단'은 원래 의미가 없는 법이다.

양운하 씨는 오랜 방송 생활 경력과 화려한 말솜씨로 대화를 리드해 나갔으며, 여러 가지 자료를 보여 주었다.

일단 그가 제시한 자료만으로 볼 때는 참 대단하다 싶었다.

한병철이라는 불쌍한 중생을 미망(迷妄)에서 구제하려는 듯, 두 시간에 걸쳐서 설법을 하던 양운하 씨는 대화가 무르익자 어떤 비디오를 보여 주었다.

아리랑TV에서 방영한 화면이었는데, 외국인 피험자가 양운하 씨의 손에 맞추어 마치 꼭두각시처럼 춤을 추는 것이 아닌가.

오, 놀라워라, 기공이여.

대화가 무르익자 나는 그에게 장풍에 관해서 설명을 청했고, 그는 흔쾌히 장풍 시범을 보여 주겠노라 하면서 그의 제자를 불렀다.

나는 의자에 앉고, 양운하 씨의 제자는 나의 뒤에 서서 내가 날아가지 않도록 나의 어깨를 살짝 잡고 있었다. 90kg의 덩치를 보고 바람에 날아갈지도 모른다니, 내심 웃음이 나왔다.

양운하 씨는 나의 손바닥에 그의 손가락을 향하고 기를 쏘기 시작했는데, 시간이 흘러도 특별히 강력한 기의 방사를 느낄 수는 없었다. 그저 손가락이 조금 간지러운 정도의 미약한 기운을 조금 느꼈을 뿐이었다.

그는 나에게서 1~2미터쯤 떨어져서 두 손을 펼쳐 들고 나에게 장풍을 쏘기 시작했다.

갖은 포즈로 땀을 흘리며 한동안 장풍을 쏘던 양운하 씨는 나에게 뭔가 느껴지느냐고 물었다.

내가 아무것도 느껴지지 않는다고 답변하자, 양씨는 또다시 구슬땀을 흘리며 장풍을 쏘았고, 나는 역시 아무것도 느껴지지 않았다.

그렇게 십여 분을 나와 씨름하던 양운하 씨가 장풍 시범을 중단하자, 내 뒤에서 나를 붙잡고 있던 제자가 오히려 놀라며, 자신은 몸이 날아가려고 하는 걸 겨우 참고 나를 붙잡고 있었다면서, 어떻게 아무것도 느끼지 못했는가 하고 반문해 왔다.

제자는 폭풍 앞에서 몸이 날아가는 정도로 강한 장풍을 겨우 견뎌 내며 서 있었다는 것이었다.

나는 이 상황이 도무지 이해가 되지 않았다. 내가 보통 사람보다는 기감이 강한 사람인데, 어떻게 나는 아무것도 느끼지 못한단 말인가?

양운하 씨는 내가 워낙 둔한 사람이어서 기를 느끼지 못하는 것 같다면서 장풍 시범을 끝냈다.

훈련받은 셰퍼드 경찰견도 맞으면 풀썩 쓰러진다는 그의 장풍을 나는 십 분 이상 맞았지만, 봄날의 아지랑이 수준의 느낌도 알아차리지 못했다. 어쨌든 나는 장풍을 맞고 기절했다는 군기 빠진 경찰견만도 못 하게 되고 말았다.

하지만 그의 사무실을 나오는 나의 일행은 한 가지만은 확실하다고 느꼈다. 우리의 무공이 그의 장풍보다는 세다는 것이었다.

최소한 나는 그의 장풍과 기공 공격에서는 자유로울 수 있지 않은가. 장풍이 세면 어찌할 것인가, 무술판에서 결국 통하지 않으면 그만인 것을.

두어 시간 동안 체험한 양운하 씨의 토속 기공은 그 구조 자체는 훌륭한 기공이라고 생각한다. 건강을 위한 기공은 배우기 쉽고, 효과가 좋으면 되는 것 아닌가.

그리고 양운하 씨는 시중의 아파트 입구의 단학 도장에서 흔히 볼 수 있는 수준의 평범한 기공 사범은 분명 아니다. 기공사로서의 능력도 상당하고, 그 정도의 내공이라면 치료나 건신 효과도 충분하다고 생각된다.

하지만 그의 기공 능력과 장풍을 연관시키는 것은 본말이 전도된 것이라고 본다.

그는 기공사이지, 장풍도사는 아니다. 기공사는 기공으로 사람을 건강하게 하면 되는 것이지, 이적을 행해서 세인들의 호기심을 충족시켜 줄 필요는 없는 것이다.

나는 그의 장풍을 지금도 전혀 인정하지 않으며, 앞으로도 인정할 수 없다. 한마디로 그의 장풍은 없다고 나는 생각한다.

그가 그의 장풍이 물리적으로 실재하는 것이라고 주장한다면, 나를 날려 버릴 수 있어야 한다. 나에게 그의 장풍이 통하지 않는 한, 나에게 있어서 그의 장풍은 한낱 최면이요, 사기일 뿐이다.

양운하 씨가 그의 장풍의 존재를 증명하고 명예를 회복하겠다면, 『도전! 100만 달러, 초능력자를 찾아라』에 출연하여 마술사 어메이징 랜디 (제임스 랜디)에게서 검증받기 전에, 우선 장풍을 써서 나의 몸부터 날려 보길 청한다.

그러나 그의 장풍이 현실에서 존재하지 않는 것이라고 해서, 그의 기공사로서의 능력까지 폄하할 필요는 없다는 것이 나의 생각이다.

그의 토속 기공은 건신 보건의 효과가 훌륭한 좋은 기공이다.

나는 일반인들이 양운하 씨를 장풍도사가 아닌 기공사로서만 보아주면 좋겠다. 그것이 양운하 씨와 세상 사람 모두가 함께 공존할 수 있고 행복해질 수 있는 방법일 듯싶다.

신기한 것만을 찾는 세상 사람들의 호기심과 방송국 PD들이 그를 기공사가 아닌 장풍 쏘는 도사로 만들어 버렸다.

2003년, 태풍 매미가 한반도 남부를 급습하여 심각한 피해를 입히고 떠나갔다. 자연이 만든 거대한 장풍 앞에서 인간의 문명은 한낱 휴지 조각에 불과했다.

기적을 원하는 사람들에게 보여 줄 것은 요나의 기적밖에 없다는데, 장풍을 찾는 사람들은 자연이 창조한 이 거대한 바람을 보면 될 일이다. 이보다 더 신기하고 무서운 바람이 어디 있겠는가.

그래서 자연 앞에서 우리는 항상 겸손해질 수밖에 없다.

기공의 본질도 결국 자연으로 돌아가는 것이고, 우리가 태어나던 그 순간처럼 완전하고 순수한 몸의 상태로 가는 것이다.

그래서 자연은 위대하다.

나무자연지보살(南無自然之菩薩).

5장 月 의 장

━━━━━━

한산고월(寒山孤月)

공력이란 무엇인가?

내가 고수를 찾아다닌 것은 결국 공력을 찾아다닌 것이었다.

이미 모든 무술의 기법은 세상에 다 공개되어 있어서 그리 비밀이라고 할 만한 것이 못된다.

고수를 찾아다니면서 공통적으로 목격한 것은 공력의 유무였다. 공력이 있으면 고수이고, 없으면 하수라는 것은 아주 간단한 팩트(fact)다.

고수를 만나면 공력을 어떻게 단련하는가를 질문했고, 가능하면 그 방법을 배웠다.

이 챕터에서는 공력이 무엇인가, 어떻게 만드는가를 중심으로 서술하겠다.

1. 내공/외공

공력은 흔히 내공과 외공으로 세분한다.

외공이 무엇인가를 설명할 수 있는 사람은 많지만, 내공이 무엇인가를 정확하게 설명해 낼 수 있는 사람은 거의 없을 것이다. 지금까지의 연구 성과로는 내공을 정의할 수 없다. 내공을 정확하게 설명해 낸 사람은 아직 세상에 존재하지 않는다.

내공은 단전호흡을 통해 생겨나는 힘이 아니며, 소주천과 대주천을 통해 생기는 것도 아니고, 특정한 만트라(mantra)를 암송해서 생기지도 않는다.

내공은 물리적인 힘인가, 관념적인 것인가에 대한 논의도 명확하지 않다.

내공이 벡터방향을 갖는 힘으로 나타날 수 있는 것인지, 아니면 그냥 진동과 파장의 성격인가도 규명되지 않았다.

그러나 내공이라는 단어는 우리에게 너무나 친숙하며, 우리 일상생활 속에서도 쉽게 접할 수 있는 단어이자 개념이다. 우리 속에 있는 무술&무협의 잔재라고나 할까.

이에 비해서 외공은 설명하기가 매우 쉽다. 우리가 알고 있는 대부분의 체육 단련 활동이 외공 수련에 해당된다. 웨이트 트레이닝을 포함한 각종 연기공, 경기공의 훈련이 외공의 영역이다.

공부(工夫)는 여러 가지 중의적 의미가 있는 단어인데, 학문을 닦는 것도 공부지만, 한 가지를 오랫동안 단련해서 숙달되는 것도 공부가 깊다고 표현한다.

사전적 의미는 '학문이나 기술을 배우고 익힘'이다. 공력이 쌓였다 함은 '익힘'이 깊어진 상태를 말하는데, 이것은 특정 동작이나 기술을 오랫동안 반복하여 숙달한 상태이다.

2. 진동, 파장, 소리

무공을 연성하는 데에는 진동이나 파장이 중요할 수 있다. 이것은 상승 무학과 하위의 것을 가름하는 중요한 요인인데, 진동이 어떻게 물리적 힘을 내는가, 어떻게 진동을 단련하고 이것을 자유롭게 사용하는가는 각 문파의 비전이다.

형의권 문파에서는 이것을 가리켜 '뇌음(雷音)'이라고도 표현했다.

여름날 먹구름 속에서 천둥이 우릉우릉하는 듯한 상태, 앉아 있는 고양이가 우리 귀에 들리지 않는 주파수로 가르릉 대고 있는 상태가 있다. 즉 고양이의 배와 목을 쓰다듬을 때, 우리 인간의 귀에 들리지 않는 진동이 손에 느껴질 때가 있는데, 이런 것들이 '뇌음(雷音)'을 이해하기 위한 힌트이다.

'뇌음(雷音)'을 이해하기 위한 방편(方便) 중의 하나로, 이근원통 공부가 있다.

이근원통(耳根圓通)은 능엄경(楞嚴經)의 핵심으로써, 이를 해석하면 '귀에 의지하여 깨달음에 이른다'는 뜻이다. 관세음(觀世音)의 뜻조차도 '세상의 소리를 관한다'라는 의미이니, 소리를 듣는 자, 곧 해탈하리라는 얘기다.

능엄경에 보면 석가모니 부처님께서 모든 보살과 마하살에게 말세에 가장 훌륭한 수행법이 무엇이겠는가 하고 질문하는 대목이 나온다.

이때 관세음보살이 대답한 것이 이근원통 수행법인데, 석가모니 부처님은 말세에 이근원통 수행법이야말로 가장 훌륭한 수행법이 된다고 하셨다.

관음(觀音) 공부에서는 통상 네 가지 소리를 듣는다. 사람이 깊이 들어야 할 소리는 묘음, 관세음, 범음, 해조음이 있다.

해조음은 그중에서도 보통 사람이 가장 듣기 쉬운 소리이다.

강원도 양양 낙산사의 홍련암에 가면, 바닥에 바닷물이 들락이는 것을 볼 수 있는 구멍이 있다.

밤에 홍련암에서 공부를 하면 관세음보살을 친견한다는 얘기가 있는데, 이것은 파도 소리 해조음을 들을 수 있기 때문이다. 해조음을 듣고 소리를 뛰어넘으면, 깨달음을 얻는다는 것이다.

해조음을 듣기 어려운 곳에서는 폭포 물소리나 똑똑 떨어지는 낙숫물 소리로도 가능하다.

이도 저도 어려울 때는 생활 속에서 나오는 생활의 소리를 관해 보는 것도 융통성 있는 방법이다.

소리가 귀로 들어오지 않게 되고, 어느 날 소리가 사라진 묵음의 세상을 만나는데, 소리가 없으되 존재하지 않는 소리를 들을 수 있다.

모든 소리가 사라진 그곳에서 관세음보살이 홀연히 현신한다.

이런 불가의 이근원통 공부는 무술과 직접적이지는 않으나, 무술에서 말하는 '뇌음(雷音)'의 메타포(metaphor, 은유)가 될 수 있다.

나는 내공의 실체를 설명할 수 있는 것 중의 하나가 진동이라고 생각한다. 진동도 심하게 강해지면 고주파가 되니까, 진동은 곧 파장과 같은 의미다.

오래전에 이공성 노사가 내 손을 잡았을 때, 강한 충격으로 눈앞이 캄캄해졌다가 제정신이 돌아왔던 적이 있었다. 순간적으로 정신을 잃었다가 깨어난 것 같은 느낌이었고, 시야는 1초 정도 완전히 블라인드 차양을 친 것처럼 캄캄했다.

이런 식의 공격을 받는다면, 분명히 이유도 모르고 기절해 버릴 것이 분명했다.

이공성 노사는 눈앞이 캄캄해질 거라고 미리 예고하고서, 내 손을 가볍게 잡았던 것인데, 미리 예고를 듣고도 전혀 대처할 수 없었다. 마치 고압 전류에 감전된 것 같았다.

C산에 계셨던 K 관장님은 가끔씩 나에게 누우라고 하시고는, 내 몸에서 50㎝ 정도 떨어져서 두 손을 들고 외기방사를 해 주셨는데, 손바닥이 거의 50㎝나 떨어져 있는데도 짜릿짜릿한 전류의 느낌이 온몸에 확실하게 전해지곤 했었다. 웬만한 공력으로는 이 정도로 강력한 외기방사를 할 수 없다.

그간의 공부에 의하면, 이런 공력을 발출하는 것은 파동이다. 하급의 발경 시범은 그저 몸의 무게중심을 맞추고, 뼈 골격을 일직선상에 맞춘 후에 몸힘[整經]으로 밀어내는 것이다.

하지만 진정한 내경의 발출은 그런 눈속임이 아니다. 물리적 에너지를 가진 강한 초음파 진동 같은 것이 내 몸속으로 침투하는 것, 이것이 진짜 내공의 힘이다.

이런 경지에 가려면 온몸의 세포 하나하나까지 진동하고, 그것을 느끼고, 그 진동이 한군데로 모이고 증폭되어야 한다.

소리라는 에너지는 무술에서 기합으로도 사용한다.

무술과 기합에 관한 연구 논문들도 꽤 나와 있으며, 힘차게 공격할 때 강한 기합을 질러서 힘을 배가시키거나, 맞을 때 기합을 사용해서 충격을 줄이는 것은 무술인이라면 누구나 경험이 있을 것이다.

소리를 이용한 동양의 수행법에는 대표적으로 한국의 태을주 수행, 영가무도, 중국의 육자결 수행, 인도의 만트라 명상, 불교의 염불 및 주력 수행 등이 있으며, 무술에서도 기합과 소리 수련을 상승 무공으로 여기고 있다.

현재 서구에서는 파동(wave)이나 사운드(sound)에 대해서 지대한 관심과 연구를 기울이고 있다. 한때 유행되었던 파동경영, 파동건강, 파동음

악이니 하는 것도 그렇고, 소리가 인체에 미치는 영향에 대한 의학적 연구도 활발히 진행되고 있다.

대표적인 인물로 인도 출신의 하버드대 의학박사이며 대체의학의 황제라 불린 디팩 초프라(Deepak Chopra) 박사는 『양자 치료법(Quantum Healing)』이란 책에서 어떤 특별한 소리가 병 치유에 탁월한 효과를 가져온다는 것을 의학적 소견으로 밝히고 있다.

특히 주목할 만한 일은 시험관에 암세포와 보통 세포를 넣고 '홈(HUM)'이란 소리를 쏘아 준 결과, 암세포는 죽어 버렸으나, 보통 세포는 더욱 건강하게 잘 자랐다고 한다.

종교적으로 볼 때 이런 특별한 소리들을 인버케이션(Invocation, 주문, 만트라)이라 정의 내리고 있는데, 그 안에서 발생되는 힘은 생명체에 질서를 부여하고 조율하는 종합적 권능을 지니고 있으며, 어떻게 사용하느냐에 따라 훌륭한 영적 처방약으로 탈바꿈할 수 있다고 한다.

왜냐하면 주문(呪文)은 소리의 혁명을 주도하는 매우 민감한 파동체이기 때문이다.

주문은 고집적, 고효율의 파동들의 집합체이자 첨병(尖兵)이며, 소리의 핵심이다. 단순한 글자나 음가의 배열이 아니다.

엄밀히 따지면 과학에서 규명하고 싶었던 소리와 파동에 대한 해답이 고스란히 주문 속에 잠재해 있다고 볼 수 있다.

왜냐하면 모든 과학 기술(Technology : 기교를 뜻하는 그리스어 Techne와 말씀·언어를 뜻하는 Logos의 합성어임)의 출발은 소리에서 시작했기 때문이다.

중국에서는 육자결(六字訣)이라 불리는 소리 수련이 유행하였다.

육자결(六字訣)은 의식의 활동을 사용하여 자기 제어를 행하고, 그것으로 병을 낫게 하며, 신체를 강화시키는 기공법이다.

중국 고대의 전통적 사고에 근거하여 인체가 갖고 있는 에너지 파동을 극대화 시키려는 노력의 한 방편이 육자결 호흡(六字訣呼吸)이다.

육자결호흡은 인간이 내는 특정의 음성이 인체 내장에게 특정한 영향을 줄 수 있다는 이론인 '육자결(六字訣)'과 음(音)의 높낮이와 관련지어 설명하는 이론인 '토음공(吐音功)'으로 나누어 설명할 수 있다.

또한 육자결은 각각의 문자가 고유의 기(氣)를 가진다는 관점을 가지고 있다.

육자결 공법은 수련의 초기 단계에서는 반드시 가청 범위의 소리를 내어야 하며, 수련이 일정 수준에 달하게 되면 소리를 내지 않는 수련으로 이어진다.

이 부분은 불가의 이근원통 공부와 같은 맥락이다.

육자결은 음성 및 내기의 파동을 이용하여 치료에 활용한다는 점에서 다른 소리 명상법과 유사한 부분이 있다.

육자결은 장자에서 유래했다고 하며, 오행에 속하는 고유의 소리를 냄으로써 오행에 따라 분류된 각 장부를 진동시켜 사기를 버리고 정기를 흘려 넣는다는 이론을 가지고 있다.

호기육자결(呼氣六字訣)은 남북조시대의 도홍경(陶弘景 452~536)이 시작하여, 당 대(唐代)의 손사막(孫思邈 581~682)에 의해 확립된 공법인데, 송대(宋代)에 현재와 같은 모습이 되었다.

유사한 기법으로는 중국 천태 대사 지이의 소지관(小止觀)과 마하지관에서 나오는 호흡법이 있으며, 이는 불교의 염불 수행과 통하는 바가 있다.

만트라 요가도 육자결과 비슷한 원리를 갖고 있으며, 현대 기공 중 하나인 곽림 신기공도 비슷한 기공에 속한다.

중국 무술에서는 육자결을 수련에 활용하는 사례가 드물지 않게 있다.

특정 자세에서는 이러한 소리를 낸다던가, 공격 시와 방어 시에 소리를 다르게 한다던가 하는 것이 그것인데, 소리 음가의 대부분은 육자결의 음가를 채용하고 있고, 그 목적도 특정 장기를 진동시키는 것에 있었다. 따라서 이런 무술들은 육자결 기공이 무술과 결합된 형태로 보여진다.

2010년 들어 경찰이 시위 진압에 사용하겠다는 음향 대포의 실제 이름은 '지향성 음향장비(LRAD : Long Range Acoustic Device)'인데, 이것은 가청 고주파를 특정 범위에 모아서 발사하는 장비이다.

입을 꼭 다문 채 으르렁 대고 있는 개나 고양이의 목을 떠올려 보라. 들리지는 않지만, 손을 대어 보면 분명한 진동을 느낄 수 있다.

그런 진동이 강해진 채로 몸의 특정 부위에 발출된다고 상상해 보자.

파동을 느끼고 모으고 증폭하는 일련의 단련 방법은 통상 문파 외부에 공개하지 않는다.

이 얘기는 허황된 말이 아니며, 형의권을 비롯한 내가권 문파에서는 드물게 체험하는 일이다.

3. 회전

팔괘장은 회전에서 힘을 얻는 무술이다. 그래서 첫날부터 죽을 때까지 '주권(走圈)'이라는 원주를 빙빙 도는 단련법을 연공한다. 그냥 돈다고 힘이 생기는 것은 아니고, 법도에 맞게 돌아야 한다.

회전에 대한 문헌적 자료는 사실 거의 없다. 이 부분 역시 비밀스러운 가르침이어서인지 문자로 기록을 남긴 예가 없다.

억지로 찾아본다면, 불경 중에 '우요불탑공덕경(右繞佛塔功德經)'이라는 경전이 전해 오는데, 경의 내용은 그저 불탑을 오른쪽으로 돌았을 때 얻어지는 공덕에 관해 세존께서 사리불과 사부대중 앞에서 설한 것이다. 돌면 좋다는 얘기지만, 왜 돌아야 하는가, 돌면 어떤 효과가 있는가에 대해서는 전혀 설명하고 있지 않다.

그런데 특정 방향으로의 회전 문제는 그리 만만히 볼 문제가 아니다.

제2의 부처로도 알려진 고승 파드마삼바바(蓮華生)가 티베트에 불교를 전하러 갔을 때, 파드마삼바바는 뵌교(苯敎)의 사제들과 오랫동안 교리 투쟁을 하게 된다.

구루 린포체로 불린 파드마삼바바 이후, 마르빠, 틸로빠, 밀라레빠로 이어진 그의 제자들과 뵌교는 무려 300년 가까이 교리 논쟁을 하다가, 불교가 승리하게 되어, 티베트는 불교 세력이 득세하게 되었다.

그런데 그 교리 논쟁의 핵심 중 하나가 바로 회전 문제였다. 탑돌이할 때 왼쪽으로 도는 것이 맞는가, 오른쪽으로 도는 것이 맞는가 하는 방향 문제를 놓고 수백 년간 처절한 도그마(dogma, 이성적이고 논리적인 비판과 증명이 허용되지 않는 교리) 전쟁을 했던 것이다.

그만큼 회전 행위와 회전의 방향은 중요했다.

이 정도 되면 회전 방향은 그저 종파의 자존심 싸움이 아니라, 뭔가 심각한 이유가 있음을 알 수 있다.

티벳 전통 종교인 뵌교는 왼편으로 돌고, 불교는 반드시 오른편으로 돈다.

동아시아 샤먼들은 뛰면서 회전할 때 반드시 왼편으로만 돈다. 오른편으로 회전하는 샤먼은 없다. 무속의 영향을 강하게 받은 뵌교가 왼편으로 도는 것은 당연한 일이다.

지금도 코라를 할 때, 반드시 불교는 오른편으로, 뵌교는 왼편으로 돈다.

티베트에서 왼편으로 도는 사람들을 만난다면, 그들은 불교 신자가 아니라 뵌교 신자다.

이렇듯 회전 문제는 한 종교의 정체성을 규정할 정도로 중요하다.

이슬람 신비주의에서 수피댄스는 왼편으로 회전한다. 오른편으로 회전하는 수피는 없다. 수피댄스가 왼편으로 도는 이유와 뵌교가 왼편으로 도는 이유는 그 본질적 이유가 같다.

불교의 상징인 '만(卍)' 자도 회전을 상징하는 글자라는 것이 의미심장하다.

'卍'이 오른쪽 방향의 형태를 갖고 있는 것은 우주 및 태양계의 회전 운동에 동조하는 의미를 지닌다.

사람들은 오른쪽으로 도는 우선(右旋)은 우주 자연의 정상적인 운동 원리로 여겼으며, 그 반대 방향 즉 좌선(左旋)을 우주의 질서를 역행하는 것으로 여겨 불교에서는 이를 배척해 왔다.

인도 요가에서도 우주의 회전 방향을 말할 때 시계 방향은 창조이며, 반시계 방향은 해체라고 하나, 전일적(全一的) 관점에서 양면을 다 중시해야 한다. 즉, 창조(創造)와 해체(解體)가 아니라, 창조와 재창조라는 의미로 해석한다.

동아시아의 무술에서는 좌우 회전 방향을 놓고, 음양(陰陽)으로 보기도 하고, 기력(氣力)으로 생각하기도 하고, 기혈(氣血)로 해석하기도 한다.

사람마다 다르고, 문파마다 이해하는 바가 다르다.

민감한 사람은 왼편과 오른편의 방향에서 다른 차이를 느끼기도 하고, 팔괘장 스승에 따라서 이 두 방향의 차이를 이론적으로 설명하는 사람도 있다.

팔괘징에서는 최근에 그냥 양방향을 빈빈씩 회전하는 것이 좋다는 것으로 일단락되었다. 좌우 방향을 반반씩 똑같이 돌면 일단 무해(無害)하다.

이런 수련법은 몸의 회전력을 습득하고, 전사경(纏絲勁)을 익히기에 좋다는 실용적 이점이 있다.

질병 치유의 목적이 있거나 할 때는 주권의 회전 방향을 병증에 맞게해서 치료에 사용할 수도 있다.

하지만 좌우 방향의 차이점을 논하기 시작하면 그때부터는 상당히 복잡해지니, 초보자들은 미리 신경 쓸 바가 못 된다.

팔괘장의 지향은 중도(中道)와 전일(全一)이어서 양쪽을 똑같이 도는 것을 원칙으로 한다.

인간의 몸은 수백 개의 뼈와 훨씬 더 많은 숫자의 근육들로 이루어져 있고, 이 뼈와 근육들의 협업 작용은 수없이 많은 힘의 각도를 낳는다.

인간이 힘을 쓸 때 나타나는 힘의 벡터들을 적분하면, 힘의 방향은 두 가지로 파악할 수 있는데, 들기(lifting)와 비틀기(twisting)이다.

물체를 들어 올리는 힘은 중력과의 싸움으로써, 힘은 직선으로 작용되며 상하로 전달된다.

들기(lifting)는 허리를 중심으로 하체는 아래로 밀고, 상체는 위로 밀어올리는 양방향 운동이며, 운동 종목으로는 역도가 대표적이다.

비트는 힘은 척추를 중심으로 각 관절에서 사용되며, 태극권에서 말하는 전사경은 바로 비트는 힘을 한자로 표현한 것이다.

인체는 어느 한 가지 힘만으로 단순하게 움직이지 않으며, 드는 힘과비트는 힘을 유기적으로 조합하여 사용한다.

발이 땅을 밟고 누르는 힘과, 상체가 위로 들어 올리는 힘은 벡터방향만 다를 뿐 동일한데, 진각은 '들기(lifting)'에서 발생하는 이러한 힘을 '비틀기(twisting)'를 통해 주먹에 전달하는 것이다.

무술에서 쓰는 진각은 대지를 밟아서 생긴 힘을 팔에 전달하여 힘을 증폭시키는 것이라고 흔히 알고 있는데, 땅을 밟는 힘은 곧 아래로 밀어내는 힘이다.

태극권에서는 이런 현상을 '전사경(纏絲勁)'이라고 표현했는데, 그 본질은 상하로 작용하는 수직적 힘을 수평적으로 비틀어 전달한다는 뜻이다.

지금까지의 모든 트레이닝 법은 이 두 가지 힘의 벡터방향 안에 포함되며, 모든 웨이트 트레이닝의 본질은 들기(lifting)와 비틀기(twisting)를 강화하는 방법이다.

무술 트레이닝에서의 비법은 두 가지 힘을 효과적으로 발생시켜서 통합하고 전달하는 것이며, 그 파워를 강화하는 것이다.

팔괘장에서는 두 가지 힘을 자유자재로 사용할 수 있는 상태를 '정경(整勁)이 확립되었다'고 말하며, 팔괘장의 힘쓰는 법을 '혼원경(混元勁)'이라고 표현했다. 태극권이나 형의권에서의 힘쓰는 법도 가히 다르지 않다.

주권(走圈)은 이러한 힘을 몸에 체화하기 위한 훈련법이며, 운동의 메타포는 회전에서 가지고 왔다.

팔괘장의 창시자 동해천 선사가 불교 성지 구화산에서 8년간 수도하면서, 탑돌이를 보고 힌트를 얻었다는 고사는 일리가 있다.

4. 관법 수행

명상을 수행하는 방법에는 여러 가지가 있다.

불교의 수행법만 하더라도 크게 사념처(四念處), 사정단(四正斷), 사여의족(四如意足), 오근(五根), 오력(五力), 칠각지(七覺支), 팔정도(八正道)와 같이 37가지로 통칭되는 삼십칠조도품(三十七助道品)이 알려져 있다.

이 많은 수행 방법은 크게 두 가지로 나눌 수 있는데, 감각을 그치는 '사마타(samatha, 止)' 수행법과, 감각을 그치지 않고 그냥 바라보는 '위빠사나(vipassana, 觀)'의 수행법이 그것이다.

이 수행법들은 초기 불교에서 크게 융성하여 지금까지 전해 내려오는 오래된 수행법이지만, 비단 불교에만 있었던 것은 아니다.

감각을 그치는 사마타(samatha)는 원시불교 이전에도 있었고, 중국 도교에서도 발견할 수 있었던 전통적이고 효과적인 수행법이다.

선(禪)으로 불리는 수행법이 바로 그것인데, 인도 불교는 중국에 이르러서 도교와 접목되면서 '선(禪)'을 불교의 수행 체계에 편입시켰다.

대승(大乘)에서 선(禪)은 중국에서 발달한 것이며, '직지인심 견성성불(直指人心 見性成佛)'하는 전통을 가리킨다.

모든 수행의 공동 목표는 깨달음에 이르는 것이다. 다만 그 방법에 있어서 선(禪)은 직관적이며, 위빠사나는 보다 분석적이고 점진적으로 접근한다.

중국에서 선(禪)으로 불리는 '사마타(samatha)'는 집중 명상으로써, 어떤 하나의 특정 대상에 의식을 집중시키는데, 주로 시각적, 청각적 감각이 그것이다.

이 방법은 불교뿐만 아니라 요가 수행에서도 흔히 사용되며, '옴', '훔', '옴마니반메훔' 등의 특정 낱말과 같은 만트라(mantra)를 반복하여 염송하거나, 시각적으로 보이는 촛불 등에 의식을 집중해 나가는 수련이며, 흔히 지법(止法)으로 불린다.

사마타(samatha)는 즉, '마음을 단련하여 일체의 외경(外境)과 난상(亂想)에 의해 움직이는 일이 없이, 마음을 특정한 대상에 집중하는 것'을 말한다.

따라서 사마타(samatha)를 수행하게 되면 마음을 닦게 되며, 선정(禪定)에 들게 되고, 심해탈(心解脫)을 이루게 된다.

사마타(samatha)로 표현되는 선(禪)의 가장 두드러진 특징은 자기 존재의 속 알맹이를 똑바로 꿰뚫어 보는 내적인 자각을 강조하는 데에 있다.

한자의 선(禪)은 원래 산스크리트어의 '디야나(Dhyana, 禪那)'의 음역이기는 하지만, 의미상 양자는 크게 다르다.

'디야나'가 일종의 집중적이고 일정한 방법에 의한 명상을 의미하는 데 비해서, 중국의 선사(禪師)들이 이해한 바에 의하면, 선(禪)은 본체에 대한 돈오(頓悟), 자성(自性)에 대한 직관적인 지각(知覺)의 증득(證得)을 본질로 한다.

그래서 선(禪)에서는 '교외별전(敎外別傳)·불립문자(不立文字)·직지인심(直指人心)·견성성불(見性成佛)'을 주장한다.

인식론적으로 선(禪)은 직관에 의한 무분별의 분별을 강조하며, 어느 곳에도 얽매이지 않는 마음, 무심(無心)을 주장한다.

이 무심(無心)의 경지가 바로 삼매(三昧, samadhi)인데, 이 말의 어원은 사마타(samatha, 止)에서 왔다.

인도의 불교는 중국 땅으로 와서 묵조선(默照禪), 간화선(看話禪), 염불선(念佛禪)으로 발전하였다.

간화선의 '화(話)'는 깨달음의 세계를 총체적으로 드러내는 본래의 모습이고, 간(看)은 '본다'는 뜻으로, 선(禪)의 공안(公案)을 보고 열심히 공부하여 마침내 대오(大悟)에 이르도록 좌선(坐禪)하는 방법이다.

한·중·일 3국은 간화선(看話禪)이 주류를 이루고 있는데, 이는 중국의 임제종(臨濟宗)에서 주창되어 대혜(大慧)에 이르러 번성하였다. 그는 묵조선(默照禪)과 이전의 선행(禪行)에 비판을 가하고, 간화선을 주창했으며, 이를 조주(趙州)의 '무(無)'자 화두를 통해 가르쳤다.

한국의 선(禪)의 맥락은 대혜의 간화선을 받아들인 고려의 지눌(知訥)에게서 그 원류를 찾을 수 있다. 그는 『간화결의론(看話決疑論)』을 통해 간화선 사상을 천명하였고, 그의 사상은 제자 혜심(慧諶) – 지엄(智嚴) – 휴정(休靜) – 경허(鏡虛) – 만공(滿空)으로 이어져 오늘날의 한국 불교에 큰 영향을 미치고 있다.

그렇다면 선(禪)의 영향을 받은 무술은 어떤 모습으로 변화 발전하였을까?

선불교(禪佛敎)의 본산이라는 중국 소림사에서는 무술도 함께 발흥하였고, 소림 무술이 '사마타(止)'를 수행 체계로 삼은 것은 우연한 것이 아니다.

소림 무술은 철저하게 감각을 그치며, 무술을 통해 선정(禪定)에 이르는 것을 그 목표로 한다.

그래서 소림 무술은 정신과 힘의 집중을 위해 근골과 피부를 단련하며, 기격 시에 근골의 힘을 이용한다. 이것은 바로 외가권의 대표적인 특징이다.

중국 선불교(禪佛敎)는 한국을 거쳐 일본으로 전파되었는데, 일본에서도 역시 이와 동일한 선(禪)의 전통이 무술에서도 나타났다.

일본의 전통 무술은 검도, 유도 등으로 대표되는데, 일본 무도에서의 최고의 경지는 바로 부동심(不動心)이다.

어떠한 외물(外物)에서도 마음이 굳건하게 흔들리지 않는 경지, 이것이 바로 부동심(不動心), 제불부동지(諸佛不動智)이며, 일본의 무도가 추구하는 가장 고양된 차원으로 생각되었다.

무심(無心)에 대해 일본의 다쿠앙 선사(澤庵禪師)가 야규우 무네노리(柳生宗矩)에게 내려 준 부동지신묘록(不動智神妙錄)에서 말한 내용에 의하면,

무심(無心)의 마음이란… 中略 …본디 어떤 일정한 지향 같은 것도 없고, 분별도 사념(思念)도 아무것도 없을 때의 마음, 온몸에 퍼져 속속들이 미치는 마음이다. 어떤 것에도 매이지 않는 마음이다. 돌이나 나무와는 달리 머무르는 데 없음을 무심이라 한다.

어딘가에 머무르면 마음속에 무엇이 있는 것이고, 머무르는 데가 없으면 마음속에 아무것도 없는 것이니, 이렇게 마음에 아무것도 없는 경지를 무심의 마음, 또는 무심, 무념(無念)이라 한다.

라고 하면서, '검을 잡고 상대를 마주 대할 때, 마음을 특정한 한곳 즉 예를 들면 상대의 눈이라던가 칼에 두지 말고, 상대의 전체에 두라고 하고, 이러한 마음의 상태를 무심(無心)'이라고 설파했다.

많은 사람들은 이러한 다쿠앙 선사의 말을 두고, 부동심은 한곳에 집중하는 '지(止)'가 아니라고 생각할 수도 있다.

그러나 이것은 결국 '무(無)'에 집중하는 것이며, 사마타 수행에서 얻어지는 삼매(三昧, samadhi)의 경지라고 볼 수 있다.

위빠사나(vipassana), 즉 관(觀)에 의한 수행은 사마타(samatha)와는 조금 다르다.

위빠사나(vipassana)는 붓다조차도 '깨달음에 이르는 유일한 길'로 설했던, 불교 특유의 수행 방법이다.

위빠사나는 사마타와는 달리 의식을 어떤 특정 대상에 고착함이 없이 경험하는 세계를 그대로 관찰하기 위해 의식을 열어 가는 통찰 명상을 하는데, 어느 한 대상에 집중하지 않으며, 그 대신 순간순간 접하는 사건들을 특정한 개입이나 판단 없이 가만히 지켜볼 것을 강조한다.

위빠사나는 생각의 대상인 신・수・심・법(身受心法)을 관(觀)하는데,

네 가지를 관(觀)한다고 해서 '사념처법(四念處法)'이라고 한다.

우리 인간은 항상 외물에 정신이 팔려 나 자신에 관해서는 잘 알지 못한 채 살아가게 된다.

그래서 밖에 대해서는 잘 알지만, 자기 자신에 대해서는 잘 알지 못한다.

나의 실상(實相)에 눈뜨기 위해 현재 여기에서 내가 어떻게 움직이고 있는가를 관(觀)하는 것이 위빠사나이다.

그래서 우리는 호흡이나 몸과 마음에서 일어나는 현상을 있는 그대로 바라보아야 한다.

이런 연유로, 서양에서는 위빠사나를 Insight Meditation이라고 부르기도 한다. 내부적으로 자신을 관(觀)하는 명상이기 때문이다.

위빠사나 수행 중, 내가권과 직접적으로 관련이 있는 것은 신(身)에 대한 관찰이다.

몸[身]에 대한 관찰에는, ① 호흡에 대한 관찰, ② 몸의 움직임에 대한 관찰, ③ 몸을 구성하는 사지와 32부분에 대한 관찰, ④ 공동묘지의 시체가 변해 가는 구상관(九想觀)이 포함된다.

그러면 이러한 것을 어떻게 관찰(觀察)하라는 것인가?

그것은 매우 단순하게도 '그저 바라보라'는 것이다.

이 수행의 핵심은 바로 여기에 있다.

위빠사나의 수행 방법 중, 행선(行禪)의 내용은 아래와 같은데, 팔괘장 주권의 요결과 극히 흡사하다.

* 위빠사나의 행선(걷는 수행)

 · 초보자들은 너무 빨리 걷거나 너무 느리게 걷지 말고, 천천히 조금 느린 속도로 걷는다.

· 적당한 거리를 걷는다.

· 처음에 걸으려고 하는 의도에서 시작하여, 주요 동작들에 마음을 챙긴다.

 · 시작할 때, 처음의 5분 정도는 굳어 있는 다리를 풀어 주기 위해서 보통의 걸음으로 걸으며, '왼발', '오른발' 하며 각 걸음을 의식한다

 · 다리의 근육이 풀리면 걷는 속도를 느리게 하며, 움직이고 있는 다리 동작의 각 단계를 '들음', '나아감', '놓음'이라는 3단계의 동작으로 나누어 인식한다.

· 행선이 향상됨에 따라 걷는 동작의 각 단계가 더욱 세분된다. 발전하면서 순간순간의 움직이는 동작에 마음을 집중시켜 알아차린다.

 · 이처럼 걸으면서 알아차려야 하는 현상은 발바닥에서 무릎 아랫부분의 다리의 감각들이다.

 · 걷는 동작에 수반되어 일어나는 제반 감각들을 면밀하게 관찰하여, 어느 순간에 어떤 감각들이 생겨나고 사라지는가를 알아차릴 것.

팔괘장의 수행자들은 이미 깨달았겠지만, 이것은 팔괘장 주권과 거의 똑같은 것이다.

그렇다면 왜 팔괘장에서는 관법 수행의 행선을 기본 단련법으로 채용하였을까?

팔괘장은 본래 중국 안휘성 구화산(九華山)에서 발원하였다.

구화산(九華山)은 중국 동남부에 있는 안휘성(安徽省) 청양현(靑陽縣) 남서쪽에 있는 지장보살(地藏菩薩)의 영지(靈地)이며, 관음보살(觀音菩薩)의 보타산(普陀山), 보현보살(普賢菩薩)의 아미산(峨眉山), 문수보살(文殊菩薩)의 오대산(五台山)과 함께 4대 명산의 하나이며, 도교와 불교의 성지이다.

옛날에는 구자산(九子山)이라고 했으나, 당(唐)나라 때의 시인 이백(李白)이 구화산(九華山)이라고 개칭했다.

그래서 산속에 이백서당(李白書堂)의 자리가 있었다고 하며, 9개의 봉우리가 우뚝 서 있고, 계곡의 경치가 빼어난 산이다.

팔괘장의 창시자 동해천은 남방 도교의 수행법인 전천존(轉天尊)의 주권 운동을 도입하여 팔괘의 역학을 기반으로 팔괘장을 창시하였다고 한다.

당시 남방 도교의 수행법인 전천존(轉天尊)이 구체적으로 어떤 수행 체계였는지는 지금 확실하게 알기 어려우나, 현재 팔괘장 안에 남아 있는 주권의 수행 방법과 수행 요결로 미루어 볼 때, 남방 불교에서 수행하고 있는 위빠사나 관법 수행과 거의 똑같다는 것은 분명하다.

관(觀)을 중시하는 남방 불교의 수행과 마찬가지로, 팔괘장도 감각을 그치지[止] 않으며, 현상을 바라보는[觀] 방식을 채택하고 있다.

그렇기 때문에 신체는 긴장되지 않아야 하며, 온몸의 관절은 송(送) 되어야 하고, 기격 시에 근육의 힘을 사용하는 것이 아니라, 의(意)로써 기(氣)를 이끌게 되는 것이다.

태극권의 '용의불용력(用意不用力)' 개념 역시, 지(止)가 아닌 관(觀)의 전통하에서 성립한 것이다.

태극권과 팔괘장은 수련 시에는 매우 천천히 동작을 하는데, 이 역시 위빠사나 관법 수행의 한 방편이기 때문이다. 자신의 몸의 내부를 관찰하려면 빨리 움직여서는 가능하지 않다.

팔괘장은 기격 시에는 힘 있고 빠르게 하지만, 내공 단련을 위해 주권을 돌 때는 매우 천천히 수련한다. 천천히 주권을 돌면서 자신의 다리, 발목, 발바닥의 근육, 발가락 하나하나를 의식하며, 정해진 각각의 손동작에 따라서 주어진 의념을 연상하게 된다.

이렇게 팔괘장의 수련은 외가권과는 판이하게 다르며, 더구나 간화선(看話禪)의 기반하에 성립한 일본 무술과는 전혀 다르다.

위빠사나 관법 수행에 근거한 팔괘장의 수행 요결은 태극권, 형의권과도 서로 통하는 바가 있으며, 그래서 이 세 가지 권법을 일러 내가권이라고 한다.

내가권과 외가권의 구분은 기격 방식이나 형태에 있는 것이 아니라, 그 무술이 가지고 있는 수행 철학에 근거하는 것이다.

간화선의 세례를 받은 일본 무술과 중국 외가권법은 철저하게 사마타(止) 수행에 의한 명상 체계를 고수하고 있으며, 반대로 불교와 도교의 영향을 받은 팔괘장은 위빠사나(觀)의 명상법을 체화하고 있다.

흔히 무술인들은 외가권은 단련된 육체에서 나오는 근력으로 기술을 구사하는 권법이고, 내가권은 근력에 관계없이 내장이나 감각, 정신 등 내면적인 것을 단련하여 기술을 빌휘하는 권법이기 때문에, 내공을 이루고 나면 외가권을 능가한다고들 한다.

하지만 이것은 내가권과 외가권의 근본을 잘못 인식한 결론이다.

또한 남파 권법은 외가권, 북파 권법은 내가권이라는 식으로, 지리적으로 분류하는 것도 정확한 분류는 아니다.

외가권과 내가권은 근본 철학이 다르고, 정신과 육체의 단련 방법이 다를 뿐이지, 어느 한쪽이 더 우월하거나 무술적으로 강력하다고는 볼 수 없다.

더구나 후대에 성립한 지관법(止觀法) 같은 중도 사상은 지(止)와 관(觀)을 함께 닦기 때문에, 어느 한쪽에 편향되지도 않는다.

마찬가지로 현대의 무술들은 외가적 장점과 내가적 장점을 상호 흡수하면서 발전했으므로, 순수한 내가권과 순수한 외가권을 구별한다는 것은 그리 쉬운 일은 아니다.

그러나 성립 초기부터 갖고 있는 고유한 구조는 마치 유전자와 같아서 쉽게 변화하는 것이 아니므로, 외가권과 내가권의 판단은 구조와 맥락을 파악하여 이루어져야 할 것이다.

예를 들어, 강유류 가라테에 기를 끌어올리는 호흡법이 있다고 해서, 가라테가 내가권이라고 말할 수는 없는 것과 마찬가지이다.

5. 무공 단련

위의 소고(小考)에서 살펴본 바와 같이, 무공이란 뼈와 근육, 인대에서 내는 강한 힘과, 단련에 의해 피부와 근골을 단단하게 하는 것, 순발력과 지구력, 공격 포인트를 잡아내는 반사 신경과 간합의 감각 이외에, 정신적 차원의 자기암시, 신념, 진동, 파장, 소리 등등을 포괄하는 개념

진가구 태극권 학교 체육관

일 수 있다.

무공은 한마디로 설명하기 어렵고, 매우 포괄적이고 중의적인 개념이다.

특히 내공의 영역은 더욱 그렇다.

진가구 태극권 학교의 샌드백

내외공을 단련하기 위한 첫 번째는 신체의 정체(整體)이다. 뼈와 근육이 바르게 배열되어 있지 않으면, 힘

인도의 가다

인도의 클럽벨

소림사의 석쇄공

팔극권사 석단공 시연

을 낼 수 없고 성과를 거둘 수 없기 때문이다.

신체를 바르게 세우기 위해서는 요가와 같은 유연공이나 스트레칭이 좋으나, 몇몇 운동을 통해 정체력(整體力)을 신속하게 극대화시킬 수 있다.

무겁지 않은 웨이트를 들고 하는 역도 훈련은 신체정체(身體整體)에 탁월하다.

스쿼트, 데드리프트, 파워클린, 스내치, 오버헤드스쿼트 등의 운동은 신체를 바르게 만든다. 이런 운동들을 저중량 고반복으로 해 주어야 한다.

역도 훈련이 서양에서 왔다고 생각하여 무술 단련은 다른 것이라고 생각하기 쉬운데, 동양의 전통적 훈련 역시 서양과 과히 다르지 않다.

중근동에서 수천 년째 단련해 온 트레이닝법인 파흐라반(Pahlavan)도 동양 무도의 기본공 훈련법과 일맥상통하며, 서구의 체육과도 같다.

지구는 생각보다 좁기 때문에, 동서양의 훈련법이 극단적으로 다를 수 없다.

동양 무공 단련의 결정판인 석단공(石担功), 석쇄공(石鎖功)도 그 원리는 역도와 통한다.

석단공의 기초 자세들도 스내치, 스쿼트, 오버헤드스쿼트, 파워클린의 동작들을 포함하기 때문이다.

동서양의 주요한 훈련법을 집대성한 것이 시크릿 트레이닝이다.

시크릿 트레이닝은 내외공의 능력을 가장 효과적으로 신속하게 끌어올리는 훈련만으로 구성되어 있다.

동양 무술의 메카라는 중국 소림사에서 전해져 온 소림칠십이예 외공 단련법은 황당무계한 것으로 치부되고 있지만, 자세히 연구해 보면 현대에 충분히 재활용할 수 있는 것들이다.

소림칠십이예

소림칠십이예는 다음의 72가지 단련법을 말한다.

1. 일지금강법(一指金剛法)　2. 쌍쇄공(雙鎖功)　3. 족사공(足射功)

4. 발정공(拔釘功)　5. 포수공(抱樹功)　6. 사단공(四段功)

7. 일지선공(一指禪功)　8. 철두공(鐵頭功)　9. 철포삼공(鐵布衫功)

10. 배타공(排打功)　11. 철소추공(鐵掃帚功)　12. 죽엽수(竹葉手)

13. 오공도(蜈蚣跳)　14. 선인장(仙人掌)　15. 강유법(剛柔法)

16. 주사장(硃砂掌)　17. 와호공(臥虎功)　18. 수수술(泅水術)

19. 천근갑(千斤閘)　20. 금종조(金鍾罩)　21. 쇄지공(鎖指功)

22. 나한공(羅漢功)　23. 벽호유장공(壁虎遊牆功)

24. 편경법(鞭勁法)　25. 비파공(琵琶功)　26. 유성장(流星椿)

27. 매화장(梅花椿)　28. 석쇄공(石鎖功)　29. 철비공(鐵臂功)

30. 탄지공(彈指功)　31. 유골공(柔骨功)　32. 합마공(蛤蟆功)

33. 천렴공(穿簾功)   34. 용조공(龍爪功)   35. 철우공(鐵牛功)

36. 응익공(鷹翼功)   37. 양광수(陽光手)   38. 문당공(門襠功)

39. 철대공(鐵袋功)   40. 게체공(揭諦功)   41. 구배공(龜背功)

42. 찬종술(躦縱術)   43. 경신술(輕身術)   44. 철슬공(鐵膝功)

45. 초거공(超距功)   46. 마찰술(摩擦術)   47. 석주공(石柱功)

48. 철사장(鐵砂掌)   49. 달마도강(達磨渡江)

50. 염음공(斂陰功)   51. 공수입백인(空手入白刃)

52. 비행공(飛行功)   53. 오독수(五毒手)   54. 분수공(分水功)

55. 비첨주벽법(飛簷走壁法) 56. 번등술(翻騰術)   57. 백목장(柏木樁)

58. 패왕주(霸王肘)   59. 염화공(拈花功)   60. 추산장(推山掌)

61. 마안공(馬鞍功)   62. 옥대공(玉帶功)   63. 정권공(井拳功)

64. 사포공(沙包功)   65. 점석공(點石功)   66. 발산공(拔山功)

67. 당랑조(螳螂爪)   68. 포대공(布袋功)   69. 관음장(觀音掌)

70. 상관공(上罐功)   71. 합반장(合盤掌)

72. 석발제공(石茇蕃功)

소림사에서는 원나라 이후, 승려들이 거주하던 상주원(常住院)이 동, 서, 남, 북 4개로 나누어져 있었고, 각 원은 별도로 제자들을 받고 무술을 가르쳤다고 한다.

따라서 무술의 내용이 달라졌는데, 소림칠십이예는 이런 상황을 배경으로 한다.

1934년에 출판된 『소림칠십이예(少林七十二藝)』는 소설에서나 보이는 황당무계한 수련법으로만 가득 차 있지 않으며, 20세기 전반의 중국 북

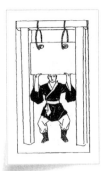

소림 72예

파 무술의 공통된 단련법으로 보아야 할 것이다.

소림칠십이예 수련 방법들의 삼분지 일 정도는 비현실적이고, 그밖에도 현대에 더 좋은 훈련방법들이 있어 이대로 똑같이 하는 것은 그리 바람직하지 않다.

동양의학의 정수이며 유네스코 세계문화유산에 등재된 『동의보감』에도 '투명인간이 되는 법' 등의 비과학적인 처방들이 일부 등장하듯이, 고대의 무술서도 그 내용을 선별하여 이해하는 것이 필요하다.

몇 가지 비현실적인 수련법이 있다고 해서, 전체를 매도하는 것은 경솔하다.

소림칠십이예 중에서 경기공(硬氣功)이라고 칭한 것은 현대의 웨이트 트레이닝과 상통한다.

최근에는 소림칠십이예의 상당 부분의 수련 방법이 웨이트트레이닝과 무술가들에게 재평가받을 정도다.

만약 다음과 같은 훈련을 누군가 하고 있다고 가정해 보자.

1. 하루에 10km 구보
2. 수영 훈련
3. 납 조끼 입고 산악 크로스컨트리 달리기
4. 역기로 밀리터리 프레스, 래터럴 레이즈, 프론트 레이즈, 데드리프트, 스쿼트 등등 훈련
5. 스트레칭
6. 도수 체조
7. 신체 유연성을 위한 요가
8. 파워와 스트렝스 향상을 위한 폐타이어 해머질

9. 균형 훈련을 위한 워블보드 훈련

10. 통나무에 새끼줄 감은 타격대(=마끼와라) 설치 後, 타격대 치기

11. 제자리 점프 훈련

12. 도움닫기 & 제자리 멀리뛰기 훈련

13. 스미스 머신에서 오버헤드 스쿼트 훈련

14. 역기로 프리웨이트 스내치 훈련

15. 책상다리 정좌하고 앉아서, 눈감고 명상 훈련

16. 오랫동안 걷기 훈련

17. 푸시 업

18. 윗몸 일으키기

19. 케틀벨 훈련 : 스윙, 클린앤저크, 스내치 등등

20. 인공 암벽에서 홀드에 매달리기와 기어오르기 훈련

21. 샌드백 치기 훈련

이런 훈련을 보고 비현실적이라거나 불가능한 수련이라 말하는 사람은 없을 것이다. 현대의 스포츠 선수들이 수행하는 대표적인 체력 단련법이니까 말이다.

흥미롭게도 이것들이 바로 소림칠십이예의 수련 내용이다.

소림사의 비전 단련법들을 일일이 리뷰해 보면, 현대 헬스클럽에서 하는 스트렝스 훈련과 현대 역도 종목들이 많고, 대부분 달리기, 스트레칭, 수영, 걷기, 이런 훈련들로 구성되어 있다.

소림사에는 이미 오래전 과거에 스미스 머신까지 만들어서 스쿼트와 밀리터리 프레스를 했으며, 어깨 삼각근 단련을 위해 래터럴 레이즈, 프론트 레이즈를 실시했고, 이런 목적으로 프론트 레이즈 머신을 만들어서 썼다. 납 조끼 입고 달리기 훈련을 하기도 했고, 심지어 수영 훈련까

지 있었다.

이런 것이 일명 무공 비전이라며 신비화되었다.

고대에는 뒷산에 올라가 하루에 20km씩 뛰거나, 강에 가서 몇 시간씩 수영을 하면 미친 사람 취급을 받았을 것이다.

우리나라도 일제시대에는 등산을 운동으로 여기지 않았고, 1970년대까지만 해도 '걷기'를 운동이라 생각하지 않았다.

그러니까 고대 언어로 쓰여진 것을 현대인의 시각에서 재해석해 주는 작업이 필요하다.

천근갑은 세계 최초의 스미스 머신, 응익공은 프론트 레이즈 머신을 이용한 어깨 삼각근 훈련, 석쇄공은 케틀벨, 번등술(翻騰術)은 기계체조, 비행공은 마라톤 훈련, 비첨주벽법은 프랑스 파쿠르 액션, 초거공은 제자리 도약 훈련이라는 해석이 필요할 때다.

소림칠십이예 중에서 가장 비현실적인 단련으로 꼽히는 비첨주벽, 다른 말로는 비담주벽은 실체를 알고 나면 환상적이지 않다.

최근에 프랑스를 중심으로 확산되고 있는 파쿠르 액션이 바로 비첨주벽법이다.

고대에서 파쿠르를 보면 누구나 경공술이라고 생각했을 것이며, 고대인의 시각에서 묘사하여 써 놓은 것이 바로 72예의 비첨주벽이다.

무협에서는 현실적으로 가능한 부분에 과장과 소설적 창작이 첨가되어 덧씌워졌을 뿐이다.

비첨주벽법에서는 인간의 몸으로 가능한 것을 경험적으로 측정하여 구체적인 목표치를 제시하고 있는데, 벽에서 뛰는 것은 5.3m가 한계라고 명시해 놓았다. 인간이 60도로 기울어진 벽에서 떨어지지 않고 뛸 수 있는 한계는 5.3m라는 것이다.

그래서 열심히 노력해서 경사신 벽 5.3m를 뛰어서 담장 꼭대기까지만 올라가라고 요구하고 있는 것이 비첨주벽법이다.

이 정도의 시범은 영화배우 성룡도 영화에서 보여 준 적이 있고, 파쿠르 액션에서도 충분히 보고 있다.

무협은 5.3m를 열 배 과장하여 53미터의 경공술을 써 놓은 것이며, 실제 원전에는 그런 과장은 있지도 않다.

무당파에서 단련했다는 무당삼십육공(武當三十六功)도 소림칠십이예와 마찬가지로 신체 단련과 강화를 주로 하는 훈련법들로 이루어져 있다.

인간의 몸은 수천 년 전이나 지금이나 똑같은 것이고, 동서양이 다를 수 없으니, 훈련법도 대동소이할 수밖에 없다.

그래서 6천 년 전 고이집트 시대에 수련되었던 클럽벨 수련이 지금까지 전해 와서 서구에서 인기리에 수련되고 있는 것이다.

최근에 소림칠십이예를 실제로 단련하여 성공한 사람은 결련택견협회의 장태식 선생을 예로 들 수 있다. 그는 소림칠십이예 중에서도 '철비공(鐵臂功)'을 단련하여 연공에 성공했다.

소림사 쿵후가 결코 인간에게 불가능한 것은 아니다.

시크릿 트레이닝

무공을 쌓는 내외공 단련법을 찾아 전 세계를 돌아다녔던 나는 중국을 포함한 동아시아 지역에서는 석단공과 석쇄공을 배웠고, 그밖에 자잘한 연공법들은 여기저기서 얻어 배웠다.

무림과의 타고난 인연이 있었는지, 가는 곳마다 원하는 분들을 만났고, 대부분 거절하지 않고 가르쳐 주셨다.

인도와 중근동 지역에서는 파흐라반의 기본공들을 배웠다. 인도 레슬링 6천 년의 비전이라 일컬어지는 인도의 가다와 섬토라를 바라나시 현지에서 익혔고, 이란과 터키 지역에서도 역시 주룩하네(중동 전통 체육관)를 찾아갔다.

동아시아와 중근동의 연공법들은 비슷한 것도 있었고, 전혀 다른 것들도 있었다.

이런 연공법들을 모아 분류하고 보니, 몇 가지로 정리할 수 있었다.

그렇게 정리된 체계를 시크릿 트레이닝이라 명명했고, 정수만 가려뽑은 것이 팔부신공(八部神功)이다.

연공 비결, 즉 시크릿 트레이닝은 진단, 처방, 훈련, 피드백의 4단계로 이루어져 있다.

몸 상태를 개별적으로 진단하여, 적절한 처방을 한 후, 운동을 통해 신체를 교정하고 질환을 치유하게 되어 있는 시스템이다.

무공은 신체가 바르게 되고, 오장육부가 건강해야만 가장 효과적으로 단련할 수 있기 때문이다.

클럽벨을 돌리는 인도의 역사

따라서 시크릿 트레이닝이 추구하는 것은 완전한 건강이며, 자신이 몸담은 어떤 스포츠이던 성과를 극대화할 수 있는 완전체의 몸을 만드는 것에 그 목적이 있다.

연공 비결에 따라서 연공을 하려면 장비가 필요하다. 맨손으로 공력을 쌓는 방법들은 튼튼한 운동화 한 컬레와 몸만 있으면 되지만, 도구를 사용하는 방법들은 그 도구를 직접 만들어야만 한다.

도구를 만드는 것도 그리 만만한 작업은 아니다. 도구 제작 방법이 문서로 규격이 명시된것도 아니고, 보고 온 것과 항상 똑같이 만들 수 있는 것도 아니었다. 일일이 하나씩 만들어 보면서, 시행착오를 하는 수밖에 없었다.

도구를 제작해 본 사람은 알겠지만, 석단공 돌 역기 하나 만드는 것도 쉬운 일은 아니다.

시중에 제품이 나오는 것이 아닌데다가, 기술자들도 처음 보는 도구이기 때문에 말로 설명한다고 해서 제작이 되지 않는다.

도면을 만들어 석공에게 의뢰해서 돌을 깎고, 나무 봉을 목공소에서 재단하여 손수 다듬어야 한다. 때로는 철공소에서 만드는 것도 있고, 산소용접과 금속을 깎기 위해 선반 작업을 할 때도 있었다.

나는 지난 십 년간 이런 일련의 작업을 동생과 둘이서 해냈다. 석추공을 만들기 위해 지금까지 사용한 시멘트가 100kg이 넘으며, 직접 손으로 깎은 통나무가 한두 개가 아니다.

항주의 진 노사

인간의 심리적 트라우마는 반드시 신체에 남아 나타난다고 한다.

이렇듯 마음과 몸은 다르지 않으며, 항상 하나로 연결되어 있다. 신체를 잘 다스린 사람은 정신적으로도 안정되고, 창조적인 두뇌를 가지며, 마음이 평안하고 좋은 사람의 몸도 역시 건강하다.

무공을 닦아 도달하고자 하는 경지는 그저 주먹 힘이 세어지는 것이 아니라, 몸과 마음이 모두 완전해지는 것이다.

내가 무술 수행을 통해 얻고자 하는 것이 바로 이것이다. 몸과 마음이 모두 완전한 완전체, 즉 전인(全人)이다.

몇 년 전 중국 절강성 항주에서 만난 진 노사는 그런 완전체의 몸이 무엇인가를 여실히 보여 준다. 환갑이 넘은 나이에도 흰머리가 하나도 없고, 피부는 팽팽하며, 한 번도 치과에 간 적이 없다고 한다.

그의 힘은 이삼십 대 젊은이들보다 월등히 세고, 하루 종일 운동하고 일을 해도 지치는 법이 없다.

그의 대표 무술은 중국의 유도인 솔교인데, 팔의 힘이 워낙 세서 살짝 잡고 비틀어도 사람의 팔 관절이 대번에 빠져 버린다.

그는 나를 만나던 날에도 내 손목을 순식간에 뺐다가 다시 맞춰 주었다.

그리고 진 노사는 항상 쾌활하게 웃는다.

이것이 무술을 통해 추구하는 가장 완전한 인간의 몸이 아닐까.

결언

호마(胡馬)는
북풍(北風)에 운다

　사람들은 무술 고수가 출연하는 프로그램에 집중하며 시청률을 올린다. 그들에게 있어서 무술 고수는 그저 신기한 소일거리일 뿐이며, 나이트클럽의 차력사를 보는 시선과 별반 다르지 않다.

　기적을 원하는 사람들에게 보여 줄 것은 요나의 기적밖에 없다는데, 무술 고수들이 일반인에게 보여 줄 것도 사실은 제일 간단한 주먹지르기와 발차기밖에 없다.

　그러나 신기함을 원하는 사람들은 손으로 바위를 부수고, 장풍을 날려 사람을 쓰러뜨리지 않으면 고수로 인정해 주지 않는 것이 현실이다.

　사람들의 인식 속에서 무술은 두 가지 상반된 이미지를 가지고 있다. 한 가지는 고고한 도인의 이미지이며, 다른 한 가지는 저잣거리의 무식한 깡패이다.

　무술을 배워서 싸움을 하는 사람들에게 일반인들은 손가락질을 하면서도, 마음 한구석에는 다른 생각을 떠올린다. 훌륭한 스승 밑에서 무술을 제대로 배웠다면 저 사람은 길거리에서 싸움이나 하고 다니지는 않을거라고 생각한다.

　무술에 관한 이런 상반된 이미지는 많은 무협적 소스와 도교적인 전통에서 유래한 것 같다.

그래서일까. 현대의 무술은 극단적인 두 가지 방향으로 발전하고 있다. 정신 수련과 명상을 중시하는 전통 무예와 이종격투기로 대변되는 격투 스포츠가 그것이다. 무술은 이 두 가지 요인을 함께 가지고 있다.

나는 무술인은 정신적 차원의 수행과 실전 기격 능력을 함께 가져야만 한다고 생각한다. 일반인들이 갖고 있는 무술에 대한 괴리된 인식처럼 무술은 두 가지가 공존하는 기예이기 때문이다.

나는 이런 관점에서 이종격투기 선수들을 모두 다 무도인으로 분류하기는 어렵다고 생각하며, 또한 기격 능력이 미달되는 일부 전통 무예의 수련자들을 무도인으로 분류할 수도 없다고 본다.

적어도 고의적인 반칙으로 보이는 행위의 결과로 우승한 모 이종격투기 대회의 우승자나, 비이성적 헛소리를 남발하는 전통 무예 계승자를 무도인으로 볼 수는 없지 않겠는가.

전자는 저질 양아치이며, 후자는 그저 정신병자일 뿐이니까.

무도(武道)는 이 극단적 두 가지 요인의 중간 지대에서 절묘한 중심을 유지해야 한다.

새는 좌우의 날개로 날 듯이, 무술도 두 개의 날개를 가지고 있다.

오래전 나에게 내 운명에 관해 말해 주신 어떤 선생님의 말처럼, 나는 많은 고수들을 만났고, 앞으로도 계속 만날 것이라고 생각한다.

그 선생님의 혜안처럼 나는 문(文)보다는 무(武)에 더 가깝고, 무(武)를 통해서 깨달음을 찾아갈 인연을 갖고 태어난 사람인 것 같다.

그러면 내가 생각한 무도와 내가 찾아온 무술 고수들은 어떤 사람이었을까.

무술 고수는 지상선(地上仙)이 아니며, 그들이 반드시 사회의 사표(師表)가 되어야 할 이유는 없다. 무술인노 가정이 있는 생활인이며, 돈과 명예의 노예로 살아간다. 또한 이렇게 사는 것이 가장 평범하고 당연한 인생이다.

하지만 내가 지금까지 찾고 만난 무술 고수는 무(武)를 통해서 각(覺)을 얻고 싶은 나에게 영향을 줄 수 있는 사람이었다.

화엄경 입법계품에 보면, 선재(善財)동자가 구도하는 과정이 나온다.

선재동자는 53명의 선지식(善知識)에게 도를 구하여 가르침을 받는다.

그런데 이 53명의 선지식 중에는 보살이나 비구, 비구니 혹은 여자 신도뿐만 아니라, 왕, 의사, 소년, 소녀와 같은 세속의 사람도 들어 있고, 불교에서 볼 때 외도라 하여 낮추어 보는 바라문, 선인(仙人)과 같은 외부 종교가와 사상가 들도 포함되어 있고, 더구나 매춘부까지도 들어 있는 것을 볼 수 있다.

선재동자의 구도 과정을 볼 때, 그가 선지식이라고 우러러 가르침을 청한 것은 불교계의 사람에게만 한정되어 있지 않았다. 여러 분야의 사람들에게 도를 묻고 훌륭한 가르침을 받았던 것이다.

그러면 여기서 선재동자가 선지식이라 하여 상대를 택한 기준은 무엇이었던가?

그것은 물론 그 사람이 바로 진리에 통달해 있어 자기를 깨닫게 할 수 있느냐 하는 점이었다.

고수들의 무술을 배우겠다는 생각만으로 고수들을 찾았던 것은 아니다. 고수를 만나서 그의 절묘한 기술을 한 번 보는 것은, 사실 나의 삶에는 아무 의미도 없다.

무술 고수가 나에게 보여 준 아크로바틱한 동작 하나가 서커스의 공중 3회전보다 더 위대한 행위라고 생각하지도 않는다.

고수가 아니어도 나에게 깨달음을 준 사람도 있고, 심지어 사기꾼에 가까운 사람일지라도 큰 깨달음을 준 경우도 있었다.

나의 무술 공부에 있어서 큰 깨달음을 준 사람 중에는 무술을 전혀 알지 못하는 가톨릭의 신부님도 있었고, 지체장애인도 있었으며, 하얀 얼굴의 유럽인도, 말도 통하지 않는 티베트 승려도 있었다.

방법이 무엇이던 간에, 나에게 어떤 깨달음을 준 사람이라면, 나는 내가 찾아가서 배울 가치가 있는 '고수'라고 생각한다.

비단 그가 진리에 통달해 있지 못하고, 우연히 나에게 어떤 영감을 준 사실조차 알지 못한다고 해도, 나는 나에게 좋은 영향을 준 사람이라면 고마운 스승으로 생각하려 한다.

내가 아는 사람 중에는 상습적인 거짓말쟁이일 뿐만 아니라, 심지어 정신병원을 수없이 들락거리고, 고의적인 자동차 사고로 사람까지 죽인 사람이 있다. 그는 누범의 폭력 전과자이며, 정신병원 출입 경력이 매우 잦은 데도 불구하고, 유명한 전통 무예의 계승자로서 거룩하게 살아간다.

하지만 이런 사람들조차도 나에게는 많은 공부를 시켜 준 것이 사실이다.

그들은 입으로는 전통과 무도를 강설(講說)하지만, 그들은 시중의 조직폭력배만큼의 솔직함도 갖고 있지 않다.

차라리 조폭은 자신들이 깡패임을 인정하고 살아가지 않는가.

반면교사(反面敎師)라는 말이 있다. 나쁜 것만을 가르쳐 주는 사람도 스승이 될 수 있으며, 악(惡)이 있기 때문에 선(善)이 있다.

'세상에 아름다운 것을 아름답다고 하는 것은, 추한 것이 있기 때문이다. 누구나 착한 것을 착하다고 하는 것은, 착하지 않은 것이 있기 때문이다. 그러므로 있는 것과 없는 것도 상대에 의존해서 생기고, 어려운 것과 쉬운 것도 서로 대립해서 성립하며, 긴 것과 짧은 것도 비교하므로 이뤄지고, 높은 것과 낮은 것도 아래위가 같지 않기 때문이다. 소리는 여러 가지가 어울려야 조화를 이루며, 앞과 뒤는 서로 따르므로 성립된다.'

天下皆知美之爲美 斯惡已 皆知善之爲善 斯不善已 故有無相生 難易相成 長短相較 高下相傾 音聲相和 前後相隨

— 노자(老子) 『도덕경(道德經)』

예전에 '사탄이여, 당신은 거룩한 부처님입니다'라고 성철 스님이 초파일 법어를 한 적이 있었다. 마귀의 눈빛에서도 불성을 느낄 수 있다면, 그것은 이미 득도한 것이리라.

하지만 현실은 아직도 더러운 뻘밭에 핀 연꽃을 보고 아름답게 느끼며 감상만 하게 하지 않는다. 연꽃은 아름답지만, 연꽃을 감상하다가 몸에 묻은 더러운 진흙은 닦아 내야만 한다. 그 진흙이 다른 사람에게 묻지 않도록 말이다.

오래전의 나의 스승 중의 한 분이셨던 故 박성권 선생님께서 가장 좋아하시던 말이 '검필파사(劍必破邪)'였었다. 이것은 불교 용어인 '파사현정(破邪顯正)'에서 나온 말로, 그릇된 것을 깨고 바른 것을 드러낸다는 뜻이다.

검(劍)은 바른 것을 드러내는 데 사용할 때에야 진정한 혜검(慧劍)이 되는 것이 아닐까.

나는 검객으로서 언제나 파사현정(破邪顯正)의 길을 걸으려 하며, 이것이 무사가 가야 할 정도라고 믿는다.

나는 내가 이런 길을 가는 데에 도반이 될 수 있는 무술의 명인이라면 그를 '고수(高手)'로 분류하는 데에 주저하지 않는다.

고수가 나에게 가르쳐 줄 수 있는 것은 무술 기법만은 아니기 때문이다.

1997년, 나는 『독행도(獨行道)』라는 책을 썼다.

그 당시 나는 항상 검(劍)과 함께 있었다. 강을 건너는 도구로 생각했던 검(劍)은, 주객이 전도되어 나를 지배하고는 했다. 검을 갖고 있지 않아도 오른손의 한쪽에는 항상 검이 들려 있었다. 언제부터인지 무형의 검기는 내 손을 떠나지 않았고, 나는 검의 노예가 되어 버렸음을 깨달았다.

나는 당구를 전혀 치지 않아서 잘 모르겠지만, 당구에 빠진 사람은 지하철에서 사람들의 머리와 밥상의 그릇들이 당구공으로 보인다고 한다.

검에 미친 사람도 이와 비슷하다. 길 가는 사람들을 보아도 어느 각도에서 손목과 머리를 쳐야 될까만 궁리하게 되고, 사람들과 함께 앉아 있어도 상대의 목만 유심히 보게 된다. 어느 각도에서 검을 넣어 베어야 목이 한칼에 떨어질지만 골똘히 생각하게 되는 것이다.

지하철이나 버스를 타더라도 그 생각은 없어지지 않으며, 그 자리에서 주변 사람의 어디를 어떻게 치고 베고 빠져야 할 것인지 계산하는 버릇이 붙는다.

나중에는 그 계산이 너무나 신속하게 이루어져서 지하철 한 칸 전체를 계산하는 데에 불과 1, 2초밖에 걸리지 않게 된다.

이 정도까지 가면 시쳇말로 검에 미쳤다고 하는 상태가 된다.

빈손으로 있을 때에도 내가 사용하는 날 길이 73㎝의 검을 항상 인식하고 있으며, 사람을 대할 때도 73㎝ 안에 있는지, 그 범위 바깥에 위치하는지를 극히 정확하게 깨닫게 된다.

즉, 간합(間合, 상대와의 간격과 타이밍)에 대한 동물적인 감각이 생겨나는 것이다.

이 정도는 되어야 사람 머리 위에 사과를 올려놓고 진검으로 내려쳐도 머리에 상처 없이 사과만 두 쪽으로 쪼개진다.

나의 좋은 벗, 이병식 박사가 결혼하기 전에 그의 부인 되는 사람과 술자리를 함께한 적이 있었다.

내가 그녀의 목을 유심히 바라보자, 그녀는 왜 그러냐고 물어보았고, 나는 어느 각도에서 검이 들어가야 할지 각도를 관찰하고 있다고 했다.

그녀는 금세 새파랗게 질려서 나를 무서워하기 시작했다. 이미 십수 년 전의 이야기이다.

이 박사의 부인은 지금도 나를 만나면 아직도 여자들을 보면 목이 베고 싶으냐고 농담조로 물어보곤 한다. 그만큼 당시의 나는 중증의 검 환자였었다.

그러던 어느 날, 나는 내가 검을 제어하는 것이 아니라, 검이 나를 지배하고 있다는 것을 깨달았다. 강을 건너면 배는 버려야 도리에 맞는데, 나는 아직도 배를 무겁게 지고 다니고 있었다.

나는 내가 타고 온 배인 '검(劍)'을 버리기로 했고, 그냥 버리기 아쉬워서 책을 썼다. 누군가가 내 생각들을 보고 얻을 것이 있다면, 그것도 나쁘지 않겠다는 생각도 했다.

내가 항상 염두에 두었던 검객, 미야모토 무사시의 생활신조가 바로 독행도(獨行道)이다.

나는 무사시의 독행도처럼, 신불은 존경하되 신불에게 의지하지 않으며, 모든 것을 편애하지 않고, 도리에 맞게 살겠다는 뜻으로 책 이름을 『독행도(獨行道)』로 지었다.

나는 책을 쓰고서 많은 무술인들을 단기간에 만났다.

초기에 학교에 있던 나의 연구실에 찾아온 사람들은 대부분 한번 붙어보자고 온 사람들이었다.

'내자불선(來者不善)'이라던가. 역시 먼저 찾아오는 사람은 좋은 사람이 없었다.

밤 11시에 목검을 들고 뜨악한 얼굴로 텅 빈 학교 건물로 찾아오는 사람이 뭐 좋은 사람이겠는가.

진검으로 대결하자고 신청한 경당 사범도 있었고, 각종 무술의 전수자라는 사람들이 이삼십 명 정도 찾아왔다.

하지만 나는 한번 붙자고 요청한 사람의 결투 신청을 한 번도 거절한 적이 없고, 찾아오겠다는 사람을 오지 말라고 한 적도 없다.

여담이지만, 진검으로 대결하자고 연락한 경당의 사범은 대결 약속을 두 번이나 어기고 결국은 찾아오지 않았으며, 한 번 손을 대보자고 기세등등하게 나를 찾아온 사람들은 함께 커피나 차를 마시고는 다들 좋은 얼굴로 악수하고 돌아갔다.

나를 만나 보면 내가 그다지 질적으로 나쁘거나 무례한 사람은 아니니까.

역시 인자(仁者)는 무적(無敵)이다.

나는 들고 있던 검을 버리면, 그곳이 곧 해탈의 언덕이 될 줄 알았다.

그러나 산 너머엔 또 산이 있었고, 봉우리에 오르면 멀리 또 다른 산맥이 보였다.

검을 버린 검객은 늙은 창녀보다 더 비참하다던가. 검사가 검을 안 만지니 정말 할 것이 아무것도 없었다.

공부를 하면서도 뭔가 허전했고, 길을 가면서도 괜히 손을 흔들고 있는 내 자신을 발견하곤 했다. 무심히 걸으면서도 그저 무술 도장 간판만 보였다.

호마의북풍(胡馬依北風), 월조소남지(越鳥巢南枝).

호마는 북풍이 불 때마다 고향을 그리워하고, 월나라 새는 남쪽 가지에 둥지를 튼다고 했다.

나는 그제야 내가 무술과 뗄래야 뗄 수 없는 인연임을 다시금 깨달았다.

인연은 그렇게 연결되어, 나는 대학 강의도, 경영컨설팅 회사도 다 그만두고 내가 좋아하는 것을 하며 살아가기로 했다.

그때 만든 것이 무술 전문 잡지 『마르스』였다.

『마르스』誌를 발간하면서 많은 무술계 사람들을 만날 수 있었다. 중국 무술계의 저명인사들, 장문인, 일본의 무술 종가, 협회장들을 만났고, 사회적으로 유명하지는 않지만 무공이 높은 고수들을 접했다.

내가 존경하는 어른들 중에 '오당 선생님'이라는 분이 계신다.

이분은 무술보다는 마음공부를 하시는 분인데, 요즘 세상에 보기 드문 도인이시다.

오랜 공무원 생활 끝에 정년퇴직하시고, 지금은 팔순에 들어선 분인데, 이분이 해 주신 금과옥조 같은 말들이 있다.

'스승을 알아보는 혜안을 갖는 데에만 삼십 년 걸린다'는 말이 그중의 하나였다. 좋은 스승을 알아볼 눈을 갖추고, 스승을 찾는 데에 삼십 년을 투자해도 아깝지 않다고 하셨다.

나는 무술 고수들을 만나고 다니면서 눈이 조금씩 단련되었다.

이제는 만난 지 5분 안에 고수인지 아닌지, 고수라면 왜 고수인지를 판단할 정도의 눈은 생겼다.

나에게 이런 안목이 생긴 것은 고수들이 나에게 준 큰 공부였고 선물이었다.

세상의 어느 분야나 다 비슷하겠지만, 원래 악화가 양화를 구축(驅逐)

하는 것이며, 사기꾼일수록 더 진짜 같은 법이다.

일반적으로 상품에 있어서 가격은 같으나 품질에서 차이가 있는 경우에는, 경쟁에 의해 품질이 우수한 것이 열등한 것을 제거하게 된다.

그러나 화폐에 있어서만큼은 그와 반대 현상이 일어나게 된다는 것이 바로 그레샴(Thomas Gresham)이 주장한 '악화는 양화를 구축한다(bad money drives out good)'는 법칙, 즉 '그레샴의 법칙'이다.

아직 지폐가 통용되지 않던 시절, 유럽에서는 주로 동이나 은이 주요 화폐였다. 이 무렵 정부에서는 재정 부담을 줄이기 위해 이따금 화폐의 질을 떨어뜨리곤 했다.

즉, 10원짜리 은화에 10원 가치의 은이 포함되어 있어야 하는데 5원어치(실질 가치)의 은만을 함유한 채 10원짜리(명목 가치)로 통용되었던 것이다.

이렇게 되면 10원의 가치를 지닌 은화, 즉 양화(良貨)는 저장해 두고, 5원의 가치를 지닌 화폐, 즉 악화(惡貨)만이 쓰이게 되어, 나중에는 악화가 양화를 몰아내게 된다는 것이다.

그런데 무술계에서도 이런 유사한 현상이 가끔 목격된다.

열등한 것이 우수한 것을 몰아내는 일이 무술계에 왕왕 일어나는데, 이런 현상이 일어나는 원인에는 많은 외생변수들이 있어서, 한마디로 이런 현상을 규정할 수 없다.

하지만 이런 현상이 일어나고 있다는 것만은 분명하다.

사람들이 무술을 배우려는 목적은 여러 가지가 있는데, 대개 건강, 호신, 진학, 취업 등등의 몇 가지 요인으로 압축할 수 있다.

그런데 이런 요인에 적용되지 않는 무술이 때로는 훨씬 우수한 무술을 구축하고, 시장을 점유하기도 하는 현상이 한국에서는 매우 심하게 일어난다.

물론 이런 현상, 즉 사이비 무술이 정통 무술을 몰아내는 현상은 중국에서도 일본에서도 심심치 않게 있다.

일본 소림사권법의 창시자인 종도신은 중국에서 소림권법을 배운 적이 없으며, 가라테를 배운 후에 자신이 소림사권법으로 명명한 것일 뿐이다.

한마디로 그는 완전히 사기꾼이라는 뜻이며, 일본 무술계에서도 이제는 거의 다 알게 되었다.

중국에서도 그런 유사한 사기는 상당히 많다.

그런데 한국은 그러한 사기가 발견되는 빈도수가 동양 삼국 중에서 가장 많은 국가라는 것은 무엇을 의미하는가?

적어도 일본인들은 자신의 검술이 수천 년 전 아마테라스 오오미카미가 전수해 준 무술이라거나, 신무천황이 수련했던 검술이라고는 하지 않는다.

한 사회가 건강하게 유지되려면 많은 요인이 복합적으로 적용되어야 한다. 신경이 마비되면 생체는 식물인간이 되어 자생력을 잃어버린다.

한국 무술계는 신경이 마비된 것과 같아서 올바른 정보가 유통되지 못하고 있었고, 따라서 일반 수련자들은 무엇이 정의이고 무엇이 거짓인지조차 분간할 기준이 없었다.

즉 언론의 역할이 없기 때문에 생겨난 일이라고 나는 생각했다.

심지어 정부 기관인 문화체육관광부조차도 태권도는 한국 전통의 고유 무예라고 강변하고 있었으니 말이다.

한번은 문화체육관광부의 담당 공무원을 만나서 이야기를 하다가, 태권도는 일본 가라테가 변형 발전한 것이라고 했더니, 그는 당장 광분하여 태권도는 신라 시대부터 내려오는 전통 무예라고 펄펄 뛰었다.

그 사람도 공부 많이 하고 행정고시 패스해서 그 자리에 있을 텐데, 내가 신경 써 줄 필요는 없겠으나, 그가 여러 가지로 참 걱정스러웠다.

어제까지 중국 쿵후하던 사람이 하루아침에 간판 바꿔 달고 전통 무예라고 등장했고, 고구려와 신라 시대를 넘어서서 고조선 시절부터 했다는 무술도 다수 등장했다.

상황이 이 정도가 되면 분노를 넘어서서 허탈해진다. 고조선부터 했다는 거룩한 무예의 전수자 앞에서 무슨 말을 하겠는가.

나는 무술계 언론의 필요성을 인식했고, 악화가 양화를 구축 못 하도록 막아야겠다고 느꼈다.

이것은 우리의 중요한 문화유산인 무술을 후대에게 제대로 전해 주는 길이며, 내가 무술을 사랑하는 방식이었다.

혹자는 시장 경쟁 원리에 따라, 또는 적자생존의 원칙에 따라 무술도 명멸하게 그냥 놔두는 것이 좋다고 말하기도 한다. 나의 스승 A사범의 생각이 그러했다.

그러나 악화가 양화를 구축하지 못하도록 적극적인 저지 행동을 하는 나의 행위도 역시 시장 안에서 벌어지는 일이며, 나의 행동의 결과로 사이비 무술이 척결된다면 그것도 역시 적자생존의 원칙을 위배한 것은 아니다.

나의 각종 논리적 공격을 적절히 방어하고 시장에서 생존에 성공했다면, 그때는 생존할 만한 당위성이 있고, 충분한 가치가 있다고 보아도 되지 않을까 싶다.

무술 잡지를 만든다고 하니 구설수도 많았다. 독행도를 쓸 때부터 그랬다.

책을 내기 위해 출판사를 접촉하다가 만난 동문선 출판사의 사장은 '이런 책은 체육대학에서 해야 되는 것'이라면서 흥분된 어조로 나에게 정신 차리라고 했다.

체육대학 무술학과에서 읽을 만한 연구와 책이 나오지 않는 관계로 내가 책을 써 본 것이 그에게 그렇게 질책받을 만한 일이었는지 나는 지금도 의문이다.

동문선의 신성대 사장은 마노로스 출신이며, 십팔기보존회 사무국장을 역임하고 있으니, 그 역시 체대 출신은 아닌데도, 무술을 하고 출판사를 경영하고 있는 셈이다.

그의 충고에 대한 나의 감정과는 별도로, 동문선은 동서양의 고전이 많이 나오는 좋은 출판사여서, 나는 지금도 동문선의 책은 매년 몇 권씩 사고 있다.

나는 동문선 같은 양서 출판사가 계속 살아남아야 한국의 문화와 사회가 질적으로 발전할 수 있다고 믿는다.

무술 잡지를 만들면서 많은 에피소드가 있었다.

원래 우리나라의 무술인들은 책을 잘 읽지 않는다. 이런 풍토에서 돈 안 되는 잡지를 한다는 것은 처음부터 무모한 일이었을 것이다.

나는 아버지에게서 빌린 돈 2천만 원을 들고 무작정 잡지를 시작했다. 출판업계 내부 사정이나 제작 과정은 전혀 몰랐다.

우여곡절 끝에 창간호 원고를 마감하고 편집을 시작하고 보니, 일반인들이 사용하는 A4사이즈의 글의 용량과 컴퓨터로 편집된 용량이 달랐다.

그래서 원고가 갑자기 태부족하게 되어 궁여지책으로 페이지를 채우기 위해 넣은 것이, 창간호 뒤편에 있는 태극권 동작 해설이었다. 하루 만에 잡지 40페이지를 채울 방법이 없었기 때문이다.

『마르스』 2호를 낼 때는 더욱 황당했다. 인쇄가 잘못되어 동일한 분량을 다시 한 번 찍어야 했고, 비용은 두 배가 들었다.

그런 와중에 많은 무술 도장 관장들은 잡지를 보내라고 사무실로 전화를 하곤 했다. 자신이 무술관 관장이니까, 자기한테는 무조건 공짜로 그냥 주어야 한다는 것이었다.

때론 어떤 관장은 전화를 하고는 다짜고짜 '내가 김 아무개 관장이오'라고 말하기도 했다.

울산에 사는 김 아무개 관장이 누구인지, 서울에 사는 내가 어떻게 알겠는가? 누구시냐고 물어보면, 내가 자신을 왜 모르는지 매우 의아해하기도 했다.

이런 단적인 예를 나열하는 이유는, 무술관 관장들과 사범들은 일반인들의 상식과는 조금은 동떨어진 사람들이라는 것을 설명하기 위해서이다.

이런 분위기 속에서 『마르스』 잡지를 만들었고, 아주 가끔씩은 내가 찾던 고수들을 만날 수 있었다.

사이비가 더 많은 속에서도 고수는 분명히 존재했고, 그들과의 드문 만남은 나의 삶을 더욱 풍요롭게 해 주었다.

진흙 속에서도 연꽃은 피고, 하늘이 어두울수록 별은 더욱 빛나게 마련이다.

고수는 무림의 어둠 속에서 방향을 지시해 주는 별이었다. 설령 지금은 당장 세상이 어두워 보일지라도, 그들이 있기에 악화는 양화를 구축하지 못한다.

나는 정통 무술인들이 경제적으로도 잘살고, 그래서 그들이 그들의 무술을 후대에 잘 전할 수 있는 풍토가 마련되면 좋겠다.

그래서 나는 잡지를 만들었고, 앞으로도 사정이 허락되는 한 계속 만들 것이다.

그리고 우리 시대 무림의 사표가 될 수 있는 무술인들을 자주 만날 수 있기를 희망한다.

이런 사람들 —사이비까지 포함하여— 이 모여서 희로애락을 나누며 사는 사회, 이것이 무림이라고 생각한다.

별은 내 눈 속에 있고, 무림은 우리 마음속에 있다.

<終>